izade ▬▬▬, e a estranha humilhação que manifestara poucas
porque você fala que você se torna visível—murmurou alguém ao s
ou de ver a luz da vela, que bruxoleava, por alguns momentos.
tou-se, rápida, no leito, em um movimento de fuga e defesa.
do caminha fóra de você...—dizia a voz, e ela de novo se virou.
numbra o quadro aberto da janela, apenas um pouco mais ilumina
o céu enorme, muito alto.

REPOUSO

a gente dorme. E a hora da paz, da sua ~~nossa~~ paz, da paz daquele
olhos indiferentes, curiosos e maus, e palavras hostis ou sem s
deria ver os homens e as mulheres aproximarem-se uns dos outros
porque sabia que dêles está ausente a verdade...
minha verdade também é diferente—balbuciou ela, com voz indist

pequeno desvio na realidade, uma ausência de minutos do que
e surprêsa em um país novo, estrangeiro, que se superpõe ao d
ocê é uma desconhecida, que todos olham de perto e de longe.
s eu os odeio—exclamou ela, bem alto— porque não sei, não cons
reender essa renúncia da vida...
inteiramente despertada, sentou-se n   pa
ra completa, pois lá de fora não vinha   céu
ente. E pensou que estava morta, porisso nada reconhecia do qu
to. Suas mãos percorriam febrilmente os lençóis, a colcha, a g

tinham passado vertiginosamente, sem
percebera dêles, e via, de repente,
realizaram a sua missão. Contava e via
se fazia luz em seu coração, e sabia
estivesse morto...
rio descera, e só assim podia explicar
que manifestara poucas horas antes.
ível-murmurou alguém ao seu ouvido, e
, por alguns momentos.
to de fuga e defesa.
, e ela de novo se virou, distinguin-
as um pouco mais iluminado pela palor

I

Quando Dodôte se aproximou da janela, já sabia que a rua estava deserta, e sabia também que a sua solidão se tornaria "real", se olhasse para os dois extremos da pobre via, que se perdiam, de um lado e de outro, na mata distante, negra e fechada pelas montanhas.

O — ninguém — que ressoava em seus ouvidos, tornava-se, dessa forma, não a vaga ameaça que tinha enchido os seus dias angustiados, mas sim uma prova indiscutível, evidente, de que não era a introversão, resultante de seu temperamento, que a tornava tão abandonada e melancólica.

Não a queriam... nada a queria! Era o abandono sem remédio que a cercava, e em vão tentaria aproximar-se dos outros. Naquelas poucas casas que se alinhavam junto às árvores tristes de sua rua, todos fugiam de seus olhos involuntariamente interrogadores, de sua ânsia demasiado visível de ser amada...

Tudo e todos estavam muito longe, vendidos, perdidos, afastados. Cansados de outras, homens e mulheres, desiludidos por outras, e ela não poderia nunca aproximar-se deles sem os denunciar, sem despi-los desde o primeiro olhar, reduzindo-os à imobilidade, na impotência absoluta de mentir que ela própria sentia, na sede de verdade pequena e contínua, que a dominava e matava lentamente...

Dodôte sabia que contemplava a verdade, mas compreendia que não poderia vivê-la. E ali ficava, sem poder se mover, sem poder falar, pois não poderia atender aos que a interrogassem, aos que lhe pedissem o que quer que fosse. Pensou que era como aqueles boiões de remédio, que era preciso vender, que seriam dispersados, agora que tinha que fechar a botica, deixar aquela casa e voltar para a Ponte. Ainda estavam em seus lugares, e o cenário que a cercara tanto tempo estava tal como o vira em seus dias de casada, mas tudo se desfaria e tinha já o sinal da morte.

Os grandes vidros, amarelados pelos anos, alguns já cor de mel, com minuciosos desenhos a negro na porcelana toda gretada, e letras azuis, muito vivas, que diziam coisas misteriosas em velho latim, nomes que deviam vir de muito longe, trabalhados por bocas desfeitas em pó, e continham plantas colhidas em vales distantes, em terras que nunca sentiria sob os seus pés.

Via-os refletidos nas vidraças da janela onde apoiara a cabeça tão pesada, alguns bem claros, outros indecisos, e ainda outros que se esbatiam na neblina de seu bafo, que tornava os vidros cor de cinza e opacos. Bem sabia que, sob as denominações muito eruditas, debaixo da estranheza de seus invólucros, alguns daqueles antigos remédios eram talvez dos arredores da sua pequena cidade, mas o cheiro artificial, indefinível, que vinha dos armários negros, arranjados por ela mesma, que tudo colocara na ordem indicada pelos cadernos de seu sogro, tal como os deixara há muitos anos, sem que Urbano nem sequer os tocasse, tornava-os estrangeiros e ameaçadores.

Capsicum fastigiatum podia ler agora, bem perto de seus olhos, e havia um ligeiro reflexo dourado nas bordas das letras. Teria mesmo existido esse friso de ouro?

Carica papaya mais adiante, na outra prateleira, *Arenaria rubra* ou então, lembrando vagamente qualquer coisa de crime, o *Geranium maculatum*, e ainda, radiante, o *Adonis vernalis*...

Afastou-se então da janela e percorreu a sala acompanhando as altas armações com os dedos, e reviveu as horas em que a vencia o tédio sufocante que a punha toda dolorida, com as pernas pesadas, os braços adormecidos, a cabeça fechada e oca, retumbante de sons sem significação. Reviveu as compridas horas em que colocava em seus lugares, seguindo a tradição sertaneja, primeiro, perto da porta, os simples mais procurados, depois os produtos de laboratório de saída imediata, e mais adiante, os remédios velhos, muito antigos, alguns ainda intatos.

Tudo repassava agora em sua memória, devagar, e as páginas lentas do livro de sua vida viravam umas sobre as outras...

Urbano ficava sentado a um canto, e acompanhava com olhos opacos os seus movimentos. Quando parava mais do que o necessário, e tentava decifrar um letreiro já apagado pela umidade, escrito à mão com tinta que fazia lembrar o sangue dos prisioneiros dos velhos romances, com esses muito longos no meio das palavras, com iniciais muito trabalhadas, ele fazia um gesto violento de impaciência, ou soltava uma exclamação áspera, com tamanha regularidade que também essa fiscalização se tornava enlouquecedora de monotonia e de odiosa falta de significação e realidade. Muitas vezes, diante da brutal repreensão que ouvia e da inanidade de seu trabalho, ela rira, com tal riqueza de gestos e de sons cromáticos que, se alguém a visse e ouvisse, julgaria que alguma coisa de profundamente cômica sucedera.

Mas, ninguém a via nem ouvia... e, de vivo, naquela sala mal iluminada, existiam apenas aquele olhar sem calor e sem brilho, aquelas orelhas transparentes e destacadas da cabeça, deixando passar a luz através da carne exangue.

Dodôte sabia que a rua estava deserta, e que, agora, na botica não havia mais ninguém, pois Urbano morrera, ela, viúva e sem recursos, devia tudo vender e viera da Ponte para despedir-se da casa. Não havia mais ninguém ali, e foi com triste arrepio, como se Urbano estivesse presente, que olhou para o recanto, o esconderijo formado por duas portas entreabertas, onde tantas vezes vira o vulto do marido, imóvel sem olhar para ela, sem que desse o menor sinal de que sabia que fora descoberto.

De quem se ocultava ele? Seria dela mesma, de sua curiosidade exausta, tão morta, tão cansada das surpresas tristes e dos imprevistos dolorosos?

Ainda uma vez Dodôte cedeu à tentação de explicar a si própria o ingente problema de sua vida, que, decerto, ficaria sem solução, pois não haveria nunca um ser humano que sobre si debruçasse, ao menos para olhar o que se passava em sua alma. Sua vida, pensava, enquanto andava pela grande sala, e rodeava o balcão de madeira negra que se erguia no centro, era também despida de calor e de cores, e tudo nela se passava atrás de vidros espessos, em armários poeirentos e fechados à chave... Os escorpiões e as cobras verdes que se viam em grandes bocais de cristal, cobertos com papel encerado, eram os seus companheiros, e o brilho nacarado das escamas, o reflexo fulvo do álcool eram toda a riqueza exterior que possuía.

Parando junto do relógio, cujo tique-taque devorador dominou o bater do sangue em suas fontes, lembrou-se de uma pequena cena que guardara na memória, sem saber porquê. Um menino, que não sabia estar sendo observado, dissera: "Eu sei!" e depois olhou com vertiginosa inquietação em torno de si, como se esperasse um desmentido. Assim estava ela agora, refletiu sorrindo amargamente, e esperava sempre que alguém a desmentisse... pois não conhecera o homem que amara, e que, de repente, surgira diante dela, inteiramente mudado, como um estranho que invadira a sua mais dolorosa intimidade. Também ela olhava agora para os lados, pois não sabia, até esse momento, quem fora aquela que a acompanhara desde o berço, não a compreendera, não vivera a sua vida, e ainda surgiam em seu coração dúvidas e enigmas que só podia afastar pela covardia do esquecimento voluntário, e tinha diante de seus olhos apenas uma figura de dor e de incompreensão. Sua avó e Chica a tinham sempre olhado com piedade e ternura, e ela sentira unicamente o frio de seu olhar e a inanidade de suas mãos.

Os sentimentos que aqueceram o seu coração, as ideias que tinham composto os quadros formadores de sua vida interior, desvaneceram-se sem que ela soubesse como, gastos pelo tempo e pela agitação sem sentido de seus atos. Tudo lhe parecia vazio de humano, como aquela rua tão comprida, tão longa, serra acima, serra abaixo, sem um passo sonoro que a vivificasse, fizesse rolar as pedras, levantasse o pó negro que adormecera sobre as lajes, desde a última rajada de vento...

— Mas depois que passasse o vulto — murmurou Dodôte muito baixinho — as pedras haviam de parar, e o pó deitar-se-ia sobre elas, à espera, à espera...

II

Há muitos anos, em uma fazenda que se perdia entre grandes pedras negras e árvores hostis, que abriam os galhos famélicos, rodeada de montanhas austeras, com grandes chagas rasgadas, em seus flancos possantes, de onde escorria minério podre, em ondas de lama sombria, houve um casamento triste.

O noivo viera de longe, sem família, sem ninguém, e nada trouxera em suas canastras para a noiva. Anos e anos a fio as negras do terreiro segredaram umas às outras que aquilo tudo era de mau agouro... Sinhá Dona tinha os olhos vermelhos de choro, e assim estava quando se apresentou diante do padre. Seu vestido de noivado, muito liso, muito branco, caía em largas pregas baças, como se estivesse todo úmido daquelas lágrimas incessantes, lavado por elas. As flores de laranjeira caíam de lado, murchas, queimadas pelo fogo de seu rosto, e as velas do altar erguiam-se hirtas, e lançavam uma luz funérea e imóvel, esquecidas de que era uma festa nupcial que iluminavam. Pareciam velar um corpo, e deixavam cair grandes gotas de cera, como se também chorassem...

Depois Sinhá Dona deixara-se cair no grande sofá de cabiúna da sala de visitas, e ali passara a noite toda, sentada ao lado de seu marido, e ninguém lhe vira um sorriso. Por baixo da braçada de botões de rosas brancas, muito grande e rodeada de rendas, suas mãos se agitaram o tempo todo, sutilmente, e seus lábios se moveram ritmados. Ele nada dissera e ela assim ficara, esquecida, as horas todas.

E ninguém soube mais notícias dela.

Talvez tivessem vindo cartas, que davam novas da viagem, depois, do nascimento dos filhos, depois a sua morte, mas todos evitavam falar nessas coisas, e o silêncio era já esquecimento, pois ninguém mais pensou em perguntar notícias de Sinhá Dona, até que um dia, pela encosta fronteira à fazenda, desceram dois cavalos, e, montada em um deles, veio Dodôte, para ficar na companhia de seus avós.

Trouxera consigo uma negra velha, e ambas trajavam pobres vestidos pretos. Viera puxando os animais um caboclo muito forte e moço ainda, que logo voltou para os lados da Mata, de onde tinham vindo, e foi dito que ele não pudera ficar porque estava sendo procurado pela polícia.

E Dodôte tomou o lugar deixado por sua mãe, e de tal forma o tomou que todos esqueceram de que a "outra" tinha olhos escuros e cabelos claros... e ninguém mais se recordou do irmão que ficara na cidade.

III

Os anos correram velozes, sombrios, sempre iguais, na regularidade inflexível dos trabalhos de mineração, lá fora, feitos pelos homens que vinham de terras de nomes desconhecidos, escuros, maltrapilhos, sem sangue. Obedeciam em silêncio às ordens dos capatazes e eram sozinhos e tristes, pois deixavam suas famílias e vinham para a fazenda como para o exílio. Dodôte vivia mergulhada, a princípio em sua infância sem ecos, e depois no torpor de sua puberdade sufocada, sempre entre a atividade monótona do terreiro e a invencível sonolência do pátio cercado pela casa irregular, onde se erguia o mirante.

O mirante! Era uma pequena torre quadrada, com duas salas toscas, uma embaixo outra em cima, ligadas pela escada muito íngreme, e as suas pesadas paredes muito brancas, no exterior, não chegavam até o solo. Levantavam-se de sobre pesadas vigas, e lembravam, de forma esquisita, uma habitação lacustre perdida na calçada de grandes pedras de ferro, que se abria apenas para dar passagem ao regato formado pelas águas da fonte que corria dentro da vasta cozinha.

Dodôte muitas vezes encerrava-se lá no alto, de onde se avistava a mata intensa e verde-negra, e, por muitas horas, ficava isolada, toda entregue à alegria má de ficar só, de viver o longo pesadelo de sua excessiva felicidade... Estava acima de tudo e de todos, solitária entre o céu e a terra, e ninguém poderia vir arrancá-la de seu retiro. Com precaução, que sabia inútil, ia pé ante pé até a porta que dava acesso ao mirante e fechava-a sorrateiramente.

Estava livre! Prendera o mundo lá fora e podia subir, subir, e viver sem nenhuma prisão humana... Tudo estava aos seus pés, pensava confusamente, e ela nada significava, nada representava, era apenas uma afirmação voluntária, cega, uma encantação... A sua alma se adensava e tudo se tornava impreciso, informe, dentro dela, e surgia enfim a alegria desconhecida que invadia seus membros como um sangue novo, e Dodôte sentia-se levantar no ar, carregada pelas asas de um grande anjo, e era inexplicável o orgulho que a dominava.

Quando descia e ia para junto dos seus, trazia ainda no corpo todo o torpor daquelas horas mágicas, que ela mesma não compreendia nem explicava a si própria.

Muitos anos depois, quando queria recordar o tempo que passara no Jirau, eram apenas essas horas lentas, pesadas, vazias de presença, de calor humano, que lhe vinham à memória, e lhe contavam uma história distante e estranha, em salmodia surda, veemente.

Toda a sua vida na fazenda era assim uma noite espessa, monótona, que vivera sem norte e sem que nada a chamasse para o convívio dos homens. E quando soube que todos vinham para a cidade, foi apenas o medo da distância, a inquietação do grande caminho a percorrer que apressaram o seu coração. Não compreendeu os motivos daquela resolução súbita, tomada entre lágrimas escondidas e palavras apenas murmuradas, pois não sentira que o avô estava tão velho e agora paralítico, que a avó ficara tão abatida e sem forças que não podia mais orientar sozinha os trabalhos da oficina e da mineração, e que ela mesma, com seu corpo de mulher e sua alma indecisa, sem saber ao certo o que se passava, não poderia mais ficar naquele desterro.

E assim, não quisera compreender por que as pobres jovens que a tinham acompanhado de longe em sua infância, e que dela agora se aproximavam na despedida tinham beijado as suas mãos. Olhou sem ver para os velhos que gaguejavam palavras incompreensíveis, deixando correr pelos rostos enrugados e requeimados de sol as lágrimas soltas, e afastou-se da casa antiga, que ficou lá embaixo, encolhida no fundo do vale, sem voltar a cabeça, muito esbelta em seu vestido preto, cuja larga saia palpitava ao vento, sacudida pelos movimentos bruscos do cavalo.

IV

Dodôte sabia que lá na cidade, onde estivera poucas vezes, lá na casa da Ponte, tudo continuaria igual, e ela seria sempre a prisioneira dos seus. Era como se transportassem o cárcere em que fora encerrada, e mudariam apenas as paisagens que veria das janelas.

— Mas quem a fechara nessa prisão? — interrogava a si própria, embalada pela marcha do animal, e não sabia o que responder. E foi assim que, quando chegou, agitou-se febrilmente, e colocou tudo com rapidez em seus lugares, dominada pelo receio incomunicável de perder o equilíbrio, de se desorientar para sempre, se tivesse a revelação muito clara de que uma vida nova se iniciava para ela.

Quando tudo ficou arrumado, quando as arcas se fecharam sobre os tristes vestidos e roupas que trouxera, quando o avô foi deitado em sua cama, tão negra e tão tosca quanto a que ficara na fazenda, quando viu sua avó, enfim, sossegada e de joelhos diante do oratório de pau-santo da cidade, quase igual ao que ficara, quando teve diante dos olhos, por toda a parte, o quadro interrompido, agora refeito com a mesma disposição dos móveis e o pouso das pessoas, Dodôte julgou que o tempo fecharia de novo sobre ela suas asas silenciosas...

E alguns dias se passaram no mesmo sonho antigo, mas logo chegou o domingo, e ela teve que ir à igreja. Ao chegar à porta da rua, parou um instante, deslumbrada pela luz intensa lá de fora, e foi ferida por uma ideia que ainda não lhe acudira, a de que aquela porta, a de sua casa, abria-se para a cidade, para os caminhos onde todos passavam e todos podiam, a qualquer momento, bater e chamá-la.

Teve vontade de fugir, de voltar correndo para dentro e de tudo fechar e trancar sobre a visão contraditória de casas e ruas que se formara diante dela, e continuar a viver no fundo de si mesma, sem olhos e sem mãos.

Naquele humilde saguão, apenas iluminado pelo reflexo do sol, que batia nas paredes caiadas de branco lá de fora, Dodôte, encolhida a um canto, descobriu verdades rudimentares, que a aterrorizaram, e foi com esforço heroico, com a alma endurecida pela própria vontade, que abriu a porta e saiu em plena luz do dia, para enfrentar os olhos e as mãos do mundo.

Subiu a ladeira que a devia conduzir à matriz apressadamente, de cabeça baixa, sem olhar para os lados, e seu passo era firme. Mas carregava um grande peso, que a fazia curvar-se toda. Eram saudades do Jirau, da fazenda com suas terras difíceis, cor de ferrugem ou negras e cinzas, defendidas pelas montanhas ameaçadoras, pelas pedras queimadas por fogo misterioso e pelas árvores também negras e sombrias...

Lá não havia testemunhas para os seus atos, não, precisava moderar a sua voz para não ser ouvida pelos outros, não era necessário regular os seus gestos, e, quando saía, era a natureza grandiosa que a recebia e a absorvia. Não era para surgir, de repente, em um palco onde tinha que representar, formar uma figura que ela mesma não sabia qual devia ser. Desde o colégio de freiras, na antiga cidade arquiepiscopal, onde estivera algum tempo, desesperada pelo abandono em que se julgava, ela se habituara a fechar-se sobre si própria, sem confidentes, procurando sempre, tenazmente, encontrar a verdade que pressentia escondida em seu coração, que lhe pesava de forma insuportável, e dava dolorosa sensação de culpa e de traição quando olhos indiferentes a fitavam.

Muitos dias depois Dodôte ainda guardava indelével a marca desses momentos, e sentia que entrara de chofre em um mundo insuspeitado, indiferente e hostil. E Maria do Rosário, que conhecera nesse dia, foi o sinal de invasão, da intromissão de estranhos em seu íntimo. Era-lhe impossível explicar como sua nova amiga surgira com seu riso perene, os cabelos em desordem, os vestidos alegres e mal-acabados, e via com espanto sempre novo aquela moça agitar-se em torno dela, procurá-la a todo instante, sempre projetando alguma coisa proibida, e tão sua amiga, na facilidade da vizinhança das moradias.

V

Foi ao pensar em sua humilde segurança, agora tão ameaçada, que um dia Dodôte acompanhou sua nova amiga até o parque que tinham organizado no recanto do adro da matriz, apertado em um grande ângulo pela muralha que o sustentava.

Na meia obscuridade, cortada de jatos de luz brutal, os mastros embandeirados, as barraquinhas cobertas de panos de cores vivas, os grandes galhos de árvores plantadas em desordem, como ingênuo ornamento, davam a ilusão um pouco grotesca de floresta encantada, fantástica, de legenda estrangeira, onde os anões, os gnomos, os gigantes, os ogres e as princesas deviam se encontrar, em um misto de miséria e de riqueza ostentosa.

Maria do Rosário e Dodôte passavam de um lado para outro, e ora se refugiavam no muro de cantaria que formava o peitoril do terraço para a ladeira, ora junto às muralhas da igreja, entre seus pesados contrafortes, longe sempre dos grandes ajuntamentos. Deslizavam entre os grupos, uma com seu vestido branco enfeitado de fitas vermelhas e a outra toda de preto — pois ninguém se lembrara de dizer-lhe que não se vestisse mais de luto — como se se desviassem de simples obstáculos.

Maria do Rosário, entretanto, ria-se e tinha os olhos constantemente abaixados, pois conhecia toda a gente e não queria ver ninguém.

Sentia-se estranhamente, deliciosamente pura e esquiva, abrigada como estava pela aura de timidez de sua amiga, sempre incompreensiva e distante para com os homens e mulheres alegres que delas se aproximavam, e, repelidos, logo desapareciam, em busca dos prazeres pobres que lhes oferecia a quermesse.

Dodôte segurara com impaciência o braço de sua amiga, e, depois de algumas tentativas frustradas, conseguira refugiar-se em uma das portas laterais da igreja, que, fechada, formava um grande nicho sem imagem, acolhedor e vazio. Com sensação de indizível alívio, de pausa em meio da angústia que a fazia temer, de estranheza, de receio, ela escondeu-se, e sentou-se no primeiro dos degraus de pedra que ali se encontravam, e ainda mais ocultas ficaram as duas, pelas sombras que se concentraram sobre elas, tornadas muito fortes pela grande barraca que se erguia perto, e cuja abertura se voltava para o lado aposto, com suas luzes, bandeirinhas, prêmios e sortes.

Dodôte deixou correr sobre seu corpo a impressão de grande repouso, que lhe desceu sobre os ombros como um manto roçagante, e a penumbra foi para os seus olhos uma carícia. Podia, de onde estava, distinguir apenas o vulto mais claro de Maria do Rosário, e, em seu rosto, a mancha escura das sobrancelhas, que ocultavam o olhar de mistério...

VI

Foi então que Dodôte viu o reflexo gigantesco e repentino dos raios de luz pálida de calmaria, que se abriam trêmulos, em leques enormes e silenciosos, no céu muito alto, muito longe, lá fora da cidade aprisionada pelas montanhas perdidas nas trevas. Uma angústia incerta, indistinta, bateu surdamente em seu coração, ao lembrar-se de que todo aquele aglomerado de casas era apenas um pequeno refúgio na noite pesada e infinita, nela perdido e abandonado.

Todos que nele se abrigavam eram pobres prisioneiros que se acotovelavam, e de nada valia arrastar Maria do Rosário em sua fuga, no afastamento de toda aquela gente que as cercava, e cujo número crescia a cada instante...

De súbito, Dodôte estremeceu, encolhida em seu esconderijo de sombras.

Um homem estava perto dela, via-o agora claro, e olhava para Maria do Rosário fixamente, com a audácia repentina e sombria dos homens do sertão.

Compreendeu que ela mesma estava longe, que havia uma fantástica incoerência em sua própria presença naquela reunião festiva de homens e mulheres, um desacordo enorme entre ela e aquela moça, de quem tão pouco sabia, e que agora sentara-se ao seu lado.

Ela, Dodôte, era ali unicamente uma figurante apagada, repelida e mal paga... e devia fugir daquele lugar e daquela hora, de vida possante em corpos ardorosos que a cercavam, e queriam aprisioná-la...

Nesse mesmo instante os olhos de Maria do Rosário surgiram da sombra e se tornaram visíveis, chamejantes. Dodôte, que a olhava sem que ela o percebesse, viu o fogo que neles surgiu, sentiu o calor que a invadia, em uma rápida centelha, e compreendeu que se estabelecera entre a amiga e aquele que a contemplava uma inteligência momentânea, secreta e inteira. Era, para ela, ofuscante, a revelação do acordo entre a resignação da mulher e o desejo do homem, e Dodôte sentiu que, através de seu corpo, que separava Maria do Rosário do vulto que a fitava, criara-se uma cadeia mágica, e, naquele instante, eles viviam, pelos sentidos, uma colaboração profunda, sem limites, sem tempo, sem divisão de personalidades.

Um medo respeitoso a tomou toda, e fê-la perder o uso dos sentimentos humanos, dissolvendo sua alma, fazendo-a perder-se em hesitações.

— Que fazer? Onde ir? Como fugir dali?

Ela nada sabia, e agora tudo era possível, mesmo aquela chama demente de loucura e de perdição, que a queimava ao passar pelo seu corpo, poderia envolvê-la toda, e dominá-la em sua cegueira. Seu corarão, pesado de pressentimentos e de terror diante das verdades que surgiam dentro dele, chegava aos limites do extremo cansaço, e uma desamparada tristeza se desprendia de toda a sua pobre figura, presa àquele recanto, escondida como uma imagem dolorosa em seu nicho, roída pelas intempéries e pelo abandono.

— Por que aceito esse sofrimento? — perguntou a si mesma, em silêncio, refugiando-se na escuridão voluntaria de sua alma.

Era tudo uma mentira. Não se rasgava diante dela o véu da vida? Só ela era incapaz desse espontâneo e absoluto dom de si mesma? Só ela se desviava e embrenhava-se nos caminhos e atalhos da renúncia e do sofrimento procurado, e deixava que todos os outros seguissem o lento e largo caminho da comunhão humana.

Dodôte, imóvel, nada deixara transparecer do que nela se passava, e fechou-se em sua luta nova, que se acalmou sem resolver-se, silenciosamente, e foi com um gesto de instintiva repugnância que sentiu o corpo de Maria do Rosário aproximar-se do seu corpo, e dele se afastou, dobrando as mãos no seio.

— Quero ir embora — disse a amiga, e Dodôte compreendeu que não vinha triunfante, como a esperava, mas com gesto humilde, e palavras de explicação de sua vontade de retirar-se, cheias de confusa miséria.

Mas, de toda ela exalava-se o esplendor oculto e morno da pujança de todos os mundos que a habitavam, escondidos sob sua pele quente, agora aveludada e vermelha de sangue vivo, debaixo de seu pobre vestido vistoso, feito com rendas e sedas que ela mesma, Dodôte, dera. Devia ser, talvez, antigo vestido seu, com novos enfeites, que cobria Maria do Rosário, e modelava agora com doçura o seu corpo magro, como se ele despertasse todo, fecundado pelo suor de sua nova dona.

VII

Muito tempo depois, quando a festa já tinha terminado, Dodôte sentiu suas mãos presas à pedra do muro que servia de proteção aos que desciam a pequena ladeira que conduzia até a rua principal, que passava embaixo.

Retirou-as lentamente, e arrastou-as sobre a sua dura e áspera superfície, como se fossem as amarras de um triste navio, que corressem sobre o cais, ao partir...

Esquecera como viera até ali. Não se lembrava das pessoas que lhe tinham falado, e que a tinham cumprimentado como ostentação, deliberadamente, quando a viram sem a companhia de Maria do Rosário.

Desceu a ladeira, apoiando apenas as pontas dos dedos na pedra brutal, e deixou, indiferente, que sua saia, muito longa, varresse as lajes irregulares da descida, muito devagar, em um balanço preguiçoso de seus passos lentos, e assim mergulhou na escuridão e no silêncio da rua que devia conduzi-la à casa da Ponte.

Caminhava em êxtase, e queria conservar a embriaguez morna cujo reflexo sentira dentro de si, vinda daqueles corpos que se tinham afastado dela, à procura uns dos outros, marcados já pela cumplicidade, pelo quente apelo da vida, pelo chamado da duração do mundo. Ela apenas os imitara em seus movimentos, e andara para lá e para cá, sem destino e sem companhia, mas queria viver e sentir como os outros.

— Ele... — murmurou, e essa palavra era apenas um suspiro em seus lábios, no seu rosto de cera e cinzas, onde não se viam seus olhos enlutados. E repetiu, bem baixinho — Ele...

Fechou os olhos para ver a imagem transfigurada do homem que também a olhara. Mas sua boca desenhou a expressão de infinita repugnância. Tinha diante dela unicamente o corpo, a carne daquele que também a fitara com desejo, e sua representação se transformava na realidade de todo o seu medo, do insustentável absurdo de seu coração ávido.

Caíam agora, muros sem base, as tristes barreiras de seu isolamento, os limites criados pela sua vocação sem remédio. Um movimento maquinal de recuo e de cansaço fê-la deter-se no alto do patamar da casa da Ponte, diante da porta, que acabara de abrir, e ficou parada, por algum tempo, de cabeça baixa e braços abandonados.

Parecia-lhe agora que havia tomado parte em tudo que se passara, que tivera um papel, e o representara conscientemente. Enchera-o com seus sentimentos ocultos, com a sua inocência.

Era a "Repudiada"... levou instintivamente as mãos aos cabelos e suspendeu as mechas que o vento da noite tinha soltado. Prendeu-as, com gestos amplos, ao nó enorme que pesava sobre a nuca.

Levantou os olhos e sentiu sobre si o olhar do Homem que a seguira, e que agora a fitava, e percorria os seus braços, o seu colo, todo o seu corpo, com a vista torva e lenta. Pareceu-lhe que uma onda de calor vinha de toda sua figura, como um convite, uma encantação sombria. Mas logo a mais alta incompreensão fechou a sua alma, que não se aquecera com aquele calor, e continuava adormentada e dolente, pois não falava a mesma linguagem...

Quando fechava a porta, muito serena, com a respiração tranquila e o coração ritmado, ouviu os passos do homem que se afastava, furtivos, como os de um animal notívago, à procura de sua presa, e tudo fugiu para muito longe, para o esquecimento da noite.

VIII

Dodôte deitou-se em sua cama, cujos altos espaldares lhe davam a impressão de muros de defesa, e envolveu-se toda nas cobertas. Estava agora em seu secreto refúgio em seu abrigo verdadeiro e livre do inundo. Fechou os olhos, estendeu os membros lassos, mas através das pálpebras via ainda a luz da vela, que tremia no castiçal de cobre, feito por alguém de sua família, e ficou à espera do sono.

Ele devia vir... devia vir... mas seu coração começou a bater surdamente, e os batidos foram aumentando, crescendo, até que subiram à sua boca.

Mudou de posição e cruzou os braços sobre o peito, como se quisesse prender as pulsações violentas. Manteve-se imóvel, com os pensamentos a passarem por sua cabeça, em voos irregulares e rápidos; formavam palavras de um cântico nunca escrito, onde a dor surgia e se entrelaçava, à força, como a realidade.

Abria-se, assim, lentamente, em seu espírito, uma nova luz que não esperava. Compreendia agora, confusamente, porque os anos tinham passado vertiginosamente, sem conta, uniformes, e ela não os vivera, não se apercebera deles, e via, de repente, que chegara a uma idade em que as mulheres já realizaram a sua missão. Contava, e via que tinha trinta anos... trinta anos, e só assim se fazia luz em seu coração, e sabia afinal por que ele não despertara ainda, e talvez estivesse morto...

Realizava agora a que ponto Maria do Rosário descera, e só assim podia explicar a sua amizade ansiosa, e a estranha humilhação que manifestara poucas horas antes.

— E porque você fala que você se torna visível — murmurou alguém ao seu ouvido, e ela deixou de ver a luz da vela, que bruxuleava, por alguns momentos.

Voltou-se, rápida, no leito, em um movimento de fuga e defesa.

— Tudo caminha fora de você... — dizia a voz, e ela de novo se virou, e distinguiu na penumbra o quadro aberto da janela, apenas um pouco mais iluminado pelo palor irreal do céu enorme, muito alto.

Toda a gente dorme. É a hora da paz, da sua paz, da paz daqueles que só encontram olhos indiferentes, curiosos e maus, e palavras hostis ou sem significação. Agora poderia ver os homens e as mulheres aproximarem-se uns dos outros com as mãos abertas, porque sabia que deles está ausente a verdade...

— A minha verdade também é diferente — balbuciou ela, com a voz indistinta e sonolenta.

Um pequeno desvio na realidade, uma ausência de minutos do que a cerca, e entra de surpresa em um país novo, estrangeiro, que se superpõe ao dos outros...

— Você é uma desconhecida, que todos olham de perto e de longe.

— Mas eu os odeio — exclamou ela, bem alto — porque não sei, não consigo explicar nem compreender essa renúncia da vida...

Já inteiramente despertada, sentou-se na cama, bruscamente, no pavor da escuridão agora completa, pois lá de fora não vinha mais nenhuma luz, e o céu fechara-se inteiramente. Pensou que estava morta, por isso nada reconhecia do que a rodeava, pelo tato. Suas mãos percorriam febrilmente os lençóis, a colcha, a guarda da cama, o castiçal coberto de cera que deixara sobre a mesa, e afinal, com esforço, conseguiu acender uma luz. Quando enfim pôde ver, quando se dissiparam as nuvens que se tinham formado em seus olhos, verificou que estava ainda em seu quarto, na casa em que deveria sofrer, fugir, voltar, e onde veria tombar sem remédio o seu amor a si própria.

Tomou um livro que estava sobre a cadeira ao lado da cabeceira, com capa de tartaruga e folhas douradas, marcadas aqui e ali com velhas fotografias e com imagens desbotadas, e esqueceu-se de tudo e de todos...

IX

Com a sensação viva e repentina de que fora arrastada por um rio noturno, que a levara velozmente em suas ondas sombrias, Dodôte despertou e conseguiu sentar-se em seu leito.

Passos cautelosos, vindos de longe mas bem nítidos, provocavam os ecos desencontrados e surdos da velha casa da Ponte e, pelas janelas alertas, entrava a luz da manhã, com o cochichar lento e prolongado das árvores. Curvou bem os joelhos, e prendeu-os com as mãos muito pálidas, que se destacavam na coberta branca. Olhou-as muito exangues, com suas veias salientes e escuras, e lembrou-se da viagem que fizera, da vinda da fazenda, quando, ao ver a liteira que subia penosamente o morro, diante dela, notou que uma das mãos do velho senhor pendia para fora, como um objeto morto, e nele pensou, agora deitado em sua cama, há tantos anos dela prisioneiro, movendo apenas os olhos. Viera do Jirau, por entre os solavancos e os acidentes da estrada, como uma estátua, envolvido em panos, no veículo que avançava lentamente, balançando, ao passo cansado e laborioso dos dois animais, em um ritmo de cortejo fúnebre.

Muito perto, respirava o mesmo ar, apenas dois quartos adiante, no corredor para onde abria sua porta, e vivia aquela alma aprisionada, completamente fora do mundo e dele separada por intransponível barreira... ou talvez não, porque muitas vezes Dodôte surpreendera no seu olhar qualquer mensagem que não fora compreendida. Sentiu mais uma vez o enorme cansaço que a invadia, só de tentar decifrar o que se passava no coração de heroica resistência, que pulsava sozinho naquele corpo morto, e que não queria morrer, reagindo aos gelos e aos venenos letais que o assaltavam de toda a parte.

Sua cabeça pendeu, pesada de torpor e de ideias negras, e lhe vieram os pensamentos habituais, de que não era aquela cidade a sua pátria, não tinha consciência do lugar onde nascera, e ela própria não se conhecia, não sabia quem era e não se encontrava naqueles que a tratavam familiarmente. Era um outro ser, livre e rápido, senhor dos grandes espaços abertos, e falava uma linguagem que alcançava todos os horizontes. Nada tinha com aquelas mulheres austeras, de olhos limitados e secretos, cujos retratos costumava ver no velho álbum de família, que viera da sala de visitas da fazenda, fechado em um esquisito estojo de madeira trabalhada, forrado de camurça vermelha, e marcado a fogo com estrelas douradas.

Frases que se tinham formado em seu espírito, e agora surgiam de novo, em ordem lenta e confusa, passavam em sua cabeça, ritmando a dor que se concentrara sobre os olhos.

— Aquela casa não era sua casa... aqueles móveis não tinham a marca de suas mãos... sua própria alma era outra... agora presa e sufocada por tudo aquilo que a cercava.

Tudo era estrangeiro e hostil, todos guardavam qualquer segredo mau, perverso, que a prenderia para sempre ali. Teve vontade de erguer-se, vestir-se sorrateiramente e fugir para a fazenda, sem levar nada em seus braços. Abandonaria aquelas coisas que não amava mais, e caminharia pela estrada que subia sempre, perdendo-se nas nuvens, como se procurasse atingir o céu, acima das matas escuras e podres, à procura sempre do espinhaço das serras.

Mas, se fugisse, refletiu pesadamente, embriagada de sono, não poderia levar alguma coisa que a prendia e a tornava livre de si mesma, ao mesmo tempo. Como poderia viver longe, sabendo que lá do outro lado das serras perdidas existiam uns velhos olhos que não a veriam todos os dias, velados agora pela certeza de que tinham perdido a sua única ligação com o mundo?

Também não teria um só momento de calma se se lembrasse daquela voz trêmula que chegava agora aos seus ouvidos. Veria sempre a triste senhora andar pela casa toda, impaciente e amarga, à procura de algum objeto que nunca sabia com certeza qual era, e que só ela poderia descobrir e serenar com uma única palavra ou um simples gesto.

— Não, não era possível fugir... — e deitou-se de novo, cobrindo a cabeça com os lençóis, mas toda ela vibrava, e as recordações surgiam em tropel.

Um dia, depois que viera para a fazenda, e se integrara naquele pequeno mundo fechado, todo envolvido em dores longas e irremediáveis decadências, que a tinham feito esquecer-se de si mesma, de seu corpo que crescia, de seu espírito que se formava e completava o que aprendera no colégio distante, alguém mostrou-lhe no espelho um rosto cheio de vida, com olhos radiantes de luz, a boca fecunda, vermelha e úmida, e lhe dissera, rindo:

— É você, uma outra você...

Ela calou-se, e fugira para o quarto, onde se refugiara toda trêmula. Sentira que o sangue fugira das veias e se acumulara em seu coração. Talvez fosse aquela "outra" a que vivia e lutava nele, por uma vida diferente e uma morte nova. Era ela que dizia sempre não, que a desmentia sempre, e desmascarava a sua maldade. E, desde aquele dia, a inquietação de seu espírito se tornara realidade e passara a ser sua companheira habitual.

Estendeu os braços, de novo, para fora das cobertas, e olhou para as mãos. Desprendeu lentamente cada dedo que cruzara, e ao mesmo tempo pensava que assim quisera desprender-se de si mesma, fibra a fibra, e olhar então o universo com serenidade.

Um arrepio, um aviso, a fez sentir que não estava sozinha, e, apesar do silêncio que se formara de novo, apesar de nada ter ouvido, sabia agora que alguém a observava da porta, que estava entreaberta.

Volveu então a cabeça e viu, de pé, imóvel, com a gravidade inescrutável das aves noturnas, sua avó, muito curvada, envolta no xale preto, que a fixava com severidade. Dodôte estremeceu, apesar de conhecer bem a estranha mansidão da velha senhora, e levantou-se, indo ao seu encontro. Antes que ela pronunciasse uma só palavra, a avó disse-lhe com secura:

— Não quero que Maria do Rosário venha mais a esta casa — e retirou-se, sem olhar para trás.

X

Dodôte esquecera a amiga. Apagara-a de sua mente, e deixara que o tempo corresse sem vê-la, porque julgava que a intimidade, que se formara tão rapidamente entre elas, contra sua vontade, se desfaria com esse simples artifício, uma vez que era falsa.

Mas um recado tornara insustentável essa fácil fuga, e Maria do Rosário sabia muito bem disso. Conhecia a guerra misteriosa, surda e implacável que contra ela moviam todas as senhoras da cidade, mas o nome de seu pai e o de sua família a protegiam contra o desprezo que sentia em todos que a recebiam em suas casas, sem coragem de expulsá-la. Mandara para Dodôte, envolvida em cartas muito íntimas, fotografias de seu irmão que vivera na cidade, e se recusara a ir para a fazenda, quando os pais tinham morrido.

Dodôte, ao ver o pequeno cartão muito brilhante, de velha cor de topázio, muito empalidecido, onde se desenhavam em sépia os traços de José, o irmão que lhe custara pedaços do coração, que fugira de seus cuidados, e permanecera sempre longe dela, minado pela tuberculose e pela sua visão triste e diferente da vida, lembrou-se de sua morte. Ela não a compreendera, e ao ver então o seu rosto, tal como o via agora naquele cartão, mas com os olhos cerrados e um vinco de riso no canto dos lábios, tivera apenas vontade de chorar, com desespero.

Tinha morrido na casa onde ficara, onde julgava que vivera sozinho, e, da fazenda, vinham mulas com grandes jacás, carregados de víveres, para seu sustento. Muitas vezes, com suas mãos, preparara, à noite, tudo que devia vir na madrugada seguinte, e, quando fora chamada para vê-lo, foi com o mesmo tropeiro, que trazia essas cargas, que ela veio. Mas, chegara apenas para o enterro, e, quando entrou na sala onde jazia o seu corpo, encontrou-o já no caixão, onde o colocara alguém que não soubera quem era, e os dourados da esquife punham uma nota de demência na desordem e no pó que tudo cobria. Muitos homens enchiam a casa, e todos sabiam que ali tinha estado antes uma mulher, que devia ter direitos sobre o morto...

Dodôte viera com a resolução bem firme de levá-lo para o cemitério sozinha, ajudada apenas pelos coveiros e pelo padre, encerrando assim, solitária, uma vida toda de solidão e de abandono. Foi com dolorosa surpresa que viu, na casa, que nada havia ali que lembrasse as horas pesadas da vida lenta de seu irmão, cuja sequência seguira de longe, minuciosamente, até em seus minutos. Vira-o sempre devorado pelo isolamento voluntário, pelo medo de ser a causa da doença e da morte dos seus, e assim pensando viera pelos caminhos quentes de sol, onde a luz se alongava, ao nascer no horizonte. O dia parecia agarrar-se a cada árvore, a cada folha, às casas e às montanhas, para conseguir firmar-se e viver. E ela imaginava que seu irmão, lá longe, deserto também a tudo se agarrava para continuar, para existir ainda...

Agora, na sala, onde velavam a corpo, ela sentia que aqueles homens, que não conhecia, usurpavam tudo do irmão morto, e não queria saber quem eram nem o que tinham sido para José.

Sem olhar para eles, atravessara o pequeno quarto e o corredor, com uma expressão de completa ausência no rosto, os cabelos repartidos ao meio em dois bandós muito lisos, pousados como duas asas negras sobre a testa pálida, e a boca, contraída, remoía a erva amarga da cólera.

Foi ao quintal e de lá trouxe o criado negro e velho que se ocultara para chorar, e, com gesto lento, onde havia qualquer coisa de teatro inconsciente, misto de simulação e de verdade, forçou-o a aproximar-se do rosto do morto, dizendo:

— Venha se despedir, você que foi o seu único amigo...

Móveis miseráveis, quadros muito pobres, vultos de luto flutuaram por instantes diante de seus olhos, e tudo voltou a revestir-se do mistério sutil da morte.

Mas, sabia bem que, atrás daquela mísera máscara informe, ainda mais macilenta pelo reflexo das velas oscilantes, sabia bem que na vida inteira de seu irmão, esgotado pelas hemoptises e pelo medo, todos aqueles homens nada tinham representado, e todo o afeto, a bondade, o sentido de proteção de que ele era capaz se concentrara naquele filho de escravos, seu pajem de menino.

Diante dele, a própria recordação da mãe, que persistia quase intata e sagrada em sua mente, na série unida e infindável de seus dias, insidiosos e vazios, fora esquecida, e o pobre negro ficara anteposto à figura melancólica, sombra que se afastara no tempo.

Dodôte descobrira um dia os vestidos da pobre senhora, suas relíquias, envolvendo o velho doente, e respeitara o gesto do irmão.

Ela reconhecia, pensava, que aquele amigos tinham tido piedade dele, mas com a caridade intermitente e limitada dos homens, e a alma insatisfeita de seu irmão se corrompera lentamente, corroída pela constante suspeita de que passara além dos últimos limites, do ponto final da sua comiseração e solidariedade. Não pudera nunca ter alegrias, não conseguira nunca vencer a tristeza dos sacrifícios que eram esmolas em seu favor...

Não tinha querido ir ao cemitério acompanhada por estranhos. E deixara a casa do irmão, indo dormir na Ponte, que estava desabitada há muito tempo. Pelo caminho foi ouvindo até muito longe o canto do velório, que parecia segui-la pelos meandros do beco, ora aumentando, ora diminuindo, e, já deitada na cama poeirenta, fechada no quarto abandonado que escolhera ao acaso, ouviu, imóvel, a chuva repetir até o infinito a sua melodia simples, tocada nos vidros, nas pedras da rua, no telhado, por dedos invisíveis.

Passara a noite toda desperta, com o peito oprimido, sem poder explicar a si mesma o que sentia. Todo aquele ruído, entrecortado, de quando em quando, por frases muito cristalinas, parecia-lhe uma mensagem longa e cheia, vinda da solidão, e a obscuridade que a cercava, hesitante, vagamente sinistra, também escutava.

Um leve ruído a chamou a si, e viu-se, de novo, sentada na cadeira de balanço de seu quarto, com o papel em que Maria do Rosário envolvera as cartas no regaço, mas aberto, e dele se desprenderam os retratos e tudo caíra no chão, a seus pés.

Apanhou uma das fotografias, e, sem ler a dedicatória, que adivinhava qual fosse, contemplou a figura esmaecida do irmão, que lhe sorria, magro, mas com a fisionomia serena. Tinha agora que refazer a imagem que se gravara em seu íntimo, a de um pobre doente esmagado pela tristeza e corroído pela moléstia, imagem essa que se tinha entranhado e apossado de toda a trama de seu ser, e que nele ficara como uma dor contínua, sem alívio.

Para não associá-la a Maria do Rosário, tinha que arrancar de seu coração a lembrança do morto, e devia fazê-lo com repugnância, e tentou ajoelhar-se e rezar até perder a noção das coisas, mas sentia rugir no peito o demônio da raiva, que mordia os freios, e não queria se calar...

Ergueu-se e conseguiu, com movimentos calmos e graves, rasgar os retratos e as cartas, sem as ler.

XI

Dodôte ia muitas vezes por dia ao quarto de seu avô. Era preciso, a todo momento, tratá-lo, e compreendia que ele não gostava que outras mãos o tocassem. Ele a esperava sempre, lá em seu leito, com os olhos fixos na porta por onde ela devia entrar, e aquele olhar vazio e sem brilho perscrutava a penumbra, velava como uma presença escondida, que palpitava e vivia, em surdina, na sua prisão. Adquiria mágica lucidez quando via surgir o vulto da neta, que se desprendia da sombra da saleta vizinha, impreciso, misterioso, na ressurreição sempre renovada de todos os instantes, na criação cotidiana de sua alegria, de seu único refrigério, dentro do cativeiro que a doença lhe traçara.

A primeira visita era sempre muito de manhã, quando ainda os sinos da cidade alta formavam uma nuvem sonora sobre a parte baixa, em uma fantástica sequência de acordes sonoros e loucos, que se perseguiam e se entrelaçavam. Sem descer, eles passavam fugindo para o vale entre montanhas muito altas e preguiçosas, ainda adormecidas àquela hora, e Dodôte sentia repercutir em si todo aquele triunfo. Caminhava pelo corredor ainda cheio de sombras, e parecia transportada por aqueles sons alados, sem pensar na humilde e triste missão que levava, de consoladora e de enfermeira. Ia tirá-lo do isolamento em que passara a noite toda e trazer-lhe o conforto de suas mãos piedosas.

Depois, ficava muito tempo olhando aquele corpo silencioso, muito limpo em sua cama de lençóis alvíssimos, onde formava uma tosca figura mortuária em relevo, acentuada pelos reflexos da luz espectral que vinha das venezianas ainda fechadas.

Sentia todo o tempo sobre o seu rosto o peso daqueles olhos exorbitados, que a fitavam intensamente, com as pupilas muito abertas, negras e sem fundo.

— Que quererá ele dizer? — refletia ela, enquanto seus olhares se cruzavam, e mal podia sustentar a fixidez viscosa daquela contemplação. — Quais seriam as interrogações ansiosas, as exclamações, os apelos, que se escondiam naquela boca cerrada, que os devia guardar há tanto tempo, pois já o encontrara assim, quando de volta de seu exílio no colégio... Dez anos, doze anos, já não se lembrava mais, e se afligia em pensar, ao contá-los.

Nenhuma palavra parecia poder penetrar em sua alma, nenhum som compreensível podia sair de seus lábios... Ela era a testemunha impotente e constante daquela luta silenciosa e longínqua contra a morte, cada dia um segundo mais perto, sem esperança e sem vitórias, sempre igual aparentemente, mas em uma graduação laboriosa, em uma descida insensível para a extinção total.

Muitas vezes parecia a Dodôte, quando chegava de surpresa ao quarto do avô, que leves sinais alteravam o desenho de seus traços, na fisionomia lívida que a recebia, e, pelos esforços que notava em seu peito, pelo rouco e continuado gemido de sua garganta, julgava que a voz morta ia ressurgir, em um grito de desespero, que, depois, continuaria em frases impetuosas.

Mas um leve suspiro era tudo. A calma do sono voltava, e o quarto se recolhia ao mesmo silêncio de sempre, ao infindável silêncio de expectativa, de pressentimento, de eternidade.

Toda a luz se concentrava no leito muito branco, no meio dos móveis e dos objetos escuros e sem forma definida que o rodeavam, e Dodôte, parada junto dele, sentia insuportável vontade de andar, de correr, de gritar, de ir para bem longe, para campos abertos e grandes rios espraiados, onde os ecos se perdessem nos horizontes de liberdade e desafogo.

Lembrava-se da fazenda, dos grandes passeios que fazia sozinha, muitas vezes já de noite. Embrenhava-se na pequena mata que havia ao lado do pomar, e, na clareira, onde um grande brejo velava, via também a luz pálida do luar se refugiar em lençol d'água muito claro, para dormir a sua febre tranquila.

Diziam que naquele charco, muito próximo da casa, havia sanguessugas, que tremiam em suas águas torvas, e se escondiam entre as folhas viscosas, as raízes podres das plantas aquáticas, e aranhas venenosas e negras, de grossas patas aveludadas, viviam em suas margens.

Noites a fio, quando criança, ela as imaginara fugindo e caminhando todas, em um terrível e silencioso cortejo, até sua janela, onde subiam penosamente, deixando-se cair no soalho e, finalmente, avançando para o seu leito, agarrando-se às suas cobertas e nelas escondendo-se.

Ficava quieta algum tempo, trêmula, mas firme na resolução de resistir ao medo, mas logo era dominada por um pavor insensato, e tinha que se levantar, com o corpo gelado e percorrido por violentos arrepios, e sacudir a cama e tudo que nela se encontrava, para poder de novo deitar-se.

Relembrando essas cenas de sua infância, ela teve um sorriso confuso nos lábios. Já naquele tempo a olhavam com inquieta incerteza, diante de suas estranhas pequenas manias...

XII

— Ora, Nhanhã — dizia-lhe Chica, a sua antiga ama, que a acompanhava por toda a parte — ora, Nhanhã, eu tomo conta do senhor; pode sair um pouco, não fique assim presa como tem estado sempre; vai passear, por que não vai ao pomar, apanhar algumas, frutas?

A preta velha tinha carregado Dodôte em seus braços, tinha sido sua pajem, e depois sua companheira infatigável, seguindo-a sempre, e tomara parte em todas as suas mudanças e viagens. Fora levada para o colégio, e lá ficara como servente, para acompanhar a sua menina.

Dodôte sentia que ela era uma testemunha de sua vida, era uma prova de sua continuidade, uma afirmação da lógica e do seguimento de seus atos, e essa sensação era para ela, muitas vezes, um prazer profundo, a impressão de alívio e de refúgio, de porto achado, de ansa tranquila onde podia se abrigar. Quando se apoiava em seu regaço de virgem velha, de escrava desprezada, e Chica contava-lhe as suas histórias docemente absurdas e incoerentes, Dodôte sentia, ainda agora, repassar a seus olhos a sua vida inteira, com seus episódios que não se ligavam, não formavam um todo, e viviam unicamente pelo calor que lhes imprimia a voz quebrada da negra.

Ouvindo-a, como em um sonho, via a porta da casa da fazenda abrir-se devagar, e na soleira, no alto da escada de pedra que a ela conduzia, surgia uma menina com o seu vestido branco muito liso, com os cabelos puxados para trás e presos com um laço de fita já sem cor. Tinha o rosto redondo e pálido e grandes olhos sombrios. Parava ali, timidamente, e, pondo um pé para fora, balançava-o lentamente.

Fitava com o olhar fácil de quem pensa sem segundos planos o caminho longínquo e serpenteante, que subia abrindo claros na pesada vegetação do morro fronteiro ao Jirau, em curvas caprichosas, cintilantes ao sol.

Tudo dormia em redor dela o sono das horas quentes, e as casas da fazenda, construídas ao acaso das necessidades da mineração, amontoadas em torno da torre do mirante, pareciam ter sido arrastadas até ali, em um brinquedo de gigantes, àquele vale fundo e morno. Apenas se ouvia o marulhar vivo e alegre das águas nascentes invisíveis, que pareciam correr por toda a parte, mas a menina não via nem ouvia senão o "lá fora" de sua vida prisioneira de pequenos sonhos confusos e curtos.

Toda a distância enorme que a separava da cidade, toda aquela extensão imensa coberta de matas, de terras plantadas e grandes pastos, cortada de montanhas que se levantaram em altas muralhas, onde as pontas de gado andavam lentamente, abrindo caminhos sem destino, onde os homens labutavam e sofriam, e, do outro lado, a aberta do vale que se rasgava na cadeia de montes, suspensa de grande altura, cortada em panorama de abismo, mostrando ao longe a sucessão de planos em descida, onde se perdiam as manchas brancas e os fumos de cinco cidades, toda essa tumultuosa grandeza nada representava diante daqueles olhos infantis que olhavam sem ver.

Vivia inteiramente à parte de tudo e sua existência corria misteriosa e tranquila, nos quartos pobres e corredores sem conforto da fazenda, por entre os joelhos das pessoas grandes, que andavam em grandes passadas, pisando forte para lá e para cá, ou deslizando com vestidos longos, fazendo um leve sussurro, e que, a maior parte das vezes, apenas tocavam com as mãos a sua cabeça, em uma carícia indiferente.

A menina tinha um pequeno universo, de limites muito próximos, mas bem fechados, onde os grandes não entravam, nem podiam entrar porque não conheciam a sua linguagem nem sabiam o verdadeiro valor dos gestos. Quando ela se aproximava dos maiores era sempre em busca de proteção e de divertimento, mas uma vez obtidos, cansava-se bem depressa e logo fugia para a sua liberdade, e não havia promessas nem ameaças que a fizessem voltar e não atender ao chamado de seus sonhos, que a esperavam pelos cantos.

Andava e corria, abria e fechava portas, sem razão aparente... e o motivo de sua vinda até a porta da fazenda era um segredo só dela conhecido.

Vinha, e quando percebia que não havia ninguém, gritava com sua voz muito fresca:

— Menino!

Contemplava durante alguns minutos a paisagem imutável, no seu encanto surdo e mágico, e, às vezes, ousava mais, gritando:

— Moço!

Mas não esperava que aparecesse alguém. O seu chamado não tinha mesmo resposta. Fechava precipitadamente a porta muito pesada para as suas frágeis mãos, e corria para dentro, com medo do silêncio, e depois com medo do ruído áspero das dobradiças de ferro enferrujado, que pareciam sempre soltar um grito de surpresa e depois rir, rir dela com um riso de feiticeiro mau...

XIII

Dodôte nada disse à sua avô sobre Maria do Rosário.

Quando nela pensava, seu espírito era dominado por falsas imagens, remorsos indecisos, e uma secreta acusação a si mesma brotava em seu íntimo. Sentia de forma confusa, e não tinha coragem de esclarecer o que se passava em seu coração, depois que realizara com tamanha nitidez o que ela fora para José, e o que representava, realmente, o envio de suas cartas e fotografias, sentia que, naqueles dias de incerteza, devia resignar-se a uma indulgência cega e surda, sem limites.

Foi pois, com calma, com teimosa quietude que recebeu sua amiga, logo no dia seguinte. Maria do Rosário surgiu, a princípio muito cautelosa, de olhos baixos e falando em um sussurro. Olhava constantemente para trás, como se tivesse medo de ter sido seguida pela avó de Dodôte ou pela negra. Depois, vendo a impassibilidade da amiga, compreendeu que o terreno se firmava sob os seus pés, e foi pouco a pouco abandonando a reserva que prendia os seus movimentos e fazia com que seus lábios permanecessem franzidos, e tornava o seu olhar fugidio.

Foi fechar a porta do quarto, pois Dodôte não se erguera quando ela entrou, e depois veio sentar-se aos seus pés, no soalho. Trouxera de sua casa, prevendo que lhe seria necessário um pretexto para se calar, alguma coisa que a entretivesse durante os silêncios hostis que esperava, um vestido para consertar.

Dentro em pouco parecia mergulhada em seu trabalho. Costurava com grandes gestos, e alongava até o fim a linha enorme que pusera na agulha. Dava ponto sobre ponto, muito apressada, com a atenção inteiramente presa ao pano que mantinha sobre os joelhos dobrados. Não olhava para Dodôte, mas sentia-se que estava alerta, e toda ela se retesava no instinto de defesa, que revestira com uma armadura, ao vir para a Ponte.

Dodôte conservara-se sentada o tempo todo em sua velha cadeira de balanço de jacarandá, de encosto muito alto e direito, abrindo-se em cima em um lavor muito simples, e parecia refugiada naquele trono inseguro e oscilante. Tinha no regaço o livro de orações de sua mãe, com marcas de fitas e de santos entre as páginas, e, quando viu Maria do Rosário sentada e muito entretida com a pequena tarefa, ergueu-o até bem próximo do rosto, e devia lê-lo...

Todas as vezes que a agulha de Maria do Rosário, em suas grandes pontadas, dela se aproximava, com brusca velocidade, Dodôte se afastava, em rápido recuo, sem que seus olhos se erguessem do livro.

Ficaram assim durante muito tempo, em um silêncio difícil, enquanto lá fora o dia amadurecia lentamente. Dodôte sentia todos os seus nervos se revoltarem, pois devia dizer o que quer que fosse, para fugir de seus pensamentos. Tinha medo que, se continuasse calada, transbordasse de seus olhos e de sua boca tudo o que se agitava dentro dela, e que era preciso recalcar.

Enfim, com um gesto calculado e amargo deixou cair o livro de orações no regaço, muito cansada, torceu as mãos, e fez estalar as falanges, que se tornaram lívidas, com um ruído seco.

— Você assim quebra os dedos — disse, rindo-se, Maria do Rosário, e parecia tranquila, como se tivesse havido apenas uma pausa em sua conversação. Seus olhos líquidos e sombrios, sem reflexos, como os das serpentes, tornaram-se por um momento curiosos e fitaram Dodôte, mas sem encará-la, pois conservava o rosto meio voltado.

Parou a costura, e logo em seguida, sem transição entre a atitude recolhida, que conservara até ali, e o que ia fazer agora, atirou para longe a peça de vestuário que consertava.

Tinha contido a alegria que lhe pesava no peito, e que crescia dentro dela como uma visitação de felicidade imperiosa. Havia em seu corpo, naquele momento uma superabundância de forças que a embriagava, que era impossível conter!

Quadros claros e incoerentes desfilavam em sua cabeça, devoravam as horas e todas as suas resistências. Libertava agora a alegria de sua alma sem recantos, sempre pronta a esquecer, e sua imaginação abria as asas e fugia, em um ritmo muito amplo e simples.

De um salto ela levantou-se, com a agilidade de animal sadio, e dançou no meio da sala, abrindo os braços e agitando as mãos, em uma loucura íntima, deliciosa.

Seu coração flutuava, em paz serena, como se, banhada de pureza, dançasse com o seu anjo da guarda, protegida de todo mal humano.

Dodôte sentada em sua cadeira, balançava-a quase insensivelmente, e assistia àquela dama como se fosse um espetáculo indiferente. Examinava Maria do Rosário com olhos frios, inexpressivos, e, nessa contemplação, em que se perdia, ausente, fora do tempo e do lugar em que se achava, seu rosto se tornava fino e transparente, como aspirado por dentro, e adquiria, gradualmente, enigmática dignidade.

Seu olhar detalhava Maria do Rosário, a figura que passava diante da luz que vinha da janela, mortiça e indecisa, e via-a, gesticulante e agitada, como se tivesse diante de si uma estrangeira.

Muito calada, ela permanecia aparentemente imóvel, mas evitava com modos quase insensíveis o contato da amiga, quando em suas voltas, cada vez maiores, quase a tocava. Era o medo instintivo de qualquer aproximação, de qualquer gesto ou palavra que provocasse uma compreensão de amizade, e criasse assim entre elas a comunhão monstruosa, que nunca devera existir.

Uma asa negra ruflou silenciosamente em seus olhos, que se abaixaram...

— Eu sou um obstáculo no caminho dos felizes — pensou em seu íntimo, pois via que a simplicidade, a alegria de Maria do Rosário era real, e tudo que lhe parecera falso, no princípio, era apenas constrangimento passageiro.

Teve ímpetos de levantar-se, de sair do quarto, abandonar a casa, desaparecer da vista daquela pobre criatura risonha, lavada pela sua ingenuidade invencível, e ela própria teve vergonha do miserável sorriso que pusera em seus lábios, com o mesmo automatismo cansado das mulheres perdidas... Era ela a perdida, porque sabia até onde podia descer, e foi necessário enorme esforço para reagir, recuperar a sua consciência, e voltar ao ambiente que a cercava. Olhou agora para Maria do Rosário com outros olhos. Tinha despido a sua angústia, que lhe caíra aos pés, como uma túnica inútil, e fizera a si mesma uma pergunta clara e corajosa.

Sem poder responder-lhe, afastou de sua mente a cena que nela se abrira, e ergueu-se, agora também sorridente e muito moça, com o rosto coberto de rubor.

Quis seguir Maria do Rosário em sua alegria, quis também ser criança, sem preocupações, sem análises, sem segundos pensamentos, para acompanhar a vida de momento a momento, sem passado e sem futuro, e aproximou-se para talvez tomar parte na dança que continuava.

Mas alguma coisa a advertiu em seu íntimo, confusamente. Suspendeu o gesto, parou os passos que ensaiara, e voltou a sentar-se em sua cadeira, sem dizer uma palavra, com estranha rigidez.

Maria do Rosário, que a vira erguer-se, e notara a mudança que se operara em seu rosto, percebeu a significação de sua atitude agora, da hesitação e da volta ao silêncio e imobilidade de antes, e perguntou-lhe, com certo desafio na voz:

— Então? desanimou? Você parece uma coruja aí encarapitada nessa cadeira feia... É por causa das cartas? Depois eu conto o que aconteceu! E você verá como foi tudo tão natural...

Dodôte ficou calada e na mesma posição que tomara. Parecia ter esquecido a presença da amiga, mas nos olhos amortecidos havia uma vida interior sombria. Ela olhava para dentro de si, e via com medo que em seu coração brotavam promessas, que nasciam e cresciam em grandes volutas, como nuvens, e se desfaziam para que outras se formassem.

— Tenho receio das surpresas que possam vir de mim mesma... e nada me faz temer, nem sequer despertam a minha curiosidade os imprevistos que venham de fora... — disse ela falando consigo mesma.

A minuciosa rotina, que então achou miserável, sem justificativa, mas que fazia toda a sua força e explicava a sua presença, tornava sua figura real e estável na vida, e não podia ser cortada assim sem uma base.

Aquela vivacidade e alegria que não eram suas, que nada representavam e vinham de um passado paralelo, sem comunicação com o seu, não podiam contaminá-la de forma alguma, sabia disso agora, mas um inexplicável sentimento agitava-se em seu peito.

Era a tentação sombria de agir, de se debater freneticamente, de agitar tudo que adormecera já em seus sentimentos, com obstinação diabólica, até que viesse à tona outra verdade, outro sangue, inteiramente novo, mesmo que fosse carregado de detritos e de lama. Era necessário, pensava com tristeza desanimadora, seria necessária uma viagem de volta em sua vida, de retorno sobre si mesma. Mas devia ferir-se muito fundo, cruelmente.

Olhou em torno de si, e percorreu com os olhos o quarto, que lhe parecera o teatro onde se iniciava a nova comédia que ia ser a sua, e que dali se projetava no futuro, e ele surgiu vazio diante dela. Não havia ali uma dançarina embriagada de riso? Não lhe tinham dito que ouvira uma história diferente da que vivera, acompanhando de longe seu irmão, e ao julgar que com ele sofria a morte lenta e sem consolo da miséria e da solidão?

Olhou em torno de si, e procurou o que devia prendê-la, o ponto de apoio que poderia achar na dispersão que se fizera em sua alma, e assim conseguir evitar o doloroso sacrifício de sua solitude, de verdadeiro isolamento, sem figuras indiferentes e cheias de rumor, que a todo o custo precisava encontrar.

Sentia-se refratária a tudo e a todos...

Faltava dentro dela a maturação secreta de um fruto amargo, que provara sem dele tirar as forças que necessitava para caminhar. Faltava a adesão de seu corpo, o consentimento de seu espírito ao que se passava em torno dela. Era preciso aceitar Maria do Rosário, seus avós, Chica, a família e todos os moradores da cidade, o mundo enfim.

— Não posso explicar os meus dias, não posso confessar que o que tenho dito e o que tenho feito foi feito e foi dito por uma outra...

Seus olhos agora tinham perdido a sombra de cegueira que os tornara cor de aço, e agora viviam, iluminados de expressão e de verdade, pois caíra, imperceptivelmente, o véu que os cobrira e que a fechara dentro de si mesma durante tanto tempo.

No aposento que tinha diante de si, onde via a grande cama negra, muito alta, armada como um catafalco, as cadeiras esparsas, a cômoda pesada e carregada de santos, agora apenas flutuava a penumbra, sem vida, e as sombras se tinham refugiado nos cantos, onde se imobilizaram.

Maria do Rosário, que a princípio tentara chamar Dodôte a prestar-lhe atenção, e depois fora pouco a pouco se amedrontando com o seu silêncio e com o olhar singularmente vazio que a fitava, fugira com precaução, e olhava para trás muitas vezes, ao fechar a porta sem ruído.

Fugira para fazer ver a outros, para contar a outros a sua alegria...

Dodôte viu que estava só, mas era preciso viver, e tinha passado o doloroso desequilíbrio que a fizera vacilar; era uma hora entre as horas...

Suas mãos caíram sobre o regaço. Encontraram de novo o livro que deixara desprender-se dos dedos crispados, e o ergueram até próximo da luz que vinha da janela, e os seus olhos percorreram as linhas, que mal se distinguiam naquela tarde tão lenta...

XIV

Quando a manhã se tornou bem clara, Dodôte abriu os olhos e fechou-os de novo, bem depressa, porque o sol invadira o seu quarto e o tornara deslumbrante de brancura e de luz.

Tentou adormecer novamente, mas chegavam agora, até ela, os apelos da casa e da cidade. Via, através das pálpebras, a mancha dourada do novo dia, e seus braços se impacientavam.

Era preciso levantar-se, levantar-se e viver, pensou preguiçosamente, e repetiu baixinho as suas próprias palavras, ritmando-as, como se fossem de um embalo muito antigo, já meio esquecido:

— É preciso levantar e... viver! — cantarolou em surdina.

Quando se voltou, teve um pequeno movimento de recuo, porque viu a avó sentada na cadeira que deixara bem perto da cabeceira. Não a tinha sentido entrar, e talvez fosse a sua presença que a despertara.

Agora ali estava, na claridade muito forte, mão velha, com a pele toda marcada de rugas, e suas mãos gastas e cansadas seguravam o longo rosário.

Quando seus olhos se cruzaram, Dodôte teve a intuição de que ela ia contar-lhe o que houvera entre José e Maria e sentiu que era impossível ouvi-la com serenidade.

— Eu perdoei já tudo... disse ela, para impedir a confidência que temia escutar, e não levantou o rosto, que escondera nos travesseiros. Esperou um pouco. Julgava que a avó ia responder, mas depois prosseguiu: — Espero que a Senhora deixará essa pobre mulher continuar a vir a nossa casa, onde, pelo menos, terá a nossa companhia para salvá-la.

Dona Rita não se moveu. Parecia não ter ouvido o que Dodôte murmurara, quase em segredo, mas os seus dedos nodosos se agitaram, e seguraram com força a pequena cruz que pendia do terço.

— Eu também perdoei — respondeu, depois de algum tempo, a sua voz era muito igual, sem o tremor que, às vezes, a fazia parecer muito idosa — mas já sabia da verdade há muito tempo, e foi por isso que... abandonei o meu neto.

Um soluço quebrou a sua frase, mas o rosto continuava impassível.

— Mas por que a Senhora perdoou?

— Porque li as cartas que Maria do Rosário mandou a você, e vi as fotografias. E depois — prosseguiu, e os sons pareciam vir agora do fundo de seu peito curvado — eu estive ontem aqui, em seu quarto, e vi... você, e acompanhei Maria até a rua, fui mesmo levá-la à casa dela.

Dodôte virou-se para o lado da parede, e articulou lentamente o pedido que sentiu crescer em seu coração:

— Suplico-lhe que não me fale mais em José.

XV

Dona Rita ficou ainda muito quieta, e devia hesitar, antes de dizer o que viera contar a Dodôte. Mas, sem que se percebesse a menor agitação em seu rosto, ou em suas mãos, que seguravam serenamente os braços da cadeira, ela disse, enquanto fitava com doçura os olhos da neta:

— Agora tudo vai mudar... E depois, acabo de saber que Urbano pensa em voltar para cá definitivamente, vem tomar conta da farmácia do pai, que está fechada há tanto tempo.

Depois, timidamente, e talvez um leve rubor deu vida à sua pele morta, ela acrescentou:

— Ele vem sozinho... está viúvo...

Dodôte acompanhou o seu vulto que saía, e viu a porta fechar-se.

Deixou a cabeça cair de novo sobre o travesseiro e repetiu muitas vezes as palavras da avó: Urbano devia chegar dentro de algum tempo... ele vem sozinho... está viúvo...

Já não se lembrava mais de tudo que agitara sua mente, e que a fizera revolver-se no leito até a vela extinguir-se.

Pensamentos novos a invadiam impetuosamente. Como poderia viver aquele dia, que começava agora, e que talvez fosse apenas um longo interregno, na continuação de muitos outros, até que as palavras se tornassem realidade? Eram horas vazias que se abriam, em interminável sequência.

Via com espanto que seu coração se ausentara, sua cabeça, presa pelos véus da tristeza sem causa, tornava-se oca, reboante de gemidos, e seus braços tinham se estendido ao longo do corpo, e todo o seu ser adormecera em um sono angustioso e agitado, durante tantos anos, esquecido do que se passava com os outros, com a gente do mundo que a cercava.

Era preciso introduzir em suas veias um calor de emoção e de luta, para que então pudesse levantar-se e caminhar, e surgir diante daquele que estava para vir, igual a ele e podendo com ele comungar.

Refletiu confusamente, lembrando-se, com inseguro esforço, de coisas que vivera e de outras que lera em seus livros. Ergueu-se e vestiu-se com o que achou sobre os móveis, foi até a enorme janela de guilhotina, que iluminava o seu quarto, e lá, debruçada, olhou para a cidade que subia em desordem a encosta da montanha.

Bem no alto era o cemitério, cujo muro recortava-se no céu intenso. Via-se o portão inteiramente aberto, com suas portadas negras lançando-se para dentro, em um recuo brusco, como se quisessem entrar mais depressa do que os raros visitantes.

— Irei lá em cima — pensou — lá no alto, e rezarei junto da sepultura dos velhos amigos...

Eles dormiam abrigados pelas grandes lajes sem escritos, algumas invadidas pelas ervas más, com suas velhas dores adormecidas...

Mas, ela despertaria para a vida habitual, para o seu diário, para os outros, enfim...

XVI

Subindo as ruas desertas que levavam ao alto do cemitério, por entre muros arruinados, invadidos pela vegetação, que mal vedavam os quintais das casas presas a outras ruas ainda mais para cima, Dodôte repetia a notícia que lhe dera Dona Rita, e que, quem sabe? viria partir a sua vida em duas partes.

Deixaria para trás o que se passara, e que via agora nada ter sido senão um amontoado de fatos incoerentes, para ter enfim um lugar marcado à sua frente, o ponto certo para onde dirigir os seus passos. Eles eram sempre iguais, no caminho longo e claro, e entre as curvas caprichosas da ladeira, algumas casas muito brancas, em estranho contraste com as árvores verdes e sombrias, apesar da luz da manhã, vinham ao seu encontro. Surgiram, de repente, como se quisessem assustá-la, das dobras da montanha, onde se escondiam.

Dodôte pensava, e suas ideias acompanhavam o ritmo do andar, como lhe tinha sido difícil viver com a ausência de exaltação que a fizera morrer aos pedaços, lentamente. Talvez agora esse sentimento divino surgisse e queimasse o seu sangue. Caminhava absorvida por um sonho novo, e não sentia o cansaço do esforço da subida, porque o destino a ultrapassava agora. Já não o arrastava atrás de si, como um peso morto.

Até ali era o consentimento passivo, sem explicação, que a fizera guardar certa lógica, um fio muito frágil que dava seguimento aos seus dias e às suas horas sem conta...

Mas, chegara enfim à sua meta. Andou ainda alguns passos junto da muralha que fechava o recinto do campo-santo, e viu então como era alta, subindo em um só lance poderoso até o céu, com o qual se confundia, na mesma brancura resplandecente.

Do outro lado dos muros, bem protegidos por eles, como em uma antiga fortaleza, os mortos dormiam, embalados pelos grandes ventos que vinham dos vales abertos por entre as serras, que se estendiam léguas em fora...

Mas no espigão, onde se achava, tudo estava agora calmo e silencioso, e Dodôte sentiu que dessa impassibilidade grandiosa lhe vinha uma tranquilidade sonolenta, e suas pernas tornaram-se pesadas.

Caminhou mais e apoiava-se na parede enorme, mas fragmentos de pedra e de caliça lhe ficavam nas mãos. Parecia que toda ela se desfaria em pó ao seu contato, se vacilasse, ameaçada de cair, e tentasse nela agarrar-se.

Alcançou o grande portão de grades de ferro, mas ele resistiu aos seus esforços para abri-lo. Tinha já as mãos feridas pela aspereza da muralha, e de novo feriu-se no velho e tosco ferrolho enferrujado, ao tentar erguê-lo, mas conseguiu enfim libertar os dois batentes, e empurrou-os com violência. Não pôde conter um grito que lhe veio à garganta, ao ouvir o gemido dos gonzos. Parecia que ela ferira outra pessoa, quando a pesada grade bateu com estrondo no lado de dentro.

Vencido o medo, o tremor que a fizera parar, Dodôte entrou e deixou as portadas bem abertas, como se reservasse uma saída fácil para sua fuga, ao primeiro alarma.

Sem olhar para trás, ela entrou pela alameda que conduzia até a capela, e parou por instantes, cabisbaixa, escutando, pois já não se sentia só como até ali, e de todos os lados lhe vinha um bafejo de presença e de companhia.

Todo o cemitério cochichava e murmurava. Havia vida muito suave, inocente, em todos aqueles sons que não ultrapassavam uma certa medida, contidos por mão invisível. Mas fez-se repentino silêncio, e tudo parou, em súbita imobilidade, à escuta, quando Dodôte se aproximou de umas das velhas e desmanteladas sepulturas.

Tornou-se indistinto, inaudível, o murmurar das árvores que sacudiam fortemente os galhos, e pareciam trocar confidências animadas. Não mais se ouviu o uivo dos ventos que as agitavam, e que batiam o alto da montanha constantemente, ao passar por sobre as muralhas. Tocavam apenas as copas e quase quebravam as longas pontas dos ciprestes.

O ar, junto do chão, ficou prisioneiro e estremecia apenas, pesado e sem forças para subir até a altura das paredes tão grandes, contido em sua prisão de pedra, e não podia fugir, levado pela ronda da ventania, para se perder no horizonte que se afastava para muito longe, enorme e profundo.

No silêncio e na calma que se fez, tudo parecia escutar, estar à espera...

Dodôte teve medo, sentia que aquela repentina mudança criava um desequilíbrio, uma ruptura no que até ali a sustentara, e ajoelhou-se. Abandonou-se ao terror que a invadia, e deixou que longos arrepios a percorressem. Estava inteiramente só, suspensa naquela altura...

Trêmula, estendeu o braço e apoiou-o na pedra do monumento funerário que a atraíra, e viu sua pele nua até o cotovelo, para onde subira a longa manga do vestido, e observou que estava lisa e com a cor dos dias de saúde. Estaria realmente com medo? Mas arrependeu-se logo de seu olhar, da frieza da análise a que se submetia, do sorriso escarninho que lhe franzira os lábios, porque as letras negras e enormes da inscrição da pedra do túmulo, com dizeres tão duros, pareciam recriminar, de forma teatral, a serenidade e indiferença que demonstrava.

Levantou-se e não quis ler mais o que elas proclamavam da inanidade das coisas humanas.

— Todos aqui dormem — pensou. Andou mais para diante, e sua mão acariciou, muito de leve, o próprio rosto distraído — todos encontraram finalmente a solução de seus males...

Estava agora diante de outra sepultura e parou, maquinalmente. Seus dedos tocaram o mármore rachado, entreaberto, que a cobria, e seguiram as letras do nome daquele que ali fora enterrado. Tinha sido alguém que a amara, um amigo de todos os tempos, e Dodôte tinha vergonha de nada sentir, de poder ainda verificar, com a mesma e tamanha simplicidade, as próprias sensações.

Esforçou-se por evocar os traços do morto, e pareceu-lhe, por um momento, vê-lo caminhar ao seu lado, como sempre o fizera, com o sorriso muito velho, e julgou ter voltado aos ouvidos o eco apagado de sua voz surda e ciciosa, e talvez anda vivesse ao seu lado, como viver nos dias de tristeza e de abandono.

Ele tinha imitado um modelo, inventara a si próprio... Tudo fizera voluntariamente, tudo fora calculado e decidido friamente, depois de longas e secretas reflexões, e só a morte o encontrara face a face, em sua verdadeira figura, porque custara muito a vir, enviara primeiro longos avisos, e levara até a última usura as forças de sua vítima escolhida.

Dodôte não se esquecera de suas hesitações laboriosas, das inextricáveis explicações para justificar um gesto ou uma palavra que passaria desapercebida a qualquer outro, mas que para ele representava motivo de longas insônias, de preocupações intermináveis que lhe tinham esgotado a saúde, e dele fizera um inválido, de difícil tratamento.

— Mas, por isso mesmo ele me serviu de apoio — refletiu Dodôte.

Vinha de novo, até ela, a lembrança da espessa e obscura angústia que lhe pesara sobre os ombros, quando ele fora para a fazenda e ficara sob seus cuidados, e que mais tarde descobrira terem sido inteiramente errados. Sentia reviver, ainda, em seu espírito, a pobre segurança que lhe davam as afirmações do morto... mas, seu coração batia sereno, e o soluço que se formou em sua garganta oprimida não foi perfeito.

Faltava-lhes alguma coisa para serem sinceros, havia neles um ponto em que se quebrava o mecanismo que os realizava, e, talvez, a imagem que se formara ao seu lado, e que com ela contemplava o túmulo, não era autêntica.

Com movimentos muito vivos e nervosos, abriu a bolsa negra que tinha nas mãos, e procurou dentro dela, entre os retratos que lá se achavam, aquele que devia estar bem guardado, mas que lá não estava mais...

Ouviu-se um breve riso convulso, e Dodôte continuou a andar.

O vestido, de merino preto, opaco, pesava sobre o seu corpo, tornando a marcha exaustiva e lenta. Ocorreu-lhe a lembrança de que era feito do mesmo pano e tinha a mesma cor do revestimento dos esquifes que se desfaziam sob a terra, e dentro deles tinham apodrecidos os corpos daqueles cujos nomes lia agora nas pedras dos humildes mausoléus.

Muitos daqueles nomes representavam seres que tinham vivido em seu coração, e depois fugiram para ali, sem que ela compreendesse a razão de sua vinda nem a de sua partida para nunca mais voltar.

Sentou-se no degrau do pequeno patamar sobre o qual estava assentado o simples monumento fúnebre, cercado por correntes de ferro, presas a grandes argolas já muito enferrujadas, e murmurou para si mesma:

— Que pensariam eles de sua confusão invencível e de seus cálculos minuciosos e ridículos? Sempre tinham concordado, com inalterável benevolência, como toda a difícil e complexa trama de sua vida interior, sempre em luta e em contraste com o cotidiano que a cercava. Tudo nela lhes parecia, antes de qualquer análise, sem perguntas que a pudessem ferir, tudo nela lhes parecia lógico e sagrado.

— Sagrado, sim, sagrado — repetiu Dodôte, como se quisesse afirmar a verdade do que pensava, e teve necessidade de agarrar-se a alguma coisa, de apertar em suas mãos o apoio cuja precisão se tornava premente, naquele momento.

Olhou para seu pulso, onde enrolara o rosário de sementes de oliva, que lhe tinham trazido de Jerusalém, e não o viu mais. Procurou-o precipitadamente sobre si, e não o achou.

Perdera-o com certeza no longo caminho de sua casa até ali, e não se apercebera de sua queda, pois não estava mais em seu braço, nem no lenço que trazia nas mãos.

Olhou então em torno de si, e tudo tremia na luz da tarde. O céu, agora doente e lívido, estendia-se como um sudário sobre a cidade muito pálida, e seu peito sufocava, afogado pela onda amarga que nele crescera e se despedaçara sem alívio.

Ajoelhou-se, e sua figura hierática, de linhas severas e muito sóbrias, parecia fazer parte do modesto conjunto de pedra.

Tinha as mãos postas e esforçou-se por rezar.

Mas não lhe foi possível pronunciar as palavras que sempre dissera, desde sua infância. Alguma coisa lhe fugia do espírito, em uma esquisita e lenta tortura, e era como se o seu cérebro se desenrolasse, distendo-se em uma faixa sem cor, que se desdobrava em longas e preguiçosas voltas, e ora entrelaçava-se, ora desfazia as suas volutas em movimentos caprichosos, muito altas e muito grandes, mas subindo sem cessar, batidas para cima, sempre para cima, batidas pelo vento morno que se erguia impetuoso e constante do vale...

XVII

— Mas, quem está aqui? — perguntou Dodôte, e abaixou a voz, em segredo. Olhou para todos os lados, e, em seus olhos, havia qualquer coisa desvairada, que ameaçava dominá-los.

Encostara os ombros a um dos curtos pilares onde as correntes se prendiam, e volvia a cabeça para a parte mais larga do cemitério, onde surgiam, entre pobres flores malcuidadas, amarelecidas e requeimadas pelo sol do alto, as pedras irregulares dos tristes túmulos rasos. As cruzes se desfaziam, e o granito se abria em fendas, desmanchando-se. Caíam aos poucos, e perdiam-se com o fustigar do tempo e das intempéries.

Nenhum corpo persistia intato naquelas humildes construções, nenhuma carne humana apodrecia naquele cemitério, onde há meses não se enterrava pessoa alguma.

Apenas esparsos aqui e lá, alguns ossos, alguns cabelos, talvez pedaços de mortalha poupados pela terra devoradora, decerto existiam ainda, e calculou com um arrepio que todo o pano que sentia em torno de seu corpo, que suas pesadas saias talvez um dia fossem se juntar àqueles trapos sem nome.

— Ninguém está aqui... — respondeu ela à sua própria pergunta, mas não afirmava, e sua voz sem timbre, apenas murmurada em um suspiro, confundiu-se com a linguagem secreta das folhas e dos galhos das árvores e dos arbustos, que agora dançavam sussurrantes, com estranha alegria, lá no alto das copas, ainda iluminadas, na expectativa do morrer do sol.

Subitamente um grande grito explodiu em seus ouvidos, e, antes que pudesse fazer um só movimento, sentiu-se presa, e qualquer coisa agarrou-se-lhe aos braços, imobilizando-os junto ao corpo.

Dodôte teve a impressão de que toda ela dava um salto hediondo, e que seu coração, desatinado, fugia para o alto, saía-lhe pela boca, sem que nada o pudesse deter. Era todo o sangue, que, de um só jacto, lhe subia à cabeça, gelado e estonteante.

— Maria do Rosário, Maria do Rosário — disse ela, quando enfim reconheceu o rosto da amiga, que surgia muito risonho e animado, bem próximo do seu. Ainda estava sufocada e sem poder conter as lágrimas e as largas e surdas batidas de seu coração. Parecia um pêndulo enorme e muito pesado para o seu corpo, cujo equilíbrio estava prestes a romper — Maria do Rosário, que mal você me fez, você não compreende...

— Ora, um pequeno susto, uma sacudidela nos nervos, não pode de forma alguma prejudicar a você, que vive sempre nas nuvens, e precisa, de vez em quando, descer até cá embaixo — respondeu, rindo-se muito, a amiga.

Depois de algum tempo, enquanto Dodôte consertava os cabelos e compunha o vestido, Maria do Rosário teve uma expressão de piedade no rosto há pouco tão sorridente, e disse, com doçura:

— É preciso consolar-se, e não sofrer tanto... Você se atormenta sempre pelos outros...

E Dodôte viu então insinuar-se entre seus pés e a terra, como uma serpente invisível, de novo e sempre, a mentira... era o engano de suas palavras, a expressão de seu rosto, que se formava em contradição com seu espírito, que a levavam para longe dos que dela queriam se aproximar. Era a ilusão assim criada, era a falsa caridade dela mesma e dos outros que a isolavam do mundo, que a tornavam inapta para compreender o que se passava ao alcance das mãos, sempre estendidas em um fingido gesto de pedido de socorro, que a impedia de sentir nos dedos, como resposta, o verdadeiro calor da vida.

Muito menina, quando vivia ainda cercada de amor inquieto e desinteressado, ela ficara maravilhada com a mentira consciente que surgira em seus lábios, e seguira, palpitante e curiosa, o caminho por ela seguido, independente de sua vontade, como uma criação mágica e poderosa. Deslumbrara-se com a solução lógica e simples que encontrara para tudo, e sentiu-se livre da terrível ameaça, para o seu coração infantil, de que ela não era o cordeirinho branco, irrequieto e sem mistérios que todos imaginavam...

Ficara imóvel, juntara os pés, que eram tão pequenos que a obrigavam a não tocar a terra com os saltos, andando como se dançasse, fechara os punhos e seus lábios tinham empalidecido um pouco. Mas os olhos conservaram toda a pureza, e até mesmo aprofundaram a sua tranquilidade de dois pequeninos lagos rasos, sem outro segredo além de sua inocência absoluta.

Percebera, de repente, que tudo se fazia novo em torno dela, que tudo era diferente e visto por um olhar novo... Uma outra Dodôte surgira à sua frente e, por detrás dela, a antiga Dodôte podia se ocultar em segurança, nos seus momentos de medo, de dúvida, de fuga, ou simplesmente de vida.

Julgou a princípio, e com essa convicção passou quase toda a sua infância, entre as mudanças e os desastres que a tinham cercado, que a nova Dodôte era somente uma sua criatura, sua escrava sem direitos e sem vontade própria, que, a um simples gesto seu, acorreria sempre pronta, sempre armada de ponto em branco, capaz de enfrentar a tudo e a todos, vitoriosa e forte, deixando-a escondida e livre do mal e da injustiça.

Mas um dia, já moça, verificou com surpresa que a escrava não dependia exclusivamente dela e de suas ordens. Libertara-se sem que o sentisse, e não sabia se já não tinha nascido assim livre e resoluta.

A sombra se tornou uma realidade complexa e exigente, senhora de seus atos e audaciosa, pela sua impunidade, pela fuga muito fácil. Era ela, a antiga Dodôte, que se via obrigada a se interpor entre a nova Dodôte e os homens, entre aquele fantasma que a acompanhava sempre, que nunca a abandonava, exigindo sempre novas criações, e ela própria, agora empobrecida de tudo que lhe dera e de tudo que lhe fora tomado.

Maria do Rosário, que lhe segurara o braço com firmeza, e falara sempre, sem se preocupar com seu ar absorto, dizia-lhe, com ar ansioso:

— Fique quieta, não se mova.

Seus olhos cerrados, vivíssimos, formavam pequenos pontos negros no canto das pálpebras. Ela olhava para trás sem volver a cabeça, e acompanhava alguém de forma quase imperceptível.

— Olha a viúva, que chegou agora e quer que a vejamos. Ela com certeza está procurando o marido, mas creio que ainda desta vez não achará a sua sepultura...

Dodôte não seguiu a direção apontada pelos olhares fugidios de Maria do Rosário, e mal conteve um gesto de enfado ao saber que a senhora por ela indicada entrara no cemitério. Sentia-se denunciada pela simples presença da estranha, e o seu vestido, também negro, parecia uma imitação do que vestia, em seu feitio e em sua significação...

Maria do Rosário, sem perder de vista a nova visitante, que se esgueirava por outras alamedas, entre as mais abandonadas, falava sempre, com os dedos apertados no braço de Dodôte, e levou-a insensivelmente para junto do jazigo da sua família, onde, em uma larga cruz de pedra, se lia o nome da mãe, também Maria do Rosário, do pai, das irmãs, dos tios e de todos de seu sangue que tinham já partido para a vida eterna. Ficara sozinha no mundo, com o que restava da antiga riqueza, e uma parenta velha, que sempre fora simples de espírito, sem uma palavra que pudesse orientá-la.

Depois de ajoelhar-se, Maria do Rosário persignou-se e volveu o olhar para Dodôte, em um mudo convite para que ela fizesse o mesmo, e rezaram ambas a meia-voz, em uníssono.

Assentaram-se então sobre o pequeno muro de cimento que contornava o canteiro, e que, de velhice, já tinha adquirido uma curiosa cor de osso velho, fazendo sobressair o colorido sóbrio das saudades e das outras flores tristes que formavam o único ornamento da sepultura. Maria do Rosário, subitamente, desatou a chorar, e cobriu o rosto com as mãos, como fazem as crianças. Grossas lágrimas passavam entre os seus dedos e seu corpo foi sacudido por longos soluços.

Dodôte pôs maquinalmente o braço sobre os ombros de Maria do Rosário, e refletiu primeiro, com frio cálculo, como consolaria aquele desgosto que se manifestava assim de forma tão infantil.

Que diria, que diria, pensava ela com enfado, e sentia o coração fechar-se, sem querer compreender. Mas, havia atrás de sua calma uma tempestade oculta, e, de repente, cedendo à força que vinha de longe, do fundo dela mesma, em uma descarga muito forte de correntes adversas e estranhas, Dodôte inclinou-se sobre Maria do Rosário, segurou-lhe os ombros com as mãos crispadas e, sacudindo-os, disse precipitando as palavras, umas sobre as outras:

— Por que você chora? Por que você está chorando, Maria do Rosário? Diga, por que você está assim? Eu não posso entender esse pranto!

Mas, deixando cair sobre os olhos vivíssimos as pálpebras moles, Maria do Rosário enxugou as lágrimas com o lenço que procurara longamente em sua bolsa, e, com movimentos imperceptíveis, mas muito seguros, conseguiu desembaraçar os ombros daquelas mãos que sentira obscuramente não serem amigas.

Levantou-se e compôs com estudo as dobras da saia, refez o penteado com um gesto antigo de vaidade, agora revivido com afetação, e riu-se. Tinha posto de novo a sua máscara de comédia, e deu alguns passos com ostensiva naturalidade. Queria assim marcar bem que terminara a cena dramática, que fora posto decisivo ponto final no que se passara. Ficava bem claro que devia ser afastada para longe a simples possibilidade de uma intromissão humilhante, hostil e perfeitamente inútil em seus intermitentes e pouco duradouros segredos.

— Olha — disse ela com voz alegre, e mostrava com o queixo uma sombra fugidia que nesse momento alcançava a porta do cemitério — lá vai a viúva, e estou certa de que, ainda desta vez, ela não achou onde está o marido...

Depois de um instante de pausa, de espera até que a senhora enlutada desaparecesse no portão, Maria do Rosário, ainda sorrindo, deu o braço a Dodôte e, dirigindo-se também para a saída, acrescentou:

— Vamos passear lá fora, na rua, onde se veja gente viva, viva de verdade, e não como nós. Venha depressa — e falou bem alto, e os ecos repetiam o final de suas palavras. — Venha depressa, antes que eu faça outra... cena!

Dodôte libertou-se dela e acompanhou-a calada e confusa, durante algum tempo. Continha com dificuldade uma pergunta que se formara em sua boca, cristalizara a curiosidade que se levantara em seu espírito, e uma sensação de estranho bem-estar a agitava toda, apesar dos esforços que fazia por parecer tranquila e indiferente.

Quando se julgou bastante calma, e teve a certeza de que não fora observada, pois Maria do Rosário caminhava distraidamente, sem olhar para ela, Dodôte apressou-se e alcançou a amiga. Tentou andar ao seu lado, como se já tivessem iniciado ali o passeio combinado, mas Maria do Rosário parou e lhe disse alegremente, fitando-a bem nos olhos:

— Vamos! pergunte de uma vez o que você está com vontade de perguntar! Satisfaça desde logo a sua maldosa vontade de se divertir à custa dos outros! Então não sabe por que se chora diante da sepultura da própria família? É preciso que lhe explique isto, e mais alguma coisa?

Ria-se cada vez mais, certa de que a hesitação de Dodôte, muito visível em seu rubor e nos movimentos trêmulos e desordenados de suas mãos, era resultante do embaraço em que a colocavam as suas interrogações agressivas, que deviam denunciar e pôr a nu o egoísmo, a frieza de sentimentos da amiga, espectadora indiferente da dor e da fraqueza que tivera ao deixar-se dominar pelas lágrimas.

Mas Dodôte continuava a olhar para ela sem perceber suas intenções ofensivas, sem sentir o espinho daquela suspeita que se tornava evidente nas perguntas que se sucediam. Continuava a hesitar, para diante de Maria do Rosário, e contemplava sem ver o seu rosto zombeteiro. Não sabia como dizer-lhe, como explicar que o sofrimento dela, Dodôte, era o sofrimento da vida, que a dor estava nela mesma, e não no luto e na saudade que via em torno de si, que não esperava remissão nas lágrimas choradas sobre ela própria, pois era sua mesma prisioneira, e não poderia fugir dos limites de sua razão.

Depois de alguns esforços, que pareciam soluços contidos e pranto represo, conseguiu balbuciar timidamente:

— Eu queria saber... "como" você chora...

Maria do Rosário fez desaparecer do rosto o riso que o dominara. Era agora a surpresa e a incompreensão que se lia nele, e seus lábios desenharam o desdém que sentia pela pobreza de Dodôte. Os olhos, por um segundo, pareceram interrogativos, mas logo o pequeno raio de luz que neles surgira se apagou, e ela continuou a andar, sem responder e sem olhar mais para a sombra que a seguia...

XVIII

Velhas histórias, velhas histórias... a monotonia das horas que passam lentas, que se acumulam umas sobre as outras, sem futuro e sem passado, marcadas apenas pelas badaladas do sino do relógio da matriz, que caem da torre e descem para o vale cá embaixo, morrendo na areia das ruas do Bairro da Praia...

Dodôte foi buscar uma grande e rude cadeira de braços, de jacarandá, feita toscamente, que tinha sido trazida do sertão, e onde tinham sentado tantos velhos homens austeros de sua família, cuja lembrança ficara nos cortes abertos na madeira, no puído de seus ângulos e no cansado da trama de palhinha do encosto e do assento, e colocou-a bem junto da janela da sala de visitas, que dava para a Rua de Santana.

A manhã estava nevoenta e úmida, o tempo parecia indeciso, contraditório, e, de vez em quando, entre uma e outra aberta de sol lívido e morno, caíam esparsas grandes gotas de chuva, muito grossas, isoladas e silenciosas como lágrimas gigantes.

Todo o grande trecho da rua que se avistava da janela bem aberta estava esfumado por um véu opalino, que se espalhava molemente, formado pela enorme nuvem que descera da serra e viera cair no grande vale muito fundo, e não pudera mais erguer-se e ali ficara, cansada de longas viagens. As casas fechadas, taciturnas, salpicadas de cinza, deixavam correr em longos fios cor de âmbar a umidade que nelas se apegara e não conseguia evaporar-se no ar espesso, e tornavam mais distante ainda e quase irreal a paisagem.

Dodôte, sentada na cadeira, cujo encosto ultrapassava a sua cabeça, recebia a luz que vinha através dos vidros da guilhotina em seu rosto pálido. Com os suntuosos e sombrios cabelos muito puxados para trás, o vestido preto e pobre de linhas, formava um quadro em tons vagos, todo em meias sombras, que prolongava a desolação exterior.

Estava imóvel e tudo parecia dormir em torno dela. Até mesmo os ruídos da cidade se apagaram em surdina, e naquele recanto da velha sala de visitas havia apenas um leve respirar de vida lenta... Seus olhos não brilhavam, apagados na penumbra impalpável.

Mas dentro em pouco tornaram-se um ponto de luz, e havia neles miraculosa revivescência da infância, como se tudo fosse novo e puro para eles, e suas mãos se agitaram, indo e vinda no trabalho que deixar, cair no regaço, e cujas pontas chegavam até o chão.

Era uma colcha enorme. Em seu desenho complicado, caprichoso e pueril, entrelaçavam-se flores e fitas, em laços de curvas difíceis, que formavam um conjunto confuso e ao mesmo tempo sábio e acanhado. Quando pronta, resultaria certamente em uma obra faustosa e inútil, em absurdo contraste com os móveis austeros e escuros que compunham o parco e severo mobiliário da casa.

Mas Dodôte nunca se preocupara com o final de seu trabalho. Trazia-o ao colo, quando andava pelos quartos e pelas salas, como uma arma contra os maus pensamentos. Toda aquela trama difícil e trabalhosa representava unicamente, uma longa doçura nas horas atormentadas, e lhe dava sempre alguns momentos de tranquilidade na paixão, que é a forma mesma da harmonia...

Recebera aquela manhã uma carta de Urbano e a lera sem mostrar a ninguém, pois era ela própria quem separava a rara correspondência de cada um na Ponte, e assim nenhuma das pessoas da casa sabia ao menos que ficara com aquela sobrecarta azul, onde se lia o seu nome em letras pequenas e de contorno indeciso.

Guardara-a na cesta que trouxera e colocara no soalho aos seus pés, onde punha as linhas, e agora relia em sua mente os dizeres tão humildes. Veio-lhe aos lábios um sorriso muito leve, que os entreabriu, deixando passar o brilho dos dentes brancos e úmidos.

A passividade hipnótica da paisagem que seus olhos refletiam tornou a vencer, e fez com que seus gestos se tornassem cada vez mais compassados, volvendo lentamente à imobilidade primitiva. Todas as emoções concentraram-se no olhar, mas mesmo este se apagou de novo aos poucos, e tudo tomou outra vez o aspecto de sonho, onde o eco lento e grave da vida teve preguiça de chegar.

Quase adormeceu, embalada pelas visões que lhe passavam com indizível suavidade pelo espírito, sem contornos, sem obrigação de verdade, sem justificativas angustiosas.

Mas um batido seco e surdo, uniforme, surgiu e aproximou-se. Ecoava em seu cérebro adormentado, fantástico em sua monotonia, e parecia ter-se formado no ar, sempre com a mesma intensidade. Eram talvez os passos do gigante que fizera os terrores de sua infância, que rondara o seu quarto de menina e tentara chegar até ela nas horas de pavor do grande dormitório do colégio, onde apenas o véu esvoaçante da freira de vigilância trazia momentos de paz.

Devia ser uma criatura fabulosa, cujos pés fossem de ferro, e caminhava implacável. Avançava, avançava à sua procura, sempre mais perto, caminhando mais, e sempre mais perto, cada vez mais perto!

A porta abriu-se com repentina e seca violência. Era a maneira habitual da avó entrar, e quem a via tão magra, de pequena estatura e com suave expressão em seu rosto enrugado, não a julgaria capaz daquela súbita energia. Muitas vezes Dodôte imaginara que essa irrupção em seu aposento, sempre um pouco brutal e em contraste com os modos e a maneira de ser de Dona Rita, tinha por fim surpreendê-la fazendo alguma coisa. Que seria? Ela nunca pudera compreender.

Como sempre, ela, que voltava à superfície de si mesma com esforço, chamada pelas batidas autoritárias da bengala da velha senhora, teve, mesmo assim, tempo para dar uma ordem às suas mãos, que obedeceram, e chamou um pouco de vida ao seu rosto. E de novo se recompôs o quadro todo composto de linhas esfumadas, iluminado por uma luz espectral que entrava de mansinho pela janela, e onde se distinguia vagamente o vulto de uma mulher ainda moça e pálida, sentada na grande cadeira de pau preto, com o espaldar muito alto passando acima de sua cabeça de cabelos quase tão escuros quanto a madeira, e que fazia, com gestos medidos, um interminável trabalho.

Mas a tranquilidade do espetáculo era fictícia, porque a cabeça de Dodôte, agora furtiva e alerta, estremecia como um pequeno animal surpreendido, e acompanhava com movimentos imperceptíveis a marcha dura da avó, que atravessou a sala e veio sentar-se ao seu lado.

Ficou quieta algum tempo, e, antes de dizer alguma coisa, terminou, de olhos baixos a oração que viera fazendo.

— Milha filha — disse ela enfim —, queria falar com você, antes de qualquer outra pessoa.

Suspendeu um pouco a respiração ofegante, juntou os pés calçados de sapatos de pano preto, deixou cair as mãos no regaço, como dois objetos que se escapam e vão tombar no chão, e seus olhos glaucos e vagos, estranhamente cansados, fixaram-se nos de Dodôte.

A paz medrosa que já se construíra entre elas, com a lentidão da pequena cerimônia de sua chegada, com a reza e as palavras de aviso de que se tratava de conversa grave, tornou-se mais profunda. No silêncio que se fez, por instantes, ouviu-se o bater sinistro das águas do rio, agora cheio pelas chuvas, que passava junto da base da casa da Ponte.

— Urbano está viúvo — continuou, com a voz presa pela respiração que se fizera ainda mais difícil — está viúvo e quero que venha para nossa casa!

E havia uma vaga ameaça no tom com que repetia essas palavras.

XIX

Dodôte olhou atentamente para a avó, mas sem procurar encontrar os seus olhos, e viu-lhe bater no pescoço, em pulsações rápidas e muito certas, o aneurisma que ela trazia, à vista de todos, como o traziam os antigos condenados o baraço, que anunciava a sua morte iminente.

Depois tomou coragem. Levantou a vista e escrutou o rosto de Dona Rita, que se calara e parecia esperar que ela dissesse alguma coisa que a guiasse no resto do que tinha a dizer.

Mas o rápido golpe de vista mostrou-lhe apenas a máscara reticente e apagada da velhice, que surgia diante dela, esbatida pela luz difusa da sala.

Não lhe podia distinguir com nitidez a expressão, e compreendeu, mais do que viu, que suas mãos se agitavam, em um gesto repetido, maníaco, de exorcismo inconsciente, de defesa ou de afastamento.

Uma entediada doçura veio à boca de Dodôte, que sorriu de leve, e abaixou a cabeça, à medida que, de antemão, se entregava, resignada, ao seu destino de ser um joguete entre aqueles dedos magros e muito brancos, apenas tocados por um tom leve de marfim, com as unhas sem cor, e que se entrelaçavam e se desprendiam lentamente uns dos outros.

Deixou-se ficar em silêncio. Entendeu que de novo ela rezava, com certeza uma oração propiciatória para o que se preparava a fazer, e a contemplava, assim, por entre os cílios longos.

Quem era aquela sombra, quem era aquele ser estranho e longínquo, cuja vida apenas conhecia pelos gestos, que não sabia se amava ou se respeitava unicamente, que ali estava ao seu lado, e que falava sem que ela ouvisse, dizia palavras indiferentes, para poder, afinal, chegar à realidade prática que a trouxera?

Era uma pobre criatura frágil, que passava pela sua vida, já marcada pela morte próxima, mas que, mesmo se quisesse, não poderia ser ultrapassada, e permaneceria em sua frente como um marco imperioso...

Não poderia, dentro em pouco, explicar a verdadeira razão de sua presença no mundo, mas o vácuo que se anunciava com a sua partida seria imerso, impreenchível. Um sorriso vagou pelo rosca agora desfeito de Dodôte. Não pudera sustentar por muito tempo a atenção com que escutara as frases iniciadas per Dona Rita, e sentia desânimo e tristeza. Compreendia que daquele vulto esmaecido viriam as ordens do sacrifício que ela esperava sempre encontrar, sacrifício que descobriria os tesouros que trazia ocultos no fundo de seu ser, que a vida fechara brutalmente.

Dona Rita falara até então com os lábios contraídos, como se prendesse as palavras, para que não fossem longe demais, e os sons saíam deformados e ensurdecidos. Parecia não perceber o que se passava com a neta, não prestava atenção, aparentemente, ao jogo de sua fisionomia.

Mas em breve realizou, deu forma aos pensamentos que passavam, fugidios, pelo espírito de Dodôte, e tornou vivas as imagens que nele se agitavam, ao dizer com segurança e clareza:

— Você precisa ser muito boa para ele, muito compreensiva e aceitá-lo como ele vem. Nós todos estamos bem certos de que você não faltará com a promessa que nos fez, e que tudo fará para realizar o que desejamos.

"Nós todos esperamos... nós desejamos..." repetiu Dodôte dentro de si, e o eco dessas palavras reboaram surdamente em sua cabeça.

Lá fora a neblina subia lentamente, espessa, em volutas de contorno muito nítido, e refluía para a entrada do vale, formando uma grande opala oscilante, que fechava a vista da janela. Dodôte acompanhava distraidamente os fios inumeráveis, que desciam em contorsões nervosas pelas vidraças de corrediça abaixadas e, sem dizer nada, pensava:

— Todos? O avô também? como podiam saber se ele não tinha meios de se comunicar com os que o cercavam, prisioneiro de seu corpo morto?

Mas, sem surpresa, sem esforço que fizesse desaparecer as interrogações perturbadoras que afluíam, Dodôte pôde responder a Dona Rita com inteira tranquilidade. Sua voz tinha entonações afetuosas, subia e descia de intensidade como se representasse em um palco, e sabia que tudo que estava dizendo era o que a avó esperava, e que seria transmitido alegremente aos "outros".

Enquanto falava contemplou-se a si mesma com prazer comovido, e, de repente, passou a ler em sua alma como em um texto límpido...

XX

Muito longe, lá no princípio da cidade, na outra aba da serra, quando surgem os primeiros muros e a estrada começa a alargar-se, chegava lentamente um cavaleiro, com o chapéu caído sobre os olhos. Vinha pelo caminho das grandes matas, e o pó de suas roupas mostrava a distância percorrida, os grandes espaços desertos e hostis que atravessara.

Agora o animal pisava já a calçada da rua que subia, abrindo passagem entre o casario, mas logo parou diante de uma habitação muito branca e baixa, que estendia suas dependências e acompanhava as curvas irregulares da viela que formava esquina. Desceu diante do portão de madeira cor de sangue velho que dava entrada para o jardim da casa.

Através da grade, de suas largas fendas, viam-se árvores e plantas de um verde ácido, em profusão, que se entrelaçavam e cobriam de sombra móvel as estreitas alamedas que se abriam na confusa paisagem.

Depois de descer e de tirar o chapéu para enxugar o suor da fronte, ele amarrou as rédeas do animal na grade de madeira, e bateu com os nós dos dedos no portão velho e já ressecado, esperando que atendessem. Mas, não houve um só movimento na casa, e o jardim parecia deserto e silencioso. Ao ver que não era atendido, o viajante foi forçado a bater palmas vigorosas, e fez grande ruído com elas. Se houvesse alguém ali, não teria deixado de ouvir, e, já o homem lançara mão das guias do cavalo, e preparava-se para continuar sua viagem, quando, afinal, abriram-se os galhos dos arbustos, por entre as folhagens que se emaranhavam, e surgiu uma negra de lenço à cabeça, cujo vestido parecia ter sido feito com retalhos das paredes da casa, pois tinha a mesma cor e os mesmos sinais de chuvas antigas.

A criada chegou até perto do portão e ficou em pé, calada, durante algum tempo, olhando com ar carrancudo. Finalmente, perguntou com modo brusco:

— Quem é?

Urbano respondeu em voz baixa, e, apesar da rua estar deserta, e não haver casa próxima, ele parecia ter mesmo receio de que ouvidos estranhos ouvissem o que dizia.

A preta não o fez repetir, e abriu o portão, mas conservou o mutismo, e convidou-o com gestos para entrar.

Ao atravessar o jardim silvestre, ele sentiu toda a sua solidão, longe do tempo e longe de todos, abrigado e escondido em si mesmo, e agora deveria sair de seu refúgio, onde vivera consolado pelo próprio desamparo, e entregar-se a um estranho, desvendar o seu corpo e talvez mesmo confiar a sua alma limitada e secreta, sem estar preparado para isso...

Logo depois chegaram à porta da casa, que se abrigava sob um alpendre rústico, e a negra fê-lo entrar e retirou-se, desaparecendo em silêncio no interior da habitação. A sala onde se achou era toda caiada de branco, e as poucas cadeiras que nela existiam eram muito escuras e torneadas, com os pés finos e pareciam aranhas adormecidas pelos cantos. A escrivaninha do médico fechava um ângulo da quadra, e avultava, sombria. Também era como um grande animal encolhido, à espreita da presa que se aproximasse inocente.

Mas, aos lados do sofá, bem visíveis e de ágata muito branca, duas escarradeiras davam severa advertência...

Urbano sentou-se no sofá e esperou. Imobilizado na posição que tomou, muito incômoda, cruzou as mãos e deixou cair a cabeça sobre o peito. De novo tudo adormeceu nele, tantas, tão contraditórias e pesadas eram as razões que o tinham trazido até aquele lugar, e até agora não sabia medir a extensão e a profundeza das consequências que poderiam ter o seu gesto.

Talvez uma confissão irremediável, palavras imprudentes que fechariam os caminhos diante deles, e tornariam qualquer volta ao passado impossível, o mergulho definitivo no desespero, ou, quem sabe? um pouco de luz no negror da ansiedade que o oprimia.

— Tenho medo de me encontrar diante de uma definição de mim mesmo — pensou ele — porque... porque posso me fazer prisioneiro da definição!

Bem sabia, e tudo fizera com que chegasse a essa conclusão sem saída, que sua existência terminara há muito tempo, e agora sobrevivia apenas, sem nenhum direito à saúde. Se viesse a reavê-la, seria uma usurpação, e nunca poderia fazer nada senão imitar aqueles que deixara lá fora, nas ruas e nas estradas. Eram sadios e caminhavam com passo firme para lugares determinados, ao encontro de trabalho e de homens e mulheres também vivos que os esperavam com impaciência e deles dependiam para sua subsistência.

Chegara ao último extremo do cansaço e do desânimo, do desinteresse mais absoluto de tudo que o cercava, mas o tédio que o fazia passar dias inteiros estendido na cadeira preguiçosa, agora vazia, onde sua mulher, Maria do Carmo, agonizara tanto tempo, ele conhecia que não era uma doença nova.

Era a volta, um eco do passado já muito atrás. Era o volver de sua juventude longínqua e ameaçada, a repercussão muito lenta e preguiçosa das crises que tinham feito de seus vinte anos o ponto crucial, a encruzilhada que tornara a sua vida partida em várias direções, todas perigosas e sem remédio.

Quando voltara a si do longo sono que o tirara do mundo durante semanas e semanas, quando vira curvados sobre o seu leito os rostos ansiosos daqueles que amara, teve a revelação da morte.

Nas palavras angustiadas que ouviu, nos segredos que surpreendeu, vira que era o anúncio surdo de seu fim, que se antecipava, e devia chegar sem pressa e sem surpresa, mas parecia, por isso mesmo, tão difícil de alcançar...

Julgou que a paz devia ser o seu quinhão, pois tudo se justificava com a sua incapacidade de viver, mas os anos correram e ele esquecera, e todos com ele esqueceram, vendo que as nuvens negras se desfaziam em fumo, e depois desapareceram e ficaram para trás, sem deixar vestígios.

Teve vontade de rir amargamente de si mesmo, quando o médico chegou e o levou para uma saleta ao lado, e, sem deixar que ele contasse a longa história que preparara durante a viagem, ao passo do cavalo, interrompido de vez em quando pelos viajantes que cruzava, e que os fazia parar, surpresos com sua volta, o mandou despir-se.

Arrancadas as suas roupas poeirentas, sentiu sobre a pele cansada e úmida as mãos sãs e ávidas do médico, as orelhas frias e curiosas que corriam sobre o peito e sobre as costas, e todo o seu corpo estremecia, fora de sua vontade. Seus músculos se agitavam e se encolhiam, fugiam àquele contato irritante, e ele fechou os olhos, e pediu a morte.

Sabia que o médico lhe diria o que tantos outros já tinham dito, repetiria o que ouvira todas as vezes que a inquietação e o medo do mistério o tinham levado a consultar muitos outros médicos... frases vagas, sem grande sentido, acompanhadas por um olhar morto, recomendações ociosas, de envolta com alguns conselhos insignificantes, e a segurança apressada, muito repetida, de que nada havia de grave, nada alarmante, e que "assim", com algum cuidado, certo repouso, poderia viver por muitos anos, será precisar ter escrúpulos.

Mas, desta vez, apesar de voluntária omissão das causas remotas de seu estado, da convicção em que estava de que tudo seria uma inútil comédia, o que lhe foi dito ficou marcado em seu pensamento.

Foi, sobretudo, a figura do médico, de pé diante dele, com seus olhos cor de metal, terrivelmente inquisidores, que o impressionou. Sentira-se sem defesa, sem a proteção de seu orgulho. Era como se aquele homem alto, com o rosto velho e duro severamente escanhoado, tivesse realmente assistido e conhecido tudo que se passava em seu corpo e em sua alma e ouvira as ordens secretas que lhe vinham da escuridão do passado.

Diante de seus olhos ergueu-se, como um longo fantasma, a verdade da morte longamente desejada, da infinda covardia de seu desprezo por tudo que o cercava, do veneno tórpido do esquecimento do mundo e da vida, do seu remorso, enfim...

— É preciso reagir — disse o médico com voz forte e sacudida. Franziu as sobrancelhas grisalhas e fartas, e olhou-o bem fito, com seus olhos coruscantes como duas bolas de aço, escondidos atrás da áspera cortina. Marcou, com o punho fechado, em pancadas bem acertadas na mesa, as suas palavras. — É preciso reagir! É necessário mover-se, animar-se, enfim, viver!

Urbano, enquanto ouvia, vestiu-se cuidadosamente, com movimentos lentos, mas foi necessário um violento esforço para dominar a pressa que sentia, o furioso desejo de tudo acabar rapidamente, a insopitável ânsia de fugir que o invadia, que transformava em suplício atroz cada instante a mais naquele escritório silencioso, onde só se ouvia a respiração forte e a voz do médico.

Quando estava já na porta, e a abrira regulando minuciosamente os seus gestos, quando já pusera um pé no degrau que conduzia ao jardim, teve que voltar-se, ao ser chamado, e ouviu o médico acrescentar:

— Tudo depende de sua vontade. Tudo depende de seu próprio esforço, e, sobretudo, viver, viver alegremente!

Urbano arrancou-se dali. Conseguiu enfim libertar-se, e sentiu grande alívio, uma alegria muito íntima e pesada, ao conseguir montar a cavalo e andar, de novo envolto nas brumas de seu sonho mórbido e vazio, agora perturbado pelo refrão que lhe ficara gravado na mente, e que se repetia dentro dele, em música monocórdia, sempre a mesma, sempre a mesma:

— Viver, viver alegremente!

Mas seu corarão comentava surdamente, glosava aquelas palavras, bem baixinho, e acompanhava a mesma música adormecedora:

— É preciso caminhar, ir para diante, sem olhar para a frente, andando, andando, sem meta, sem porto, com a única, finalidade de prolongar os dias, os meses, os anos de sua vida, juntá-los uns aos outros, como o avarento junta uma moeda a outra moeda, também sem meta, sem ordem, sem finalidade.

XXI

Urbano entrou então na cidade, e as patas do cavalo feriram as pedras negras do calçamento. Tiraram, às vezes, delas, um violento faiscar de centelhas, e as casas iam-se tornando, à medida que caminhava, mais numerosas, mais achegadas umas às outras. Vinham ao seu encontro, como se flutuassem no ar, sobre o fundo verde-negro da folhagem, e se alinhavam a sua passagem, para depois desaparecerem.

Quando em plena estrada encontrara muitos conhecidos, e quase todos manifestavam alegria ao vê-lo, mas agora, na rua de sua cidade natal, ninguém o fazia parar com exclamações, e aqueles que passavam, esgueiravam-se pelos cantos, sumiam nas portas entreabertas, que se fechavam sorrateiramente. Pareciam não ver a sua figura muito esgalgada, levada lentamente pelo cavalo que bufava ruidosamente, no esforço da subida.

No céu, sobre ele, formado pelas nuvens muito brancas e muito nítidas, um grande navio antigo caminhava de veias abertas, tocado pelos ventos, e parecia carregar dentro dele os seus pensamentos. Chamava-o e conduzia o seu caminhar para o alto, para o tope da serra, que formava a base da rua, tão difícil de alcançar. Chegaria então ao largo da matriz, e, ultrapassado este, era preciso descer uma ladeira bem íngreme para chegar à casa de seu destino, onde decerto já ninguém o esperava, pois devia ter chegado um dia antes.

Na praça onde finalmente se encontrou, o cavalo dirigiu-se para a grande porta aberta e estacou, exausto, sem forças para relinchar. Urbano dele desceu, deixou-o entregue a si mesmo, com as rédeas soltas no pescoço, e entrou como se obedecesse a um chamado.

Andou alguns passos e hesitou... nada tinha distinguido ainda, e era como se tivesse fechado os olhos, e as pálpebras caíssem, cansadas, deixando passar através delas uma luz uniforme, amarelada.

Mas, lá no fundo surgiam luzes trêmulas, muito, humildes, que pareciam lamparinas que velassem um sono doloroso...

Só depois de andar mais um pouco, de abrir bem os olhos estremunhados, é que Urbano se apercebeu que tinha entrado na igreja, pois desmontara do animal e subira as escadas sem saber ao certo o que fazia, com a impressão intensa de ter chegado, de, enfim, poder descansar.

Os bancos eram altos e tristes, e ele, pelo tato, conseguiu alcançar um e sentar-se, deixando-se cair na dura madeira. Julgou que estivesse só, e não quis olhar para os lados, mas logo, vultos imóveis que se perdiam na penumbra, apagados pela meditação e pela prece, o convenceram de que outros homens e muitas mulheres ali estavam, à espera da promessa cristã.

E das sombras, lá no fundo, ora iluminada pelos reflexos bruxuleantes dos lampadários, ora pela luz do dia, coada pelos vidros opacos, que a tornavam uma verdadeira chuva de cinza, surgia a grande imagem do altar-mor, fixada em seu gesto de angústia eterna.

Urbano fitou por muito tempo os olhos nas manchas de sangue, nos músculos parados na convulsão que vinha dos séculos, e todos os seus pensamentos se revoltaram e fugiram.

Sofreu em silêncio, e seu peito se contraiu, doloroso. Como todas as naturezas humildes, ele sabia tirar de tudo razões para dor e sofrimento, mas agora, a desintegração nervosa, que corroía o seu corpo como uma doença invisível, tornava sua alma sem comunicação segura coram o mundo. No fundo dela, vegetação de manias e encantamentos que se tinham depositado, talvez por outras sombras já desvanecidas, crescia e abria caminho, e era necessário um trabalho cheio de angústia para impedir que transbordasse, que, ao alcançar o exterior, se refletisse nos fatos de sua vida, e se infiltrasse em sua realidade.

Cruzou as mãos e rezou. As palavras vinham aos seus lábios sussurradas, em confusão, sem que ele as compreendesse, e sua boca movia-se independente de sua vontade, em um esforço cansado e sem vida, que não coincidia com os pensamentos passados pela sua mente...

Ajoelhara agora, e lançara o seu corpo sobre o peitoril do banco em sua frente, sem poder vencer a infinita lassidão que tornava o seu peito uma prisão de pedra, esmagadora, onde seu coração sufocava. Os braços e as pernas lhe doíam de forma lancinante, e todo ele sofria indizível martírio físico.

Mas, não tinha ânimo de se levantar, de caminhar até a porta, que se abria sobre a praça ampla e iluminada, e partir.

Compreendia agora que quando fugisse e deixasse atrás de si aquele recinto sagrado, onde flutuava ainda o incenso das cerimônias que se tinham realizado antes de sua entrada, quando visse de novo a luz lá fora, encontraria à sua espera as interrogações de sempre, as mentiras que se sucediam e se desfaziam em seu espírito com tamanha rapidez, sem que ele conseguisse pôr uma ordem nelas, qualquer que fosse.

Sentia-se preso, impossibilitado de fazer o movimento de fuga que o medo aconselhava que fizesse. Era airada um pouco de vida aquela dor invasora que lhe torturava o corpo, que lhe dilacerava os joelhos, refletiu, sorrindo. Mas, ao levantar a cabeça, viu que ao mesmo tempo alguém o olhava, e verificou com sereno espanto que esse alguém respondia com outro ao seu sorriso solitário.

— Não, não... — murmurou... — é preciso que eu fique só, realmente só... nenhum estranho me poderá estender as mãos, ninguém virá ao meu encontro, sem saber quem eu sou, pessoa alguma me fará caridade, nem eu mesmo sei mais como recebê-los...

Torceu as mãos com desespero, mas continuou de joelhos, e sentia que o suor gelado corria pela sua testa, e não tinha forças para se mover do lugar onde se deixara cair.

Lá no alto a grande imagem trágica continuava em seu sonho de realeza e de dor, e Urbano contemplou-a por muito tempo, através das lágrimas que lhe vinham uma a uma, incansavelmente, aos olhos. E, batendo no peito, repetiu a si mesmo, confusamente, que era um escravo, que nunca poderia renunciar ao seu corpo, que jamais se dispersariam aos quatro ventos as suas dores inexplicadas e egoístas, e sempre, em suas longas análises solitárias, venceria o amor secreto de sua própria imagem.

Tinha perdido o amor aos outros, e era preciso recuperá-lo, mesmo com sangue, porque senão perderia também a realização da promessa que todos aqueles vultos aguardavam, mesmo não conhecendo a verdade. Alguns aguardariam pelos séculos em diante, sucedendo-se sem cessar, até a destruição final daqueles bancos onde se refugiavam também.

— Mas eu, pensou Urbano, e em sua fisionomia, em seu olhar turvado, surgiu uma angústia tão terrível que parecia a aurora da morte, eu já não tenho forças para reunir em mim todas as contradições e mentiras que trouxe da infância, e que comigo cresceram, em confusão, e vivem ainda, alimentadas pela minha covardia... como seria um verdadeiro perdão se pudesse ganhar forças, levantar-me, e lançá-las para bem longe!

Talvez que o seu terrível isolamento desaparecesse, se conseguisse vencer a tentação contínua e diabólica de negar o seu próprio eu, de considerar-se apenas um ponto de reunião e de encontro de acasos e circunstâncias, sem um significado real, que um dia se dispersariam como folhas que tinham nascido e crescido na copa da árvore, e depois, queimadas pelo sol, caíram e ficaram retidas algum tempo junto às raízes nodosas, mas um grande golpe de vento as leva de repente, varridas com fúria cega.

— Eu não sou eu — e riu-se de seu pobre pedantismo, e olhou para si mesmo com desdém — há aqui somente músculos e pensamentos, que se confundem e formam um triste amálgama transitório... Todas as coisas que me cercam sou eu mesmo, ou um simples prolongamento delas... como poderei ter amor-próprio, se não posso amar essa incoerente construção de coisas e de abstrações disparatadas que, neste instante, se superpõem em mim, ou neste lugar onde afirmo que está o meu corpo...

— O "meu" corpo! — e de novo percorreu com o olhar os seus membros que já não doíam, adormecidos pela imobilidade muito demorada, e fixou-se em suas mãos, que jaziam, ainda cruzadas, sobre o recosto do banco, no mesmo gesto de oração e de súplica. Pareceu-lhe que elas tinham vida própria, que ali se tinham pousado por si mesmas, que viviam fora dele uma outra vida, serena e igual.

Viu o sangue correr puro e tranquilo através da carne sem máculas, fora daquela ansiedade que o oprimia, longe da amargura que enchia a sua boca, livre da esquisita e estéril agitação moral que sentia em seu cérebro, que nele viera pousar, como, se um pássaro de mau agouro o despedaçasse.

Não era da solidão que lhe vinha o sofrimento sufocante que sentia, pois não poderia transmiti-lo, não seria possível compartilhar o seu mal com alguém, nem receberia um braço sobre seus ombros curvados, sem horror pela compaixão, pelo perdão que não desejava.

Ele era apenas, repetiu, e julgou que falava em voz alta, em desafio a quem pudesse escutá-lo, era somente uma reunião efêmera de restos disparates, em constante dissolução, longe de sua vontade, estranho à sua consciência.

Quando ainda falava, teve a intuição, um pouco obscura, de que alguém viera das sombras que se adensavam do lado da parede, junto a um dos altares laterais, e tinha se sentado, silenciosamente, ao seu lado.

Urbano ocultou as faces entre as mãos, para não ver quem estava ajoelhado perto dele, e fechou-se todo em seus pensamentos. Tentou partir para muito longe, esquecer o calor e os movimentos daquela presença humana, que devia ser, por certo, quem correspondera ao seu sorriso, e viera, furtivamente, ao seu encontro, à sua procura.

Com grande ruído o velho sacristão, arrastando os pés, e batendo os ferrolhos enormes, cerrava as portas da igreja, e os vultos que se espalhavam pela nave erguiam-se e desapareciam calados. Urbano percebia em torno dele a retirada, e parecia que tudo representava um insistente convite para que também se fosse.

Mas ele hesitava, porque teria de passar junto de quem viera ficar de joelhos em seu banco, muito perto, e não queria ver-lhe os traços, não queria dirigir-lhe a palavra, para pedir-lhe passagem.

Esperou. Mas, sabia que não estava quieto à espera de que a pessoa fosse embora. Esperava, sim, uma palavra, uma gota de consolação e de amor que refrigerasse seu coração, e tinha vergonha...

Depois de muito tempo, quando já só a porta principal se encontrava entreaberta, e o sacristão esperava tossindo ostensivamente que todos saíssem, foi que ele teve coragem de descobrir o rosto e olhar para o lado.

Não estava mais ninguém ajoelhado no seu banco, e a passagem estava livre...

Só então Urbano realizou que esperara encontrar, quando se voltasse, bem junto do seu, o rosto espectral de Maria do Carmo.

E de novo sentiu o terror sem nome de voltar...

Levantou-se com lento esforço, conseguiu com dor arrancar um joelho e depois outro do genuflexório de madeira dura, que se enterrara em sua carne, e caminhou, trôpego como um velho, até a grade negra que o separava do altar e das últimas luzes ainda acesas. Parou diante dela, olhou timidamente e disse bem baixinho:

— Meu Pai... não sou teu filho!

XXII

Na rua, Urbano resolveu libertar-se do cavalo e continuar a pé o caminho curto que faltava para chegar, e entregou-o ao encarregado da cocheira que havia perto da matriz. Agora sentia-se mais em contato com a sua cidade, com as pedras que tinha pisado tantos anos, que tinham ferido a sua carne de menino com as pontas agudas, que serviram aos seus brinquedos de criança taciturna.

Desceu uma das ruas laterais, um beco que caía para o vale, que conduzia à Praia, e reconheceu a "Casa de Memena", que fora um dos palácios encantados de sua infância, um de seus refúgios onde entrava sempre maravilhado pela sua riqueza em alegrias misteriosas, em surpresas sempre renovadas, e principalmente, pela certeza de encontrar compreensão e carinho em seus moradores.

Seguiu a rua em suas sinuosidades, e assim acompanhava também a casa, que ora descia até que suas janelas ficavam na altura quase do chão, ora subia, mais adiante, em um salto, e não deixava mais ver o que se passava dentro dos quartos numerosos e inúteis.

Pareciam ter sido feitos ao acaso, e também toda a construção não devia ter seguido um plano prévio, com as tábuas do teto e do soalho mal juntas, presas a enormes vigas e barrotes de madeira de lei, mal aplainadas, que conservavam em alguns lugares vestígios bem visíveis de sua casca primitiva, a marca da floresça de onde tinham vindo. As paredes enormes e irregulares engrossavam do meio para baixo, e pareciam gigantescos sacos de farinha, úmidos e mofados, tais eram os veios e manchas que as cobriam.

Urbano seguia aquela velha fachada, tocava-a com o dedo, ao de leve, e tinha a impressão, muito suave, de que andava de mãos dadas com uma amiga antiga... caminhava e assistia, com lenta curiosidade, ao espetáculo sucessivo dos pequenos cenários humildes que se abriam aos seus olhos, nos quadros formados pelas janelas, que desciam e subiam, ao capricho das valas abertas pelas chuvas e dos montículos de terra que a vegetação rasteira impedira de correr morro abaixo, levada pelas águas.

Quando elas eram baixas, e desvendavam inteiramente o interior dos quartos, Urbano os espreitava diminuindo a marcha, e algumas vezes parava, para ver bem se reconhecia tudo que guardava em sua memória. Uma cadeira poeirenta, de pés mancos, um catre de pau esbranquiçado pela velhice e pela secura, com seu colchão de palha rebentado, cheio de fios pendentes, cômodas com os puxadores partidos, sem cor, com santinhos aleijados e castiçais tortos, sem velas, enfeitados com feias rendas de papel desbotado, era tudo que podia distinguir.

Mas reconheceu pouco a pouco que eram quadros indiferentes àqueles que surgiam e se apagavam, não tinham um toque de vida comum com ele, nada lhe diziam de ontem, nem de amanhã, e não sabia por que os objetos que via ali estavam. Não reproduziam mais, não prolongavam os gestos de seres que amava, que se tinham dispersado, e já não se sentiam ligados pelas cadeias entretecidas com a amizade cotidiana, com o contato diário.

Foi com alívio que deixou para trás a "Casa de Memena", e, quando se voltou, já em pleno atalho tortuoso que alcançava a estrada lá embaixo, pôde contemplar em conjunto a construção, com sua massa confusa, em sua velha desordem. Foi impossível reprimir uma expressão de despeito, que lhe veio à boca, como alguém que se dirige alegremente a um velho conhecido, e este volta o rosto, porque não quer reconhecê-lo, e o deixa passar, sem um gesto.

Mas, de onde estava, viu a porta da casa da Ponte, que o espreitava entre as duas outras velhas moradias que lhe faziam frente na rua de Santana. Ouviu perto dele o marulhar em segredo das águas do córrego que vinha de lá, e passava por baixo de um dos prédios, coberto de tábuas em sua parte térrea.

Era a sua casa! Ela parecia olhá-lo ansiosa, em um apelo mudo, e pedia sem palavras que se apressasse, que corresse para o seu seio.

Finalmente estava diante dele a porta, que estava aberta de par em par, mostrava o estreito saguão, que se afundava pela casa adentro, em um grande convite. Foi sem sentir que Urbano compreendeu que já se metera por ele, que já subira as escadas e se dirigia para a sala de jantar.

O avô, em outros tempos, ao ouvir o seu passo rápido de menino, ao escutar o seu " tropel na escada", como ele dizia, o saudava com um cordial:

— Deus louvado!

Ele nunca sabia ao certo como responder, e via sempre o seu vulto muito alto, com a grande barba branca, hirsuta e emaranhada, a esvoaçar em seu peito, como uma pequena nuvem, levantar-se da cabeceira da mesa, para vir ao seu encontro.

A avó continuava sentada, e muitas vezes murmurava palavras de desaprovação por erguer-se por causa de uma criança, mas um riso silencioso, em contraste com o que dizia, iluminava, cheio de secreta delícia, o seu rosto ainda moço.

A senhora, que vivia sempre à espera da partida repentina para o Jirau, e, longe da única filha sobrevivente, mãe de Dodôte, mantinha-se o dia todo naquela sala. Tinha invariavelmente, sobre a velha mesa, uma grande quantidade de coisas confusas, e não se sabia nunca se costurava vestidos para a neta ausente, se bordava para a igreja, ou fazia flores para os seus santos, pois de tudo ali havia, e, muitas vezes, um vestido antigo, de cor e feitio indefiníveis, estendia-se ao lado de amostras de verdadeiros labirintos de crochê, e confundia-se com os rolos de arame, com os carretéis e os novelos.

Desde os retalhos de fazenda até as tiras de papel crespo, tudo tinha um certo tom de velhice e de desbotado, que fazia parecer terem sido deixados ali há muitos anos, sem que se renovassem.

— É disto que vivo — dizia ela muitas vezes, com riso cansado — e disto hei de morrer... se não me restituírem minha filha e minha neta!

Mas ninguém sabia qual a aplicação do produto de seu misterioso trabalho, e, por alguns anos, Urbano os viu sempre naquela sala, onde recebiam suas raras visitas, apenas algumas pessoas que conservavam ainda a memória de sua amizade e parentesco, há muito gastos pela velhice e pelas tristezas.

Eram só as cartas que davam vida àquela sala, e só notícias vindas de longe, ao trazerem um bafo quente de terras estranhas, com longas frases onde não se reconheciam os dois velhos, cheias de ideias e de agitação, e que, depois de lidas, morriam subitamente, faziam com que eles vivessem. Tornavam-se então relíquias, guardadas em uma caixa negra, de madeira envernizada, que lembrava um pequeno ataúde...

XXIII

Agora tudo parecia ainda mais velho e cansado, e Urbano tinha a impressão de que era uma imperceptível camada de pó o aveludado que sentia sob os seus dedos, quando tocava nos móveis e nas portas. As paredes já não tinham a mesma cor, e eram agora de um branco de giz. Pareciam pintadas de novo, mas, em muitos lugares, o mofo reabria os seus desenhos, e ele, ao vê-los, não compreendia como sua garganta fora tomada pela secura do ar, e suas narinas se dilatavam, para poder respirar melhor.

O sol, que entrou com ele na sala, traçou a sua sombra com nitidez, e recortou-a com faixas de ouro vivo e revoluteante, mas não conseguiu aquecer a esquisita frialdade que reinava na sala silenciosa.

E foi só frio e sequidão que receberam Urbano, quando percorreu o aposento. Seus passos retumbavam pela casa, como se estivesse inteiramente vazia, e os ecos preguiçosos respondiam em sons abafados e longos ao ruído que despertava.

Não podia explicar a razão daquele silêncio, só por ele perturbado. Resolveu chamar por alguém, e gritou, com voz interrogativa e ansiosa, repetindo os chamados muitas vezes, mas não obteve resposta aos seus apelos.

Atravessou outras salas, foi até a cozinha escura, onde tudo parecia ter sido abandonado há pouco, pois a um canto o pilão ainda estava cheio de carne e farinha, e a mão estava caída ao lado, e o grande fogo que ardia sempre no fogão de pedras estava agora extinto. De volta, veio pela passagem que a ligava ao resto da casa, no sobrado, e formava uma grande e comprida varanda aberta. Debruçou-se sobre o pátio também deserto, e escrutou o quintal, que se via por sobre o muro que fechava um dos lados. Mas, entre as árvores cuja ramada imóvel, hirta, não podia ocultar quem lá estivesse, não viu também pessoa alguma.

Devia estar sozinho e fechado entre aquelas paredes muito altas, e pareceu-lhe estar muito longe, fora do mundo. Tudo se aconchegava e se revestia da solenidade triste dos lugares desertados, e até o ar imóvel se recusava a trazer qualquer som que viesse perturbar o silêncio de morte da casa.

Urbano afastou-se do balaústre, com o coração opresso por uma angústia que sabia sem motivo, pois se todos tinham saído é porque não havia doentes, mas não conseguiu acalmar-se, andando mais um pouco. Quis então sair para a rua, para junto dos homens, e um sentimento esquisito não o deixou perturbar aquela paz impressionante, e caminhou pelo corredor pé ante pé.

Antes de chegar à porta da rua, quando abria a taramela da meia porta, com toda a cautela, para que não fizesse ruído, sentiu que alguém se movera dentro de um dos quartos que se abriam para o corredor, e onde ainda não entrara.

Abriu a porta, que estava apenas encostada, com as mãos trêmulas e prendeu a respiração; espreitou, mas nada conseguiu ouvir. Teve a sensação de que o movimento que ouvira não fora feito por uma criatura humana, pois não havia ninguém no quarto, onde tudo estava quieto e em silêncio.

A penumbra que ali reinava era de tristeza e de vazio...

Mas que estranho vazio... porque, depois que entrou, a verdade de uma presença o tomou de chofre, e convenceu-o de que não estava só, de que um coração palpitava perto dele, naquela sombra amorfa e inerte.

Tudo continuava tal como quando abrira a porta, mas sua essência se transmudara, e Urbano sentiu paralisar-se a profundeza de seu ser, ao respirar a atmosfera opressora que agora o cercava, de prisão, de cubículo de condenado à morte.

Foi com doloroso esforço que avançou para dentro do quarto e teve que estender as mãos para a frente, com os dedos abertos, como um cego, para poder andar, apesar de distinguir vagamente o que se encontrava no aposento.

Em um dos cantos estava encostado à parede um dos velhos e longos catres de cabiúna que mobiliavam a casa, e nele se reunia um conjunto de sombras imóveis e indecisas.

Compreendia-se, pelo desenho que formava, pela graduação dos tons mais claros e os mais escuros, que elas se compunham de uma esteira no chão, de cobertores vermelhos, cortados por barras negras, de lençóis muito brancos que envolviam o alto colchão, e escondiam ema suas dobras o corpo de alguém, com os pés alongados, as mãos sobre o peito.

Urbano resolveu voltar e abrir a porta de par em par, e assim iluminar tudo com a luz indireta do corredor. Tivera medo de alcançar a janela, que ficava junto do vulto, e teria de se debruçar sobre ele para poder puxar os ferrolhos. Com o quarto mais claro, mas ainda assim a luz que conseguira era pálida e vagamente sinistra, ele se aproximou do leito e distinguiu sobre as travessas da cabeceira, a sair das cobertas, uma mecha de cabelos muito brancos.

A coragem veio então rapidamente em seu socorro, e ele pôde então abrir a janela, por onde entrou um raio de sol, que iluminou o cobertor e projetou-se no soalho, fazendo surgir na cal da parede um reflexo avermelhado.

Tudo se tornou então bem visível, e Urbano deu um passo adiante. Chegou bem perto e levantou a dobra das cobertas, vendo surgir, sem surpresa, a fisionomia inerte de seu avô.

O seu rosto ossudo e enérgico surgiu, esculpido pela luz, com a pele morena agora muito branca, mate e lisa, prodigiosamente moça, marcada apenas pelas duas rugas da boca, cujos lábios sem cor estavam cerrados fortemente, e se destacavam, ainda assim, entre os cabelos da barba.

Devia viver ainda, pois as pálpebras tiveram uma imperceptível palpitação, e fechavam-se com uma prega voluntária nos cantos dos olhos. Urbano, sem saber bem o que fazia, tomou o corpo em seus joelhos, e ficou com o busto nos braços. Nesse movimento, em contraste com a rigidez dos membros, a cabeça caiu para trás, abandonada a si mesma.

Subitamente, de entre os lábios que se abriram, surgiram os dentes, sem uma falha, correndo para dentro da boca em arcada harmoniosa, muito claros, úmidos e brilhantes, em uma luminosa explosão de riso juvenil, muito sadio, repentino e silencioso.

Urbano que olhara assustado, quando sentiu a cabeça escorregar em seu ombro, viu aquele esplendor, e sentiu que a vista escurecia e que o coração parava por um instante e, instintivamente, apertou o corpo de encontro ao seu.

Havia qualquer coisa de sacrílego, de inaudito, naquela inesperada vitória de mocidade e saúde inúteis...

Ficou depois parado, olhando, e refletiu, cheio de inexplicável apreensão, que era por isso, como via agora, naquela revelação que se fazia tão tarde, que o avô sempre lhe parecera um desconhecido, alguém que guardava um segredo, uma distância, mesmo quando o via diariamente..

Na voz, ligeiramente velada, que parecia guardar a sua riqueza de tons graves, no sorriso de lábios apertados, como se não tivesse dentes, nos olhos atrás dos óculos escuros, ele tivera sempre a impressão de qualquer coisa misteriosa e oculta, de verdade escondida. Nunca pudera ter inteira confiança nele, nem evitar certa cautela em suas palavras e em seus sentimentos para com ele, apesar do velho senhor, pois já o conhecera velho, ter sido a única pessoa que procurara abertamente a sua amizade, com carinho e sem limitações.

Mesmo assim fora sempre para Urbano um refúgio, para todos os seus males de criança, um abrigo para as pequenas tristezas inconfessadas, um auxílio para as suas revoltas contra a incompreensão. Como seria bom se ele encontrasse de novo aquele homem grande e sempre imprevisto...

Entre todos os que tinham assistido na sua meninice, ele sempre lhe parecera o mais velho e o mais abandonado, aquele que era o último, que vivia ao lado de tudo, e, por isso mesmo, o mais próximo, um pouco seu igual, bem seu.

Urbano fez um movimento, e um dos braços do velho senhor soltou-se das cobertas em que estava envolto, e caiu, com o pulso nu, sobre a sua mão. Estremeceu longamente a esse contato, úmido, de uma frialdade longínqua e pobre.

Afastou então de si o corpo, com repentino arrepio e receio, e deixou-o cair, bruscamente, sobre o enxergão e sobre os travesseiros, em uma queda sem ruído, macia, irreal, e o grande riso silencioso de sua boca apagou-se e a escuridão voltou a evolver-lhe o rosto.

Urbano conseguiu dominar-se e curvou-se sobre o avô. Observou atentamente a fisionomia inerte, e viu bem que ele estava vivo, mas inteiramente paralítico, e nada poderia dizer. Devia arder em febre!

Era preciso chamar alguém que o socorresse, que lhe desse um alívio, um remédio, e levantou-se e dirigiu-se para a porta da rua, onde ficou muito tempo imóvel, à espera de que viesse o auxílio, e sentia em si o repouso da morte que só os jovens conhecem. Devia vir alguém, mas ele não poderia ir ao seu encontro, pois suas pernas se recusavam a isso, e ele sabia que o que se passava no quarto lá em cima era um fato perdido erre seus dias, mas sentia que ele viria dar às suas coisas uma significação, um sentido medroso e vazio.

Aquele umbral a que se apoiara, e que sustentava agora todo o peso de seu corpo, que vivia apenas no sonho e no remorso, sem sentir o tempo, pois tudo flutuava diante de seus olhos, era um ponto de partida. Agora se desvaneciam as barreiras que o separavam das leis sustentadas pelos anjos do mal, e de sua sinistra magia.

A sensação orgânica do nada que o adormentava, diante da mudez daquele que fora seu amigo, que precisara de sua proteção contra a velhice e o abandono, confundia-se agora com a ordem e a calma indiferente das coisas que o rodeavam, e foi uma espera longa, cujos minutos não pôde contar.

Quando vieram ao seu encontro e recebeu a avó, Dodôte e Chica, e depois as criadas, disseram-lhe que podia ver o avô, que tivera mais uma vez

uma de suas crises de febre. As senhoras o interrogaram sobre a sua chegada e a razão de sua demora e quando lhe perguntaram por que não as esperara diante da cocheira, onde o tinham ido buscar, pôde apenas responder:
— Não sei... não sei...

XXIV

Nas horas confusas que se seguiram, quando verificaram que a crise que acometera o avô de Urbano e de Dodôte era talvez o final de sua longa doença, que o reduzira à imobilidade absoluta, e suas horas eram poucas, devoradas pela febre que não foi possível reduzir, a casa toda encheu-se de gente, que andava pelos quartos e pelas salas com passos furtivos e rostos desolados.

Urbano nada pôde fixar em sua memória cansada dos dias que passou, à espera da morte, e foi sem saber o que fazia, como se tivessem introduzido em suas veias um veneno dissolvente, que ele presenciou toda a luta encetada contra a destruição daquela carne, daquele coração que cansava enfim de bater sozinho no corpo morto.

Ele soubera, há alguns anos, pelas cartas lacônicas e inexpressivas da avó, que o velho tivera um insulto cerebral e ficara sem movimentos. Mas nunca realizara o que significavam aquelas palavras tímidas, e agora tivera, subitamente, diante de si toda a miséria que representavam.

Foi assim que presenciou com estranha indiferença a toda aquela agitação, e depois a repentina paz que se fez. Acompanhou em seus detalhes a humilde cerimônia, a exposição do corpo, na sua imobilidade final, a longa vigília, e o enterro, que vira sair sem nele tomar parte, mergulhado em um sonho doloroso e vago.

Algumas figuras tinham dele se aproximado, tinham com ele falado, sem que as reconhecesse. Só Dona Rita e Dodôte, ambas muito pálidas, de lábios cerrados e olhos baixos, sentiram que ele compreendera quem elas eram, mas seu coração bateu sempre lentamente, surdo, fechado em seu peito, com o mesmo ritmo, sem que pudesse pronunciar uma só palavra.

Tinha vontade de rir de si mesmo, no meio da névoa que o envolvia e o segregava dos demais. Poderia sorrir com amargura, pois todos os planos que fizera estavam agora desfeitos, faltava a eles todos o ponto fixo, a centralização em uma só criatura de todas as ideias e ações que previra com tanta antecipação e tão longamente, nos sonhos das horas melancólicas e solitárias que tinham formado a série de seus dias, lá longe, na cidade onde vivera, primeiro com Maria do Carmo, que morrera aos poucos, e depois, viúvo e sem amigos.

O seu apoio, aquele à cuja sombra viera se abrigar, e escondido das injustiças e do atropelo, organizar sua vida pobre, desvanecera-se, fugira por entre os seus dedos, e ficara apenas a sua sombra...

Com o correr das horas, dos dias e das semanas, reconheceu aos poucos os objetos que o cercavam, e as pessoas surgiam através de seus sentidos entorpecidos, mas faltava a uns e a outros uma ligação, uma expressão comum que fora cortada e dispersada com brutalidade, e ele não sabia, ainda, em sua perturbação, como refazê-las.

Como repor em seus verdadeiros lugares os quadros e as visões que ele construíra minuciosamente, nas compridas noites sem sono, quando se volvia no leito, inquieto, até alta madrugada, vivendo em uma casa que já não era sua, entre móveis que vendera a estranhos? Como formar uma nova cadeia de ações, de palavras e de pensamentos que representassem a sua vida futura? Em tudo que imaginara até ali, que formara a sua verdadeira existência que o sustentava no combate à desesperança, estava sempre presente o avô, deitado em seu leito de paralítico, como um juiz no tribunal, e muitas vezes como um rei em seu trono. Fazia de seu quarto um porto tranquilo e seguro, onde tudo se acalma, onde tudo se resolve serenamente, em uma libertação de todos os minutos...

Mas tivera tempo de ver ainda naquele rosto marmóreo, e isso ficara gravado em sua memória, como uma água-forte sem legenda, o ricto amargo que lhe ficara desde o dia em que caíra fulminado pela congestão. Urbano compreendera pelas palavras hesitantes da avó, e agora pelas condolências que recebera, entre frases que lhe pareciam propositalmente reticentes, que fora ele toda a causa do sofrimento que abatera e fizera tombar, para sempre, aquela grande figura, cingida em sua sobrecasaca preta, severamente abotoada sobre o colete de pele de onça, ereta e serena, de homem grande e sadio, de coração largo e tranquilo.

A sua grande barba imperial, muito branca, fazia sobressair o vermelho jovem da boca e o azul muito puro, quase infantil dos olhos. Era essa a figura que ele esperara encontrar, encostada em seu leito, guardando intata a beleza majestosa de suas grandes linhas...

Mas em seu lugar ficou aquela miséria triste e um pouco grotesca, que parecia viver apenas para dar razão de ser ao sorriso preso, irônico, desesperado, que repuxava as carnes do rosto para perto do olho esquerdo, e que durara muitos anos, sempre o mesmo, como lhe tinham dito. E essa imagem persistente, imutável, marcou o seu coração, em lugar da outra, que permanecera continuamente presente em sua vida, atraente como uma luz na escuridão. Estivera sempre abençoando-o de longe, escondido no recesso da casa da Ponte, depois, e antes, no quarto da sala da frente do Jirau, no ambiente de pacificação e de amor que imaginara.

Quantas vezes surgira na escuridão de seu quarto, quando ainda tinha ao lado o corpo sofredor de Maria do Carmo, a máscara resplandecente, com os traços minuciosamente esculpidos, os olhos cheios de sombra! Mas tudo fazia adivinhar a sua limpidez, a boca pronta para deixar passar o simples mistério de sua dor continuada, imóvel, prisioneira...

Agora era o fim, e ele dizia a si próprio, ferozmente, que tudo desapareceria lentamente, que aquele rosto, como o tinha visto, e o outro, que tivera sob seus olhos, iam ser devorados pelos vermes, e nada mais haveria ao seu lado, longe ou perto, nos dias compostos segundo os novos planos que lhe vinham já, em grupos lentos, à mente cansada.

XXV

As cerimônias, as visitas, as idas e vindas, o movimento dos dias que se seguiram, foram para Urbano uma continuada provação, e era impossível para ele coordenar seus gestos e suas palavras. Deixou-se levar, sem forças para reagir, sem palavras para responder às de conforto que lhe dirigiam, sucedendo-se, sem transição, às de boas-vindas, e tudo parecia, desenrolar-se com a imprecisão e a rapidez dos sonhos.

Foi, pois, com gelada surpresa que Urbano, depois de grande confusão de pessoas que o apertavam em seus braços, de ter estendido as mãos a estranhos que com ele falavam, em fórmulas tímidas de polidez sertaneja, foi com fria surpresa que ele se viu sentado ao lado de Dodôte, sozinhos na grande nave, até onde chegavam os ecos das exclamações e dos adeuses dos que se retiravam, e que se tinham reunido na sacristia, antes de se dispersarem.

A sombra do púlpito estendeu-se sobre Dodôte e Urbano, e os isolou na penumbra da igreja, mal iluminada pela luz espectral da manhã indecisa e úmida, que tudo confundia em tons de cinza e de crepe.

— Dodôte...

Estavam talvez no mesmo banco em que ele se ajoelhara, no dia de sua chegada, e recebera o sorriso que fora a primeira saudação da cidade para o seu olhar exausto, e agora eram os olhos de Dodôte que se fixavam nos dele, com o mesmo reflexo diamantino, e, ao se encontrarem, a verdade apoiou-se silenciosamente neles.

Mas era um sinal de ruptura interior que se interpunha entre suas almas, e compreenderam que tudo que se dissessem naquele instante seria falso, seria unicamente jogo de imagens, sem contato com a realidade que corria, e passava ao lado deles, como um grande rio de águas frementes e imperiosas, que se abriam para deixá-los, desprezando o obstáculo que representavam. Ficavam para trás, ao lado um do outro, abandonados, como viajantes com destinos diversos, à espera de navios que os levem para terras desconhecidas.

Olharam-se e, calados, abaixaram as cabeças, e cada um refletiu sobre si mesmo, absortos, sem gestos. Cada um deles sabia que as palavras não lhes traria remissão, que o passado já tão longo não era um bem comum entre eles, pois seus caminhos não tinham sido sequer paralelos, e apenas os prendia o pensamento constante da união que fora o projeto de seus pais, desde o nascimento de Dodôte.

Mas ele, Urbano, fora para longe, e lá vivera sem nunca se lembrar da promessa trocada entre os dois casais mortos, entre irmãos e cunhadas que desejavam ligar no futuro a felicidade muito curta que lhes fora dada. Agora, tudo isso era uma qualquer coisa sem forma, inerte, que se projetava no espaço diante dele, entre a vida e a morte.

— Dodôte...

Ao lado deles, um pouco para a frente, por entre grandes ramalhetes hirtos, compostos de flores douradas, a imagem da Virgem, na forma suprema da dor feminina, os tinha sob a proteção de seu olhar, coado por longos cílios de cabelos verdadeiros, e as lâmpadas despertavam centelhas repentinas em seus olhos e nas lágrimas que sulcavam o seu rosto de cera antiga...

Urbano, inclinado para a frente, vestido inteiramente de preto, apertava entre os dedos o chapéu rodeado de crepe, e continha-se, cheio de negra ansiedade, pois não sabia que dizer, que fazer, como levantar-se dali, para onde ir, como dar uma forma qualquer aos seus gestos e aos seus atos, como continuar a viver, com naturalidade, ser simplesmente um homem entre os outros.

Queria vencer, sacudir de si a lenta e opressiva fascinação que o prendia à figura silenciosa que estava ao seu lado, que repetia a cena pressaga que representara ao chegar à cidade, e devia agora positivar-se, tornar-se o início simples e muito humano de seu viver novo.

Mas não podia reprimir, fechar bem no fundo de seu ser, e deixar lá até que morresse, a suspeita de que Dodôte era para ele uma outra, não mais a moça que vira muitos anos antes, não mais a menina que andara ao seu lado, de mãos dadas com ele, quase alcançando o seu ombro de menino esguio, mas sim uma alma estranha, distante, que estava tão próxima, mas palpitante de ideias, de pensamentos, e de recordações que ele não conhecia, e que eram talvez impenetráveis para ele, quem sabe sem remédio, para sempre.

Sentira a decomposição entrecortada e incoerente da alegria de sua chegada, da invasão de perspectivas inteiramente novas e perturbadoras em sua vida, da transformação áspera que se operara em tudo.

Sabia que, bem no seu íntimo, se transmudara a essência de sua maneira de ser, e que não poderia mais voltar ao que era, ao que prometia nascer e crescer dentro de suas entranhas. Não sabia mais das razões que, em pequenos choques, em abalos insensíveis o tinham levado a perder a sua significação verdadeira, a explicação de sua verdade.

Agora verificava apenas como se cansara, e como o seu destino fora sempre indiferente aos homens.

— Dodôte.

Nova e densa escuridão se fechava sobre sua alma, e o medo bizarro que se infiltrava em suas veias tomava novo alento, e percorria todo o seu corpo, criava um torpor que o acovardava.

Sentia-se preso àquele vulto imóvel, muito ereto, com a cabeça coberta por um véu negro muito transparente, que lhe dava a aparência de um desenho esfumado, feito em papel de trama delicada, sobre o fundo indistinto das meias sombras do corpo da igreja.

Seus lábios tinham perdido toda expressão, e, ao tentar movê-los, em uma desolada e hesitante tentativa de lhe falar, compreendeu com tristeza como seria monstruosa a intimidade das palavras e dos gestos entre eles.

Pensou que seria um desafogo, que talvez surgisse o calor necessário e sincero, que desaparecesse aquele embaraço odioso e ridículo que o prendia, se pudesse chorar lágrimas de vergonha e de abandono. Mas seus olhos estavam secos e ardiam, brilhantes, sem nada que os turbasse, e não encontrava em seu coração nada que explicasse ou justificasse a dor lancinante que subia dentro de seu peito, e lhe saltava à garganta, como mãos de assassino. Não poderia nunca dar expressão real aos soluços tumultuosos que se acumulavam, prendiam e sufocavam a respiração em seu seio.

Era preciso reunir o passado disperso em mil fragmentos, construir com ele, depois de procurar e descobrir as intenções perdidas, uma sequência que o tornasse real e lhe desse forma definitiva. Devia decifrar o eco lento e grave de vida que o percorria todo, e fazia desaparecer as distâncias e as dores sem partilha, para recomeçar a viver.

Faria Dodôte aceitar a missão que lhe cabia agora, agora que eram apenas restos de uma longo naufrágio, e ela devia arrancá-lo de sua triste paixão, ao devassar os limites que cercavam a sua alma, e que a prendiam entre espinhos.

A monotonia alucinante de tudo que se passara, e que se representava a seus olhos, seria resgatada pela monotonia do que viria a se passar, mas agora sem ter em seu caminho solitário, a cada passo, de afastar com os pés a revelação do mal.

Voltado para si mesmo, Urbano procurava criar ânimo e erguer-se, mas lia em sua alma como em um livro já lido, sem mistério e sem beleza, e conseguiu apenas murmurar, ainda uma vez:

— Dodôte...

XXVI

Quando Dona Rita e Dodôte se dirigiram para o quarto que tinham preparado para Urbano, ele parou no corredor, e perguntou-lhes, sem olhar para elas, ao ver que já abriam a porta e deixavam a entrada livre para que passasse:

— É o meu antigo quarto de menino, não é?

— É sim — respondeu a avó — é o mesmo, de onde você não devia ter saído...

Urbano levantou os olhos então para Dodôte, e fitou-a por um momento, como se esperasse que ela fosse dizer alguma coisa, mas a moça empalideceu e não disse nada, com os olhos impassíveis e a boca sem desenho.

— Mas... — murmurou Urbano, e as palavras se confundiram em sua garganta, e ouviu-se apenas um som confuso.

Dona Rita, silenciosamente, fechou a porta do quarto, sem afetação, com a maior simplicidade, continuou a caminhar e dirigiu-se para a porta que se abria sobre a escada do saguão.

Urbano não quisera ficar na Ponte, onde sabia que o devia esperar o seu quartinho de menino. Parecia-lhe que, indo àquela casa como um simples visitante, e ele, no meio do atordoamento em que vivia, assim julgava ser, não violava a recordação que permanecia em seu espírito, toda inteira tal como a tinha se representado sempre em sua saudade perturbada e fragmentada.

O temor de sentir a presença contínua, muito real e muito próxima, de Dodôte, também lhe tinha dado coragem para enfrentar as lágrimas e as censuras da avó, mas saiu da Ponte sem que ela desse o menor sinal de reprovar a sua resolução, e isso foi para ele um secreto desapontamento. Só depois de refletir por que sentia tão grande tristeza, que surgia no meio da dor enorme que o despedaçava, como um remoinho na corrente tempestuosa, foi que compreendeu que a avó não podia desejar sua permanência na casa da família.

A senhora sabia que, como seu marido, também tinha poucos dias para viver ainda, e uma singular inquietude senil a galvanizava, e lhe queimava o sangue. Queria marcar essas últimas horas da vida com a sua vontade, com a realização imediata e forte dos desejos e dos desígnios que a tinham feito tremer de impaciência muitos anos.

Vira esfacelar-se em suas mãos todos os planos que fizera. Tinha podido apenas remoer em seu peito a cólera e a dor que lhe causara esse desmoronar de sua concepção de felicidade, para que o marido não desesperasse, sem defesa como era contra a adversidade. Agora, que não precisava mais ocultar a sua intenção autoritária de reorganizar tudo em torno dela, para enfim cruzar as mãos e morrer, via que lhe restavam apenas algumas peças disparatadas de seu jogo. Tão difícil, assim arruinado e envelhecido, de reconstituir, de fazê-lo tornar um sopro vital de razão e de lógica, de dispor, sem reduzi-las a pó, das almas que lhe tinham escapado entre os dedos.

A sua tarefa era muito forte e perigosa, mas o tempo urgia. Era necessário criar um novo lar em torno dela, tirar das sombras do desânimo e da tristeza figuras que deviam ressurgir animosas diante do futuro, e fazer com que, em um milagre de ressurreição, aprendessem a sua verdadeira língua, diferente entre as dos outros homens, a linguagem secreta da família.

Sua recompensa seria ver rostos cobertos de lágrimas, ouvir soluços largos e profundos em torno de seu leito de agonia....

O instinto dizia-lhe que agora surgia a sua última possibilidade de realizar-se nos outros, porque, pensava, realizar-se em si mesma é dos fracos.

O afastamento de Urbano da Ponte vinha pois ao encontro de sua vontade, e resolveu agir com presteza e energia. Aproveitaria a separação e a cerimônia que ela faria surgir, tornando impossível qualquer interpretação maliciosa.

Foi assim que, apenas passado o período de visitas de luto, dirigiu-se para a sala de visitas, onde sabia encontrar Dodôte sentada junto à janela, com seu infindável trabalho no regaço. Mas, ao entrar, parou interdita, perplexa diante da atitude da neta.

Dodôte estava em pé no meio da sala, parada e olhava, de braços cruzados, para as cadeiras negras que se alinhavam diante dela, em duas filas, cercando o velho tapete onde se via, no trançado muito gasto já do tecido, a princesa do Egito que fazia um gesto de surpresa teatral ao ver o berço de Moisés entre os caniços, que se harmonizavam perfeitamente, em seu verde velho, com o lilá empalidecido da túnica que ela vestia.

As cadeiras montavam guarda ao antigo sofá, que abria seus braços no fundo da sala, encostado à parede. Era de jacarandá quase preto, e tinha no meio do encosto uma lira de madeira mais clara.

Esses móveis conservavam a sua disposição, a mesma que tinham tido ali naquela sala, depois na fazenda, e agora de novo para onde voltaram, como se estivesse sempre à espera de numerosos amigos e parentes, que deviam acudir em contínuo tropel. E estavam dispostos da melhor maneira para que todos se vissem e ouvissem, e pudessem conversar com inteira intimidade.

Dodôte olhava para aquele pequeno cenário familiar, absorvida em pensamentos distantes, com os olhos perdidos em um ponto invisível.

Via homens e mulheres que se sentavam naquelas cadeiras e naquele sofá, que se moviam de um lado para outro, falavam, riam, suspiravam e choravam, sem que ela pudesse saber da razão de seus gestos e de suas palavras. Era preciso sempre, refletiu, que ela própria construísse os seus amigos, devia todas as vezes que desejava ter alguém ao seu lado tirá-los da indiferença e da vida estrangeira que viviam, e trazê-los para a sua... Tinha que vencer obstáculos, tinha que destruir em si mesma muitas barreiras para conseguir que se transformassem, que esquecessem a sua existência para trazê-los para a sua, com uma significação e um papel que ela própria lhes dava, sem nunca saber ao certo se eram títeres, ou amigos reais...

Que cansaço enorme, que inanidade mais completa, a de fabricar assim, até em seus mais ridículos detalhes, a representação pura que era a vida que arrastava.

Dodôte fechou as mãos vazias, e apertou o vestido de encontro ao peito. Viera para ter alguns momentos de repouso, e não os encontrara, e o seu trabalho parecia-lhe um odioso artifício.

Olhava para os outros móveis, para as cadeiras encostadas à mesa do centro, assentada sobre três golfinhos, para a jarra muito branca, com flores novas, que tinham posto sobre ela havia pouco tempo. Pensou que tudo aquilo tinha um destino imitado do humano, que eram prolongamentos de gestos de vida, e ali ficavam, obedientes e prisioneiros, à espera de alguém que deles se assenhoreasse, para então, fiéis escravos, o auxiliarem.

Dodôte sabia que ninguém, mais viria, agora que se acabara a triste sucessão de romeiros, que estava terminada a pobre mascarada de condolências. Tinha a certeza de que se faria o deserto em torno dela e de sua avó, com a pobreza que se anunciava, e que se tornaria visível com a venda do Jirau, já falada em segredo, e que os murmúrios indicavam como indispensável depois da morte do velho senhor.

Ela bem viu o vulto que se refletia no espelho, único ornamento daquela parede. Desafiou o olhar inquisidor que dele vinha, e disse aos fantasmas que tinha diante de si, como se estivesse sozinha perante a fantástica assembleia:

— Podem morrer à vontade! Podem confessar que estão já mortos e vazios, a se desfazerem em fumo, porque ninguém virá; eu não inventarei nenhuma dessas figuras que vocês esperam, para poderem continuar a viver, a se afirmar, porque tudo passou, sem que todos percebessem que eu, eu sim! eu existo...

Mas o sol, que se mantivera toda a manhã escondido entre nuvens oblíquas, que se alternavam em grandes rolos espiralados, ora em tons inconstantes de safirina, ora em sombras e cinzas, rompeu a pesada cortina que o separava da terra e surgiu. Iluminou a sala, através das janelas que davam para a Rua de Santana, que estavam bem abertas, com as guilhotinas suspensas, as portas de madeira atiradas para trás, presas em ganchos de ferro.

A velhice, a usura irremediável dos móveis, a sua madeira manchada e cheia de gretas que indicavam a direção das fibras, os panos já muito gastos e desbotados de pó entranhado, os tapetes puídos até a corda, toda a miséria da longa vida daquela sala, ali suspensa na esquina da casa, no ângulo que avançava sobre as duas ruas, tornou-se subitamente muito clara, patente, denunciada pelo riso triste de luz que a banhava.

Todos estavam cansados também de servir, cansados de aceitar e obedecer aos corpos e às mãos que deles se apossavam, vindos não sabiam de onde, e que por momentos os aqueciam e davam vida e significação. Depois partiam para longe, para lugares ignorados, para o desconhecido, para a morte, ou, muitas vezes, para a vida...

Dodôte sentiu-se uma estranha entre eles. Estava também ali de passagem, e em breve, como aquele vulto que via no espelho, desapareceria sem razão, como viera, e como permanecera, de pé, entre eles. Foi com angústia que se afastou do lugar onde estava, onde ficara imóvel, como uma figurante de rosto belo que não tornava parte no espetáculo senão pela sua presença, e voltou-se para a porta do corredor que se abria, bruscamente, para dar passagem a Dona Rita.

— Por que esta comédia? — disse mostrando o arranjo das cadeiras e do sofá, com um sorriso evasivo nos lábios. Depois, ao ver um desmentido nos olhos da avó, talvez uma sardônica negativa, ela murmurou em outro tom, muito mais baixo — eles não esperam ninguém...

Tirou com gestos lentos as humildes flores que tinham sido postas no vaso que estava sobre a mesa de centro, e quis sair, e passou pela avó, apertando-as nas mãos.

Mas Dona Rita, que avançara em direção a ela, segurou um de seus braços, com toque leve mas muito firme, e fê-la parar. Dodôte, cujo desejo de estar longe cresceu e tudo dominou, reteve os passos e ficou quieta. Fitou-a com esforço, como se fosse necessário compenetrar-se de que tinha diante de si uma presença, e que dela iam exigir alguma coisa.

— Deixe as flores no lugar onde estavam — ordenou a senhora, e seguiu com os olhos Dodôte, que, maquinalmente, com o rosto tomado pela onda de sangue que lhe subira à cabeça, voltou até junto da mesa, e dispôs de novo as flores como estavam, em um arranjo sem arte. Depois de algum tempo, acrescentou: — temos visita hoje, e não será a última.

Houve um pequeno brilho de zombaria em seu rosto, cujas linhas severas se tornaram suaves por um instante. Foi para o sofá, sentou-se tranquilamente, e recolheu os pés sob ele. Deixou as mãos caírem sobre o regaço, com os dedos cruzados, à espera, muito serena, muito senhora, apesar do vestido pobre e da cabeça curvada para o peito, um pouco trêmula.

Já se ouviam passos que se aproximavam, o ruído de pés nas escadas de madeira, vozes familiares da criada que se dirigia à visitante e a fazia subir alegremente, e, quando a porta se abriu, Dodôte, que recuara até a entrada que dava para o quarto vizinho, saiu silenciosamente.

XXVII

Siá Nalda abanava-se com um velho leque, e tentava fazer secar as pequeninas gotas de suor que lhe umedeciam o rosto, e parecia um grande mocho desajeitado que tivesse entrado pela janela e pousasse ali, pesadamente. Balançava o corpo grosso com grave cuidado, enquanto concertava os babados e as pontas do xalinho que lhe protegia os ombros.

A poltrona onde ela se ajeitava semelhava agora um grande ninho, de onde, decerto, sairiam no futuro outras aves escuras de penas, sombrias como pássaros noturnos, com o mesmo rosto lívido e gordo, onde os olhos se abriam, pequeninos e piscos, cone dificuldade e malícia.

Enquanto Dona Rita dizia longas frases, e perdia-se, às vezes, nas encruzilhadas e atalhos que ela própria criava, Siá Nalda não lhe dava atenção, e refletia longamente, calculava com minúcia o que iria responder, pois desde a primeira palavra ela já adivinhara de que se tratava, e podia desprezar todos os detalhes que a senhora lhe dava. A avó não pudera desvencilhar-se das explicações que julgava de seu dever dar, para poupar e tornar menor na medida do possível a humilhação que passava. Siá Nalda, que entrevira o vulto de Dodôte, conversava com a moça, em seu íntimo, com perguntas e respostas animadas. Ela devia vir, pensava, atraída pelas suas insinuações de promessa e de vida, ditas dias antes na igreja, e então aquela boneca de trapos, como a chamava, aquela simplória, aprenderia a aproveitar o seu resto de mocidade e os vestígios que ainda tinha de beleza, não esquecendo os bens tão maltratados que os pais lhe tinham deixado.

Não era possível perder aquela oportunidade, aquele momento que surgia para ela exercer a caridade e as virtudes que a sufocavam, que lhe pesavam mais do que seu corpo imenso. Pressentira com alegria e confiança em si que Dona Rita desejava o seu apoio, há muito tempo, desde que soubera dos antigos projetos do avô sobre Urbano, e, com a viuvez que viera torná-lo livre, e agora sua chegada, esse pressentimento tornara-se certeza, que se positivara com o chamado à Ponte, naquele dia.

Por isso ouvia distraída e inquieta as meias-palavras que Dona Rita conseguia encadear, em tom de angústia oculta. Tentava esconder sob o sorriso hesitante que lhe fazia tremer a boca, quando parava para respirar melhor, a estranheza que sentia, ao ver-se na posição de pedir, ela que fora sempre a dispensadora de benefícios.

Siá Nalda refletia e esperava com impaciência, enquanto Dona Rita continuava a falar; mas, como a velha senhora a fitava com olhos absortos, em desacordo com o que dizia, e voluntariamente imóveis, ela sacudia a cabeça, aprovava, sorria e fazia sinais de que estava compreendendo o que ouvia.

Seu leque, já muito gasto, com algumas varetas quebradas e presas com linha de retroz, seguia, em ritmo inquieto, a marcha de seus pensamentos, e ora agitava-se nervoso, ora se abria e fechava com rapidez, em choques rápidos. Ou então, com majestade, ia e vinha, em solene ondear, para se interromper, às súbitas, e fechar-se por algum tempo, com um estalido seco, interrogativo.

— Por que não? Por que ela não virá? — interrogava a si própria e, o leque fechado, esperava sisudamente imóvel a resposta.

— Há de vir, há de vir — e logo se abria, muito prudente, com esperança, mas com todo cuidado para não rasgar a figura do meio, há muito tempo ameaçada de partir-se inteiramente — há de vir sim, há de vir sim, que ela sabe muito bem que é a sua última esperança...

Dona Rita parecia chegar ao fim de tudo que preparara para dizer. Agora completava com algumas frases soltas, embaraçadas, o seu pedido, temerosa de que a evidente impaciência de sua interlocutora fosse sinal de que não poderia atendê-la.

— Se não for assim — continuava a pensar Siá Nalda, e o leque abanava agora com doçura as suas faces afogueadas — por que essa velha teria mandado me chamar tão misteriosamente pela Chica?

Mas, de repente, sem prestar atenção ao espanto de Dona Rita, interrompeu o que ela murmurava com muitas reticências, e disse em voz alta:

— Eu hei de fazer a felicidade dela, pobrezinha!

Levantou-se com presteza. Atravessou a sala, foi espreitar a rua, através das vidraças, sendo acolhida pelo agitado cenário de muros, de quintais em rampa, de casas ocultas pelas árvores das ladeiras que iam dar à Ponte.

Dona Rita conservou-se sentada, e parecia ter esgotado as suas forças ao contar a Siá Nalda as suas esperanças e tudo que representava para ela o que esperava de sua confidência. Não pudera, contudo, confessar que não compreendia Dodôte, e havia no fundo de seu coração uma secreta e permanente irritação contra a neta. Um irredutível antagonismo, que fizera Chica abanar a cabeça, com os olhos arregalados, e resmungar muitas vezes:

— Qual... os anjos da guarda delas não se dão mesmo...

XXVIII

Dodôte entrou então na sala, sorridente, muito calma, sem que nada em seu rosto denunciasse a luta que sustentara durante todo o tempo que passara no quarto, como uma fera acuada, a morder o travesseiro. Depois, tinha descido as escadas, e fora para a rua, com vontade de andar, andar sempre.

Mas não pudera resistir à força que a chamava, e voltara, e tornara a subir. Hesitava em cada degrau, colhendo-se a si mesma para subir mais um, e depois parou no patamar, onde se abria a porta da sala de visitas, de onde vinha o murmúrio de vozes de Dona Rita e de Siá Nalda.

Ficou parada junto à porta, escutando, de cabeça baixa, e sua mão segurava a maçaneta, detida por desesperada vergonha, por estranho pânico que a imobilizara enfim, ao ouvir, distintamente, a avô dizer com voz branda:

— Enfim... para dizer-lhe a verdade... eu, isto é, nós, precisamos que a senhora se interesse... eu não sei como fazer...

O coração pôs-se a bater, e martelava surdamente o seu peito, como um mineiro no fundo da mina.

Era bem o que suspeitava, pensou. Curvou-se ainda mais. Era bem o que julgara compreender, nos dias que tinham decorrido depois da morte do avô, dias em que se tinha tornado realidade o afastamento de Urbano, e durante os quais sua avô não cessara de dizer-lhe coisas vagas, com um ar de esquisita timidez, em inteiro desacordo com sua antiga maneira autoritária e áspera.

Conseguiu finalmente fazer girar a maçaneta da porta, que parecia queimar-lhe as mãos, e entrou, levando-se a si própria como a uma criança recalcitrante. Era um período novo que devia abrir-se em sua vida, era uma nova fase que devia encetar, e aquele era um esforço humilhante que devia fazer, porque era necessário.

Mas, uma interrogação cansada quase a fez retroceder, fechar a porta como se fecha um túmulo, e deixar que tudo se procedesse fora dela, longe de seus ouvidos e de seus olhos.

— Que é que eu quero? Por que é necessário que eu vá me oferecer, como se fosse me imolar, sacrificar-me?...

As respostas conseguidas não a satisfizeram, porque tudo que surgia timidamente em seu coração, como um desejo, era logo destruído ou dispersado por argumentos irresistíveis, sufocantes. Nada restava desses pequenos e rápidos combates, a não ser a humilde convicção de que nada desejava, nada podia desejar, porque nada merecia...

Mas, naquele momento uma ideia nova veio ao seu encontro e lhe deu coragem para erguer a cabeça, firmar as mãos e ir à presença de Dona Rita e de Siá Nalda.

Quem sabe ela, a pobre Dodôte, assim procedia porque ignorava tudo da vida, e tinha sido sempre enganada por tudo e por todos? Saberia ela própria qual a sua verdadeira felicidade?

Conseguiu assim, por instantes, entorpecer os fantasmas alertas e sardônicos que a interrogavam constantemente, interrogando-os ela mesma. Pôde enfim entrar na sala, e lembrou-se com vergonha que, por duas vezes, desejara que alguém surgisse e a fizesse entrar contra a sua vontade.

E agora ali estava, diante das duas velhas senhoras que a contemplavam, um pouco surpreendidas com a sua entrada... e não sabia se o riso que lhe vinha ao rosto era de alegria, ou se ria dela mesma. Também não poderia dizer se estava triunfante ou vencida...

Mas Siá Nalda correu até ela e, segurando-lhe as mãos, conduziu-a até junto da avó, com toda a nobreza e seriedade que sabia dar aos seus gestos quando queria.

XXIX

Siá Nalda finalmente saiu, depois de alguns momentos de conversação cerimoniosa e embaraçada, parecendo cada uma mergulhada em preocupações diferentes e alheias ao que diziam. Na porta da rua ela voltou-se e disse a Dodôte que faria tudo quanto "lhe tinha pedido a sua velha antiga".

Dodôte nada lhe respondeu, e ficou olhando a sua figura grossa e pesada que se encaminhava para o beco fronteiro à casa, e lá de longe dava adeus com a mão muito gorda.

Então ela entrou e parou, para ver, um pouco escondida atrás do portal, onde se abrigara como se fosse um refúgio, e assim assistiu, por muito tempo, o espetáculo da passagem dos homens e das mulheres.

Veria assim o mundo, pensou ela, e sua cabeça dolorida se recusava a fixar as ideias, e tudo transformava em nevoento pesadelo. Talvez agora viesse ao seu encontro, por um segundo que fosse, o gesto desinteressado de comunhão e solidariedade que esperava.

— Por que um desses desconhecidos, que atravessam a rua com passo cauteloso, que evitam cuidadosamente as irregularidades do calçamento rude e tumultuário, em inexplicáveis idas e vindas, lá do alto de Santana para a matriz, ou da Santa Casa para a praia, ou mesmo para a estrada que vai para o Jirau, por que um deles não sairá de seu caminho, e não dirigirá, de repente, para a sua porta, onde ela está à espera?

Seria então uma grande aberta, uma invasão, uma entrada brusca em sua vida, de dezenas de rostos compreensivos, de mãos numerosas que se estenderiam confiantes, prontas para dar, prontos para receber.

Mas não haveria uma verdade autêntica nos acenos, nas expressões, na maneira de ser das coisas e das pessoas que compunham a cena fantástica que durava agora diante de seus olhos, formada por aquelas figuras fugidias e indecisas que via moverem-se.

Parecia-lhe que voltava no tempo, em uma lenta viagem de mau sonho, iluminada por aquela mesma luz eterna que tudo banhava, que fazia ressaltar o branco miraculoso das casas fronteiras, que tornava o céu tão vertiginosamente alto e distante, e dava à terra uma beleza sagrada.

Sobre tudo corria uma corrente invisível, íntima, incomunicável, que a isolava em seu esconderijo, e fazia dela uma estrangeira. Os raros passantes, agora, tinham sempre outro destino, e, se caminhavam devagar, com grande prudência, olhando bem onde pisavam, escolhendo as pedras menos pontiagudas, já sabiam, entretanto, de antemão, para onde iam e o que desejavam.

Dodôte os acompanhava com o olhar, e, se algum deles descobria o seu vulto, e se voltava para a cumprimentar, ao reconhecê-la, ela sentia dissipar-se, rapidamente, o espasmo que a sufocava, e ao mesmo tempo a sustentava de pé onde estava, e era preciso agarrar-se aos ferros da porta, para não cair, e logo depois tinha um movimento de terror.

O seu reflexo pronto, imediato, era o de fuga, de medo veloz, e uma interrogação explodia em sua mente, áspera e esmagadora:

— Que espera de mim esse homem?

Mas ele não vinha até ela. Repunha o chapéu na cabeça, continuava a andar, retomava o caminho traçado, como todos os outros, e confundia-se de novo, indiferente, com as figuras esparsas do espetáculo, restabelecendo a harmonia limitada do cenário de tantas horas.

Para eles, certamente, a presença de Dodôte, conhecida pela sua caridade inexaurível, bisneta do patriarca que governara a política da cidade tanto tempo, da descendente de homens que tinham construído a cidade pedra por pedra, que a tinham marcado com seu amor, a vista de Dodôte naquela porta, onde se chegara tantas vezes, não passava de um detalhe habitual de seu itinerário, que apenas determinava o movimento automático de uma saudação respeitosa.

Alguns a conheciam somente de vista, e quase todos nunca lhe tinham dirigido a palavra, pois sabiam que ela vivia muito recolhida, inteiramente dedicada aos seus.

A luz pouco a pouco se alterara, mudara insensivelmente de cor, até que as árvores, as casas, as gentes, a rua e o céu se envolveram em um véu sutil, talvez cor de frio e de arrepios. Tudo parecia docemente transposto para um sonho, mas um sonho muito sereno e distante, onde as dores se esfumavam, as preocupações se desvaneciam, sem razão, por simples indolência...

Foi justamente nesse instante que Dodôte viu surgir e aproximar-se a moça que diziam ser a mais bela da cidade. Vinha vestida de branco, deixava arrastar pelo chão a fímbria de suas saias, e segurava junto à cintura uma pequena bolsa de seda, como as esmoleiras das damas antigas.

Parecia que tudo se preparara para a sua passagem, e a luz misteriosa, que tudo confundira em um só tom de azul sobrenatural, não deixou que as misérias da paisagem, as feridas das casas, feitas pelo tempo e pelo descaso dos homens, tão insolentes e visíveis ao sol, se chocassem com a sua figura.

Tudo se dissolvera na meia luz líquida, flutuante. Só a luminosidade do vestido da moça sobressaía, e refletia sobre o seu rosto.

Vinha na direção da porta da casa da Ponte, e devia passar bem perto das escadas de pedra que a ela conduziam. Dodôte escondeu-se mais um pouco atrás do portal, mas não deixou de segui-la com os olhos. Acompanhou-a até que chegou bem próximo, passou, e subiu a rua, com a segurança e simplicidade de sua realeza.

— Eu não seria capaz de andar assim! Parece que a rua é lisa e plana, e ela não vê os que a observam... — pensou Dodôte, afastando deliberadamente de seu espírito outras ideias que a espreitavam, e estavam prontas para crescer e para tornar confusa a sua humilhação.

Olhou para si mesma, sem piedade, como se estivesse a certa distância e fosse uma estranha, e verificou, com tristeza, que mesmo naquele recanto escuro, com um vestido pobre, sem ninguém mais que a observasse, tinha uma atitude composta, sem naturalidade.

Subiu para o seu quarto e concertou os cabelos diante do espelho, onde se refletia o seu rosto, emaciado. Fixou-o por alguns momentos, fez um gesto de desprezo e desagrado, e disse com infinita piedade na voz:

— Feia...

XXX

Dodôte ficou sentada junto ao lavatório, e suas mãos acariciaram com movimentos indecisos os objetos que se achavam sobre ele. Pegou em uma moldura muito simples, de madeira, onde se via o retrato de seu irmão, tirado na longínqua cidade onde tinham passado algum tempo de sua meninice.

E o menino se animou e saiu de seu quadro, reviveu recordações, refez cenas distantes. Uma delas desenhou-se com grande nitidez em sua mente.

O irmão, no jardim da casa de bairro onde moravam, em uma das diversas fases de pobreza e de dificuldades de sua mãe viúva e já marcada para a morte. O irmão dizia à menina pobre estrangeira:

— Você é minha noiva!

A criança olhou com terror para os vestidos ainda ricos dos seus dois amiguinhos, e respondeu com repentina violência, sacudindo nervosamente os cabelos, encaracolados e de cor esquisita:

— Noiva, eu? — exclamou com a voz rouca onde se arrastavam notas estranhas de seu sotaque nórdico — eu? mas não sou princesa, não sou rica, não sou bonita!

Dodôte teve então um leve e fugitivo sorriso em seus lábios. Relembrou como sentira então a sua superioridade de se encontrar em seu país, de trazer sobre si roupas de seda, apesar de já gastas e remendadas com muito cuidado e disfarce... do jardim, que era grande e belo, mas maltratado e dependente da casa de aluguel...

Já compreendera o contraste que representava em sua vida o que os outros pensavam e o que era verdadeiro e íntimo. Todos viam nela a menina rica, filha de um homem faustoso, casado com a moça que viera de Minas Gerais, e trouxera como dote a força de sua família poderosa, e ela sabia que o outro lado, quando as portas se fechavam, era muito outro.

Seu espírito amadurecera muito depressa, sem que ninguém o suspeitasse, e toda a mísera decadência, toda a incerteza, toda a vergonha oculta de sua casa se tornara evidente para ela, que não podia dizer, porque não conhecia as palavras que a exprimissem, a dolorosa angústia que sentia ao ver a derrota e o esfacelamento da vida de sua mãe. Tudo isso jazia confuso em sua cabeça, e tudo fora feito para que ela esquecesse até o nome de seu pai.

Mas, perdera para sempre a noção de segurança e de paz duradoura, e ela mesma tinha a impressão de violar um segredo quando tentava recordar o que se passara antes da morte de seus pais. Tinha sido uma outra menina. Os avós eram tudo para ela, mesmo distantes e incompreensíveis como sempre lhe pareceram, na sua velhice incalculável, e substituíram imperiosamente as imagens de dois seres moços e dolorosamente ligados um ao outro, que logo desapareceram para não mais voltar.

Dodôte sorriu de novo, mas agora para a sua própria imagem, que ficara ali no vidro do espelho, à sua espera, a olhá-la com seus olhos embaciados, como a única visitante, a figura verdadeira, a pessoa que não temia, porque desprezava e conhecia até mesmo na mentira e no pecado. Era a companheira que estivera esperando toda a tarde, e que via agora repetir, com leve deformação, todas as suas expressões e todos os seus movimentos.

Mas aquela testa pesada, aqueles olhos sombrios, aquela boca pálida e com os cantos descaídos não deviam ocultar os mesmos pensamentos que lhe vinham à mente, em lentas e sucessivas camadas.

Era uma busca difícil e penosa, e tinha que descer com cuidado, porque não havia mais nenhuma indicação do caminho a seguir...

Por isso, parou longamente no protesto indignado, absurdamente infantil daquela menina de cinco anos, que lhe ficara na memória, escondido por tantos anos. Revia em si mesma o sentimento que agitara a sua pequena amiga, e que tornara amargas tantas de suas horas secretas, que transformara seus exames de consciência em lutas sem vitória, sem fim possível.

Seus pensamentos tomavam agora esse ponto do partida, que fora o seu guia oculto por mais de vinte anos, mas agora viera à luz do dia, com clareza cruel. Seria seu companheiro na longa e dolente jornada que teria de encetar, quando se erguesse daquela cadeira, e caminhasse de novo para a vida.

Deixou no lugar a moldura, e procurou abrir a caixa de joias, de madeira esculpida por um preso da cadeia da cidade, mas a pequenina chave resistiu como sempre. Recusava-se a mostrar-lhe as suas tristes joias, todas feitas de recordações da família materna, mas sem nenhuma que tivesse pertencido à mãe, pois todas tinham sido por ela vendidas, antes que pudesse conhecê-las...

Abandonou o cofre, e passou a examinar, sem tocá-lo, o estojo de pó de arroz e de outros artifícios de beleza, que ficaram intatos sobre o seu toucador, desde que os recebera de presente e ali os colocara.

A tristeza, lenta, irresistível, fechava-lhe agora, aos poucos, o coração para o mundo. Suas mãos voltariam a deixar cair, como frutos maduros, e como o fazia agora com aqueles cosméticos e perfumes, as pessoas que a tinham amado, e que ela não soubera utilizar. Nunca ousara erguer os olhos para alguém esperando ver nos dele a mesma pequena chama que bem sabia que se acendia nos seus próprios. O coração estremecia de leve, na antecipação secreta de que estava diante dela uma alma e um corpo que poderiam representar qualquer coisa em sua vida.

— É preciso ser princesa, é preciso ser bela para ser amada — disse ela, e olhou para a sua efêmera companheira, que lhe reproduziu o sorriso de desdém — e por isso você teve sempre que fugir, quando suspeitava e compreendia o engano dos outros, que sonhavam ver em você a princesa bela...

Não vira nunca o tempo correr, não soubera distinguir as diversas fases que se tinham formado e desfeito em sua vida. As noções que adquiria não se ajuntavam à realidade cotidiana, e ela jamais sentia o acordo necessário entre o que se passava fora e dentro dela, para ter equilíbrio.

Quando ainda o sangue muito jovem batia em suas veias, e o isolamento da fazenda a deixava refletir sobre o que a cercava, e se movia com lentidão, ao transformar-se de longe em longe pelo choque de raros acontecimentos, ela tentara lutar, vencer as pequenas pobrezas, as meticulosas misérias, as faltas humildemente humanas.

Mas, depois de muitas vezes deixar-se dominar pelo desânimo das análises devoradoras e esterilizantes, ela venceu e conseguiu lançar sobre suas feridas um bálsamo que durava algum tempo, e podia viver com o coração pacificado, com o espírito em paz enganadora. Um dia, um gesto, um olhar, uma palavra sua ou de alguém que a surpreendesse, e percebia como essas vitórias eram mentirosas, como fora tudo uma ilusão. Obtivera apenas respostas aos seus apelos inquietos, e nada se modificara em seu íntimo.

Reconhecia então, com tristeza provisória, que a agitação que criara em torno de si, que o esforço físico que fizera, que todo o trabalho avassalador de suas mãos e de seu corpo, em vez de sustentar e até aumentar, como julgara, tinham lentamente desmanchado em pedaços o halo de pureza e de elevação que a tinha mantido embriagada.

As voltas sobre si mesma, os grandes exames a que se submetia, no intuito de coordenar e tornar razoáveis os que fazia continuamente, resultavam sempre em maiores e cada vez mais invencíveis humilhações, e ficava desnorteada, exausta de sentir a sua inanidade e a fraqueza que a espreitava, sempre com as mesmas forças.

A única serenidade que conseguira fora a sonolência em que tinha vivido os últimos anos de sua estada na Ponte, à espera de qualquer coisa que não ousava definir.

Dona Rita viera agora despertá-la, e abrir diante dela uma estrada nova, que percorreria tendo ao seu lado um companheiro. Era a mesma estrada e o mesmo companheiro que, mais de dez anos antes, tinha compreendido que lhe estavam destinados, mas que depois, como acontecera com seus pais, tinham se tornado motivo de desgosto e de suspeitas. Nunca mais tinham dito nada cobre os projetos formados misteriosamente, e desfeitos entre meias-palavras, e dias e dias seguiram-se de caras amarguradas em torno dela.

Agora estava desperta e achava ao seu alcance um socorro mais destruidor que suas antigas derrotas. Os conselhos que ouvira, e que eram ditos em tom de solicitude maternal, as recomendações afetuosas que lhe tinham feito, entre sorrisos benevolentes, ela conseguira fazer passar ao seu lado, com ar de aparente indiferença, mas tudo ficava marcado.

Estava certa que seria escrava de sua memória, e todas as frases que dissera, calculadamente formadas, todas as concessões que fizera, friamente, ficariam como cicatrizes deformantes em sua alma.

XXXI

Na manhã do dia seguinte, quando Dodôte despertou do sono entrecortado de sonhos e de pesadelos, que se encadeavam sem uma lógica aparente, mas que formavam uma só angústia, ficou por muito tempo quieta, soerguida sobre os travesseiros, com a cabeça encostada na cabeceira da cama.

Sabia que, lá dentro, todos estavam dormindo, que era ainda muito cedo, e nem sequer Dona Rita tinha se levantado, para ir à missa da madrugada que todos os dias era celebrada na igreja do Rosário. Tudo estava em paz, pois a cidade toda dormia também àquela hora. Mas, o seu dia começara, e não lhe seria mais possível fechar os olhos e adormecer de novo, apesar do cansaço enorme que fazia o seu corpo ajustar-se todo inteiro ao colchão, sem que tivesse forças para erguer um só dedo.

Devia ficar ali presa por duas horas ainda, pensou, e comparou-se com o avô, que assim estivera, sem poder se mover, durante tantos anos. Achava-se parecida com ele, e quando o vira imobilizado para sempre, tivera um momento de pavor, ao lembrar-se dessa semelhança.

Um estalido forte das tábuas do sobrado, e algumas palavras ditas muito baixinho ao seu lado, fizeram com que Dodôte se movesse, tirada da sonolência que a fizera repousar por muito tempo, pensando e refletindo, apesar da semi-inconsciência em que a deixara o cansaço de seus nervos. O tremor de seu coração não cessara um só instante, toda a noite, e ainda agora latejava, mas foi com naturalidade, como se estivesse em plena posse de seu espírito, que Dodôte ergueu o busto, apoiou-se no cotovelo direito, e interrogou a velha ama que entrara no quarto e estivera observando o seu perfil, para ver se ela estava dormindo ou acordada.

— Que é, Chica?

— Eu pensei que vancê estava dormindo, mas já vi que estava mesmo acordada, de olhos bem abertos... Estava olhando para mim, pensei que estivesse me enxergando, mas nem percebeu o barulho que fiz quando entrei — disse a negra, com a sua familiaridade habitual, e continuou — o sol já está "huã"...

Dodôte examinou bem o rosto de sua mucama, viu-lhe as rugas numerosas, os cabelos já grisalhos, o sorriso que se estereotipara em sua boca. Agora não era mais preciso que ela tivesse vontade de rir, para parecer satisfeita, pensou, com certa irritação.

Mas Chica também a observava, e viu que os olhos da moça continuavam sem brilho, fitando-a amortecidos, como se a espreitassem, sonolentos, por entre as pálpebras pesadas.

— Em que Nhanhã está pensando? — interrogou ela, com certa inquietação, pois julgou ver na expressão de Dodôte uma censura — que é que está preocupando tanto a minha Nhanhã?

— Estava pensando que... sou feia — explicou Dodôte, querendo dar à sua voz uma intenção zombeteira, mas o sorriso de seus lábios não correspondia à interrogação medrosa dos olhos, e um pequeno tremor quebrou, de repente, a sua frase em duas, acentuando-lhe a indistinta amargura.

— Feia? — repetiu a criada, como se não compreendesse bem o significado daquela palavra.

— Feia, sim — murmurou Dodôte, e abaixou os olhos, pois sentia que ficava rubra — eu sei que sou feia, e sempre fui feia...

Parecia ter esquecido a presença da negra velha, que a olhava espantada, sem saber que fazer, diante do tom amargo daquelas palavras, que nunca ouvira de sua menina, como a chamava em seu íntimo.

— Sou feia — continuou Dodôte, e agora uma pequenina serpente sibilava entre os seus dentes cerrados — sou feia e por isso sempre soube me colocar no lugar que me compete.

— Que lugar, Nhanhã?! — interrogou Chica, ansiosamente. Ela decerto só entendera o final do que Dodôte dissera, pronunciando mal as palavras, pois tinha a boca contraída.

— O último, o último...

E assim dizendo, Dodôte levantou-se, e conservou-se sentada na borda da cama, e segurou com força o braço da negra, e fez com que o xale de xadrez branco e preto escorregasse pelos seus ombros abaixo. Chica estremeceu e defendeu o peito magro do frio cruzando os braços sobre ele, pois o seu vestido era de chita rala e desbotada. Dodôte sentiu que a assustava com sua vivacidade, e, em um movimento rápido, apanhou o xale e envolveu de novo o busto da mucama, com cuidado filial, e continuou a dizer, com voz serenada e humilde:

— Nem o último, Chica, nem o último — e fingindo enganar-se com a expressão de espanto da pobre velha, prosseguiu: — Lugar nenhum, Chica. Você tem razão de duvidar e achar que sou presumida. Ninguém me quer, ninguém nunca me quis, e estou velha e doente...

— Nhanhã, Nhanhã — repetiu Chica, com um grande soluço a querer fugir-lhe da garganta. Mas, de repente, lançou um olhar a Dodôte e mudou de cor. Sua pele tomou um tom arroxeado, baço, e seus olhos, que tinham se tornado vermelhos e estavam cheios de lágrimas, secaram-se. Eram agora severos e torvos como os de um pássaro noturno, deslumbrado por luz súbita.

Sem dizer uma palavra mais, desprendeu-se das mãos de Dodôte, lançou o xale sobre a cabeça e saiu do quarto com o passo pesado de reumatismo, de velhice e de desgosto.

Dodôte deixou-a ir sem tentar retê-la, tendo, entretanto, visto bem que a magoara, que não se fizera compreender.

Era assim que todos fugiam, pensou, sentada ainda na cama, e sua longa camisola branca parecia um vestido de noiva, era assim que todos se afastavam dela quando percebiam a solidão sobre-humana que devorava a sua alma...

XXXII

Quem saísse da Ponte e seguisse o beco que se abria logo em frente, caminhasse a princípio por entre as touceiras de espinho, que se entremeavam com as boninas, depois subisse a ladeira já cercada de muros e algumas casas, e finalmente dobrasse a rua principal, chegaria depressa à casa da botica, que pertencera aos pais de Urbano, e para onde ele fora morar, depois de recusar ficar em casa de Dona Rita.

Na mesma manhã ele também despertava, e também estendera-se em seu catre, colocado na farmácia, onde se achara mais acompanhado. Os velhos boiões e as prateleiras cheias de caixas e de latas eram amigos que o tinham recebido bem, talvez melhor do que sua ama de leite, agora cheia de filhos e viúva, já esquecida do menino magro e indiferente ao seu seio, que ela amamentara tantos anos antes.

Viera para a botica como uma simples mercenária, e olhava para Urbano com olhos espantados e risonhos, como se achasse ridículo ter de considerá-lo seu filho de leite, sem ter por ele a menor curiosidade e estima. Mas Urbano também não se apercebera da razão pela qual a avó tinha mandado à sua casa aquela cabocla gorda e ainda moça, apesar das fortes rugas que lhe vincavam os cantos da boca quase roxa.

Na sala onde se achava, iluminada pelas bandeiras das portas que davam para a rua, de onde vinham raios de sol muito claros, ele ficou também deitado, e esperou que o dia o obrigasse a se levantar.

A serenidade profunda que agora se fizera em sua vida, a princípio toda de superfície, ainda medrosa diante dos estranhos que o cercavam de suas condolências, tornara-se depois total, e vivera alguns dias de esquecimento e de felicidade inerte.

A paz subia da terra morna, que ele sentia imensa e segura sob os seus pés, e o calor fecundo evolvia-lhe todos os gestos, todas as suas palavras. Adormeciam em langor absorvente até seus pensamentos, que não podiam mais subir, e caíam, como pássaros mortos em pleno voo. Pairavam no fundo de seu espírito, em uma horizontalidade sem repouso, latejante...

Toda sua infância e mocidade tinham sido uma só fita cinzenta, que se desenrolara lentamente com surda regularidade, sem que ele se revoltasse contra a sua monotonia, sem que pudesse soerguer o peso que sentia sobre seu destino, limitado desde o nascimento pela melancolia e pelo isolamento.

Não havia luz no seu passado e as abertas que nele surgiam eram apenas prenúncios de desgraça confusa, de misérias complexas, onde ele não podia distinguir ao certo o seu dever. Eram como os relâmpagos frios que anunciam tempestades, mas as suas tempestades eram subterrâneas, informes e silenciosas, cheias de sacrifícios obscuros, de palavras sem eco, e tudo ficava quase imediatamente esquecido para os outros, mas não para ele... Havia demasiada tristeza sem romance, solidão sem profundeza em sua vida. Por isso seu caráter não se desenhara nitidamente, e agora o corpo, sem socorro, sem apoio, sem ordens claras a cumprir, se desequilibrara de forma inexplicável, e tornara tudo em torno dele difícil e misterioso.

Mas havia agora uma esquisita volúpia no torpor que essa preguiça dos sentidos criava. Devia ser a fermentação de muitas sementes, dentro dele, que determinava o calor vagaroso que percorria as suas veias e aquecia lentamente o seu coração, cujas batidas escutava.

Urbano olhou para o seu corpo estendido, acompanhou a linha possante das pernas, a saliência que faziam os pés, lá embaixo, junto da guarda do leito, e riu em silêncio.

— Como poderei andar, como poderei erguer-me e caminhar até lá fora, sair para as ruas, viver, respirar e falar — interrogava-se ele, e sentia a atonia que estava latente sob a paralisia provisória de sua sensibilidade que adormecia os seus membros. Parecia desligá-lo da obrigação de luta, da combatividade que sentia cantar em um grande e rude hino na vida de seus avós, na história áspera e seca de sua família. Mas, a acusação de covardia, que se fazia ouvir bem baixinho no mais íntimo de sua alma, desarticulava uma a uma as defesas de sono e de silêncio que ele criava, e um incêndio sinistro ameaçava, lá do fundo, com suas chamas flexíveis e ávidas, de tudo devorar e destruir.

Quero ir-me embora, de mim mesmo — disse ele, depois de algum tempo em que escutou os ruídos que vinham da casa e da cidade, já despertada há muito tempo — quero ir...

Olhou para o céu, que tapava a janela com uma cortina muito azul, impenetrável, e parecia suspensa a grande altura, como se a casa pairasse na vastidão imensa e sem nuvens, a perder de vista. Mas Urbano sabia que, se fosse até o peitoril, e nele se debruçasse, lá embaixo o esperavam as paisagens tão diversas, fugidias, animadas e cruéis do vale.

Então tudo teria limites, se olhasse. Tudo teria um nome e a sua significação seria clara e persistente, e o círculo se formaria de novo, imediatamente, em torno dele, ameaçando fechar-se para sempre.

Sua fuga seria mais difícil, com a prisão que representaria cada elo, cada sentimento novo e inesperado que surgisse, e suas interrogações continuariam sem resposta.

Era necessário, entretanto, reconhecer, pensava, que ele já começara suas despedidas do mundo. Não importava que a vida se prolongasse anos afora, inexpressiva e explicada, fechada entre os muros de sua timidez e desinteresse por tudo que o cercava, como fora sempre sua vida.

Despedida em surdina, sem lágrimas e sem exclamações, sem ninguém que aceitasse o seu adeus tão cansado, mas a quem poderia dirigir ele esse gesto, sem encontrar, em troca, apenas rancores ou queixas irremediáveis?

Não soubera amar, confidenciou a si próprio, e por isso não fora amado por ninguém, e todos aqueles que se aproximaram de sua voz, de sua epiderme, tinham caído como sanguessugas exaustas, que não tivessem encontrado uma só gota de sangue.

Mas sentiu vergonha porque, vinham de longe, recordações de fúria, de estertores que tinham manchado seus sentimentos antigos. A violência que tornara sem perdão o amor que o levara a Maria do Carmo, e a fizera morrer, veio turvar-lhe o espírito.

Foi com um gesto de fuga que se levantou do leito, que tinha resumido em si o mundo para ele, mas a vertigem estava à sua espera, e teve que se apoiar, em um dos armários que lhe serviam de alcova, para poder primeiro, antes de caminhar, estender os membros em insensíveis, dormentes. Mas, mesmo quando conseguiu que o sangue corresse por eles normalmente, quando bateu fortemente com os pés, como se tomasse posse da terra, onde agora chegava, vindo do país da renúncia e do sonho mortal, não largou a coluna de madeira a que se agarrara, e que sustentava a parte superior envidraçada do grande móvel.

Sem experimentar, já sabia que não seria possível dar, com segurança, os passos necessários para se preparar, para se vestir e chegar até a sala vizinha, de onde vinha agora o rumor alegre das vozes de sua criada e de alguém que entrara havia poucos instantes e fora recebido com alvoroço.

Fitou os ouvidos e percebeu que era uma senhora, e logo depois o nome de Siá Nalda, dito em voz alta por sua ama de leite, seguido de uma grande risada, informou-o quem era a visitante.

Sorriu ele também, ao imaginar como cessariam por encanto aquelas gargalhadas e as frases que se entrecortavam, muito agudas, se abrisse a porta, e surgisse diante delas, com seu corpo oscilante, malseguro, em contraste assustador com as cores do rosto e as linhas másculas e nervosas dos braços e das pernas, finos mas musculosos e resistentes.

Era sempre inevitável gastar muito tempo, e esse tornara o segredo de suas manhãs, no esforço lento e meticuloso que fazia para se assenhorear de si mesmo, para poder levantar-se e caminhar, e fazer desaparecer a evidente incerteza de seu andar, quando se erguia esquecido daquele estranho torpor.

Depois que conseguia entrar na posse de seu corpo, já era possível viver e ganhar mais um dia como o homem que todos conheciam, e muitas vezes chegava à noite sem lembrar do misterioso desgaste que minava suas forças.

Mas quando a angústia que latejava escondida, secreta, dentro dele, incompreendida de todos, vinha como um assaltante que estava à espreita de sua vítima, oculto em um recanto imprevisto, e o agarrava pela nuca, parecia levantá-lo do solo, em uma incompreensível e absurda assunção.

Suas pernas tornavam-se subitamente trôpegas, os pés pesavam então como dois mundos, e em vão abria os braços para encontrar o equilíbrio que lhe fugia... mas, se alguém o observava, ele conseguia, sem que transparecesse nada no rosto, reagir e sentar-se como se estivesse um pouco cansado. Todo o pavor que gelava as suas mãos era abafado e obrigado a fugir, diante da energia súbita do espírito, que nesses momentos ressurgia intata.

E falava, naturalmente, com inteira lucidez, pois sua cabeça ficava fora do que se passava, vigilante, atenta. Mas a voz que lhe saía da boca, ele sentia que era estranha, como se viesse de uma caveira, ressonâncias secas, e acompanhava os movimentos dos ossos que se entrechocavam, muito de leve, em movimentos articulados de relógio...

Nessa manhã reuniu as forças e andou pela casa, recebeu o choque de água fria que o esperava no banheiro da botica, formado por uma enorme bacia de cimento cavada no solo, e sobre a qual um grosso cano derramava verdadeira catadupa, dando-lhe a ilusão de que estava debaixo de uma cascata, em plena montanha, vestiu-se com vagar, e foi, finalmente, ao encontro de Siá Nalda.

Tinha passado mais de meia hora, e a ama já esgotara decerto o que tinha a dizer, pois encontrou a velha senhora sozinha, sentada como se fosse uma menina, apesar do volume de seu corpo, com os pés muito juntos, as mãos pousadas uma sobre a outra e o olhar muito límpido erguido para ele.

Urbano estava agora inteiramente sereno, e foi como um homem muito jovem e risonho que ele entrou, cumprimentou a visitante e sentou-se ao seu lado, sem poder reprimir o rubor que o rejuvenescia ainda mais.

Pôde então ouvir sem sombras as palavras, muito cautelosas e prolixas, de mistura com detalhes que, nenhum sentido faziam com o seguimento que elas tinham, através dos meandros, pôde ouvir as palavras que davam forma e realidade ao sonho vago e muito repelido que vivera tantos anos em seu coração.

O chamado que ouvira tantas vezes, indistinto, mas persistente, que o fizera vir de tão longe, à procura de salvação, logo que a morte cortara as correntes de sua grilheta, passava a viver agora tão claro, tão positivo e simples, naquela saleta sem adornos, onde a mobília austríaca preta punha um ar desconcertante de sala de espera de consultório médico...

Era vasado em palavras chãs e emaranhadas, ditas com voz aguda, em frases muito longas, e Urbano as acompanhava com ansiedade. Desesperava de ver chegar o fim, tantos os subentendidos, as adversativas, as complementares e as explicações de todo o passado, e do futuro, entremeados de risos e de sinais de cumplicidade e de amizade exuberante.

Urbano tudo ouvia, e acompanhava, palavra por palavra, aquele longo monólogo, envolvido em uma nuvem de sonho, que tudo transformava, através dos raios de luz e da música de sua alma, em uma harmonia enorme.

Siá Nalda levantou-se, fixando nele os olhos esquadrinhadores, com as sobrancelhas erguidas e a testa enrugada. Mas o medo e a curiosidade misturavam-se-lhe no rosto grande e formavam uma máscara informe.

Já na porta, ela segurou fortemente a mão que Urbano lhe estendia timidamente, e animou-se, com um riso gutural, em contraste com os sorrisos de menina que tivera até ali. Disse desembaraçadamente, como se estivesse se referindo à sua própria casa:

— Todos esperam a sua visita na Ponte — e acrescentou, acentuando palavra por palavra: — a sua visita oficial.

— Hoje mesmo irei lá. — Urbano escutou sua própria voz dizer com firmeza, e retirou a mão que estivera prisioneira entre as de Siá Nalda. Mas, não pôde dizer mais nada, nem compreendeu como conseguiu despedir-se da senhora, que ainda teve muitas recomendações a fazer-lhe, e custou a acertar com as mangas do casaco enorme que desejou vestir, antes de enfrentar o vento que varria as ruas lá fora.

Deixou-se cair na cadeira, logo que pôde, pois sufocava com a sensação opressora de riqueza acumulada, de tesouro esmagador que lhe punham ostensivamente nas mãos trêmulas...

XXXIII

Muito tempo depois, Urbano, despertado pela ideia de que tinha agora diante de si unicamente aquele dia, para fugir, para viver fora de seu novo destino, da realidade que se condensava e se abria como linhas de aço para o futuro, levantou-se de um salto, inteiramente ágil e disposto para a evasão.

Saiu pelas ruas, desceu ladeiras, e, sem o sentir, levado pelo instinto que revivia nele, subiu a estrada que passava ao lado da casa da Ponte, toda fechada ainda, e levava até a velha fazenda de seus avós e onde Dodôte passara anos de sua vida.

Eram precisas duas léguas para se chegar lá, mas ele não tinha a intenção bem formada de ir até o fim do caminho que avançava para as montanhas, corajosamente, galgava as alturas sem grandes rodeios, confiante nos amplos peitos que o percorriam, e respirava o ar puríssimo que vinha do largo panorama.

No alto, a mata veio ao seu encontro e o cobriu com as suas ramagens longas e balouçantes, como braços acolhedores que o chamassem para o seu seio, mas Urbano sentiu alívio quando, saiu da estrada, e entrou por entre as árvores, percebeu que estava dentro dela, da verdadeira mata, que se enfeitava com as grandes samambaias para atrair o viandante com sua doçura estéril, mas logo depois se revelava tal qual era.

Irregular, ilógica, hostil, cheia de clareiras confusas e de cerrados espessos, distribuídos em desordem, emaranhados pelos cipós e pelas touceiras de espinhos, ora abria-se em pequenino jardim, atapetado de flores frágeis e ingênuas, ora erguia-se vertiginosamente em muralhas rugosas, impenetráveis, de pesados troncos escuros, cujas raízes se entrelaçavam como serpentes em luta. E surgiam as orquídeas sangrentas ou lutuosas, penduradas muito alto, repugnantes ou soberbas, mas sempre estranhas e surpreendentes.

Naquela hora os pássaros tinham se calado. Obedeciam a alguma ordem misteriosa, ou talvez perturbados pelos ruídos dos galhos que Urbano quebrava à sua passagem, mas ouviam-se as vozes pequeninas dos insetos e dos bichos minúsculos que se agitavam, às vezes assustados com os grandes pés que surgiam do alto, e os esmagavam sem piedade.

Em uma aberta, Urbano parou e olhou para a terra. Junto a ele passava um carreiro de formigas, que se estendia como um leve véu de crepe, que se movesse por entre as pedras, sobre a areia branca, com tal regularidade, tão unido e traçado, com tamanha nitidez, que parecia uma faixa do chão que andava.

Mas, não podia ficar quieto por muito tempo, qualquer coisa o forçava a andar, sem destino certo, mias sempre para diante. Caminhava com passos inseguros, com os braços estendidos para os lados, equilibrando-se mal sobre as raízes e as pedras cobertas de musgo. Seus dedos se agarravam, nas grandes oscilações que sofria, às touceiras de espinhos.

Sentindo sobre o rosto as gotas de suor que corriam, passou a mão sobre a testa e foi então que viu nelas as bolhas que se tinham formado. Reproduziam o desenho das flores pálidas e manchadas de roxo, que eram o enfeite singelo dos espinheiros e dos emaranhados.

Sua cabeça latejava, e parecia enorme, pesada, e pendia sobre o peito. Era-lhe indiferente que os galhos fustigassem o seu rosto e se prendessem aos seus cabelos revoltos, e deixassem sobre seus ombros pequeninas folhas secas, que o acompanhavam por algum tempo, varridas depois por novas ramagens.

Tentava em vão reanimar os seus membros entorpecidos, que obedeciam como se estivesse em pleno pesadelo. Respondiam ao lento torpor de seus ouvidos, à zoada entontecedora que neles se levantava, o trilar estridente e monocórdio dos insetos, o zumbido cheio e exasperante das vespas e dos besouros. Faziam ainda mais exaustiva aquela tarde quente, agitada por um vento lúgubre e morno, que não aumentava nem diminuía.

A luz tinha preguiça de ir embora, de se desprender das copas das árvores, de apagar os grandes claros que punha nos troncos, e a penumbra luminosa que reinava na mata, fulva, muito difusa, não queria morrer também. Pareciam ambas já independentes do sol, oculto atrás das montanhas.

Recusavam-se a ceder o lugar à noite, mas esta também se atrasara pelos caminhos extensos e cheios de calor e de pó...

— Estou dentro da natureza, e tudo isto vive sem pensar, — disse ele a si mesmo, e fez um gesto circular, violento, mas com a solenidade dos ébrios.

E estava realmente embriagado, dessa ebriedade toda feita de morbidez e de desdém dos infelizes.

— Aqui, longe de tudo, no meio desta fermentação, deste crescimento sem medida, desta guerra encoberta e implacável, eu poderei viver de acordo comigo mesmo, sem hipocrisia e sem escravidão...

Sentara na raiz enorme de uma velha árvore, que parecia agachada entre as outras. Espalhava por todos os lados galhos enormes, curvados sob o peso das ervas daninhas, como uma ave monstruosa e maternal. Sentia-se abrigado por ela, e seus olhos descansavam na folhagem de tons castanhos e verde pálido que cobria a roda toda de sua sombra, e formava um tapete maravilhoso de veludo.

Era uma tenda imperial que o recolhera, e podia ali ficar sentado, e deixar-se dominar pelo sono que o invadia... Mas, lembrou-se que devia voltar... que devia vencer aquela tentação de aniquilamento e de rendição, conseguiu gesticular e sacudiu as mãos um pouco inflamadas com as mordeduras dos insetos e as picadas dos espinhos.

Mas viu então, diante de seus olhos, que elas surgiam vermelhas e crescidas, diferentes, impressionantes em sua deformação rápida, e parou o movimento dos braços, para contemplá-las, um pouco assustado. Ao abri-las, viu que corria sangue das suas palmas, que se tinha ferido.

— ... e, sobretudo — murmurou baixinho, como se a elas se dirigisse, e as mantinha diante de si, como duas ouvintes temerosas e pacientes — e, sobretudo, não é preciso ter medo de nada.

— ... não tenho mais medo, não tenho mais medo — prosseguiu. Falava em segredo, e encostava-se bem junto do tronco rugoso — não ouvindo ninguém, não vendo ninguém, não tenho medo, não tenho medo, nem de mim mesmo eu tenho medo...

Fechara os olhos, mas com um movimento nervoso e muito rápido voltou-se e lançou um olhar atento e agudo para trás, como se quisesse ver o sino cujo som longínquo chegara até seus ouvidos, em um chamado distante, indistinto, mas impossível de ser desobedecido.

Levantou-se, desajeitadamente, como quem levanta do chão um morto. Apanhou um braço, depois uma perna, ainda flácidos e pendentes, inertes, sem articulação com o tronco. Mas era preciso erguer-se, pois chegara a hora de partir, de seguir ao encontro do apelo imperioso da cidade, e tudo nele respondia a esse chamamento, que vinha agora em uma onda enorme, silenciosa e possante.

— Não, não — murmurou ainda ali. Reuniu as forças, preparou-se para a grande jornada da volta, e seus lábios pastosos se moviam em desenhos grotescos — eu tenho que ir para junto deles, é necessário que eu vá, para encontrar quem me ouça, alguém que me toque, que eu sinta viver, para servir de medida, para ser um modelo que me ensine a me entender comigo mesmo!

Esses pensamentos despertaram nele a consciência de ser uma criatura humana, cuja dignidade fora confiada à sua guarda, e era preciso mantê-la a todo o custo, mesmo que sentisse o peso insuportável do fardo que representava.

Uma sensação de vida e de calor animal, que o fizera sentir todo o tempo a presença da segurança, do conforto que não era apenas o que lhe davam as árvores cujo cheiro acre, envolvente, parecia fazer parte da vaga luminosidade que a elas se prendia, fê-lo procurar a sua origem, agora que tomava posse, de novo, de seus sentidos.

Verificou então, com surpresa, que se deitara bem perto de alguns bois, que tinham estado todo o tempo imóveis, muito pacíficos. Ruminavam sem ruído, unidos pelo mesmo instinto, e agora o observavam com os seus grandes olhos baços e sonolentos.

Decerto os atraíra a voz cristalina, muito pura, que para os ouvidos de Urbano tinha feito parte do concerto imenso da floresta. Não distinguia entre as outras melodias em surdina que vibravam no ar, a do regato que corria de manso entre pedras e raízes, serpenteava entre elas, e procurava ligeiro o seu caminho difícil.

Oculto entre os arbustos e plantas rasteiras, corria sob elas cantando baixinho, e logo rebentava em mil filetes velozes. Inundavam as areias esbranquiçadas, fugiam para se encontrarem de novo mais adiante, muito vivos e lustrosos, em contraste com a sonolência das plantas e dos animais.

O touro, pesado e negro, e as vacas dormitavam. Agitavam as pontas aguçadas dos chifres, em ameaça cega e constantemente pronta para rasgar, mas tinham as orelhas orientadas, como se esperassem pacientemente o que faria o homem, para se defenderem de seus desígnios misteriosos.

Mastigavam lentamente, interminavelmente. Grossos fios de baba caíam até a relva que esmagavam com seus corpos disformes, e pareciam ter ali desabado para não mais se levantarem...

Mas essas atitudes vencidas eram apenas aparentes. Logo que viram que Urbano se erguera e caminhava, talvez na direção deles, e agora os olhava como senhor, eles se levantaram, bateram as patas dianteiras e depois, com um golpe forte das ancas, levantaram-se, olharam para o vale, e soltaram longos mugidos.

Urbano, que até então os olhava sem pensar, vagamente surpreendido, sentiu que seu coração cessava de bater, subitamente, que as mãos se tornavam de gelo, como se recebessem o bafejo da morte. Medo rápido, fulminante, percorreu-lhe o corpo todo, em onda profunda, mas todas as forças, que se tinham paralisado um segundo, voltaram em tumulto, e ele correu.

Abriu sem os sentir os galhos verdes de espinhos, salpicados de pontos rubros, que pareciam querer retê-lo, esmagou com os pés, sem piedade, as folhas irisadas que, se erguiam subitamente diante de seus passos. Pareciam grandes mãos que se agitavam implorando, e não percebeu que entrara pelo brejo raso, formado naquele recanto pelas águas da montanha, que agora se colavam às suas solas, viscosas, em lama sombria, e tentavam prendê-lo.

Fugia de cabeça curvada, e nada o fazia parar, nem mesmo o sol, que se despedia, e abriu diante de seus olhos, para cegá-los, em glória, o leque imenso e fulgurante de seus raios.

Nada o prendeu, apesar de ter esquecido já que, lá no alto, ficara o motivo de seu pânico inexplicável, e foi ao encontro da noite, que chegava. Ela arrastava-se sem forças pelos atalhos, indolente, indecisa, embaraçava-se em todos os obstáculos que se lhe antepunham, agarrava-se aos galhos baixos das árvores e desenhava em sombras as suas ervas más e venenosas...

XXXIV

Na sala da casa da Ponte, onde à luz de um só candeeiro os móveis tinham retomado o seu aspecto de abandono, sem o calor de muitas mãos que lhes dessem vida, e se espalhavam na penumbra oscilante, hirtos, sem forma definida, Urbano, com o coração batendo em tumulto, escondia no fundo dos olhos uma esperança devoradora. Escutava Dona Rita e Siá Nalda, sentadas cada uma de um lado, nas poltronas próximas do sofá, mas bastante longe para se tornarem dois fantasmas familiares, que lhe dirigiam a palavra, alternadamente.

Custava a Urbano decifrar o verdadeiro sentido do que diziam, e seguia com doloroso esforço os movimentos daqueles velhos lábios, uns, finos e muito pálidos, quase da mesma cor do rosto em que se desenhavam em linha reta, e outros, pesados e vermelhos, sombreados pelo nariz e pelo buço forte.

Voltava a cabeça ora para uma ora para outra, e esse esforço lhe fazia bem, porque o movimento físico substituíra a agitação moral que o fizera fugir de si mesmo o dia todo, para bem longe de sua personalidade em contradição consigo mesma. Refugiara-se ali e esperava que não o alcançassem mais os apelos que quisera sufocar.

Agitava-se na cadeira, enquanto ouvia, e reconheceu que fora, a princípio, uma reação mecânica, motriz, de seus braços, de suas mãos, de seus dedos, que o tinha feito levantar-se da cadeira, em sua casa, onde se deixara cair, exausto, de volta da montanha e da mata.

Viera para a Ponte trazido pelo movimento de suas pernas, como um autômato sem alma, centro de forças independentes da própria vontade, e entrara e sentara-se onde estava, para cumprir apenas ordens que não sabia de onde vinham, mas que devia obedecer.

Já o esperavam as duas senhoras, no lugar onde ainda estavam, fora do halo de luz cor de ouro da lâmpada de azeite, que tinha sido colocada sobre a mesa, e cujo cobre polido lançava, de quando em quando, reflexos fulvos. Urbano logo que chegara, ao vê-las muito caladas e talvez desfiassem as contas de seus terços naquele recanto cheio de sombras indistintas, que se moviam e dançavam até o teto, compreendeu que ali estava a meta que procurava, o apoio suave e firme que sempre faltara em sua vida.

Esperava com intensa ansiedade o momento em que Dodôte devia vir e sentar-se entre eles, trazendo consigo uma baforada de ar vigoroso, de sangue morno e seguro, mas as duas senhoras continuavam a falar, uma depois da outra, em um tom que era quase cochichado, e não pareciam pensar em levantar-se uma delas, e ir preveni-la de que devia vir à sala.

Antes que a fossem buscar, como surgida da escuridão, Dodôte sentou-se em uma cadeira ao lado da avó, e Urbano pôde distinguir em seu rosto, agora todo de linhas indefinidas, um sorriso ausente.

E, em seus olhos distantes, cuja luz vencia a sombra que os cercava, ele leu a promessa da cura da dor de viver. Todo o seu ser se distendeu, desafogado pela certeza que o invadia, de que iria dividir essa dor, na delícia da escravidão e da irresponsabilidade...

Dodôte, que o cumprimentara ao de leve, no momento em que chegara, fitou-o durante os instantes em que Siá Nalda lhe dizia alguma coisa, com voz afetada, e respondeu com simplicidade, sem que se pudesse notar a menor alteração no tom habitual de seu modo de dizer:

— Sim, eu quero me casar com Urbano.

— Pois então estão noivos! — exclamou Siá Nalda, sem esperar que Dona Rita saísse do mutismo em que se fechara desde a entrada da neta, e a gorda senhora levantou os braços para o teto, com grande ruído argentino de seus numerosos braceletes, e prosseguiu, quase gritando: — mas não estejam todos aí calados e sem alegria!

Voltou-se para a avó, e disse, já com lágrimas de enternecimento nos olhos:
— É preciso que eles se beijem, que sejam moços outra vez!

"Outra vez", ouviu Urbano, e, bem no fundo de sua alma, alguma coisa ardeu-se e extinguiu, pois sabia bem que, da "outra vez", nada fizera senão seguir os impulsos violentos de seu corpo, cegamente, sem que o que havia de mais puro em sua alma se comovesse e acordasse do sono em que mergulhara, para despertar tão tarde, quando nada mais havia a fazer.

Mas levantou-se e caminhou para Dodôte, e viu que ela também se levantara e estava junto dele. Quando a beijou, e seus lábios frios roçaram pelo seu rosto, soube que não estava mais só perante Deus e os homens.

Já não viam mais Dona Rita e Siá Nalda, e, muito tempo depois, parados no patamar da escada que corria de um lado a outro da fachada da casa da Ponte, de mãos dadas, sob o encantamento sutil da lua, eles permaneceram silenciosos, como se escutassem apenas a voz de seus corações.

Até eles, através da cidade adormecida, sob o azul noturno do céu estrelado, chegou o cântico em surdina, múltiplo, da floresta. O longo gemido do vento que vinha das montanhas, o perfume envolvente e possante da terra, e tudo passou por eles, sem que nada os fizesse despertar do sonho humilde, e enorme, de compaixão e caridade, que nos unia em um só ser.

XXXV

Urbano deixara correr os dias sem tornar pé na torrente que o transportava para o futuro. Quando recebeu a resposta de seu antigo professor, que se tornara seu amigo e guia de muitos anos, que viria vê-lo, teve ímpetos de escrever-lhe de novo, e dizer que não viesse. Uma invencível repugnância o fazia sofrer agora, com a ideia de fazer o estranho em que se transformara o seu confidente introduzir-se na vida que agora começara para ele, tão diversa de sua existência até ali.

Mas, nada fizera, e agora o conduzia pelas ruas da cidade, com uma interrogação incessante que se repetia, em sua cabeça, sempre a mesma, interminavelmente.

— Que lhe diria, quando chegassem à sua casa?

Não sabia como poderia falar, compreendia-o agora agudamente, e até ali apenas o sentira, de sua pobre felicidade, tão complexa e tão frágil, como aquele homem certo de seu saber, convencido de que dispunha, em seu serviço, da verdade humana.

De longe, quando lhe escrevera, fora como um pedido de socorro que lhe dirigira, pois sentia que o solo lhe faltava sob os pés, e crescia em todo ele o desequilíbrio que surgia em sua vida, que agora se transformava tão rápida e profundamente.

Sucumbira ao desejo de ter ao seu lado alguém cuja amizade o amparasse, não tivesse as suas dúvidas e contradições, que caminhasse para a frente e pelo menos julgasse que sabia para onde caminhava.

Mas agora, enquanto caminhava ao seu lado, e via na calçada a sua sombra de velho forte, que se recortava em linhas nítidas, ao lado da sua, indecisa, muito longa, fugidia, ele hesitava em prosseguir. Diminuía os passos, na louca esperança de retardar, de fazer com que o seu encontro não se realizasse, na espera de alguma coisa que fizesse o professor voltar para onde o fora chamar a sua carta. As mãos faziam gestos incoerentes, dançantes, traçavam sinais, como se esconjurasse o impossível demônio que caminhava a seu lado, implacável, reto, sem desviar uma linha no seu andar ritmado.

Tinha vontade de rir, de repente, bem alto, de levar as mãos à cabeça, de empurrar aquele vulto que o impedia de voltar à Ponte, e não compreendia como o velho professor atendera ao seu pedido, e viera até a pequena cidade, para assistir ao seu casamento.

— É um estrangeiro, para mim, esse homem... — refletia Urbano, com impaciência, e olhava-o de soslaio. — Devo também ser um indiferente para ele, que nunca me conheceu fora das salas da escola. Como poderei fazê-lo entrar em minha intimidade, dar-lhe um lugar em minha vida? Não sei mais o que desejava dizer-lhe, nem que palavras queria ouvir de sua boca!

Foi, pois, com precipitação e impaciência que Urbano arrastou o velho senhor pelas ruas, e fê-lo entrar na matriz, onde estiveram algum tempo em silêncio, sem que tivessem ajoelhado nem feito qualquer gesto religioso, e depois o levou para sua casa. Desceram a rua principal, até o ponto onde ela se partia em duas, uma parte continuava alta, e outra baixava e depois subia, para logo se reunirem os dois lances, mais adiante.

Alcançaram os dois degraus que levavam à porta da residência, diferente das da botica porque tinha uma pequena cancela pintada de vermelho, e entraram em silêncio, sem acordar a ama.

Logo depois da ceia ligeira que tinha ficado sobre a mesa, foram para o quarto, onde tinham sido armadas duas camas.

Como é triste por aqui — disse o professor. Sentou-se pesadamente e fitou Urbano com os olhos piscos — a cerimônia que assistimos, em vez do pitoresco que eu esperava, foi tão seca e tão sombria...

Mas parou, com a frase suspensa, porque notou que, diante dele, com as mãos juntas, de joelhos, Urbano murmurava suas orações da noite, e fazia o rosário deslizar entre os dedos. Depois, de pé diante de cada uma das gravuras que se viam nas paredes, e de cada imagem em vulto que se distribuíam pela cômoda e mesa de cabeceira, ele rezava de novo, e movia apenas com os lábios.

Eram invocações e intenções, cujas origens muitas delas tinham sido esquecidas desde o tempo longínquo em que as formara, mas sentia irresistível força que o fazia cumpri-las desde sua infância, desde que se tinham vindo acumulando e crescendo, pelos anos em fora.

Não podia atender ao seu visitante, enquanto não satisfizesse todas as obrigações que tanto o inquietavam, e que nem mesmo as palavras de ordem e de bom senso de sacerdotes que tinham tentado orientá-lo conseguiram extinguir, e acalmar os temores infantis que acompanhavam essa longa cena noturna. Era preciso dizer uma ave-maria para as Santas e um padre-nosso para os Santos, como fizera desde pequenino. Seguia as instruções que lhe dava, carinhosamente, em sua meia língua, e de acordo com a liturgia que conseguira aprender ao acaso, a sua pobre mãe preta, que não era a ama de leite que o servia agora.

Mas, nem a intimidade dos gestos de Urbano, cuja sinceridade era patente, nem a serena pobreza do quarto tinham desarmado o amigo. Não compreendera a significação intensa de tudo que vira naquela cidade sertaneja, e não sabia ainda que o mundo e as almas se tinham despido diante dele, em sua patética nudez, muito além da força de sua alma fechada.

Examinara Urbano, durante todo o tempo das orações, com inalterável assombro em seus olhos. Comparava o aluno rebelde, incompreensível, sequioso de liberdade, que estudava com intermitências, com alternativas de inteligência fogosa e absoluta apatia, que fora sempre um motivo de curiosidade para ele, e aquele homem que tinha agora diante de si, inteiramente diferente, vivendo para uma outra vida, separado dele por uma zona desconhecida e acima de sua própria inteligência.

— Você se contenta com isso? — perguntou, enfim, e conseguiu trazer aos lábios, presos no canto, um sorriso. Mas a ruga de sua testa, a fixidez de seu olhar, que brilhava através das espessas sobrancelhas cerradas, desmentiam a intenção ostensiva de zombaria desdenhosa.

Diante daquela fisionomia, que respeitara e amara, e que agora via como a de um inimigo, vazia de bondade, estranha perturbação se apoderou de Urbano. Seu coração tornou-se ligeiro e alegre, muito livre e desafogado. Ao mesmo tempo, sua inteligência dobrou-se sobre si mesma, e fechou-se como um cofre sagrado, pesado e inviolável.

Compreendera que tinha de sofrer... tinha que sofrer, preso pela verdade, pela verdade dominada por Deus, fora de seus limites, e sua razão ficou prisioneira de um círculo de ferro.

Seria bom que desabasse essa dor desde logo, que alimentava sua alma dolorosa e malferida... Seria bom que dissesse desde logo, em um paroxismo de humildade e de orgulho, toda a sua fraqueza, toda a sua morte, para depois erguer-se, e receber, sem vacilar, as secas afirmativas que adivinhava atrás daquele riso contido.

— Eu nada devo nem tenho que ver com a ciência — exclamou Urbano, e continuou com voz surda, entrecortando as palavras e interrompendo-se com os movimentos que fazia, ao tirar as peças de seu vestuário, desordenadamente, com precipitação, como se quisesse lançar-se desde logo à sua cama, envolver-se nas cobertas e dormir — nada mais sei... Como sou livre, como me libertei, como posso fugir em liberdade para os campos! Como consegui enfim viver a minha vida, dia a dia, hora a hora, sabendo todos os minutos que sou eu mesmo, quem vive em mim, quem me leva para diante, quem move minhas mãos, meus dedos!

Urbano falava com frenesi, sem olhar para a frente, e parecia querer impedir que o amigo falasse. Evitaria assim os golpes que o deviam ferir, reabrindo chagas antigas e talvez mal curadas.

Os soluços se formavam já em sua garganta, e era apenas a vergonha que os retinha, e foi com voz trêmula, baixa, que ele acrescentou:

— Consegui escapar da prisão que se formava em torno de minha cabeça, que me fechava dentro de meu corpo, e, para fugir... foi preciso matar-me!

— Mas — interrompeu lentamente o professor, e suas palavras saíam dificilmente de sua boca, um pouco a medo. — Eu justamente queria dizer a você que sinto qualquer coisa que me escapa... qualquer coisa que me foge, no meia da certeza em que pretendo viver...

Esperou um instante, e continuou, ao ver que Urbano ficara imóvel, sentado na cama, bem fronteira a sua:

— Foi por isso que aceitei tão depressa o seu convite, e fiz essa viagem tão penosa para mim... Quis vir até aqui, para ver, para sentir você viver, pois, pelas suas palavras de despedida e por sua carta, julguei confusamente que estava acontecendo com você... o mesmo que está sucedendo comigo...

Olharam-se um momento, subitamente sem defesa...

Urbano abaixou a cabeça, com uma expressão de surpresa no rosto, e deixou cair as mãos sobre os joelhos, como dois objetos pesados, e assim ficou, parado, sem mais se mover.

Assistia à queda silenciosa da muralha que construira tão laboriosamente, na exaltação daqueles que se sentem espreitados pelo demônio, e o sorriso humilde que errava em seus lábios disfarçava mal a tristeza, a confusão e a vergonha que sentia de sua confidência, pois via-se agora despido por ela, e a considerava uma falta de pudor.

Mas já o professor se deitara, e parecia dormir. Apagara a vela que ardia no castiçal colocado junto de sua cabeceira, e deixara cair no sobrado o livro que preparara para ler.

Urbano estendeu-se em sua cama, e soprou também a candeia de sua mesa, e tentou dormir. Enfiou o braço sob o travesseiro, mas não adormeceu, porque os argumentos que acudiam à sua mente, em tumulto, para sua defesa, vinham pejados de ideias em excesso, demasiado ricas de detalhes, e, por trás de toda a exaltação que elas produziam, uma pergunta secreta, vinda de longe, obcecava a sua mente, e repetia-se com implacável monotonia.

Ele não poderia nunca responder a essa interrogação, que anos a fio estava presente em seu espírito, e era dele prisioneira.

"Você souberam apenas encher de negativas a minha vida", argumentava ele, os olhos fitos na parede, vagamente iluminada pelos reflexos da janela, e tinha a sensação de que se deitara em um imenso areal. A secura daquele leito sem limites, perdia-se no horizonte, e penetrava a sua pele.

O mundo era todo de planos, sem outro lado...

Lá fora, na noite, os sinos contavam serenamente as horas, e, tendo fechado os olhos, apertando-os fortemente, viu através das pálpebras a claridade líquida do luar invadir pouco a pouco todo o quarto. Seu coração batia em golpes rápidos e surdos, como um relógio que contasse os minutos, os segundos.

Era preciso dormir, dormir, dormir!

"Vocês caminham recuando, latejam as realidades... mas quero correr sobre tudo isso, com os pés nus e livres!"

Veio de perto, no meio de uma pausa de absoluto silêncio, o uivo de um cão solitário, que resumiu, de repente, toda a angústia naquela noite sem fim.

Chegou até suas narinas, bem nítido, um odor de morte, de águas paradas, exigente, doce e minucioso. Ficou estagnado no ar do quarto, reproduzindo o brejo lá de baixo, bem longe, no vale, e pareceu expulsar a luz, que correu ao seu encontro.

Fez-se, enfim, a treva completa, pesada, exaustiva que, de um só lance, como um anjo que estendesse o seu manto misericordioso, cobriu o corpo de Urbano, e o fez esquecer as palavras laboriosas que se reuniam, que se organizavam, uniam-se, formavam blocos compactos, invencíveis exércitos em marcha, que vinham à frente, para o combate, e se dissolviam em desordem, não tendo combatido.

Todo esse tumulto estava tão longe das verdades simples, mas enormes, que descobrira com surpresa, em suas horas de sofrimentos... e o sono apagou tudo, e nem mais sua respiração entrecortada se ouviu.

XXXVI

Desde que Dona Rita e Siá Nalda tinham resolvido o seu casamento, que seria realizado com a maior brevidade, Dodôte e Urbano combinaram um passeio fora da cidade, como se esperassem dos momentos de liberdade absoluta no campo um maior entendimento entre eles, longe da presença opressora da avó, e do interesse afetado da velha amiga, que, quando os via, formava imediatamente em seu rosto a máscara da maternidade benevolente e risonha.

Faziam largos e minuciosos projetos, fechados na sala de visitas da Ponte, com a assistência distraída de Dona Rita, que ora permanecia sentada, rezando sofregamente o seu terço, ora entrava e saía, sem nada dizer, com a pressa e o afã de uma sentinela, mas também com o ar enfadado e ausente do guarda em seu mister.

Faziam largos e minuciosos projetos, como se a Ponte fosse muito longe, dentro de ruas e praças inumeráveis, em complicada trama, cheia de encruzilhadas e de esquinas desnorteantes, separada do campo e da mata por léguas de calçamentos de pedra e de casas entrelaçadas, que se estendessem aos quatro pontos cardeais.

Todos os detalhes foram longamente examinados, e Urbano tinha tido dias de inteiro desafogo, pois o professor fora ao Jirau e por ele se interessara enormemente. Tinha ficado lá, entretido com as instalações que tinham sido, em seu tempo, das mais aperfeiçoadas. A humilde "oficina", que Dodôte conhecia apenas pelo aspecto fantástico de fumo negro e de fagulhas, de construção áspera, de forja de grandes feiticeiros barbudos e revestidos de avental de couro, tinha sido vista por ele com olhos de admiração, por entre exclamações de profundo interesse.

Urbano e Dodôte, esquecidos de tudo, sentiam tanta e tão intensa vida naquela sala onde se reuniam, que era mesmo como se fosse necessário atravessar ondas humanas, longas séries de vidas anônimas, construções infindáveis para alcançar enfim a natureza livre, que era o ponto desejado por eles...

Mas, na realidade, o campo abria-se, inculto, interrompido por valas e divisas, em alguns lugares cobertos de areias brancas com veios de cinza, mas vivo e variado, tendo sempre qualquer coisa muito verde, um grupo de árvores retorcidas, uma touceira de espinhos, uma sebe viva. Começava logo depois do velho muro que fechava o pomar, atrás da casa que se arrimava ao esteio da esquina, como uma velha vestida de branco ao seu bordão. Subia a encosta suave, coberta de grandes pedras negras esparsas, e, em grande extensão, de grama verde-cinza, muito fresca, muito limpa, e que nunca refletia os raios de sol, sempre iluminada por uma luz macia, diferente, ao abrigo da sombra enorme do Pico, e própria dela mesmo.

Não era preciso percorrer um grande caminho para se alcançar o pequeno bosque, esquecido dos lenhadores e dos fazedores de pasto, que se erguia logo adiante do fim dos terrenos da casa da Ponte. Era composto de um grupo de árvores muito esgalhadas e baixas, ali conservadas por milagre, salvas de muitas queimadas, ateadas por mãos negligentes, escapas de lutas, de combates sustentados contra os homens.

Davam ali, sem escolha, a bênção de seu abrigo, que era sempre repouso imerecido, pois não estavam longe de nada, não podiam ser a meta desejada de viajantes cansados, nem formavam, por sua situação muito próxima ainda da cidade, o refúgio acolhedor dos que procuravam descanso dos trabalhos rurais.

Encosta acima e de todos os outros lados, só havia, terras ao abandono. Não se viam nem mesmo sinais de antigo cultivo. Apenas deixara a destruição da floresta, que vinha até o lugar agora ocupado pelas casas da cidade, e da qual eram aquelas árvores os últimos remanescentes.

As plantas que se espalhavam em redor delas eram selvagens, apesar de terem sido outrora plantadas pelos homens. Os pedaços de muros que se levantavam aqui e ali, arruinados, já não cercavam propriedades, não formavam um desenho simétrico, e seguiam ao acaso, esquecidos de sua finalidade de outros tempos, seio nunca se encontrarem.

Mas o riacho passava ao lado do bosque, com suas águas dançantes e sonoras, cobertas constantemente por uma rede de espumas muito brancas. À sua voz, tudo se tornava vivo e animado de graça, e era bastante penetrar em sua sombra, no círculo mágico de suas árvores, para, se sentir que se entrava em um pequeno mundo à parte, onde reinava o sonho. Qualquer coisa alada punha-se a bailar em rondas, com imperceptível ironia, e tudo se afastava, em uma distância e profundidade de esquecimento sobrenatural.

Quando enfim puderam sair da Ponte, e tiveram diante de seus passos a possibilidade de realizar tudo que tinham projetado, eles se dirigiram sem pensar, sem refletir, sem por em prática qualquer de suas intenções de viagem, de passeio longínquo e difícil, para essas árvores.

Foi à tarde, quando viram que o sol tinha diminuído a sua força, as cores do horizonte se apagavam, as sombras da montanha enorme estendiam até a Ponte as suas longas pontas, que eles percorreram a rua que acompanhava o lado da casa, e, depois de breve caminhar, chegaram perto do pequeno bosque, cansados já do ar livre que vinha em grandes e mornas lufadas das abertas da serra. Deitaram-se ao lado do ribeiro, sobre a relva curta e densa que ali formava um luxuoso tapete, talvez, por um verdadeiro milagre, ainda virgem de pés humanos.

Dodôte, que se recostara a uma pedra, e puxara pudicamente a longa saia até cobrir inteiramente os pés, calçados de pano preto, trazia ainda nas mãos o mal-arrumado ramo de flores que recebera do professor de Urbano, agora já convidado para padrinho de casamento.

As rosas pareciam demasiado enfeitadas e belas, em excesso de luxo e de cores, pousadas com simplicidade no regaço de Dodôte, sobre as dobras pesadas do seu vestido preto, e seguras pelas mãos muito pálidas.

Era o que Urbano notava, com seu olhar perdido. Imaginava com dor contida que conhecia daquela figura melancólica, que ali estava diante dele, apenas uma parte, unicamente o que ela queria que ele conhecesse, e a outra, a azais profunda, a verdadeira, lhe escapava inteiramente. Ele talvez nunca a alcançasse, apesar de suas vidas formarem agora uma só cadência, e de seus nomes terem sempre sido ligados pelos de sua família, destinados a serem um só.

Recebera daquelas mãos tão frágeis, tão sem sangue, que mal pareciam poder segurar as hastes das flores que lhe caíam sobre os joelhos, a permissão para viver algum tempo de tréguas, pensava, mas não sabia das razões nem da significação de seu sacrifício ... porque sabia bem que todos que dele se aproximavam sofreriam com a sua incompreensão, com a incapacidade que tinha de abrir a sua alma e de curvar o coração.

Mas, tudo se diluíra em sua mente, e ficou suspenso no tempo. Era um viático que lhe vinha do mundo, que ele guardou para o resto de seus dias, aquela calma soberana que sentia chegar, e fazer adormecer em um sono prolongado os seus nervos doloridos.

Ouviam o ruído confuso de vozes que vinham até eles, ensurdecidas e quebradas em trechos entrecortados pelos ventos, os risos represos dos que passavam pela estrada, ocultos pelo barranco onde ela se afundava, o som das pedras que corriam, tocadas por seus pés apressados, invisíveis, o mugido sereno, música de paz grandiosa, dos bois que voltavam do serviço na roça, os segredos infantis e ridentes da água que corria tão perto, e tudo formava um ritmo lento e grave.

Era a própria paisagem que meditava, que se recolhia, com a aproximação da noite, que devia chegar dentro de pouco.

Por sobre eles, no ar imóvel e ainda claro, as árvores estendiam dois longos galhos, com suas folhas cor de ferrugem e amarelas, prestes a cair, crestadas pelo calor. A aranha, que caminhava em um deles, espreitou primeiro Dodôte e Urbano, e logo, lançou-se no espaço, diligente e silenciosa, teceu a sua rede, e envolveu-os em um docel muito frágil, convencida de que aqueles dois vultos iriam ficar ali para sempre.

E eles se deixaram prender por aquele obstáculo sutil, que se iluminava de pequeninas pérolas, com os raios moribundos do sol da tarde.

— A aranha é feliz... — disse Urbano com voz preguiçosa.

— É... — respondeu Dodôte, ainda entorpecida pelo calor e pela paz que sentira, e acrescentou: — Fica quieta e tudo vem até ela... para ser devorado!

E riu, com um riso pequenino, que não chegou a enrugar o seu rosto fechado e liso.

Já libertada do torpor, afastou com as mãos os fios que a cercavam, como se fossem as cortinas de seu leito, e levantou-se.

Confusa, sem olhar para Urbano, como se compreendesse subitamente que tudo que fizera e dissera até ali tinham sido apenas inconveniências e ousadias, sacudiu os vestidos, e disse sem olhar para ele:

— Precisamos voltar imediatamente.

XXXVII

Chegara enfim a véspera do dia do casamento de Dodôte e Urbano, e os preparativos que deviam ser feitos na casa da botica estavam terminados, porque a ama e Chica de tudo se tinham encarregado.

Dona Rita sabia que tudo ficara tal como quando os pais do noivo tinham morrido. Achava que nada havia a modificar, a não ser colocar nas gavetas a roupa que já há muito tempo fora preparada para o enxoval da noiva, na previsão do casamento que se tornara impossível com a chegada da notícia de que Urbano se casara com uma moça estranha, sem que seus pais de nada tivessem sido prevenidos.

Muitos anos se passaram e agora não trouxera nenhum dos objetos de sua antiga casa. Assim, a botica podia ser habitada por Dodôte sem que nada viesse lembrar a presença da "outra", pensava Dona Rita.

Na véspera do dia do casamento, portanto, Urbano lembrou-se de como devia vestir-se no dia seguinte, e resolveu usar uns botões de ouro e ônix negro, que tinham "servido da outra vez". Sabia que os escondera em qualquer lugar, no dia de sua chegada, pois não queria ter junto de si nenhuma recordação de sua vida antiga, encerrada para sempre.

Deviam estar, recordou-se, no quarto da "mão negra", na cômoda que lá achara, com as gavetas cheias de roupas velhas e de agasalhos fora de uso.

Esse quarto, que ficava bem no fim do longo corredor escuro, que servia aos quartos todos da casa, tinha uma lenda.

Muitos anos antes, a mais moça das meninas da casa, suas tias-avós paternas, que projetava fugir com o namorado, para a desgraça certa, entrou naquele quarto, furtivamente. Queria tirar um capote que a disfarçasse, e sentiu, de repente, que alguém a segurava com força invencível, no braço, como se quisesse prendê-la para sempre.

Quando a jovem Sinhazinha, sufocada pelo terror, conseguiu olhar, para ver quem era que a mantinha assim presa, apenas pôde distinguir na penumbra enorme mão negra, que segurava o seu braço, e nada mais pôde ver, pois desmaiou, e só voltou a si quando o seu companheiro de fuga, desanimado, já tinha desaparecido.

Nunca mais a aparição se repetiu, mas o quarto ficou sem uso, ninguém mais o ocupara, e nele eram deixados os objetos que não tinham mais serventia.

Quando Urbano entrou, e fechou a porta atrás de si, nada pôde enxergar, a princípio, pois a grande janela que se abria na parede do fundo, em frente à porta, estava fechada. Deixava apenas entrar, pela frincha que se abria no meio de seus batentes, uma réstia de luz, que não conseguia vencer a meia escuridão reinante no quarto da "mão negra".

Devia ser assim que a moça devia ter visto o aposento, pensou ele, e sentiu formar-se em seu rosto, fora de sua vontade, a máscara do medo.

Quis fazer o mesmo que ela fizera, quando despertara de seu desmaio, e fora ao encontro dos seus e confessara a todos a sua intenção de fugir, de sair para sempre daquela casa, de cortar todas as prisões que a retinham, sempre anelante e revoltada, trancada hermeticamente em si mesma pela mentira, tendo pés e mãos atados pela fraqueza e pela bondade...

Ele também sabia que palpitava em seu coração o desejo de fugir, de cortar tudo que o prendia ao futuro, como despedaçara tudo que o prendia ao passado, e as suas velhas feridas se reabriram, e o sangue triste que corria em suas veias jorrou por elas... recordou com lenta ansiedade a sua vida toda de opressão e de represálias contra si próprio, em suas derrotas, quando tentava esmagar a serpente do orgulho que levantava a cabeça, e cujo veneno produzia em sua mente uma loucura surda e secreta, que se desatava muitas vezes em gestos violentos, trazendo-lhe remorsos contraditórios, que o amarguravam anos seguidos.

Chegou assim até as fontes, as origens de sua personalidade, às quais nunca subia, no medo de deixar libertar-se o demônio da cólera, que vivia surdamente em seu coração. Mordia os freios, vibrava, latejava intensamente, pronto sempre a saltar com violência, diante do obtido, do impossível, do injusto e da mentira.

Ainda uma vez esse demônio tentava romper a suas cadeias para levá-lo muito longe, muito adiante de suas tenções e de suas esperanças. Rompia bruscamente e a realidade tecida com meticuloso labor que o cercava, por tantos e tão longos anos de submissão, de recusa, de afastamento esmagador.

Tinha tentação de rasgar esse invólucro, de reduzir a pó a ganga que o prendia, e libertaria enfim o selvagem, o louco desesperado e sem limites que morava escondido em seu peito. Batia muitas vezes furiosamente nas paredes de sua prisão, sem nunca conseguir fazer ouvir seus apelos incoerentes, e sem que nunca ninguém suspeitasse sequer de sua existência, oculto como estava pela bondade...

Levou as duas mãos ao peito, para conter o palpitar que sentia, e sua carne vibrava, matéria viva e ardente, que estremecia sob os seus dedos. Um súbito arrepio, que o sacudiu todo, fê-lo caminhar para a frente, e entrar até o meio do quarto, com os dentes cerrados.

A luz da janela, em riscos luminosos, percorria lentamente as paredes e o pavimento. Suscitava fantasmas vagos com os jogos de sombra que criava, ora provocando reflexos, ora diluindo em negro os objetos.

Gritaria desta vez!

Romperia todas as amarras, colocar-se-ia assim, de um salto, no lugar fora do tempo, sem saída, sem volta possível, que lhe traria paz, e destruiria de uma vez para sempre as falsas imagens de serenidade e de doçura que até agora tinham abafado até a sufocação o seu espírito.

O demônio da cólera poderia rugir em liberdade!

Era preciso cortar a sua carne com a presteza e a segurança de uma cirurgião, e rasgar bem fundo os tumores, todas as podridões que nela se ocultavam... mas os olhos contraditórios, apavorados e chamejantes que lançava para os lados encontraram-se com uma gravura desbotada, pendente da parede, no mesmo lugar em que ele menino a suspendera, e nela se fixaram, a princípio maquinalmente, como se fosse apenas um ponto de apoio no muro branco, mas pouco a pouco conscientes e iluminados.

Reconheceu a santa que tantas vezes invocara em seus terrores de criança, quando tudo lhe parecia distante, custoso, impossível. Reviu a coroa de espinhos cravada em sua cabeça, que fazia cair gotas rubras na testa muito branca, o crucifixo sanguinolento nas mãos estendidas, num gesto de embalo e de oferta, e o anjo de suaves contornos, que, atrás dela, mantinha sobre sua cabeça duas grandes palmas muito pálidas...

Veio então ao seu encontro, saída de onde a relegara a sua violência de há pouco, de novo sorridente e calma, a cabeça a oscilar levemente, como se aprovasse sempre, a outra criatura que usurpara o seu lugar, o lugar daquele que já fugia sem, deixar vestígios, e agora ela de novo caminhava para a frente. Avançava pela vida, tendo nos olhos a luz inalterável da pureza e da convicção, e aceitava harmoniosamente a dor e o sofrimento, tantas vezes injustos. Todos viam nesse ser a candura bizarra e máscula, a bondade compreensiva da verdadeira inocência...

Quantas lutas se tinham travado ao seu lado, sem que desse mostras de sentir a violenta repercussão de seus embates, e salvara-se da longa dor da suspeita de si mesmo, do cerco e da surpresa das realidades brutais, pela simples presença aos seus olhos daquela imagem quase sem cor.

A atmosfera do quarto tornou-se leve e purificada; tudo perdeu então o ar maligno que tinha assumido na meia-luz, e os móveis baixos e ventrudos pareciam esperar, desejar o contato de suas mãos, daquelas mesmas mãos de menino que os acariciara há tantos anos, e que nesse instante readquiriam a vivacidade adormecida, para se aquecerem ao calor tornado a achar de seu corpo. Foi com segurança que ele andou até o fundo do quarto, tateou a janela, encontrou o pesado ferrolho que suspendeu, e abriu com um golpe seco os batentes, fazendo-os bater nas paredes da casa, do lado de fora. Debruçou-se, e estendeu os braços, para prender a janela com os grandes ganchos cobertos de ferrugem que protegiam as duas folhas contra os ventos tão frequentes e caprichosos.

Apareceu diante dele, então, a incoerência fantástica e murmurante das árvores que se recortavam minuciosamente no azul do céu agora quase noturno. Moviam-se em harmonia secreta, no estupor das coisas que esperam a tempestade.

Ouviu então um gemido, ondulante, persistente, exasperado, que parecia antes o eco prolongado dos que decerto soltara sem sentir, de seu peito oprimido, quando entrara no quarto.

Gemera, realmente? Não poderia dizê-lo... e foi com aquele som, que lhe parecia estranhamente familiar, que ele voltou-se, caminhou até a cômoda e abriu a gaveta pequena de cima, e tirou os botões de punho que viera buscar.

XXXVIII

Dodôte pusera sobre o toucador as flores de laranjeira e o véu que devia usar no dia seguinte. O móvel, muito simples, em suas linhas rudes, cortadas em jacarandá, tomou um jeito festivo, com aqueles humildes atavios.

No encosto da cadeira, ao lado, o pobre vestido de seda branca, sem um enfeite, parecendo mais destinado a uma noviça, para a entrada definitiva em religião, estendia as suas dobras sem arte. Quando a costureira o trouxera, Chica o tomou de suas mãos e foi levá-lo até o quarto, colocou-o onde estava, com infinitas precauções, e andava de olhos baixos, muito calada, solene, como se estivesse cumprindo as cerimônias de um rito sagrado.

Dodôte, agora, deitada em sua cama, contemplava esses preparativos, e não conseguia dormir, à espera do dia seguinte, que era o do casamento.

Não podia conter o tumulto que sentia em todo o corpo, e seus sentidos se erguiam em cânticos intensos, sem significação nítida, numa confusa e prolongada harmonia, que percorria seus membros esparsos no leito enorme, concentrando toda a vida em seu coração. Ela escutava no silêncio, sem ousar mover-se, com os cabelos em desordem sobre os travesseiros, as mãos abertas e os braços estendidos.

Vinha dela mesma um apelo de vida, o chamado imperioso dos homens, dos homens que andavam perdidos pelo mundo, dos que a rodeavam e daqueles que deviam vir ainda a seu seio.

Todo o amor que se acumulara lentamente em seu coração, forçado a fechar-se sobre si mesmo, repelido ou em fuga, fazia-o adormecer sobre as próprias ruínas, esforçava-se por fugir e projetar-se sobre tudo e todos, com cega alegria, ao pressentir a liberdade.

Sentia que se quebrava, irresistivelmente, a identidade entre a sua realidade interior e a realidade exterior, e era com temor e dolorosa tensão de nervos que esperava... esperava que as horas passassem, que o corpo, como um campo fecundo, se abrisse em promessas, e que dentro dela se fizesse o milagre da vida.

Parecia-lhe ter escapado de sob enorme rochedo, que a esmagara até ali com sua massa enorme, que a imobilizara a vida inteira, a matara aos poucos, sem lhe deixar sequer o uso livre de seus pensamentos e de seus desejos, tudo abafado em muda obediência.

Sabia agora que eram esses pensamentos que a tinham amargurado; eram eles os primeiros escravos, eram eles os tecelões dos mais pesados e espessos véus que cobriam, deformando-o, o mundo dos outros. Eram os químicos que destilavam o entorpecente que a fizera viver mergulhada em interminável torpor, atada com minuciosos cordões aos pequenos sacrifícios cotidianos, que tinham sido a sua vida. Juntados, representavam apenas uma disparatada e confusa montanha, que se estendia larga e monstruosa, sem alturas onde pudesse subir e respirar, sem formar base para uma construção.

Ela não podia dormir. Nas horas lentas via um martírio sem fim, sem descanso possível. Seus olhos não se fechariam nunca mais...

Manteve-os fitos na janela, de onde vinha a claridade baça da rua, para cansá-los e fazer com que suas pálpebras caíssem de exaustas. Mas, lá fora, os vapores da noite subiam, com um movimento insensível, cresciam e aumentavam sem que os ventos os perturbassem.

No quarto, onde o calor do corpo de Dodôte criava uma atmosfera de vida, pairava qualquer coisa no ar, imponderável, surda, invisível, mas presente, sensível e progressivamente venenosa, como se sente nos bosques, onde paira o odor do pólen e do almíscar.

Era preciso agora vencer, sobrepujar toda aquela possante renovação que fermentava, como sementes em um celeiro demasiadamente aquecido. Depois, devia dominar, tornar-se senhora absoluta e organizar segundo sua vontade todos os impulsos que brotavam em desordem, surgiam, rebentavam, em um hino enorme e incoerente.

Todo o seu corpo se enchia de calor e de tremores impetuosos e involuntários, que a faziam voltar à adolescência, mas uma adolescência muito diversa da que tivera anos antes, concentrada e violentada pelo seu imenso ódio a si mesma.

Nesse tempo ela assistira, assustada e sem compreender, ao nascimento de sua mocidade, e fora com verdadeiro horror que tentara matar toda a revolta de seu corpo em cânticos. Agora analisava friamente o que nele se passava, e seus pensamentos se esforçavam por concentrar-se e vencer a corrente, que ameaçava arrebatá-los para além da razão.

Os cobertores, os travesseiros, todo o leito parecia envolvê-la em braços fortes, mornos e lânguidos, e adormeceu embalada por eles.

XXXIX

Na igreja, em cujas paredes se agitavam os florões barrocos, traçados por mãos inexperientes, e gesticulavam nos altares santos com expressões dramáticas, envoltos em mantos e vestidos pesadamente esvoaçantes, tudo imobilizado por um sinal da eternidade, tinham deixado livre uma larga passagem pelo centro da nave.

Os convidados e os curiosos, muito poucos e intimidados, uns pelos seus vestuários de gala, e os outros porque não tinham certeza se poderiam permanecer onde estavam sem que o sacristão observasse alguma coisa, com sua voz áspera, se ajuntavam em duas pequenas filas, de um lado e de outro, e permaneciam de pé.

Ao fundo a capela-mor abria-se como um grande nicho, na parede alta e branca, com as duas ordens de arcadas, de cada lado, que formavam uma nova igreja mais rica, muito branca também, onde brilhavam em reflexos preguiçosos o dourado dos filetes e dos arabescos, dos vasos e dos candelabros.

Atrás do arco tão simples, ao alto dos cinco degraus de madeira escura que a ela conduziam, parecia um estrado antigo onde deveriam surgir, solenes e declamando, as personagens do "mistério"... mas, nesse instante, iluminados pelas luzes cruzadas que vinham das tribunas, aproximaram-se do altar o vigário e seus acólitos.

Sob o lampadário de cristal, com os prismas que lançavam fogos de arco-íris, de sombrio fulgor, mas tendo as velas apagadas, as figuras do celebrante e dos seus auxiliares recortavam-se como iluminuras de um antigo livro de horas. Todos se moviam com lentidão, acompanhados em seus movimentos por cantos de outros tempos, que se arrastavam em ondas vagarosas, subiam e desciam em melodias simples, entrecortadas por palavras ditas em vozes abafadas pelo cansaço da longa cerimônia.

Ao lado de Urbano, e sentia muito perto de si o vulto fervoroso de Dona Rita, que era a madrinha, o professor assistia, de braços cruzados, as feições contraídas, àquele ata que imaginara tantas vezes, que fora um ponto de espera ansiosa em sua vida, por tantos dias. Oprimira o seu coração de forma inexplicável para ele, que se julgava afastado de todo aquele idealismo supersticioso.

Mas bem sabia que havia agora uma fresta em sua armadura... Entretanto, não pudera realizar a secreta esperança que o fizera vir de tão longe, malgrado seu, e depois de dar a si mesmo mil explicações ociosas.

Não conseguira ouvir as palavras de paz que tinha desejado escutar sem que se apercebesse de sua angustiosa atenção e avidez. Não vira caminhar, mover-se, viver, alguém que devia trazer dentro de si o tesouro incomparável do absurdo sem hesitação, sem revolta, em uma série de dias e anos harmoniosos, iluminados pela aceitação, além da verdade, acima dela.

Um desesperado pudor o fizera calar-se, e seguira com olhos ferozes de curiosidade, mas impedidos de ver, pela desconfiança, todos os atos que pudera surpreender em Urbano, e que indicassem o que se passava dentro dele. Mas tudo o decepcionara e o enchera de confusão, pela simplicidade e pela impossível segurança e espontaneidade com que eram praticados.

Tinha que voltar agora para a cidade de onde viera, para os estudos e para junto dos que também não viam, e deixar bem longe, ali naquele sertão, o amigo que suspeitara existir em Urbano, e que agora se afastava para sempre de seu caminho, sem ele saber ainda o segredo da paz e do repouso sem angústias.

Não conseguira vencer a convicção que tinha de que todos aqueles que curvavam agora a cabeça, com as mãos fechadas trazidas ao peito, eram apenas prisioneiros de pequenas prisões...

— Mas eu — disse ele com um meio sorriso, um pouco trêmulo, que deixara transparecer nos olhos piedade — eu sou ainda mais ridículo, porque sou prisioneiro do nada...

Sua vida tinha que ser dali por diante, pois não teria coragem de urna nova tentativa, feita com louca imprudência, sem que tivesse levado em conta nenhuma das razões que se tinham erguido contra ela, como essa que terminava agora, sua vida tinha que ser como uma mãe morta com os seios túrgidos de leite... sabia que tinha dentro de si o poder enorme da criação, uma potência invencível, que dominaria o mundo e o poria aos seus pés, mas não tinha coragem para libertá-la.

Imaginara durante a longa viagem que tinha feito, por caminhos sem fim, cheios de lama e de abismos, cortados por rios sinistros, impedidos por pedras negras, que choraria naquele momento que vivia agora. Ali estava ele de braços cruzados, e sentia o odioso ridículo de sua atitude desrespeitosa e desafiadora, mas com o espírito vazio, com a cabeça oca.

Tudo se passava como se aquelas figuras que tinha diante dele se tivessem levantado, descoladas, de imagens muito velhas, por entre páginas gastas de livros abandonados em bibliotecas sem leitores, e eram fantasmas sem nome e sem vida, que andavam em passos surdos e gestos contidos, com medo de se desfazerem em pó, de um lado para outro. Obedeciam maquinalmente, como bonecos, ao ritual que devia estar escrito, regulando todos os detalhes, nos livros que via nas mãos dos assistentes, que o acompanhavam e olhavam de quando em quando para o altar, junto ao qual ele se achava, como para verificar a sua exatidão.

Não quisera ler ele também essas palavras, que davam o significado daqueles gestos e de todo o ato que se desenrolava agora diante de seus olhos indiferentes. Repelira com impaciência o livro encadernado de negro que Urbano lhe pusera nas mãos, ao saírem ambos para a matriz.

Não explicara então o que o levara a assim proceder. Tinha querido assistir a tudo como um estrangeiro, e era essa uma vingança que ele tomava contra si próprio.

Olharia sem ver e ouviria sem alcançar o significado do que ouvia, tendo apenas, no fundo do peito, a devorá-lo em segredo, a secreta certeza de que ficava mais só, sempre à espera, e achava certa beleza nisso.

Nada sentia, mas ao seu cérebro subia a tranquilidade negativa de sua inteligência. Isolava-o, e tornava-o incapaz de se juntar aos outros homens, porque se recusara a abrir sua alma, e considerar-se-ia feliz se pudesse viver anos a fio sem que lhe estendessem mãos misericordiosas...

Mas o casamento chegou ao seu fim, e os noivos, rodeados pelas pessoas da família e pelos poucos convidados, preparavam-se para sair. Dona Rita foi até a sacristia beijar a mão do vigário, e todos resolveram sair com ela, no receio de terem de formar cortejo.

Pelo rosto do noivo corriam lágrimas serenas, que desciam em contas, muito brilhantes, e acompanhava a noiva como em sonho, com os braços caídos, os dedos entreabertos e trêmulos, sem sequer pensar em enxugar o pranto.

Ao seu lado Dodôte andava, muito simples, de cabeça alta. Segurava fortemente o pequeno ramalhete de flores de cera, cercado de renda, de onde pendiam as pontas das fitas esvoaçantes.

Não permitira que a beijassem. Afastava-se com movimento brusco, sem ver a expressão de contrariedade que se desenhava no rosto das amigas, nem aceitara o abraço preocupado de sua avó, ansiosa por falar com o sacerdote.

O seu véu desdobrou-se, enfunado pelo andar e pela brisa, e ela caminhou mais rápida, pelo adro, como um navio de velas abertas, destinado a portos longínquos e ainda sem nome, carregado de destinos diversos...

O professor olhava-os da porta, sem que ninguém lhe falasse, e resolveu partir no mesmo instante. Deixaria Urbano livre de suas interrogações frustradas, de seus olhos inquisidores, de sua análise esterilizadora.

Aceitava agora o pecado da verdadeira solidão...

XL

— É preciso abrir bem as janelas, para entrar ar e sol, depois varrer e limpar, mas deve conservar tudo exatamente como esteve sempre — disse Dodôte a Chica, que fora com ela, e deixara a Ponte, pela casa da botica.

A negra ouvia tudo com o rosto voltado para o outro lado. Olhava-a pelo canto das pálpebras, como o fazem os pássaros, e a vaga nuvem cinzenta que cercava a íris de seus olhos sombrios tornava ainda maior a semelhança.

— Nhanhã quer mesmo que eu "faça" o quarto, e deixe tudo assim mesmo como está? — perguntou, sem desviar do rosto da moça aquele olhar indecifrável, que a fitava imóvel, estranho, apenas dentro do limite do humano. E continuou, apoiando-se na vassoura, como se sentisse, de repente, o peso enorme de sua idade: — a tia de Nhanhã, a Sinhá velha mãe de "seu" Urbano já morreu há tanto tempo, há tanto tempo... é bom que a gente dê novo arranjo nessas coisas... não presta deixar assim mesmo como ela deixou, agora que está morta.

— Não, Chica, quero que fique assim como minha sogra gostava, como uma lembrança — afirmou Dodôte, e repetiu em seu íntimo "minha sogra", como se essas palavras adquirissem, de repente, uma significação nova, e tomassem vida e calor, substituindo para sempre o Tia Narcisa, como designava a senhora. — Quero tudo assim como está — repetiu, para que ficasse gravado na memória recalcitrante da negra, e quis pôr em sua frase uma tonalidade imperativa, que não permitisse qualquer observação nova.

Era agora uma mulher, e a verdadeira dona da casa. Precisava provar isso, pois em vez de sentir-se segura e senhora de seus atos, diante de Chica, tão humilde sempre, tão apagada, tomava, involuntariamente, como agora, para falar-lhe, a expressão antiga de criança sofredora e mandada...

— Nhanhã quer...! — murmurou Chica, que abanou a cabeça, fechou os olhos, e fez um movimento de ombros, encolhendo-os, como se quisesse evitar um golpe. Depois, foi para o interior da casa, resignada diante do inevitável, do erro que sabia de consequências desagradáveis. — Nhanhã não sabe que a Sinhá velha...

Dodôte não quis ouvir o que a preta resmungava. Caminhava muito devagar, e já desaparecera no fundo do corredor e ainda se ouvia o seu ronronar, repetido, monótono, como uma cantilena para adormecer.

Sacudiu a cabeça, passou as mãos pelas fontes, e entrou com vivacidade no quarto.

Era esse um dia sem mistérios e sem recatos, de sol verdadeiro, muito claro, e céu lavado, de um azul inteiramente novo, o primeiro que surgia assim depois de seu casamento. Por isso resolvera percorrer toda a casa e vê-la bem, e tomar assim posse da velha mansão, onde tinham vivido, sozinhos, nos últimos anos de suas vidas, os pais de Urbano.

Formava a casa uma construção malfeita, dividida de maneira incômoda, pois era uma dependência da botica, que se abria na frente da rua, com duas portas, além da que dava entrada para a casa, seguida de três janelas. Depois da botica havia ainda outra janela, isolada, que iluminava a parte reservada da farmácia.

O quarto onde Dodôte entrou, e diante de cuja porta tinha dado ordens a Chica, fora o pequeno mundo de sua sogra. Ali vivera muitos anos, sem sair, sem receber a ninguém, e devorava silenciosamente a saudade de seu filho, de Urbano, que vivia lá longe, perdido na grande cidade, de onde mandava notícias raras e incompletas. Ela não compreendera nunca por que ele a tinha deixado, por que quisera viver sozinho, em estudos cuja utilidade não aceitava, pois sabia que o Jirau lhe estava destinado, quando se casasse com Dodôte. Depois Maria do Carmo aparecera, primeiro em referências vagas, embaraçadas, e depois no choque brutal do casamento sem licença dos pais... era uma estranha, a raptora de seu filho!

Em dez anos vira apenas duas vezes a nora, e, nesses poucos dias, foram tantos os mal-entendidos, tão grande a pressão da infatigável desconfiança, do ódio sem base, sustentado unicamente pelo seu antigo rancor, que ela desejara, ardentemente, do fundo de seu coração, que o filho voltasse para a cidade o quanto antes, e levasse consigo a criatura hedionda.

De longe, ao menos, pensava ela, poderia pensar nele sem restrições, sem interferências...

O quarto abriu-se aos olhos de Dodôte muito claro, em nítido relevo. Mas, por isso mesmo, teve ela um recuo involuntário, de medo irreprimível, pois sabia da absoluta ausência de qualquer presença humana. Mas tinha sentido, logo ao entrar, que alguma coisa se movera ali dentro, independente e destacada daquele conjunto de objetos e móveis mortos, desde que sua dona se fora.

A enorme cadeira de balanço, feita toda de paus torneados, forrada de couro com o pelo manchado de branco muito gasto, movera-se sozinha, de leve, sem perturbar a calma meridiana do aposento.

Balançava lentamente, sem que nada explicasse o seu movimento, como se fosse tocada por um corpo ignorado.

Parecia que a antiga dona do quarto erguera-se dela naquele instante, ao pressentir a chegada da nova dona, da segunda usurpadora de seu filho, e fugira em silêncio.

Era aquele o seu pouso predileto, e muitos anos passara ali. Deixara a marca no forro, de seus ombros e de sua cabeça, pois, sem se deitar, nela vencia as noites de insônia e de angústia solitária, quase sempre na mesma posição.

O único sinal que dava, de que ainda estava viva, era o leve impulso que seu pé dava ao balanço, e fazia a cadeira ir e vir, quase imperceptivelmente, como agora acontecia.

Tudo em volta conservava o mesmo encanto destruidor das coisas abandonadas; aquele balançar, que era o mesmo de outros tempos, e que Dodôte julgava surpreender agora continuando a presença invisível de sua sogra, devia ser o elo da corrente da outra prisão que se fecharia sobre seus ombros...

Sentiu que uma onda de gelo percorria o corpo todo, e os cabelos formaram um pesado capacete sobre sua cabeça.

Ia ver, decerto, um fantasma... e pensou com horror que essas eram palavras que partiam a vida de seu espírito em duas partes. Pareceu-lhe bem próxima a presença de anjos do mal, que abririam a seus pés um abismo.

Agora que conhecera verdadeiramente Urbano, que tivera inteira compreensão do corpo dele e do seu próprio, quando ainda não se quebrara a misteriosa harmonia estabelecida entre eles, feita toda de comunhão, e de companhia, reconhecia em si mesma a imagem ameaçadora de usurpação, de egoísmo antagônico e irreconciliável que representaria para a pobre senhora, abandonada de todo socorro humano.

Olhou de novo em torno de si, e viu que toda a fantasmagoria criada pelo seu medo caíra por terra. Tudo estava exatamente em seus lugares, e o quarto aparecia agora aos seus olhos, banhado pela forte luz meridiana, muito velhos e indiferentes.

Nada havia ali de sobrenatural. Eram paredes caiadas de branco e pedaços de madeira, manufaturados e reunidos pelos homens, para seu uso e comodidade, que tinham sido guardados por muitos anos, que a cercavam agora, e nenhuma força interior os animava.

— Eu, eu só existo aqui... — disse Dodôte. O som humano, cheio e harmonioso de sua própria voz chamou-a a si, e reanimou-a de todo.

Entrou no quarto, agitando o ar parado com seu vestido, e dirigiu-se para a cadeira de braços com naturalidade. Nela sentou-se sem que se pudesse ver desafio algum em seus olhos ou em seus gestos.

Quis reproduzir a posição indicada pelo uso do estofado, guiar-se pelo esbranquiçado da madeira sem verniz e muito seca, e fazer assim reviver com seu corpo o da antiga dona. Rememorou intensamente a imagem da Dona Narcisa, como a conhecera, furtivamente, agarrada às saias da avó, que a trouxera de passagem à cidade, há muitos anos. Instintivamente retificou a sua posição, e colocou-se como a vira dessa vez, durante os poucos instantes da visita que lhe fizera.

Lembrava-se confusamente, e sua memória de menina era cheia de espaços brancos, de abertas e de segredos que pressentira e não aprofundara. Lembrava-se que as duas senhoras, mãe e filha, tinham chorado muito, sem que pudesse compreender tudo que diziam. Ficaram em sua mente apenas algumas palavras soltas, que a tinham amedrontado, sem que ela mesma soubesse por quê.

— Eu vejo o que ela via... — pensou, e percorreu com o olhar bem forte, penetrante, muito tranquila, toda a cena que tinha em torno de si. Examinou com segurança cada um dos objetos que o compunham e formavam o quadro que vivera nos olhos da morta, por numerosos anos, e tudo parecia agora também morto, sem significação, sem mais razão para existir.

Firmou as mãos nos braços da cadeira, encostou a cabeça no espaldar, e mediu, imóvel por algum tempo, toda a lassidão que ameaçava invadi-la. Deixou-se dominar pela iniciação lenta que principiava agora, em um país sem ecos, onde seus sentidos deviam adormecer, e afastar qualquer comunicação com o exterior. Perdia-se no dédalo de ameaças, de obstáculos, de caminhos divergentes, de dores indecifráveis que se formavam em seu coração.

Seus pés, maquinalmente, como se agissem por si mesmos, deram ao balanço da cadeira, ao tocar de leve no sobrado, o impulso que sempre tinham recebido de outros pés... e, pouco a pouco, um frio indistinto, vinda da distância, em pequenas vagas sucessivas, invadiu o seu sangue e tomou a atmosfera do quarto, trazendo para ele uma luz gelada, estranha, que tornou os quadros e os móveis bem nítidos.

Seus contornos se recortavam, sem meios tons no branco da cal e no cinza claro das tábuas muito lavadas e ressequidas do soalho... mas, por essa mesma nitidez eles se tornavam distantes, e havia em suas gavetas fechadas, em seus puxadores ostensivos, uma cilada lenta, de febre escondida. Nos armários de portas cerradas, onde as manchas da madeira traçavam desenhos misteriosos, devia haver encerrado qualquer coisa de hostil.

O quarto tomou um aspecto tão excessivamente real, tão imposto pelas mãos que o tinham arrumado, que Dodôte teve medo novamente. Sentiu que seu coração batia confuso, sufocado por uma doçura funérea que se erguia de tudo, e tentou reagir contra o entorpecimento que o ameaçava, pois compreendia que o nada estava bem perto, com sua magia invencível.

Era a deserção imensurável, total, em torno dela... e a realidade seca, altiva, imperiosa, que a cercava, e tentava prender sua alma, como em um pesadelo que se desenrola até o fim, apesar dos esforços que se faça para despertar, ultrapassava todo o seu ser, ia além de sua possibilidade de crer em seus olhos e em suas mãos...

A porta se abriu e Urbano entrou. Parou, interdito, ao vê-la tão pálida, com os olhos pávidos fixos nele.

Dodôte escondeu o rosto, como um pássaro que oculta a cabeça sob a asa, pois a ele subia um calor sinistro, que se traduzia em chamas que lhe queimavam as faces. Mas logo tornou a apoiar-se nos braços da cadeira, e tentou levantar-se, com medrosa precaução, pois sentia que suas pernas trêmulas não atendiam ao seu desejo, e estava pronta a erguer-se e fugir, desatinadamente, sem olhar para trás.

Conseguiu ficar de pé, e foi com surpresa que sentiu suas pernas, seus braços, e finalmente todo o seu corpo, sem tremer, obedecer-lhe

Dirigiu-se então ao encontro de Urbano, que a esperava, em pé junto da porta, e prendeu intensamente os seus nervos. Não olhou para a cadeira que acabava de deixar, porque sabia que, se olhasse, veria D. Narcisa a balançar-se nela, com aquele mesmo ir e vir muito sutil.

E então a outra Dodôte, aquela que por toda a sua vida a tinha acompanhado, sempre oculta, sempre à espreita, analisando-a ferozmente, não tirando dela nunca os olhos interiorizados e fugitivos, faria a sua aparição em pleno dia. Teria enfim encontrado o momento propício de saltar sobre ela e lançá-la por terra, dominando-a para sempre.

Urbano recebeu-a nos braços, que estendera quando a viu levantar-se e caminhar para ele, encostou o rosto no dela, e fê-la sentir a sua pele muito fria. Perguntou-lhe bem baixinho:

— Por que você estava tão assustada? Você... ouviu?

Dodôte afastou-o com impaciência, fitou os seus olhos que a interrogavam com ânsia indecifrável. Puxou-o pelo braço, e arrastou-o para fora do quarto.

E logo depois, ouvia-se no corredor o tropel de seus passos, correndo como duas crianças, rindo muito e sem olhar um para o outro...

XLI

Dodôte continuaria a usar, depois de seu casamento, vestidos negros, pois não tivera coragem de vestir roupas claras, como lhe diziam que devia fazer, pois o luto ficaria mal em uma recém-casada, mas a lembrança de que o velho senhor não a vira vestida de noiva dava-lhe a sensação de um sacrifício ter sobre si outra cor que não fosse o negro, que ele conhecera...

Siá Nalda tentara dissuadi-la dessa resolução, que julgava extravagante, mas ficara calada, diante do rosto atormentado de Dodôte, que não tivera nenhuma explicação de sua irredutibilidade, e, no íntimo, julgava teatral aquele luto que muito pouco se justificava.

Urbano, que também sempre se vestira de negro, não reparou, ao que parecia, nesse pequeno problema que surgira e não tivera solução, pois tudo continuou como sempre, sem que ele tivesse uma palavra de estranheza.

E assim, Dodôte, envolta em seu vestido lutuoso, que fazia apenas suspeitar o crepe esvoaçante das mangas, como se fossem de renda muito fina, e deixava transparecer, do cotovelo para baixo, a pele cor de marfim, subiu a rua, ao lado de Urbano, também de preto. Olhavam longamente as casas que desfilavam de um lado e de outro, e vinham ao encontro deles, cresciam, subiam em altas paredes muito brancas e depois afastavam-se rapidamente para trás e desapareciam de um só golpe.

Elas se sobrepunham umas às outras, como degraus de uma longa escada branca e cor de sangue velho, que serpenteava morro acima. Pareciam conter a vegetação exuberante que vinha até junto dos fundos dos quintais, e ali paravam, fazendo frente à outra onda invasora, do lado oposto.

Dodôte, enquanto caminhava, murmurava alguma coisa cantante, que devia ser interminável oração. Sua voz era sem cor, e movia os lábios secos com movimentos indecisos. Dobrava um pouco o corpo para a frente, no esforço de subir a ladeira íngreme, e cadenciava o andar pelos períodos de sua reza.

Tinham falado a manhã toda de pessoas amadas e mortas, daqueles que tinham vivido em suas vidas, e dos quais, em sua maioria, não tinham recordações em comum. Alguns, mesmo, tinham sido inimigos entre eles, e Urbano e Dodôte sentiam um estranho pudor quando a eles se referiam, ao sentir que suas amizades estavam em campos opostos.

E assim as palavras foram se acabando em seus lábios, e houve momentos em que se entreolhavam, fechados em segredos hostis, como se representassem ódios que se tinham desfeito em pó. Um silêncio pesado, insuportável, estabeleceu-se entre eles, e fez com que se resolvessem a sair, quase sem ter combinado, apenas pela simultaneidade de movimentos.

Urbano acompanhava Dodôte, um pouco afastado, mas seguia os seus passos e reproduzia os meandros que ela fazia em sua marcha. Observava-a, e continha em seu peito as revoltas, as suspeitas, as ondas de contradição e de reprovação amarga que se entrechocavam, na luta entre o desespero do irremediável, do que já morrera, e a compreensão lenta de que nada do que acontecera o feria realmente, sendo apenas uma luta entre fantasmas.

Mas, como poderia ele libertar-se daquelas dores sempre presentes, que não lhe pertenciam?

Dodôte parou, ainda em meio da ladeira longa, e, ofegante, mostrou-lhe uma grande casa baixa, cujos fundos se precipitavam no vale, em queda brusca, como se alguém a puxasse para o abismo, e disse, no mesmo tom de voz de suas orações, apenas um pouco mais alto:

— Aqui morou Sinhá Ema...

A casa, com suas janelas fechadas, o telhado carrancudo e enorme, com largos riscos alternados de cor castanha e cinzenta, parecia uma pessoa ofendida e desconfiada com os olhares de que era objeto. Fez Urbano lembrar-se do ridículo doloroso da fisionomia sem traços de Sinhá Ema, que desaparecera na morte com seus filhos, levados todos por moléstias obscuras, ou talvez mesmo pela sem-razão de sua presença neste mundo.

Nunca mais os veria, pensou com falsa emoção, nunca mais ouviria as vozes alegres e fictícias que faziam ressoar aquelas paredes tão grossas como as de uma fortaleza, e lhes dava vibração de vida e de saúde ilusórias, cortadas com rapidez pela morte.

— Aqui morou tia Tota... você se lembra? — disse, mais adiante, Dodôte, e parou de novo, com os olhos fitos no sobradão arruinado, com as paredes cavadas pelo tempo e pelo granizo, como se tivessem sido arranhadas com raiva, anos inteiros. Mas ainda vivia, com vasos de malva nos peitoris, a porta escancarada, que deixava ver até o quintal, onde estremeciam dálias enormes, pendentes de suas hastes.

Já desse ponto se avistava a pequena igreja do bairro pobre, que se erguia e lançava-se para o ar em desesperado esforço, lá em cima, como pássaro branco, pousado de longo voo rápido.

— Você lembra-se? — tornou a perguntar, voltando-se para Urbano, sem que seus olhos acompanhassem o movimento do busto. Parecia assim dosar cuidadosamente a sua aproximação, e continuou: — Eram todos nossos amigos, mas alguns morreram, e outros saíram da cidade para sempre, e nunca mais deram notícias... como se tivessem morrido também, e só nós ficamos vivendo aqui... mas vivemos tão pouco!

Urbano fitava-a atentamente e escutava a sua voz com aguda atenção. Lembrava-se dos moradores da casa, e sabia que um dos moços se aproximara de Dodôte e as suas viagens ao Jirau tinham sido comentadas com malícia, nesse tempo.

Depois teve escrúpulo da espionagem, e andou um pouco, mas teve que retroceder, pois Dodôte ficara imóvel. No seu rosto viam-se os traços da luta que se lhe travara no íntimo, e que se resolvia em silêncio, pois tudo que restava desse tempo era agora apenas uma imagem sem virtude.

— Mas alguém mora ainda aí! — exclamou Urbano, que olhou com ansiedade para a cancela que se agitava, e abria-se para a rua, balançada pelos ventos novos da manhã — ouço até uma voz de homem que canta, e deve estar no quintal...

Dodôte deteve-se, pois já caminhara. Sua figura toda de negro destacou-se no céu imaculado, e parecia queimar-se em fogo sombrio. Curvou a cabeça sobre o peito, como se fizesse a si própria uma interrogação, e revolvesse sua memória, para ver se podia lembrar-se de quem tinha sido o morador daquela casa. Assim ficou algum tempo, e parecia absorta.

Depois, como se desistisse de conseguir uma resposta a si mesma, vinda de uma época odiada em sua vida, ela levantou a cabeça, indiferente e esquecida, e continuou a subir. Não se preocupou com Urbano, que foi fechar, com infinita precaução, como se tivesse medo de despertar alguém, ou mesmo de agitar o ar, e erguer a poeira deixada pelos mortos, a cancela de madeira pintada, e ainda a grande e pesada porta de entrada da moradia agora silenciosa, que estava inteiramente aberta.

Dodôte caminhava, longe de tudo, e parecia, suspensa no ar. Uma cortina espessa, opaca, descera sobre sua cabeça, e fechara todo um mundo de recordações e de suspeitas que agora se imobilizavam, e formavam um todo hostil, que não se deixava penetrar nem revolver, na procura de verdades esquecidas.

Muitas das imagens que tinham assim ficado emprisionadas, e que não mais marcavam a sua memória, confundidas e diluídas umas nas outras, nem um nome deixaram. E, no entretanto, como tinham influído e agitado a sua vida!...

Que ficara de tudo isso? Apenas duas ou três criaturas, que acompanhavam os seus passos, como agora aquela que a seguia, e o eco trazia aos seus ouvidos o sorri entrecortado de sua subida ofegante. Era como as outras, que realmente viviam dela, e em nada a recompensavam.

Eram credores implacáveis, de dívidas por ela mesma ignoradas, e nunca pudera compreender como e quem lhes dera direitos sobre seus gestos e movimentos, cercando-a de invisíveis liames.

Laços feitos de fios impalpáveis, ruas que a prendiam estreitamente e a escravizavam sem esperança de alforria.

Olhou por sobre o ombro para o vulto que vinha atrás, um pouco vacilante, e que se atrasara. Sentiu uma dor aguda lacerar-lhe a carne, e compreendeu que a invadira a angústia de ter em sua mais secreta vida física um ser estranho, cuja sombra vinha até ela, como um fantasma.

O desejo e a sua realização tinham vindo antes do sofrimento e da caridade em comum, e pesou nela o sentimento de seu corpo ligado àquele corpo, que a seguia, com seus passos pesados, sem que houvesse verdadeira intimidade entre eles.

Parou e viu-o caminhar ao seu encontro, com as mãos agitadas, o peito arquejante, os olhos desvairados, à procura de apoio e de socorro.

Dodôte levou as mãos à garganta, e desceu lentamente as pálpebras sobre os olhos, que tinham agora a expressão dos de um animal enjaulado... mas quando Urbano chegou perto dela, foi um olhar claro e límpido que o acolheu. Daí em diante, até a pequena igreja que era o final de seu passeio, os seus passos combinaram em cadência...

XLII

A farmácia se abrira, e Urbano fizera com que sua vida recomeçasse, como se não tivesse havido um intervalo longo de abandono e de tristeza naquele pequeno trecho da rua, bem defronte à amurada que sustentava a rua do alto, onde a "árvore da boneca", outra recordação de infância, abria os seus galhos tufados.

Calor... lá fora o sol dardejava seus raios, deslumbrava o mundo, queimava os olhos, secava as fontes, e tornava tudo vermelho e ardente. O ar estava irrespirável.

Dodôte fora refugiar-se na sala de jantar, pois não pudera suportar mais o ambiente abrasador e saturado de estranhos perfumes da farmácia, que ocupava a frente da casa, e onde deixara Urbano.

Ele ali passava os dias; atendia aos pobres homens que vinham de longe, às velhas mulheres de xale à cabeça, ou de lenço branco de pontas atadas na frente, que vinham à procura de chás de ervas e de pomadas milagrosas. Também aos ricos desocupados que se sentavam nos dois bancos de parlatório de convento, que ocupavam as duas paredes laterais, e ali entretinham longas palestras, sonolentas discussões inteiramente ociosas.

Dodôte, na farmácia, ficava sempre do lado de dentro, um pouco oculta pelo armário com uma porta ao meio, que dividia a sala em duas partes e formava um pequeno gabinete de trabalho. Assim era a testemunha invisível, mas sabidamente presente de tudo que se passava em redor do balcão, e obrigava a um tom respeitável e moderado em tudo que se dizia.

Nesse dia, pois, Dodôte deixou Urbano inteiramente entregue aos afazeres da farmácia, que eram poucos, mas, continuados, e o prendiam o dia todo, sem que pudesse, às vezes, tão absorvido na preparação de remédios ou na escuta das discussões políticas dos frequentadores dos bancos, dirigir-lhe uma só palavra. Na sala de jantar, Dodôte fechou todas as janelas, e formou a penumbra que permitiam as altas bandeiras das portas que para ela davam. Com uma crispação de aborrecimento nervoso nos lábios, recostou-se na marquesa que havia na parede do fundo.

Sentia-se morrer, e respirava com dificuldade a atmosfera pesada, espessa, que a cercava. Parecia uma prisão palpável, úmida e sem ar.

Pusera a tocar a caixinha de música de madeira escura, colocada sobre um aparador. As notas pequeninas, dançantes e monocórdias, a princípio muito baixinhas, mas depois bem nítidas, centralizaram e deram vida intensa àquelas horas de lassidão e de atordoamento.

Lá fora os caminhos quentes e poeirentos se alongam ao sol...

Dodôte deixou pender a cabeça e os braços, como mortos. Sentia-se perdida em um deserto imenso, incendiado, sem nenhum limite. Seu corpo todo doía, em uma dor viscosa, lenta, que caminhava de um membro para outro, em minuciosos meandros, vagarosamente. Detia-se, sem nenhuma pressa, depois recomeçava a sua marcha, e deixava longos rastos, onde passava, sem atingir nunca o ponto crucial esperado, sem alcançar o seu apogeu.

A cabeça pesava-lhe sobre o peito, e as veias intumescidas latejavam em seu pescoço, na posição de morto pendente da forca em que se mantinha, sem ela mesmo saber porquê.

Permanecia imóvel, não queria mover-se, pois temia sentir a sensação morna de pegajosa umidade que a horrorizava em si mesma, a enojava, e tornava os seus braços e suas pernas objetos pesados e repugnantes, que não podia afastar, sem insuportável esforço, para longe de si.

Seus pensamentos dormitavam entorpecidos e se confundiam em um zumbido indistinto, que não lhe vinha dos ouvidos, mas da nuca, ou do alto da cabeça, ou talvez da testa, ou quem sabe do coração exausto, que batia muito rápido, sem forças...

Mas lá, bem no fundo, palpitava, lenta, a lembrança de outros lugares onde soprava, nessa mesma hora, a brisa das primaveras sempre renovadas, onde devia correr escondido sob as plantas, por entre pedras arredondadas, rindo-se em segredo, o riacho, que sacudia os seus guizos de cristal.

Nesses lugares, o sol não era aquele braseiro implacável, mas apenas um festivo lampadário, carregado faustosamente pelas nuvens, de um horizonte a outro, e neles, os homens e as mulheres tinham a pele clara e lisa, quase transparente, sob a qual o sangue corria em mil veias, e o corpo alto e nítido fazia com que caminhassem bem ágeis, leves, como suspensos no ar!

Esse país de sonho existia, ela bem sabia disso, e devia ser bem perto, talvez do outro lado das montanhas de ferro que cercavam a cidade e nela guardavam todo o calor vindo do céu abrasado. Sustinham os ventos frios do sul, não permitiam que passassem sobre suas cristas recortadas, como se quisessem castigar aqueles que lhes arrancavam o minério dos flancos, e os corroíam aos poucos.

Vingavam-se sufocando-os, e, no inverno, recolhiam e mantinham prisioneiras as névoas carregadas de umidade e de frio, até que os gelassem e fizessem tremer os seus ossos,

Mas, lá longe, do outro lado, havia declives, os altivos montes se desatavam em planos docemente inclinados, atapetados de relva bem verde, que parecia tratada e passada a ancinho, por misteriosos jardineiros, cujas asas batiam levemente, em horas invisíveis... e devia ser possível, naquele mesmo instante, em que ela sentia-se morrer sufocada, em que sua carne enviava até o seu rosto baforadas de calor mórbido, devia ser possível correr livremente, sem esforço, com apenas o impulso inicial, pisando sutilmente o tapete macio, com o coração insensível como a própria vida.

Mas, estava presa àquela cadeira, e seus pensamentos fugiam, como se fugissem de um corpo morto. Naquela sala abafada, com sua sombra mentirosa, onde tudo estava quente e o ar tremia, chegava até ela a voz de Urbano, muito calma. Contava a alguém que o ouvia em silêncio uma história longa, alguma recordação de infância, e o som repetido, muito igual, fazia com que ela tivesse ímpetos de fugir, de sair para sempre daquela prisão, onde vivia emparedada, mas onde nada a retinha. Queria ir pelo mundo, em procura da grande felicidade sem peias, da alegria eterna, onde ela mergulhasse sozinha, onde pudesse deixar-se levar pela grande correnteza, sempre nova, sempre adolescente, de coração estuante, sem grilhões, sem laços, sem pesados nós que a atassem!

Nesse momento, foi despertada do sonho, da semiconsciência em que se perdera, pelo ruído seco da porta que se abriu, e um grande raio de luz entrou violentamente por ela.

Milhares de grãos de ouro dançaram violenta sarabanda, e seguiram em turbilhão Maria do Rosário que entrou e dirigiu-se para Dodôte, com os olhos de espiã fitos nela.

XLIII

Dodôte, quando descobriu que nada mais tinha a dizer a Urbano, e verificou com terror que nada queria ouvir dele, começou a refugiar-se, de vez em quando na Ponte, onde ficava horas esquecidas, e acompanhava Dona Rita pelos quartos, pelas salas e pelos corredores, como uma sombra dócil, em teimoso silêncio.

A avó mantinha-se impassível, sem olhá-la sequer, mas, de quando em quando, afastava-se sem impaciência, para abrir passagem, com o mesmo gesto que teria para tirar um móvel que obstruísse o seu caminho, e nunca lhe dizia nenhuma palavra áspera. Comentava apenas, em frases curtas, o que se passava, mais como se falasse consigo mesma do que dirigindo-se à neta.

Dodôte seguia-a passivamente, sem ousar detê-la, mas tinha ímpetos de agarrá-la, de fazê-la parar e sentar-se, e romper então em soluços...

E contar-lhe coisas que ela não tinha coragem de contar a si própria, e assim organizaria as suas queixas e tornaria menos emaranhada a sua angústia. Esclareceria a inquietação que a espreitava em sua casa, que morava pelos seus cantos, em crescendo seguro e lento.

Ficaria conjurada a amargura que escurecia os seus dias vazios, e surgiria então alguma luz que a restituísse a si mesma.

Mas quando a velha senhora, enfim cansada da insistência em segui-la, e talvez pressentindo um pedido de socorro naquela taciturna companhia, parava, e depois de fixá-la bem no rosto lhe perguntava o que tinha, se queria dizer-lhe alguma coisa, Dodôte oferecia aos seus olhos um rosto risonho e subitamente tranquilo, tão parecido com a antiga fisionomia que tivera naquela mesma casa, que a avó nada mais perguntava. Apenas um suspiro indicava que ela perdera, ainda uma vez, a esperança de uma confidência, que guardava com secreta angústia.

Dodôte, depois dessas cenas, sempre muito rápidas, fugia para o interior da casa, a pretexto de ir até a cozinha, onde as duas negras antigas a esperavam invariavelmente radiantes, com o coração nos lábios e algum agrado nas mãos...

Julgavam a sinhazinha muito feliz com o seu noivo, como diziam entre elas, lá longe da farmácia, onde nunca iam, sempre presas aos afazeres domésticos, e aquelas visitas eram verdadeiros presentes de alegria que recebiam. E assim era que uma delas parava de socar paçoca no pilão, e lhe oferecia um pouco em uma cuia muito limpa, ou a outra tirava do fogo torresmos crepitantes ainda, para serem comidos com farinha.

Na agitação de todos, que se moviam às ordens de Dona Rita, entre aquela azáfama que ela sabia não ser por sua causa, Dodôte sentia-se bem, com a sensação de alívio dos refugiados que encontram um abrigo livre das ameaças e dos perigos que provocaram sua fuga. Mas quando chegava à Pente, o espírito de solidão a envolvia em seu manto negro e ela sentia-se estrangeira ao lado daqueles entes, com os quais convivera por tanto tempo.

Era com orgulho novo que invadia em ímpetos o seu coração, e o fazia palpitar surdamente, que ela, passadas as horas, chegado o momento de partir, guardava os trabalhos que trazia em uma grande saca bordada, e se despedia da avó e das servas sem ter desvendado os confusos segredos que tinham sido a mola oculta de sua vinda.

Entre o mundo e sua alma erguia-se de novo o vidro deformador das almas dos outros, e sentia então vergonha de ter tido vontade de mostrar a alguém o que se passava em seu íntimo, sem que tivesse tido coragem de examinar o que nele se acumulava, em confusa sequência.

De volta à botica, entrava para a casa, sem passar pela farmácia, e sentava-se em seu quarto, para deixar correr as lágrimas, que lhe desciam pelo rosto, pesadas e brilhantes.

XLIV

Dodôte conseguira vencer em si mesma a resolução que tomara de viver naturalmente, de deixar que os acontecimentos surgissem ao sabor da vida, sem que ela tentasse prever ou dirigir o presente e o futuro, como sempre fizera. Mas, quando foi se fazendo luz em seu espírito, compreendeu com terror que os pequenos acontecimentos cotidianos ameaçavam ultrapassar os limites de sua personalidade, anulá-la e fechar-se sobre ela como a abóbada de um calabouço. Resolveu animar-se e reagir contra algumas das fendas que se abriam na trama de seus dias.

Maria do Rosário, que continuava a ser a sua única amiga, era sempre um problema a resolver, e cada momento que passava junto dela se tornava um agravo a mais, e Dodôte sentia sobre si, sobre toda sua vida, a espionagem daqueles olhos amigos e risonhos, mas que imediatamente se velavam, quando ela surpreendia a sua penetrante observação.

Ficando o dia todo na botica, sentada em um lugar pequeno e de passagem para Urbano, ela pudera isolar-se e só à noite, muito tarde, vinha para o interior da casa, e assim conseguia evitar que a procurassem as esposas dos homens que todas as tardes iam à farmácia.

Mas, aos domingos, era preciso suportar a presença invariável de Maria do Rosário e das outras. Dodôte resolvera sair sempre com Urbano, para fora da cidade, em pequenos passeios ao campo, que desanimavam a todos os amigos, presos aos hábitos sedentários dos povoados sertanejos, e assim podia afastar o perigo de violação de sua intimidade.

Maria do Rosário, entretanto, não desanimara, e quando descobriu que Dodôte e Urbano iam para os arredores, foi para a botica muito cedo, e se fez convidar para ir com eles. Sua companhia foi aceita, sem azedume, para que não houvesse comentários.

Subiram, assim, a encosta do grande Pico que dominava toda a paisagem, e a meio caminho, em recanto que formava terraço natural, pararam para descansar, e as duas amigas estenderam-se sobre a relva que naquele ponto era macia e baixa. Guardava talvez a marca de outros corpos, como ponto de passagem para o passeio habitual até o alto da montanha. O frescor e a paz ali reinantes contrastavam com a luta brutal e incessante, na ânsia áspera de crescer e de viver das plantas loucas que se erguiam em desordem à margem do atalho que ali os conduzira, na pouca terra deixada pelos ventos nas rochas esponjosas dos contrafortes, corroídos pela doença dos anos e das intempéries.

Urbano, que as vira deitarem-se, afastou-se um pouco e sentou-se no alto de uma pedra que avançava sobre o despenhadeiro, do lado da cidade, para contemplar o panorama fantástico. Ficou a sonhar, ou talvez em nada pensasse, pois percorria todo o imenso horizonte e volvia a cabeça de um lado para outro, muito devagar, com os olhos ausentes, sem fixar as nuvens pejadas de água que evoluíam muito ao longe, na direção de seu olhar opaco.

Sobre as duas moças, alguns arbustos, presos ao barranco que subia e formava o fundo do pequeno planalto, lançavam os seus galhos. Agitavam a luminosidade da manhã, e cobriam com pequenos pontos dançantes de sombra e de luz o rosto pálido de Dodôte e as faces brilhantes e coradas de Maria do Rosário.

Dodôte, durante o caminho e agora, vira com inquietação como sua amiga observava atentamente as mãos de Urbano, o seu andar, as suas palavras e os seus olhos, e parecia anotar e guardar no íntimo as observações que fazia.

Agora, ela fixava-o de longe, com um trejeito interrogativo nas sobrancelhas e na boca. Depois, com precaução, chegou-se mais perto de Dodôte, e perguntou-lhe baixinho, como se não quisesse interromper o silêncio enorme que reinava e pairava sobre todas as coisas como um grande manto:

— Por que você casou com Urbano?

Dodôte apoiou o rosto nas mãos que tinha cruzado, o seu corpo esposou estreitamente a terra, como se quisesse poupar as suas forças para um combate que se iniciava.

A luz de seu rosto desapareceu e aos lábios veio o sangue sombrio, chamado pelos dentes muito claros e sem brilho. O sorriso que neles se desenhou era desmentido pelos olhos duros e inexpressivos. Parecia que ela se retirava para o fundo de si mesma, e deixava ali apenas a sua máscara.

Mas, depois de algum tempo, fez soar um riso surdo, de boca fechada e, finalmente, respondeu:

— Estou me lembrando de uma frase que ouço muitas vezes: foi a força das... circunstâncias... Por que você me pergunta?

Maria do Rosário virou o rosto e deitou-se de todo na relva, com as mãos na nuca, e pareceu dormitar e abandonar a luta.

Ficaram caladas, por muito tempo, mas em Dodôte nasceu, cresceu e finalmente borbotou em sua cabeça uma onda de veneno lancinante.

Não fora a força das circunstâncias que a fizera casar-se com Urbano, e realizar o projeto que vinha de seus avós...

Ela bem sabia que toda a sua vida invocara sempre um fato, alguma razão exterior imperiosa que a forçasse a fazer o que desejava, e que no íntimo conhecia ser evitável, mas assim ficava sendo o simples resultado da escravização que a dominara por alguns instantes.

Como seria fácil, se isso fosse verdade, se estivesse sempre dominada por forças superiores à sua vontade! Seguiria então a ordem absoluta do mundo, e como sentiria renascer em seu coração a confiança, morta sem que ela soubesse como, e que serenidade a envolveria toda com intenso bálsamo. Estaria então tranquila no segredo de seu íntimo, pois todas as consequências de seus gestos lhe escapariam das mãos, como pássaros livres, e voariam em voo rápido e reto para países desconhecidos, de onde não mais voltariam.

Mas, viveria sempre entre aqueles que vinham até a sua beira para lhe trazerem consolo e apoio sem conhecerem os apelos de sua alma. Só tinham foças para saber do dia de hoje, para conquistar o dia de amanhã, e só pensavam no que vinha ao seu encontro...

Ela ficara sempre parada e só. E todas as vezes tivera ela própria que escolher, que decidir e, com suas mãos, destramar os fios embaraçados de minúsculos e minuciosos enigmas, fios que, quando se rompiam, prolongavam-se em filetes de sangue.

Lágrimas impetuosas e amargas se tinham acumulado e esperavam apenas um chamado para surgirem em seus olhos, agora de um negro sem fundo. Mas foram reprimidas e nem sequer se empanaram, e o rosto, cuja graça pálida não se alterara, tornou-se diáfano.

Podia-se ver, através dele, o riso longínquo e sem ressonância da "outra", da irmã sombria que a acompanhava passo a passo, em suas experiências de dor e de vida, sem se mostrar aos olhos estrangeiros.

Urbano despertou enfim de seu sonho, e achou que era preciso prosseguir. Desceu do pequeno rochedo em forma de cabeça de mocho em que estivera, com estranha dificuldade. Sob o olhar atento de Maria do Rosário, venceu a distância que o separava das duas amigas, e parou, sem nada dizer, à espera de que dessem sinal de que desejavam partir.

Dodôte, agora, ouvia o alegre delírio dos pássaros, que tinham chegado e dançavam nos galhos das árvores, animando a festa de calor e de sol que as montanhas celebravam. Não vira a pobre figura de Urbano, indecisa, de cabeça pendida, que parecia já ter desertado a terra, envelhecido em poucos meses, devorado por lenta e inexplicável consunção.

Ela não quis olhá-lo, e não tinha coragem de erguer-se, de ir até a borda do terrapleno em que estava, sustentado pela muralha de pedra natural que se despenhava serra abaixo, e mergulhar livremente o olhar na imensa e radiante desordem que dali se descortinava. As colinas, os contrafortes da montanha sucediam-se a perder de vista, em grandes ondas sucessivas, em um mar verde e negro sem fim, desordenado e magnífico, sob o céu muito alto, branco de luz.

Desejava fechar-se atrás de espessas cortinas, de paredes de pedra, tecidas e construídas pelas mãos dos homens, que a limitassem, que a prendessem no silêncio e até onde nada a alcançasse.

Sabia que era chegado o tempo de abandonar para sempre a sua companheira, de sufocá-la, de matar a parte de seu ser que a fizera passar por todas as angústias, e procurar bem dentro de si mesma, no fundo de sua alma, a região onde conhecia que viviam e vegetavam as pequenas e humildes manias, as pobres superstições e a doença invisível e vagarosa de encantamento e de maravilha de sua infância, que a fizera viver e a sustentara em seus momentos de abandono e de incompreensão.

Encontraria lá, decerto, alguma paz, pelo menos durante algum tempo, enquanto pudesse manter esmagados os seus sentimentos em tumulto.

Mas levantou-se e caminhou ao encontro de Urbano, como se fosse um rei que a procurasse. Segurou-lhe no braço, e apoiou-se nele com força, para sentir bem que aquele era o apoio seguro e decisivo para os seus dias.

Teve forças para sorrir, e foi com graça leve que concertou as dobras do vestido, e respondeu sem constrangimento às perguntas risonhas e pérfidas de Maria do Rosário, que a seguiu prontamente, muito atenta, com o andar alerta. Dodôte sentia em todas as suas palavras misteriosas intenções e ciladas sutis, em busca de elementos para a construção laboriosa de uma história, que seria depois a lenda ridícula e dolorosa, que a prenderia para sempre em suas malhas, sem que ela pudesse desprender a verdade da mentira.

Teve forças para sorrir, pôde erguer a cabeça com ademanes gentis, muito senhoril, muito ágil em seu andar, e seu rosto ficou iluminado pelo reflexo miraculoso do sorriso que lhe permaneceu por muito tempo nas faces, sem cansaço e sem que as linhas perdessem a pureza severa.

XLV

Sobre o calçamento irregular, cheio de pontas agudas, dividido em dois planos inclinados que se encontravam no meio da rua, as sombras se projetavam unidas, como se formassem um só corpo, hesitante e indeciso no andar. Seus movimentos eram os de um monstro fantástico, tardo e de gestos discordantes, conduzido pelo próprio silêncio que tornava tudo distante e espectral.

De espaço a espaço, as lâmpadas elétricas, instaladas recentemente e colocadas muito alto, suspensas na neblina, faziam desaparecer, com sua luz amarelada, a sombra que dançava e sumia debaixo dos pés de Dodôte e de Urbano, para surgir logo depois. Brotava, a princípio, como uma pequena serpente negra, que parecia esmagada por eles, e que se esforçava por fugir, e sacudir a cabeça. Adiante surgia o pescoço desinquieto, e logo depois, grande já, crescida e com outra forma, a de um grande pássaro de asas meio fechadas, que cobria grande extensão, dividida e rendilhada em suas bordas, e manchava de negro o leito da rua.

Nódoa efêmera, que depressa estremecia, e oscilava violentamente, para começar a diminuir, desaparecer, encolhida, e de novo esticar e recomeçar o jogo monótono mais adiante. Era a única expressão de vida e de resposta da cidade, que dormia sob os tetos tumultuários, agarrada à montanha, lá no alto, envolta em véus de névoa que lhe davam ar fantasmagórico.

Dodôte, que olhava para o chão, acompanhava aquelas alternativas de existência trêmula e crescente, e negativa rápida, em sua repetição implacável, da sombra que ela e Urbano formavam, em um conjunto sempre unido. Sentia seu espírito entorpecer-se lentamente, hipnotizado por ele, mas quando, em esforço enorme, tentava reagir, era como se o seu corpo e a sua carne se despedaçassem, separados de Urbano.

Houve um momento em que ela compreendeu, confusamente, que a terra afundava a seus pés. Descia silenciosamente, como se um alçapão se abrisse por mão misteriosa, e ela se despenhasse. A reação foi toda motriz: estendeu os braços para a frente, e foi um autômato sem sentimentos que assim agiu, movido pela máquina que conservava as suas molas em pleno uso, sem ligação com a cabeça adormecida.

Com terror, instantes depois, verificou que deixara Urbano sozinho, para trás, e que ela própria caminhara, alguns metros, sem saber com, e o abandonava longe de seu apoio.

Tudo se ergueu diante dela como um teatro estranho, pois o mundo também a abandonara, e estava ali, imóvel, espectadora cruelmente clarificada pela indiferença. Contemplava o cenário que se desdobrava diante de seu rosto marmóreo, onde apenas vivia a língua ávida, que passava rápida pelos lábios ressequidos pelos ventos da noite.

Sobre o fundo fantástico das casas diluídas pela névoa, que passava lentamente, manchada de amarelo pelas lâmpadas em fila, ela viu caminhar o vulto de um homem velho, de andar trôpego, curvado e de braços apertados no peito. Parecia um perseguido que já tivesse desanimado e deixado de correr, no desejo de ser alcançado pelos perseguidores, para deles receber a morte que aliviasse a inquietação confusa que o devorava.

Andava diante dela, inseguro e absorto na difícil tarefa de achar o seu caminho, e agora passava rente da muralha branca, cor de leite, enorme e lisa, que se levantava do outro lado da rua. Um anjo negro, de asas fechadas, nela se desenhou e caminhava também, em silêncio, abafado pelo sono da cidade.

O muro parecia acompanhar Urbano, e fechava a vista para o vale, não deixando que visse o enorme espaço aberto, onde as nuvens evoluíam lentamente, banhadas de prata pela lua.

O homem e o anjo sabiam para onde iam, conheciam bem o que queriam, fora dela, sem que precisassem de seu braço para levá-los à procura da verdade de hoje de ontem e talvez de amanhã, de sempre...

Urbano não precisava de seu apoio! Deixará de lado, sem o sentir, sem perder-se no desequilíbrio total, a proteção constante de sua presença.

Reteve a respiração um momento, olhando-o. Iria cair? Ia perder-se? Agora correria, tomado de medo, e seria devorado pelas trevas! Dodôte via com espanto como ele se modificara nos poucos meses decorridos depois de seu casamento, e essa alteração do rosto e do corpo se fizera diante de seus olhos, bem perto deles, sem que ela percebesse o trabalho de destruição que seguira o curso seguro e veloz, sem a menor tentativa de salvação por parte dela.

Lembrou-se, perturbada, dos remédios, que se sucediam à mesa de cabeceira de Urbano, dos preparativos que fazia, na botica, das caixas e vidros que colocava sobre o mármore do laboratório, dos pós e dos líquidos que misturava. Manuseava-os com precaução, lia e atentamente livros velhos, consultando-os ora com avidez, ora com desanimada lentidão.

Tudo se passara às suas vistas, e ela ouvira seus gemidos abafados, sentira o corpo de Urbano revolver-se no leito, acordara muitas vezes com a luz insólita da vela em suas pálpebras, pressentira os passos dele pela casa, altas horas da madrugada, e não percebera a queda sinistra cuja profundidade se revelava agora.

Dodôte tentou galvanizar suas pernas, que se tinham tornado duas colunas de pedra, presas à terra. Queria avançar, alcançá-lo, agarrá-lo para sempre e cobri-lo com os braços e as mãos maternais, carregadas de carinhos e de sábios cuidados...

Mas não pôde mover-se, pois o peso dos pés tornara-se enorme, e parecia que toda ela soldara-se ao chão. Formava com ele um só bloco, fecundo e capaz de produzir sem cessar, mas inerte, sem um pensamento bastante forte que o animasse para agir fora de seus limites.

Sabia agora que era um crime deixar Urbano sozinho, que era preciso recuperar tudo que fora perdido, na cegueira de suas lutas interiores, que devia conduzi-lo como a mãe conduz o filho, pelos anos afora, esquecida de si mesma. Devia arrancar do peito o alimento que iria torná-lo forte, capaz, enfim, de seguir sozinho pela vida, apto para enfrentar a morte.

— Não posso abandoná-lo — murmurou ela, estendendo os braços, muito trêmulos, as mãos abertas. Inclinou o corpo para a frente, e tentou assim forçá-lo a sair de sua inércia — ele não pode ser abandonado, ninguém sabe, ninguém adivinha! Não posso deixar que vás ao encontro dos outros!

Um grande soluço percorreu-a toda. Sacudiu-a como se fosse uma árvore batida pelo vento, e olhou para os próprios braços, que lhe pareceram inúteis e mentirosos, para suas mãos sem nobreza, sem o segredo do sacrifício e do martírio. E tapou o rosto, para não ver, por instantes, a figura fugidia, que oscilava, apoiando-se nos muros, mas caminhava sempre e afastava-se cada vez mais, já meio absorvido pelas sombras e pelo esfuminho da bruma, muito intensa, que subia e ameaçava apagar o mundo...

Era covarde, pensava ela, e não queria ver a sua covardia!

Mas, de repente, uma ideia explodiu em sua cabeça, iluminou-a por dentro, com violência, e fez com que recuperasse imediatamente toda a sua energia. Compreendeu, pela primeira vez, que era ela mesma a abandonada, que estava muito só, sem um testemunho de seu sofrimento e da ansiedade que se aninhara no coração que voltara agora a bater em grandes golpes imperiosos, e pôde arrancar-se de onde estava.

Em passos rápidos, que despedaçavam a fímbria do vestido, com os braços para a frente para chegar mais depressa, ela alcançou Urbano e fechou sobre ele as mãos agora firmes. Conseguiu trazê-lo para a casa da botica, sem dizer-lhe uma só palavra, sem coragem de fixar os olhos vazios, os lábios muito brancos, o rosto de cera que entrevira ao fazê-lo parar...

XLVI

Um dia Dodôte resolveu arrumar as roupas de casa segundo a sua vontade, e não como estavam, guardadas por Dona Narcisa, em uma ordem que não era a dela. Seria mais um degrau que subiria, um passo mais adentro de sua vida de casada, que se tornaria inteiramente íntima, sem intervenção estranha. Foi buscar uma cadeira baixa, de assento de couro, e sentou-se junto à grande cômoda que sempre estivera na botica. Depois de fazer uma pequena oração diante do oratório de Carangola que havia sobre ela, com dois andares, no de baixo o presépio, e no de cima a cena da crucificação, refletiu um pouco, prendendo-se voluntariamente à atitude concentrada e recolhida que tomara.

Diante das gavetas abertas, que mostravam assim o pobre enxoval, que rescendia a vetiver e alfazema, postos em saquinhos arranjados pelos cantos, ela sentiu bater, lento e compassado, o coração, indiferença e distante da agitação que lhe ia pela cabeça, nascida da revelação que tivera, subitamente, do que se passava com Urbano. Compreendera que tinha vivido, desde que viera da Ponte para a botica, dentro de um sonho bizarro, que se fechara sobre ela, e formava com sua mentira uma prisão sem janelas.

Queria sair dessa prisão, queria libertar-se do peso dos sentimentos e das ideias dos outros, que punham amor sobre o seu corpo como coroas em um caixão mortuário, porque estava mortalmente fatigada.

Esse cansaço que a vencia, era com certeza o primeiro toque de alarma da realidade, que se anunciava assim, como princípio de uma transformação total, e deitaria fora, com desdém, a pobre máscara que a sufocara. Uma outra verdade vinha ao encontro dela, tornava muito antiga e gasta a estranha força, em toda a sua existência passada, fizera com que se perdesse o mais puro conteúdo que a enriquecia, em transe perpétuo de angustia silenciosa, de espera confusa e interminável.

Fora em vão, pensava agora sem amargura, que destruíra a sua inocência, prolongada além de todos os limites. A paz que julgara encontrar no conhecimento e na dor de se desdobrar e de se multiplicar, parecia então perdida para sempre, pois os deixara para trás, abandonados na adolescência triste, na sua infância contraditória, perseguida e perseguidora. Sempre debruçada sobre si mesma, devorava o próprio coração, acusava-se com implacável severidade e tecia contínuas armadilhas para nelas cair com desespero.

Era preciso agora encarar a realidade, e se ela a ferisse de novo, criar uma outra em torno dela, uma realidade que estabelecesse perfeita harmonia entre o seu corpo e a alma, e lhe desse enfim a certeza de que se encontrava verdadeiramente na terra, entre os humanos.

Senão... pensava, ameaçadora, e quem a visse sentada, tão tranquila diante do grande móvel escuro, de portas abertas e gavetas puxadas, não poderia adivinhar a força de ódio que nela fervia, senão... iria para um convento que se instalara na fazenda dos irmãos de sua avó.

— E Urbano?

Urbano teria o destino que todos esperavam, pensou ela, e apagou logo a imagem que se formara em seu espírito, e entregou-se ao sonho que a consolava.

Determinaria que lhe trouxessem um cavalo arreado, com o silhão grande que trouxera do Jirau, para poder perder-se em seus pensamentos, sem se preocupar com a marcha do animal. Faria ela própria as malas, sem que ninguém a ajudasse, pois seria tudo em segredo, sozinha na botica, e escolheria cuidadosamente, com vagar, porque seria para sempre, tudo que devia levar, tudo que correspondesse ao seu novo viver, e afastaria com triste enfado os objetos carregados de recordações que a cercavam.

As duas canastras de couro preto, com grandes pregos de cobre que formavam o nome do capitão-mor, seriam postas no pátio interno, junto da escada, e lá ficariam sob a guarda do pajem que a acompanharia. Seria ele o Vicente, um preto velho que fora pajem de sua mãe, e que agora vivia abandonado do outro lado da cidade, lá no Bongue, vivendo sabe Deus como...

Imaginava a longa viagem, que reproduziria a que fizera quando foi para o colégio, transida de medo diante do mundo novo e fechado para onde ia, mas esta seria desde os primeiros passos uma fuga para o silêncio e para o repouso totais, um aperfeiçoamento, e não uma transplantação brutal como a outra.

Perdida em seus pensamentos, sentia bater em seu rosto as grandes rajadas de vento da Serra das Bandeirinhas. Meteu as mãos entre os lençóis de linho muito grosso que estavam diante dela, na gaveta que avançava sobre o seu regaço, e o frio do tecido, ainda áspero pelo pouco uso, refrescou os seus dedos abrasados.

Não estava casada há meses, como dizia sempre, estava casada há dois anos... lembrou-se ela, ao ver os bordados que fizera, e ainda não cumprira com a missão que recebera diante do altar. O pensamento mesmo de fugir era covarde... o sofrimento devia tê-la purificado e transfigurado com sua força supraterrena, e agora estava resolvida a reagir, a reagir...

Queria materializar em gestos o que sempre fora uma clareira, uma aberta na mata cerrada de sua vida, uma suave miragem de segredo e de pacificação.

Levantou-se e empurrou a gaveta, que se fechou com ruído, e estendeu de novo os braços e pousou-os sobre a cômoda. Seu coração batia agora apressadamente, até a sufocação, e retirava o corpo do mundo. Era uma outra pessoa já, aquela que assim se debruçava, pesadamente, sobre o móvel, era alguém que já morrera, que não tinha mais lugar entre os vivos.

Mas sabia que iria renascer, e, nesses instantes de transição e de abandono doloroso, a verdade e a mentira formavam uma única representação em seu espírito obliterado.

— Não é possível — pensou, e o sonho voltou a fazer com que Dodôte esquecesse tudo em volta, e tomou tal força que ela sentia-se mesmo na iminência de partir — não é possível, em tão pouco tempo, encontrar alguém que me responda, pois uns partiram para sempre e outros ainda não chegaram, e meu coração nada sabe sobre eles.

Como encontrá-los, mesmo que tivesse a vida toda diante de si? Como prendê-los à sua existência, velha já, e como fazê-los surgir em sua vida nova, que devia agora iniciar-se?

Fazendo um esforço sobre si mesma, Dodôte voltou a ser a pessoa que se recostara na cômoda, a senhora que se dispunha a pôr em ordem o seu enxoval, de acordo com o projeto formado. Olhou com ternura o grande oratório que se abria diante dela, com as portas de jacarandá com embutidos, e pinturas azuis e douradas, em ramos toscos. Pela primeira vez, examinou-o friamente, e parou os olhos em cada detalhe, como se examinasse uma peça antiga indiferente.

E viu os sinais de suas numerosas e tristes viagens pelo sertão, quando era carregado, por caminhos impossíveis, da fazenda para a cidade, depois para outra sede de mineração, e finalmente para a botica. Sempre em dorsos de mulas de andar irregular e caprichoso, no fundo de grandes canastras brutais, ou em gementes e duros carros de bois, cujas rodas abriam fundos sulcos nas estradas lamacentas, ou quebravam com estrondo as pontas das pedras dos declives das serras.

Acompanhou com os olhos os estragos que o tempo e os maus-tratos, a negligência e o caruncho tinham feito. Imprimiram a marca destruidora, indelével, nas imagens, no ouro e nas tintas de suas roupagens, nos ornatos, nos fustes e nas cornijas das colunas que subiam até o teto azul. Contemplou com pobre horror os erros e as incongruências das esculturas primitivas e ingênuas, apesar do trabalho de seus planejamentos, em grande contraste com a violenta e excessiva pompa do conjunto, que enchia todo o quarto com sua beleza sombria.

A tudo renunciara, tudo se tornara morto em sua vida, mas diante dela havia qualquer coisa que a esperava, que a chamava com seu apelo constante, em convite muito forte e fecundo.

Mas, para atender a esse chamado, seria preciso matar a antiga Dodôte, e deixar surgir, desembaraçada e livre, a nova Dodôte sem peias e sem remorsos. Não sabia como animar aquele corpo que ali ficara, preso ao rebordo da tampa da cômoda, apenas pelo seu próprio peso, sem forças para se levantar e afastar-se, sem coragem de desfazer os fumos da quimera que ela mesma suscitara em seu íntimo, que a mantivera toda a vida em uma semiconsciência dolente.

— Não — murmurou — não...

Um choque, o ruído surdo de queda violenta no soalho, de corpo desamparado, fez Dodôte estremecer violentamente, e de mãos crispadas, voltar-se para a porta da sala vizinha.

Já sabia o que isso representava, a cena que surgiria diante dela, quando para lá se dirigisse, e era preciso que de novo reunisse as suas forças esgotadas, para fingir a segurança e a firmeza da esposa.

Para lá se encaminhou, maquinalmente, e seu rosto tomou aos poucos o desenho da energia e da confiança necessárias, para evitar que as criadas se assustassem e chamassem a atenção das pessoas que se achavam na farmácia, trazendo assim a desconfiança e o descrédito para a casa.

Quis abrir a porta, pois estava preparada para representar o seu papel, depressa aprendido, e toda ela se inteiriçava em sua vontade de vencer mais aquele combate, mas, a maçaneta, com seus pequenos ramos de flores pintadas, estava gelada, e queimou suas mãos com aquele frio repentino, como um aviso de morte, da pior morte.

Era necessário lavar os seus olhos com muitas lágrimas para ver melhor a imagem confusa e convencional de infelicidade que encontraria em seu quarto de dormir, do outro lado daquela porta, cujos batentes tentava abrir, refreando o tremor das mãos e a desorientação que ainda restava em seus nervos.

Esse quadro devia representar, entretanto, o seu verdadeiro refúgio, o bordão a que devia apoiar-se para caminhar até o alto. E tudo se apagaria nela, e esqueceria para sempre o seu próprio eu, com todas as fraquezas e também com a sua única e humilde força.

Foi com o semblante e o coração serenos que ela entrou, e, sozinha, tomou nos braços, dotados de força miraculosa, o corpo que se agitava, sacudido por longos tremores, no soalho, e o levou para o leito, como se carregasse um filho muito grande e pesado, tonto de sono, e o fez deitar-se.

Foi procurar com calma os remédios e fez sem ruído o que devia fazer, e, mais uma vez, ninguém soube do que se passara...

XLVII

A casa parecia todo um bloco de trevas e Dodôte andou pelo quarto de braços estendidos, como uma cega, mas sabia cada passo que dava, e tinha a certeza exata do lugar onde se achava. Assim, passou pela porta que abria para o corredor, onde havia a escada, sem precisar sequer nela tocar, pois dormia com os dois batentes inteiramente puxados para trás, presos às paredes com dois blocos de quartzo branco. No patamar, procurou com a mão, confiante, o castiçal de cobre que devia estar sobre uma pequena mesa colocada logo em frente ao último degrau.

Seus movimentos eram seguros, e agia como se tudo estivesse iluminado pela luz do dia, pois julgava conhecer palmo a palmo o trajeto que fizera.

Mas a mão que procurava, os dedos que se tinham querido agarrar ao castiçal, pararam, hesitantes, surpresos. Nada tinham encontrado, nem mesmo o mármore da mesa, com a sua frialdade, oferecera a superfície lisa ao contato de sua mão, que se tornou gelada, e se contraiu lentamente. Sentira apenas a parede áspera e nua, no lugar onde devia estar à sua espera, sempre fiel e pronto a fornecer-lhe a vela que acenderia com a caixa de fósforos muito grande, colocada na bandeja da espevitadeira, o móvel de apoio que viera do Jirau, e representava uma lembrança de sua meninice sertaneja.

Depois de refletir um momento, Dodôte avançou mais um pouco. Pensou com estranheza que se enganara, que não dera o mesmo número de passos que sempre dava até aquele lugar, que talvez não tivesse ultrapassado o portal enorme de seu quarto de dormir, ou então é que não se chegara bastante do lado direito, ao sair no corredor, onde nada se via, pois a noite lá fora devia estar escuríssima, e tudo estava bem fechado por Urbano.

— Mas, como se deu isso? — perguntou Dodôte a si mesma, com espanto, pois há tanto tempo fazia o mesmo gesto, com tal certeza que já não o acompanhava, com qualquer cálculo ou reflexão.

De novo estendeu as mãos, para verificar se era mesmo verdade que nada havia naquele lugar, se tudo não fora apenas um engano seu, e um pequeno sorriso de esperança infantil entreabriu os seus lábios. Mas, de novo nada encontrou, e percorreu a parede, com os dedos, adiante do local onde devia encontrar a mesa, e andou mais um pouco. Mas tudo foi em vão, pois nada havia ali, e seus pés também não encontravam obstáculos.

Com um estremecimento brusco ela parou, sem ousar sequer balançar o corpo encolheu os braços, vagarosamente, e cruzou-os, apertando-os sobre os seios, como se quisesse impedir a fuga do coração, que dançava em seu peito uma dança doida, inteiramente enlouquecido.

Fitou os ouvidos, toda trêmula. Oscilou como árvore batida pela tempestade, malsegura em suas raízes, e escutou o silêncio angustiante da cidade adormecida, das florestas e das montanhas que a emprisionavam, mergulhadas na escuridão.

Nada se ouvia, a não ser as batidas agitadas de suas veias nas fontes, e o mundo todo desfalecera de sono e cansaço em redor dela, até mesmo o gemido prolongado, repetido em uma nota só, rouco, bestial, que a fizera primeiro debater-se nas garras de horrível pesadelo, e depois despertar já com a consciência do que acontecia, e erguer-se à procura dos remédios habituais, também cessara...

Lembrou-se de que, com aquele som enlouquecedor junto dela, que a acompanhou pelo quarto e tirava todo o sentido de sua compreensão, saíra muitos passos adiante da porta do quarto, e já se achava em pleno patamar, justo diante do sorvedouro da escada, que descia para a parte baixa da casa e para o quintal em declive muito rápido.

Um movimento, uma imprudência, um passo mais por menor que fosse, e ela cairia pelos degraus abaixo, precipitar-se-ia no pequeno abismo, sem nenhum amparo, como um objeto atirado por mão irritada, e iria bater nas pedras da sala escura, despedaçando-se.

Gelada, com todos os músculos retesados, ela recuou. Afastou primeiro um pé, e arrastou-o pelo chão, muito devagar, e conservava o corpo inteiriçado. Depois puxou o outro, até bem junto do primeiro, e assim ficou por um instante. Instintivamente voltou-se, movendo unicamente o busto, à procura de um ponto onde seus olhos se fixassem, e assim conseguisse o equilíbrio que lhe fugia, mas tudo estava em espessa treva, a escuridão tornava-se palpável, e estava envolvida em dobras de veludo negro, que lhe cobriam a cabeça, e a sufocavam.

Onde estava, exatamente? Para que lado se dirigira? interrogou, aflitivamente, a si mesma e esforçou-se por refazer mentalmente o trajeto da cama até ali.

Talvez o seu primeiro passo, mesmo na posição em que se achava, pois não sabia mais onde estava a parede, e tinha receio de estender os dedos e nada encontrar, fosse definitivo, decisivo, e lhe trouxesse a morte, depois de um segundo apenas de pavor deslumbrante, ou então a vida longe e absurda dos aleijados, como recompensa de meses de sofrimento e de atroz espera.

Mas, era preciso reunir todas as suas forças e prender fortemente os seus sentidos que se desorientavam, enlouquecidos, e ameaçavam abandoná-la. Só poderia deitar-se no soalho e gritar, chorar e gemer, até que acudissem, e veria então as cabeças de Chica e das outras criadas balançarem, acompanhadas de muxoxos entristecidos, que poriam sua vida à mostra de todos...

Com infinitas precauções apalpou o pavimento com os pés, em torno de si, e compreendeu, com indizível alívio, que podia sair daquele lugar onde estivera pregada, em suplício, e andou um pouco, no vácuo, e agitou os braços, disposta a agarrar qualquer coisa que chegasse até seus dedos.

De repente, alguma coisa forte, resistente e lisa chegou-se ao seu flanco direito, e percebeu que era um móvel a que se encostara, sem pressentir a sua existência ali. Não quis, a princípio, com medo sem justificativa, verificar pelo tato qual era ele. Devia ser a cômoda onde rezara havia pouco, antes de adormecer na cadeira baixa que trouxera até junto do leito.

Estivera esperando que Urbano adormecesse, ou passasse da inconsciência agitada em que se debatera para outra inconsciência mais calma, entorpecido pelos remédios. Não sabia agora como terminara aquela espera angustiosa, pois o sono a surpreendera de chofre, e a aniquilara. Só dele voltara a si com a respiração entrecortada de roncos inumanos e de gemidos que a princípio lhe pareceram vir de outro mundo, mas logo a chamaram ao dever, e a fizeram levantar-se precipitadamente e caminhar um pouco sem direção.

Os seus dedos tateantes reconheceram enfim as esculturas do oratório, os grandes castiçais de prata, com as velas de cera cheias de longas lágrimas solidificadas, a caixa coberta de conchas e caramujos onde guardava os seus rosários, trazidos das melancólicas festas de igreja a que assistira, e outros objetos familiares que um leve toque era bastante para identificar.

A surpresa, a insegurança que lhe trazia o encontrar-se tão longe do lugar onde estava certa de se achar, fizeram com que duvidasse um instante de seu tato, e já não sabia mesmo se estava bem orientada. Resolveu parar para refletir, para se reincorporar, e tornar-se senhora outra vez de seus nervos e de seus movimentos, ainda desorientados.

Mas a angústia que a oprimia era agora enorme e, ao chegar à garganta, apertava-a até a sufocação. Qualquer coisa de surdo e lento vinha do fundo de suas recordações. Fatos sem ligação, que surgiam reproduzidos em quadros muito vivos, medos afastados, dúvidas não resolvidas, a assaltavam ao mesmo tempo, e se ligavam agora, em trama densa, subterrânea.

Sentia-se ameaçada, e parecia que o solo ia mudar sob os seus pés, para sempre, e tudo seria inútil, de então para diante, tudo seria impossível, todos os gestos, todos os reflexos, toda a rotina que quisera criar, penosamente, para fazer um simulacro de vida em torno dela.

Era o corpo de Urbano, era o seu rosto, era todo ele que se esvaziava vagarosamente de todas as expressões que lhe conhecera, de toda a compreensão que fizera com que sua vida tivesse enfim um significado.

Lembrou-se do homem que ficara em seu leito, vencido e fora de seus sentidos, mas cuja carne formava com aquele fantasma que viera habitar o seu espírito, com aqueles traços mortos, com a figura esquálida e balbuciante que tinha diante de si, espectro inconsistente que formava parte das sombras impenetráveis que a cercavam, um só todo, impossível de dissociar.

Se pegasse nos fósforos e acendesse um deles, e conseguisse fazer levantar a chama do lampião de querosene que devia estar sobre a cômoda, veria as coisas familiares de seu quarto de dormir, na desordem íntima dos preparativos de se deitar, e, ao mesmo tempo, sobre a cama, envolto nos cobertores, em desalinho, aquele estranho que compartilhava a sua vida física.

— Urbano não existe mais... — pensou ela, com intensa dor e sem saber ao certo a quem se referia.

Um som áspero, que parecia raspar a garganta por onde se escapava, veio até ela, e depois se prolongou em uivos que nada tinham de humano.

Dodôte lembrou-se, e sentiu um arrepio percorrer-lhe o corpo todo, das lendas que corriam à boca pequena, de que havia um lobisomem no Beco do Caixão. Muita gente o ouvira, quando descia a ladeira e depois na praia, que ululava e gemia como uma alma danada que pagasse os pecados e os crimes que cometera. Ela sabia bem a origem desses contos, e agora tinha medo, e não podia conter o tremor de suas mãos, nem encontrar com que fazer luz, para ir buscar os remédios que se tornavam indispensáveis,

Mas, com um grande esforço, tudo conseguiu. Deixou o aposento iluminado pela lâmpada de globo de cristal, foi para o corredor, acendeu a vela sem dificuldade, e dirigiu-se para a cozinha, onde deveria encontrar água quente, sustentada pelas brasas cobertas de cinzas do grande fogão.

XLVIII

Urbano tinha trabalhado com ardor os últimos dias, e sustentava sua energia vacilante com a atividade meticulosa que exercia na botica, onde tudo fazia por suas próprias mãos, pondo de parte o auxílio desajeitado de seus ajudantes. Muitas vezes dava licença aos dois rapazes bisonhos, que contratara, unicamente para se ver livre deles, e poder pensar sem interrupções desassisadas, enquanto esmagava e misturava no almofariz os componentes de uma receita antiga, ou pesava na balança, tirada de sua tosca redoma, com infinita paciência, remédios indicados pelo Chernoviz.

Enquanto suas mãos se agitavam ele refletia, e muitas vezes a ideia de voltar ao médico lhe viera à cabeça. Pensava que decerto não o esclarecera bastante quando com ele estivera ao chegar à cidade, pois sentia que suas forças diminuíam sem cessar, e de nada lhe valiam os preparados que tomava, e que punha nas mãos de Dodôte para ministrar-lhe quando se tornassem precisos.

À noite depressa esquecia as resoluções tomadas durante o dia, preocupado com lembranças confusas, com a angústia que o fazia passar horas seguidas, intermináveis, ouvindo todos os relógios da casa e da cidade, baterem com descanso, uns mais alto e outros com o som de rachados dos velhos sinos, muito gastos pelo tempo e pelo uso. Logo que se deitava, quase sempre deixava-se afundar em um sono estranho, sem repouso, e quando abria os olhos, antemanhã, era para o martírio daquelas vigílias cruéis.

Ficava imóvel, tempos sem fim, de olhos abertos na escuridão. Naquela noite, porém, o quarto não estava de todo às escuras, como de costume, pois dormiam com as janelas de pau inteiramente fechadas, mas havia uma ligeira luz que flutuava, e formara suave penumbra. E, ao volver o olhar, pôde ver no leito o perfil muito sereno de Dodôte, extremamente pálida e com as pálpebras sombreadas de roxo, que, como uma estátua de mármore colorido pelos anos, dormia ao seu lado, com a cabeça pousada fundo nos travesseiros, o rosto voltado para cima, na posição dos mortos.

Quis saber de onde vinha aquela luz dourada, que se difundia pelo quarto todo, com a mesma intensidade, muito branda, quase miraculosa, e, por fim, compreendeu que vinha da porta aberta, que dava para o quarto dos santos. Devia ter ficado acesa, por esquecimento, a vela de cera benta que acendiam todas as noites aos pés da grande imagem de Nossa Senhora das Dores.

A luz vinha através da porta como um chamado muito baixinho, mas irresistível, que se espalhava docemente pelo ar, e chegava até ele, e aquecia e dava-lhe forças para erguer-se.

Viu em sua memória a figura da santa que, em seu realismo sóbrio, feita por escultor sertanejo e vestida por Dona Rita, dava um eterno ar de câmara-ardente à modesta capela.

A luz agora, de espectral e imóvel que era, tornou-se mais viva e mais desmaiada, e agitou-se; ora aumentava, ora diminuía, até quase extinguir-se, em vertigem súbita, para logo surgir de novo, mais forte e mais branca, e tudo banhava com a sua tonalidade de febre.

Batido por braço invisível, Urbano levantou-se, com todo cuidado, sem que o mais leve ruído denunciasse os seus movimentos, e dirigiu-se, pé ante pé, para o quarto dos santos. Deixou-se cair no duro genuflexório que havia, sem erguer os olhos através dos cabelos que lhe pendiam sobre a testa e os tapavam com sua negra cortina. Nada vestira sobre a longa camisola branca que o envolvia, e escondeu o rosto entre as mãos muito quentes e secas.

Sentia secreto prazer, volúpia muito intima e lógica naquela obediência que o fazia andar e ter os movimentos que fizera, naquela humildade de todo o seu ser, na estranha agilidade de seus membros e na sensação de equilíbrio e força que o dominava.

Era a impressão de pátria, de terra encontrada que lhe acalmava os nervos, que punha em seus braços e nas pernas a segurança que não tinham, que o tornavam dono de si mesmo.

Era ali que devia vir, ao fugir do leito, do amor físico que não realizava o seu desejo intenso, nunca satisfeito, sempre dolorosamente iludido, de presença, de intimidade absoluta, de companhia total e de socorro... era ali mesmo que devia se refugiar.

Mas, para quê? nada trazia em suas mãos... tinha em si apenas a maldição do perfeito humano, a perfeição de sua desgraça, de seu destino devorador e rápido. De que lhe valeria uma queixa que é sempre um pedido indireto? Nenhuma consolação possível poderia vir até ele, para remediar ou curar a sequidão de sua vida, o abandono sem sacrifício que a todo instante se tornava mais fundo, cada dia mais completo pelos pequenos afastamentos, pelas distâncias minuciosamente criadas pelos que o cercavam, e o deixavam sem arrimo.

Criara um monstro para seu uso pessoal, e agora via ao seu lado crescer a sua imagem ameaçadora, fechada, sem piedade, que sugava as forças que se esgotavam a sustentá-lo. Seus membros lentamente, em marcha segura, se entorpeciam, e se tornavam trôpegos. O coração batia com ansiedade, muitas vezes parecia prestes a deixar de bater, e o sangue queria fugir-lhe das veias. Agora não poderia enfrentar o outro, destruí-lo, afastar a inquietação surda e tenaz que ele criava em seu íntimo, oprimido pela riqueza do mal roubado por ele, e tantos anos acumulado fora do âmbito de sua consciência.

Olhou com medo para o genuflexório vazio que havia ao lado do seu, junto do modesto altar sobre o qual estava a imagem, e viu formar-se o vulto de seu falso companheiro, sentiu junto de seu corpo a presença da outra figura, que o representava, também ajoelhada, também afogada em soluços, e com o rosto igualmente coberto pelas mãos muito longas, espreitando-o por entre os dedos lívidos, de unhas muito brancas, cadavéricas...

— Que comédia anal encenada é esta? — murmurou com fingida impaciência e olhou também por entre os dedos, pelo canto dos olhos. Um sorriso evasivo, muito de leve, entreabriu os seus lábios. Parecia que Urbano desejava que o outro o ouvisse, percebesse as suas palavras e o sentido das frases que dizia, mas não queria que julgasse que ele o considerava uma pessoa real, independente, capaz de entender o que falava, quase em segredo. — Por que *ele* chora assim? Por que *eu* choro assim? Nós nada pedimos, nada desejamos, nada esperamos, e vivemos... meu Deus!

As lágrimas corriam pelo rosto de Urbano em longos rosários, sem que ele tentasse retê-las ou enxugá-las. Deixava que elas caíssem livremente, sem que o peito tomasse parte naquele pranto de miséria, e naqueles fios lentos esvaía-se a sua razão e sentia que com ela fugia a sua vontade aniquilada. E essa sensação atroz de perda, de evasão escondida e irremediável do que era profundamente seu, do mais secreto de si próprio, tornava-se incomparável.

Todo o seu ser dissolvia-se em uma total impotência, em uma esterilidade moral sem limites...

Depois de algum tempo, Urbano retirou do rosto primeiro os dedos, depois, as mãos, e, ao abri-las diante dos olhos, fitou-as com estranheza, como se tivessem surgido assim, vindas do desconhecido, e não fossem suas. Como se ainda estivesse fora de si, com o espírito distante, ele conseguiu levantar-se, e, cambaleando, sem forças, carregou o peso enorme das pernas e dos pés. Levantava-os com dificuldade, e assim foi até alcançar uma cadeira que estava encostada a uma das paredes da sala dos santos, onde sentou-se, para respirar penosamente.

O medo que o fizera erguer-se, caminhar e chegar até ali, que o chamara àquele quarto, e lhe dera uma imprevista energia, capaz de lhe restituir o uso de seus membros, desaparecera e fora substituído pelo sentimento perplexo de que encontrara enfim o limite extenuante de sua angústia. Ficou muito quieto, para repousar e conseguir voltar ao seu leito, onde esperava dormir e esquecer. Mas, torceu as mãos, apertou ora uma ora outra, aquelas mãos que não eram suas mas, mas cujo calor sentia nitidamente, e murmurou de novo, para ser ouvido ainda, sem olhar para o que deixara atrás de si, enquanto fazia um gesto largo e rápido:

— Para lá a angústia ainda, mas fecunda, criadora... pronta para fugir, para arrancar-se da condição humana...

As horas batiam e se sucediam em ritmo angustioso. Chegavam até o aposento fechado, sem janelas, onde estava, e venciam as paredes enormes de taipa do imenso calabouço que a casa formava, toda trancada.

Urbano ficou em pé, e parecia ensaiar uma cena, antes de entrar no palco. Saberia remodelar, recompor o seu rosto simples e triste, readquirir sem falhos os gestos sóbrios e reservados que sempre usara, e que eram uma de suas características; e poderia sair novamente para o mundo e apagar dos lábios a verdade quase confessada.

Mas antes devia olhar para aquelas imagens que o contemplavam, e compreender o que elas queriam dizer, o que elas tinham dito a tantos mortos antes dele ... E agora era um fantasma só, e foi um fantasma que se retirou furtivamente dali, tão despercebido que nem sequer a luz estremeceu.

E foi mesmo um fantasma que se deitou de novo no leito, onde o corpo adormecido de Dodôte o esperava.

XLIX

A tempestade longínqua pesava no horizonte, e os ecos ensurdecidos dos trovões e dois raios chegavam até a botica, rebatidos pelas montanhas de pedra, como o roncar abafado de um grande dragão que passasse lá longe, em busca de vítimas para devorar. A umidade esparsa, o ar estagnado e denso, faziam com que Dodôte se agitasse na cadeira onde estava assentada, e se sentisse atribulada e ansiosa. De vez em quando os vidros que se achavam perto dela estremeciam, sacudidos misteriosamente, e Dodôte olhava para a pesada e alta armação que se erguia a seu lado, e dividia a farmácia em duas salas.

Era ali o seu refúgio habitual, e ficava ao mesmo tempo perto e longe de Urbano. Perto porque podia vê-lo livremente a todo instante, no laboratório, e do lado de fora através de dois grandes boiões, que era fácil juntar ou afastar, abrindo ou fechando fresta que havia entre eles, como se fosse um pequeno para-vento, e longe porque não precisava dirigir-lhe a palavra, pois ele estava sempre ocupado, e ela tinha nas mãos uma renda interminável, que tecia agilmente com a agulha entre os dedos, sem contar os pontos. Muitas vezes nem sequer olhava para o que estava fazendo, pois seus olhos acompanhavam o marido quase sem cessar, e assim vivia horas de paz.

Havia, nesse dia, uma estranha advertência em seu coração, e ela procurava com perseverança não pensar, não refletir, para encontrar de novo esses momentos de olvido, que se encadeavam e formavam as horas, e o dia passaria sem que nada de insólito acontecesse.

Já nessa noite, enquanto esperava o descanso que, não vinha, ela se lembrara de uma velha senhora, que lhe dissera, ao olhá-la, com os olhos embaciados pela doença e pela velhice, "eu vivo a vida, não a sofro", e essa frase se repetira em sua mente milhares de vezes. Não a deixava adormecer mais, e voltava ainda agora, constantemente, à sua memória.

Devia seguir esse velho conselho, dizia ela. Tentava abafar as vozes estranhas, ininteligíveis, que se erguiam dentro dela e reclamavam, lamentando alguma coisa que estava ainda por acontecer, mas que já enlouquecia alguém em seu íntimo. Estava tão absorvida, tão ensimesmada, que, apesar de estar com os olhos fitos em Urbano, não percebeu que ele a chamava. Mas, do lado de fora, na parte destinada ao público, estavam agora conversando em voz baixa alguns homens, que decerto a julgavam longe, pois escutavam Urbano chamá-la sem que fosse atendido. Dodôte ouviu o seu nome, também pronunciado por eles, e depois o de Urbano.

Ela voltou à realidade e se pôs a escutar o que diziam as várias vozes, que identificou uma por uma, desde logo.

— ... e Urbano nunca me disse nada a esse respeito — dizia a voz do médico, o mais antigo da cidade, e sentia-se no tom com que dizia isso certa tristeza inquieta — eu o tratei na infância, desde antes de sua ida para fora, mas agora, ele ilude as minhas perguntas e nada me diz...

— Nem a mim também — observou a voz de outro clínico, este ainda novo na cidade, e Dodôte sentiu que ele dizia essas palavras sorrindo

— mas não tenho ciúmes, meu caro Doutor Guerra, pois não sou o médico dele.

— Mas não se trata disso! — interrompeu o velho doutor, com impaciência e acentuou bem o que dizia, como se quisesse dar um alarma — acho que ele está bem doente, e tinha vontade de... ajudá-lo.

— Seria muito bom que o fizesse — e era desta vez alguém que falava alto, as palavras moduladas com riqueza, muito sonoras — o Urbano já tem cometido alguns erros, e anda tão calado! Acho que nada de bom pode vir desse estado de coisas, e alguém devia intervir.

— Ainda mais que não deseja tomar um auxiliar que saiba fazer o serviço, e não esses meninos inexperientes — disse o vigário, que sentia-se visado pelo que dizia o outro — já o aconselhei várias ocasiões, nesse sentido, mas ele nada me respondeu, e fiquei sem poder tomar nenhuma resolução... Creio que vou falar com Dona Maria das Dores.

— É verdade — disseram várias vozes — deve mesmo falar com Dona Dodôte...

Dodôte teve um sobressalto, como se tivesse sido surpreendida ali a escutar. Seu primeiro ímpeto foi fugir para dentro, sem pensar que seria vista, se conseguisse levantar-se, com a fraqueza que sentia agora. Mas, com o movimento que fez, seu olhar tornou a encontrar a figura de Urbano, que, curvado sobre a pia, tinha nas mãos qualquer objeto que lavava com cuidado.

Estaria ele ouvindo também? pensou, mas não conseguiu distinguir em seu rosto ou em sua atitude o menor sinal de que escutara o que tinham dito. Acabou de lavar, colocou o recipiente sobre uma pequena prateleira, veio enxugar as mãos perto dela e passou finalmente para o balcão, sem que uma crispação, um lance de olhos denunciasse o que havia em seu íntimo.

Interrompeu com a sua presença silenciosa a palestra que continuara animada sobre o mesmo assunto. Tomou logo outro rumo, e passou a coisas locais e indiferentes, diante de Urbano, que ficara de pé, sem apoiar as mãos ao rebordo da tábua que dava entrada para o interior da botica, sem olhar para os visitantes, à espera dos clientes que deviam vir. Aqueles que ali se achavam, e que iam calando pouco a pouco, já estavam servidos...

Dodôte ficou sentada onde estava sem dar qualquer demonstração de sua presença, e sentiu que seu coração parava. Olhou para si mesma com repulsa, para os dedos que via agora caídos no regaço, para a aliança, quase oculta por um grande topázio queimado que usava, engastado em um simples aro de ouro. Quis olhar para fora, fugir de ver-se, e leu o dístico que tinha sido pregado por ela mesma, quando reorganizara a colocação dos vidros e boiões nas prateleiras. Era ali o lugar da letra U, verificou, distraidamente, e o grosso frasco de porcelana branca que ocupava o espaço justo sobre ele, com sua etiqueta muito antiga, com manchas cor de ferrugem, ainda do tempo do avô de Urbano, que mostrava, quase apagada, uma caveira com duas tíbias cruzadas sob ela, trazia escrito em letras vermelhas, bordadas com estreito fio dourado, uma esquisita legenda.

Leu, sem saber o que lia:

— Uabaio ...

Essas sílabas estranhas, que lembravam terras distantes da África, tinham-lhe parecido de sinistra magia, quando a lera pela primeira vez. Tirara o recipiente do armário carunchado e poeirento onde o escondera o velho boticário, como intuito, decerto, de defendê-lo assim dos curiosos, e de também não deixar transparecer muito claramente a sua mania de busca de remédios extraordinários, maravilhosos, que exigiam quase sempre grandes sacrifícios para a sua modesta bolsa, ao encomendá-los a correspondentes em países africanos e asiáticos.

Urbano, nos primeiros dias ele seu casamento, no dia da grande arrumação, e ambos estavam cobertos de pó e teias de aranha, e cheios de alegria, dissera-lhe rindo muito, com gestos exagerados de medo e de precaução:

— Larga isso, depressa! É veneno, minha filha, capaz de matar uma tribo inteira!

Urbano voltava de novo para o interior da botica, e Dodôte acompanhou-o com o olhar. Afastou-se da prateleira onde estava o boião, e separou-os um pouco, para ver e ouvir o que se passava no banco dos conversadores, pois percebera que tinham abaixado as vozes, e reatavam o que estavam dizendo, antes da aparição do marido, que não dissera uma só palavra, nem fizera um só gesto. Os comentários eram feitos em cochichos, mas Dodôte, fitou o ouvido e pôde escutar perfeitamente, dito por um dos médicos:

— Eu também não acredito nessa constante dor de cabeça, que o faz ficar tão calado e por tanto tempo...

— E o reumatismo? Não parece muito verdadeiro...

Dodôte sentiu que sua carne se arrepiava, e um repentino acesso de emoção a fez recair na cadeira. Ouvira agora a voz da viúva, que devia ter entrado na botica sem que ela percebesse a sua chegada, e Dodôte não podia reprimir um movimento de aversão quando a encontrava, como se visse um animal rastejante e traiçoeiro, sempre surgindo de tocaia.

Ela costumava chegar, com os passos voluntariamente pequenos, presos pelas saias escorridas, apesar de dar sempre a impressão de que estava muito vestida, com muita roupa por baixo, talvez negras também, com o vestido seu de viúva, e o véu antigo, que ninguém mais usava. Sentava-se com ar compungido, as mãos apertadas na bolsa e no lenço preto, muito humilde, no lugar de maior destaque da sala, e ficava silenciosa durante algum tempo, como se nada a interessasse do que se passava em torno dela, inteiramente desprendida do mundo.

Depois, quando a conversação reatava, tendo sido interrompida pela sua chegada, e todos se empenhavam em uma discussão, e vinham à baila fatos ou ideias contraditórios, ela dizia com ar de indiscutível autoridade uma frase cortante, afirmativa. Resumia com clareza o que julgava estar no pensamento mais íntimo dos presentes, e que não era dito por qualquer motivo embaraçoso.

Todos então se calavam. Sentiam-se denunciados com tão grande habilidade e aspereza, e para ela se voltavam, à espera de que continuasse o que tinha a dizer, definindo as vagas acusações que insinuara.

Então, ela abaixava a cabeça, a boca contraída e o olhar doloroso, e assumia o ar e a atitude de uma pessoa que tudo faz para evitar o interesse e a atenção dos outros. Perdia-se, depois dessas cenas, na contemplação das mãos, torcia as duas alianças que trazia, afetadamente alheada de tudo que a cercava, até que outra oportunidade se apresentasse, e então repetia o mesmo manejo.

Foi justamente o que aconteceu no momento em que Dodôte reconheceu a sua voz propositadamente velada, pois fez-se silêncio, em seguida à sua frase, e todos ficaram calados durante algum tempo, à espera de onde queria ela chegar.

Dodête fez menção de se levantar sem ser vista. Dobrou um pouco o busto, à altura do lugar onde as prateleiras se abriam, e quis fugir para o interior da casa, para assim demorar mais um pouco o instante em que teria de se encontrar com a viúva, pois sentia sempre em sua presença uma sensação de remorso e de autoacusação, que nunca lhe fora possível esclarecer. Surpreendia-se muitas vezes, é verdade, a analisar miudamente, nos menores detalhes deixados escapar pela senhora, o artifício e toda a premeditação que ela empregava em seus gestos e na linha de conduta que mantinha com invariável persistência. E, ao mesmo tempo, com resignada humilhação, compreendia bem o ridículo daquela pobre mascarada, que representava todo o interesse que a amiga encontrava na vida. Dodôte reconhecia nela todas as suas fraquezas de criança dissimulada e tímida, todas as revoltas misteriosas e violentas que a tinham sacudido, que a lançavam em desespero incompreensível para os que a rodeavam, e não conseguiam consolá-la.

Era ódio que sentia contra as pessoas grandes e sensatas, que lhe pareciam indignas da inconfidência que seria revelar os segredos da outra menina que vivia nela, pois não tinham problemas a resolver, nem hesitavam diante de mil caminhos que se emaranhavam em inextrincável confusão, como acontecia com ela. Portanto, seria inútil contar-lhes o que se passava em seu coração, e provocava as crises de lágrimas que tanto assustavam os seus parentes e criados.

Mas era uma indizível volúpia ser infeliz e maltratada, ser a menina que todos olhavam com comiseração e receio de ferir a sensibilidade extraordinária...

Dodôte descobria na viúva a menina que ela fora, e que deixava de ser por um esforço cruel e constante de exame e de censura. Via com irreprimível irritação que a senhora conservava ainda todo o complicado conjunto de ardis e de imaginárias lutas que tinham formado a sua personalidade infantil, e deles usava com ingenuidade intata. Decerto não sofrera, não passara pelos longos e encarniçados combates que ela sustentara consigo mesma, em nome da verdade, quando destruía ferozmente e perseguia sem tréguas em todos os labirintos de sua alma o pequenino demônio da autoindulgência mentirosa.

Talvez nessa guerra implacável ela tivesse destruído, ao mesmo tempo, muitas defesas e derruído recintos fechados, onde se conservariam puros e perfeitos tesouros que lhe seriam agora de inestimável socorro. Sentia-se vazia de inocência e de bondade, e por isso a vencia um embaraço que se tornava visível, quando ela tinha diante de si o vulto lutuoso da senhora, que parecia uma criação meticulosa de artista, os olhos sempre preparados para exprimirem a dor, a boca seguindo uma linha diferente da traçada pela natureza, a cabeça levemente curvada, as mãos que seguravam nervosamente uma bolsa de veludo negro, muito antiga, em eterna atitude de vítima preparada para o sacrifício.

Dodôte reprimia um sorriso, mas logo era amargura que lhe vinha do coração, pois era uma denúncia viva, uma acusação do que ela própria tinha sido, e decerto era ainda, bem escondido sob sua vaidade...

Mas o silêncio que se fizera desagregara-se de repente, e todos agora falavam juntos, sobre os humildes lugares comuns da pequena cidade. Dodôte percebeu que a viúva levantara-se, e, pelo ruído precipitado e pouco natural de seus passos, compreendeu que ela se dirigia para o seu conhecido esconderijo, do lado de dentro da farmácia. Não deu atenção às perguntas cautelosas que lhe faziam alguns dos visitantes da botica, e desprezou as mãos que lhe estendiam os que chegavam agora, e justamente a faziam retirar-se.

Dodôte já estava de pé quando a senhora se aproximou. Recebeu-a gravemente, deu-lhe a mão e conduziu-a para a sala de visitas.

Enquanto caminhavam em direção ao interior da casa, Dodôte nada dizia, mas em seu espírito repetia sem cessar:

— Não quero representar... Não quero representar... — mas sentia que as lágrimas lhe vinham aos olhos, no esforço inútil de encontrar a dignidade sincera que desejava manter.

Quando passaram junto do lugar em que Dodôte estivera sentada, e de onde saíra para ir ao encontro da senhora, a viúva parou um momento e leu os dísticos dos boiões que ali se enfileiravam, na prateleira. Apoiou um dos dedos, justamente aquele em que usava as duas alianças, que mandara embutir de esmalte negro, no vidro, onde se liam as velhas letras vermelhas. Fixou intencionalmente os olhos na pequena caveira e nas tíbias desenhadas sob elas, e depois contemplou com ar distante, como se refletisse profundamente, os longos prismas de cristal que se viam dentro do grosso recipiente, hermeticamente fechado, e leu mentalmente, formando as palavras com os lábios:

— Ósmico. (Ácido.)

Dodôte, que acompanhava todos os seus gestos e expressões com involuntária e agastada vigilância, ouviu o suspiro que ela deixou escapar, e o muxoxo com que depois se afastou. Lembrou-se de ver Urbano tirar daquele frasco, com infinitas precauções, doses daquele remédio, e levá-las para o laboratório, onde as manipulava em silêncio, como se quisesse evitar perguntas, dissolvendo-as lentamente, enquanto, ao lado, fervia a seringa e a agulha hipodérmicas.

Vendo agora aquela rápida cena pressaga da viúva, sentiu que suas mãos se tornavam geladas, e seus olhos velaram-se de tristeza.

L

A rua ficara completamente às escuras, pois decerto tinha havido algum acidente na usina longínqua que fornecia a energia para a iluminação da cidade, e Dodôte deixou-se ficar debruçada na janela, por muito tempo. Ouvia lá dentro os passos surdos de Urbano, que andava pela casa, fechando-a e depois à procura de alguma coisa, nos preparativos para deitar-se.

O silêncio era profundo, e ela sentia em seu corpo uma infinita lassitude, uma preguiça dolente que não a deixava sair do lugar onde estava, junto da janela da frente que dava para a rua. A visita da viúva a deixara exausta, pelo esforço contínuo que exigira de si própria, para acompanhar, sem um gesto ou uma palavra de relutância, a sua laboriosa conversação, toda feita de pequenas astúcias e de insinuações disparatadas.

Em frente à casa, erguia-se a grande muralha que sustentava a parte da rua que, dividida em duas partes, servia às casas de cima. De lá vinha o eco abafado do pisar forte de Urbano, mas Dodôte se apercebeu, pouco a pouco, que já não era o som refletido desse caminhar que chegava até ela. Os passos desdobravam-se em dois sons, mas bem distintos um do outro...

Devia ser alguém que, apesar das trevas que transformavam a rua em um abismo hiante, subia com segurança e pisava firmemente, em um ritmo másculo e muito igual. Mas, logo houve uma alteração sensível. As marteladas, produzidas pelos pesados sapatos, tornaram-se irregulares, depois mais lentas, e, por fim, cessaram de todo.

Dodôte sondou a escuridão, procurou ver alguma coisa, mas nada distinguiu. O homem, entretanto, devia ter estacado bem defronte à sua janela, e decerto parou ao ver o seu vulto, recortado pela luz fraca e oscilante que vinha de dentro da casa, pois Urbano carregava de um lado para outro a vela que depois colocaria sobre a sua mesa de cabeceira, e agora Dodôte ouvia que ele tomava um remédio.

Ao mesmo tempo Dodôte sentiu que o homem que devia estar imóvel lá embaixo, talvez olhando para ela, tivera um ligeiro acesso de tosse, logo reprimido com precipitação.

Seria um sinal disfarçado?

Dodôte debruçou-se um pouco mais no peitoril da janela, e fixou atentamente alguma coisa branca que lhe parecia ver junto das grandes pedras do muro de arrimo, e logo ouviu, ou pensou ouvir, um assovio. Era, agora tinha certeza, um meio de chamar a sua atenção.

E ficou muito quieta, um pouco trêmula, à escuta, com o coração enorme no peito, em uma espera absoluta, sufocante...

Mas, dentro de alguns minutos, depois do silêncio interrogador que se estabeleceu, ouviu as pedras estalarem, esmagadas pelo salto do sapato que se volvia, e de novo os passos ressoaram, muito ritmados, muito iguais, masculinos e graves. Afastaram-se, perdendo pouco a pouco a intensidade, e extinguiram-se nas trevas, sena que tivesse sido possível a Dodôte avistar o menor sinal de sua presença, no uniforme véu negro que limitava a sua janela, e a fechava com uma cortina espessa.

Dodôte deixou o peitoril, e sentou-se na estreita e longa banca que tornava a janela mais acessível. Estava aniquilada agora, gasta, esgotada pelo esforço de vida que fizera.

Quem poderia desejar vê-la, àquela hora? Quem, naquela cidade escura, olharia para ela com a intensidade que sentira vir da escuridão, dos olhos do fantasma, sem nome que tinha passado?

— Ninguém me quer — disse baixinho, com amargura — ninguém nunca me quis...

Nesse momento viu que as luzes da casa estavam todas acesas, e logo depois ouviu os chamados impacientes de Urbano, imediatamente seguidos de um grito rouco...

LI

Urbano lia sempre. Todas as vezes que podia livrar-se das obrigações da botica, ia para a pequena saleta que havia do outro lado da casa, a seguir depois da sala ocupada pela loja, dando sobre a rua, e ficava horas a ler os livros que trouxera consigo, e os que já encontrara amontoados dentro de grandes malas no porão. Depois de fechada a farmácia, quando já noite, ele então ficava no laboratório, e fazia complicadas experiências, que pouco a pouco o foram apaixonando e absorvendo. O velho boticário, seu avô, tivera correspondência com alguns sábios europeus, e os informava de seus trabalhos com plantas brasileiras. Importava remédios exóticos, em troca de remessas de exemplares raros de nossa flora medicinal, que levavam bem longe suas virtudes. A pequena e humilde botica tinha sido um centro de trabalho científico, de repercussão longínqua, e os invólucros cobertos de selos grandes e muito coloridos traziam suas mensagens de terras em tumulto, para aquele ambiente de calma e de pobreza austera.

Urbano tentara ordenar os papéis e livros que encontrara, e deixou-se dominar por eles. Mas Dodôte tinha a desconfiança medrosa e indecisa de que ele concentrara todo o seu espírito em perigosa pesquisa, e que havia apenas um interesse todo pessoal no afinco com que se dedicava. Ela deixava-o, só, nessas horas, e andava pela casa, abria e fechava portas e janelas, remexia-nos móveis que encontrava, sem se fixar em nada, sempre à procura de que fazer, de qualquer coisa, qualquer ocupação que dissipasse o vago medo que a fazia sofrer.

Os minutos corriam então inconsistentes, insidiosos de vazio, de dúvidas e de irresolução, em uma série unida e numerosa, à espera do momento em que Urbano se levantava e fechava a porta da farmácia com força. Batia-a com um golpe seco, indicativo de que terminara os trabalhos daquele dia, e vinha procurá-la, sem ter o que dizer-lhe.

Uma noite, Dodôte resolveu pôr em ordem os vestidos da mãe de Urbano, que estavam no armário do quarto que fora ocupado pela senhora, e que ainda se achavam do mesmo modo que ali tinham sido deixados, desde a sua morte.

Ninguém mais se atrevera a tocar nessas pobres relíquias, com receio de despertar a dor enorme que Urbano manifestara, logo depois de terem vindo para a botica, quando Dodôte mandara fazer uma limpeza no aposento. Ele entrara de surpresa, e vira o móvel aberto, e rompera em altos gritos, que mais pareciam os uivos de um animal selvagem, prestes a perder o fôlego, de cada vez que cessava de gritar. Fora preciso dar-lhe um calmante poderoso para que cessasse o pranto desesperado, sobre-humano, e afinal dormisse, para então o quarto ser de novo fechado, e o armário trancado.

Mas agora Dodôte sabia que ele ficava na farmácia a desoras, e assim aproveitaria aquela ausência certa, para fazer o que desejava, sem que ele sequer suspeitasse do que se passava do outro lado da parede, uma vez que tudo estivesse pronto dentro de uma hora ou duas, e a chave em seu lugar.

Ao tirar os vestidos com precaução, uns dois ou três de cassa da Índia, e outros de seda, ela notou com indizível espanto, ao examiná-los mais atentamente, que tinham sido partidos em tiras.

Era evidente que isso fora feito propositalmente, cortados a tesoura. Viam-se bem os sinais de corte, irregulares, que ladeavam os pontos onde a costura tornava difícil romper com as lâminas do instrumento. Alguns outros, e eram muitos, pois a senhora vestia-se com certa riqueza e guardara por muitos anos os vestidos de seu enxoval, tinham desaparecido inteiramente. Os cabides pendiam sem nada sobre eles, e podia-se ver, pendurados junto deles, os saquinhos de plantas odoríferas e de pimenta-do-reino, que os deviam proteger.

Dodôte ficou um momento parada, sem compreender, transida de susto, sem achar uma explicação para o que via, e que lhe parecia um verdadeiro sacrilégio, de consequências imprevisíveis, quando chegasse ao conhecimento de Urbano. Mas, refletiu melhor, e recordou-se de ter visto o marido sair, furtivamente, com o rosto inexpressivo, e os longos braços cruzados sobre o peito, como se ocultasse alguma coisa... e as experiências exigiam grandes cuidados...

Dodôte tornou a colocar em seus lugares aquelas relíquias profanadas, e fechou o armário vagarosamente, com a intenção de nunca mais abri-lo. Deixaria que o tempo consumasse a obra de destruição já iniciada.

E ficou sem ter nada que fazer, nas duas horas que faltavam para se recolher ao leito... de novo encontrava-se diante de si mesma, sem defesa!

Estava sentada perto do grande armário fechado à chave, e deixou cair as mãos no regaço. Sua sombra alongou-se pelo quarto, dançante, pois a vela que trouxera bruxuleava, não tendo sido espevitada.

— Eu preciso organizar minha vida... — pensou ela, suspirando — é preciso que me resolva a organizar a minha vida...

E perdeu-se de novo em suas conjecturas, abandonada naquele aposento onde vagava ainda um bafio de morte. Tudo lhe parecia disperso e inconsistente, mas uma armadura gelada, invisível, prendia os seus movimentos, e ela, atordoada ainda pelo que compreendera, aturdida pelas descobertas que fazia todos os dias, sentiu-se invadida pela lenta suspeita de que sua vida, em meio da aparente confusão, já tinha sido organizada por ela mesma, em todos aqueles anos que se tinham escoado despojados voluntariamente de paixão, em uma cadeia muito fria e cerrada, na lógica seca de atos e de gestos cuja repercussão ela própria não sabia, e que agora surgiam a seus olhos sem ligação, sem coerência.

Era como uma secreta e antiga vingança, uma continuada maldição, sempre presente e muito lúcida, partindo sempre de fora para dentro, para dentro de sua alma, que ela censurava de contraditória, mas por momentos se revelava apenas dividida e escalada em etapas sucessivas, mas profundamente conjugadas por uma forma superior à sua agitação cotidiana.

Dentro dela, maior que ela, representado apenas por uma palavra oculta, existia um Senhor revelado... Dodôte sentia queimar suas veias um grande terror, que não podia explicar.

Diante do armário enorme, fechado, tendo dentro de seu bojo os pobres vestidos despedaçados, diante da ausência sagrada da sua dona, ficara imobilizada e sem coragem de sair dali, presa pelo mistério da morte que ainda permanecera, flutuando sobre os móveis, os quadros e as paredes, em torno dela.

Sempre percebera, e tinha sido uma contínua e secreta vergonha, que os entes que se tinham aproximado, que a cercaram pelos tempos que vivera, tinham tido piedade dela. Mas a compaixão intermitente e limitada, inconsistente dos homens, e sua alma, sustentada de modo insuficiente, traída e presa pela gratidão ao mesmo tempo, se corrompera, sem que pudesse salvar-se, pela constante suspeita de que passara, além do ponto consentido pela comiseração e pela solidariedade desses amigos.

Por isso não pudera nunca ter alegrias, não conseguira nunca vencer a tristeza de seus próprios sacrifícios, muito maiores do que as esmolas dos outros...

Era preciso obedecer, e esse pensamento de alienação de sua personalidade voltava sempre ao seu espírito. Com as mãos, fez um gesto confuso, onde se misturavam a simulação e a mórbida verdade, e tentou afastar assim o sonho do convento que a visitava todas as vezes que se entregava ao desânimo e ao medo de não poder vencer a trama de seus dias, como um sinal de paz e de promessa.

Disse a si mesma que em seu coração, e não nas arcadas do claustro sertanejo, estava a força para caminhar para diante. Era necessário que fizesse um grande esforço de renovação, de entrosamento novo e forte de seus pensamentos constantemente dispersados pela análise e pela descrença em suas forças. Cultivaria com amor claro as sensações que borbotavam dentro das terras secretas de seu íntimo, e faria delas nascer uma consolação verdadeira.

Mas, no fundo de seu coração, alguém oculto parecia fechar os olhos, a boca e os ouvidos, no invencível e tranquilo desejo de não tomar parte em lutas, cuja finalidade última não queria conhecer.

E talvez estivesse convencido de que era a sua morte que se pedia, em nome de uma fixação, de uma unidade ilusória...

LII

Há meses já que Dodôte e Urbano não saíam de casa. Há princípio ainda ela o deixava na farmácia, preocupado com os remédios e aqueles que iam para a conversa habitual, ramas dentro em pouco foi espaçando as suas saídas, pois todo o tempo que estava fora ficava sob o terror dele ter qualquer coisa diante dos estranhos e sem a sua presença. Por fim, nem mesmo à Ponte ela ia, e Dona Rita uma vez por semana vinha até a botica, onde passava metade do dia, mas essas visitas eram feitas com tal cerimônia e embaraço, que Dodôte sentia-se exausta quando a senhora se levantava para sair. Não tinha uma só palavra para retê-la, pois não lhe era possível disfarçar completamente o alívio que lhe desafogava o peito oprimido e a alegria de se ver sozinha com a sua tristeza.

Aqueles que a procuravam, aos visitantes da botica, que lhe perguntavam por que assim se enclausurava, ela respondia invariavelmente que não se sentia bem, e não podia deixar Urbano só, visto que ele tinha um regime, e Chica não sabia tratá-lo convenientemente. Mas Urbano continuava impassível para os que o fitavam com estranheza, pois não compreendiam aquela assistência contínua que Dodôte afirmava lhe ser necessária. Estava sempre no laboratório, a preparar os remédios com meticuloso cuidado, ou então em pé junto do balcão, entre as duas grandes jarras cheias de água colorida de azul e de vermelho, que faziam sobressair, com suas cores muito brilhantes, a palidez extrema de seu rosto.

Era uma figura de cera que os amigos e visitantes viam, com olhos sonolentos que não fitavam a ninguém, indiferentes ao que se passava diante deles, e os lábios levemente cianosados e com os cantos caídos, em uma expressão de tristeza desinteressada, raramente pronunciavam algumas palavras, quando o interrogavam com insistência. Mas eram sempre justas as poucas observações que fazia, e se alguém prestasse bem atenção a elas, teria a impressão de que eram estudadas, nunca espontâneas, e sempre concisas.

Muitos dos amigos que se tinham juntado em torno dele, alguns ainda lembrados de sua infância comum, e outros novos, mas que tinham conhecido os antigos moradores da casa, e queriam continuar a tradição de amizade, retiravam-se muitas vezes da botica desanimados com a frieza progressiva de Urbano, e comentavam em si a diferença que se fazia rapidamente em seu físico e em suas maneiras. Parecia-lhes que ele envelhecera muito rapidamente depois de casado, e notavam seus cabelos grisalhos, cada dia mais numerosos, que tornavam brancas as fontes, a flacidez de sua pele, quase sem cor, e os olhos nublados, quase sempre, por uma nuvem cinzenta.

— Está um velho, e não tem idade para isso — repetiam, em suas ausências no laboratório — ele deve ser de minha idade, creio que nascemos no mesmo ano, com um mês de diferença, e ele aparenta mais do que eu, não é verdade?

— Se ele fosse doente, isso estaria justificado, mas não sei de doença grave que tenha... — redarguia outro.

— Dona Dodôte diz sempre que precisa tratar dele...

— Ora, mas isso é simples questão de lua de mel prolongada — dizia alegremente alguém — ele não tem nada, a não ser uns dodóis sem importância!

Mas, apenas entregavam a Urbano uma receita, ou pediam um remédio que fosse preciso preparar, ele se levantava e se dirigia para a parte reservada da farmácia, e dentro em pouco voltava com o vidro ou a caixa, cuidadosamente rotulado e envolvido em papel, pronto para o consumo.

Entretanto, movia-se um pouco como um autômato, pois seus gestos eram maquinais, e caminhava coma estranha inabilidade, como se os braços e as pernas não fossem seus, e se tornasse necessária uma atenta vigilância sobre eles, para que agissem dentro do normal.

Quando pousava as mãos sobre um móvel, espalmadas, elas pareciam mortas, de tão pálidas, tão cansadas e exangues, cortadas por veias escuras e muito altas, em caprichosos arabescos, por onde devia correr um sangue muito velho e lento, e formavam mapas amarelecidos pelo tempo, de distantes e sinistras regiões, onde tudo fosse desolação e esterilidade,

Seus dedos longos e nodosos, bem separados uns dos outros, suas unhas brancas e alongando-se em grandes espátulas, batiam na madeira envernizada do balcão, manchadas pelos remédios derramados e pelo uso de muitos anos, e produziam leve ruído de bicadas de pássaros.

Todo o seu ar de ausência e de meio sono, de raro em raro interrompido por momentos de extraordinária animação, ou de violenta contradita, produzia naqueles que o olhavam uma impressão fantomática, de incompreensível tristeza, de estranha piedade.

Às vezes sentava-se em um dos bancos da entrada da farmácia, onde havia sempre outras pessoas, mas escolhia uma ponta longe dos que já ali se achavam, e dobrava os braços como se fossem duas asas, prendendo as mãos entrelaçadas na nuca, e recostava-se pesadamente. Fitava o teto de grandes tábuas, pintadas de branco, durante lentas horas de silêncio.

Tudo isso determinava uma situação confusa, e os comentários na cidade eram já hostis, pois dizia-se que Urbano evitava os amigos, e não atendia aos clientes com bondade, sem que se soubesse a razão dessa mudança de atitude.

Já poucas pessoas o procuravam para as tradicionais consultas dos lugares pequenos. Só os humildes se atreviam a deixar que ele os examinasse, e não se ofendiam com o ar distante com que o fazia, e a farmácia foi voltando aos seus tempos de decadência e de esquecimento.

Com o correr dos dias, mesmo os pobres que, aos sábados, vinham à procura de sua caridade, em cata de um conselho médico e das drogas que ele distribuía entre a triste gente que chegava dos arredores, maltrapilha e selvagem, mesmo esses foram se afastando, levados por supersticioso medo, que lhes incutiam as suas frases geladas e o olhar ausente.

Maria do Rosário, que também espaçara suas visitas, entretida agora por outras amigas novas, chegadas de pouco da cidade, veio um dia à botica, entrou rapidamente, e passou por Urbano, que não se movera do banco onde estava, com os braços cruzados e a cabeça caída para trás. Não havia mais ninguém ali, e ela andou até a divisão do laboratório, e de lá, voltou-se e apoiou-se no balcão, disse-lhe um rápido "bom dia!" e acrescentou, com certa rispidez na voz:

— Devo avisar a você que o senhor vigário nota a sua ausência na igreja aos domingos — disse ela, e a severidade do tom desmentia o sorriso amplo dos lábios — ao menos aos domingos!

— Eu vou hoje à missa — respondeu-lhe Dodôte, que se levantara do seu lugar habitual, onde estava há muitas horas. Trabalhara com afinco em sua renda interminável, e veio ao encontro de Maria do Rosário. — Ou antes, vamos nós três.

Foram juntas para o quarto, no qual Dodôte devia se preparar, mas antes, ainda no corredor, com as mãos apoiadas ao corrimão da escada que descia para o porão, ela gritou:

— Urbano! Urbano!

Esperou um pouco, com os ouvidos atentos, e quando ouviu a tarda resposta aos seus chamados, explicou-lhe, em voz muito alta e dizendo as palavras de forma bem distinta, que ia vestir-se para a missa, pois era domingo, e que ele também se preparasse. Não esperou que Urbano dissesse mais alguma coisa, e foi com Maria do Rosário pelo corredor, muito animada, com as faces avivadas por leve rubor que a tornava jovem.

A amiga, ao acompanhá-la, apressou-se para chegar junto dela e ver-lhe os olhos, e, quando o conseguiu, fitou-a com insistência, e deixou transparecer, propositadamente, uma grande surpresa na voz:

— Urbano vai também? Ele vai sair? Vai à missa? Vai conosco?

— Ele irá depois, sozinho, se quiser! — declarou Dodôte, que continuou a caminhar, e falava com firmeza.

LIII

Durante a subida para a igreja, naquela manhã paradoxal, de sol radiante e rajadas de vento gelado, Dodôte, que devia percorrer toda a parte central cidade, onde se juntavam as poucas lojas frequentadas aos domingos pela gente que vinha das fazendas, tinha que enfrentar a todos os conhecidos e todos os que a conheciam, na companhia de Maria do Rosário.

Entretanto, ela não se lembrava mais de quem era aquela figura risonha que caminhava a seu lado, satisfeita com a demonstração pública que recebia da amizade com a irmã de José, e apenas sentia a estranheza que lhe causava a primeira saída, depois de tanto tempo encerrada em casa. Parecia-lhe agora que era uma estrangeira, vinda de outra cidade, de outro país, e que se introduzia, sem preparo algum, na vida daquela gente. Intrometia-se em sua intimidade, em seus interesses e paisagens que formavam até então um ambiente fechado.

Sentia-se nova, novos os seus olhos, gastos pelas lágrimas e pela repetição das mesmas cenas, novos os ouvidos, cansados de lamentos e de gemidos escondidos, e novo o coração, que nada tinha que receber ou dar àqueles homens e àquelas mulheres que passavam ao seu lado. Alguns dirigiam-lhe sorrisos e palavras de saudação, outras indiferentes e entretidas com os companheiros, mas todos com destino desconhecido para ela.

Era também uma outra mulher que subia a rua, com seus sobrados altos e pesados, em cujas janelas e portas se viam rostos curiosos, em contraste com o ar sombrio e desolado que as suas fachadas mantinham e pareciam todas violadas por intrusos. Era uma outra mulher, que andava de cabeça erguida entre olhares esquadrinhadores, e sentia que o sangue batia em suas veias, quente e moço, e latejava nas fontes. Os cabelos, que o vento fazia esvoaçar com juvenil vivacidade, emolduravam agora um rosto rejuvenescido, onde a cor surgia timidamente, e as orelhas tornavam-se róseas.

E só essa jovem que se animava e subia com orgulho agora o ressalto que formava a entrada para o adro podia viver, livre e forte, respirar o ar das montanhas em serenos haustos, iluminada pelo sol também muito moço, que se abria em raios deslumbrantes. Rompera nesse instante os fios de sombra que a ligavam aos mortos, rasgara os véus de luto que a isolavam do mundo. Aquelas vozes sonoras, cuja vibração em alegre algazarra chegava até ela, vindo ao seu encontro, do terraço onde estavam reunidos os moços e as moças da cidade, no grande gramado ao lado da matriz, decerto lhe transmitiam mensagens de saúde e alegria, perturbadoras intrusas, que agora apenas completavam a sufocante harmonia que era ela toda, tão recente, tão vibrante e tão atual...

Maria do Rosário, que a princípio se ocupara unicamente de seu pequeno triunfo, ao atravessar quase todo o centro da cidade em companhia da irmã daquele cujo nome a maledicência ligava tanto ao seu, por fim deixou-se empolgar pela sensível transfiguração de Dodôte, provocada não sabia ela por que misteriosos sentimentos, e andava ao lado dela, e a contemplava da cabeça aos pés, com mal disfarçado assombro.

Viu com surpresa crescente a luz rosada que brincava no rosto da amiga, e a impressão de efêmera maravilha que lhe produzia esse espetáculo fez-lhe mal, e foi com leve aperto no coração que subiu com ela os degraus que separavam a rua do terreno reservado ao adro da igreja. Involuntariamente deixou que passasse à sua frente, como uma rainha ao chegar para a abertura das festas de regozijo celebradas em sua honra.

Mas logo depois alcançaram o alto, onde foram recebidas pela pompa funesta das árvores cor de ouro morto, desgalhadas, queimadas pelos ventos que ali vinham ter com violência, e pelo sol vibrante. Quando a multidão as absorveu com indiferença, já Maria do Rosário recuperara o riso, a sua arma contra o desdém que a cercava, contra a vida que ela própria corrompera, e agora eram apenas os obstáculos e os grupos que rompia, para fazer caminho para Dodôte, que a preocupava.

— Contaram-me uma coisa muito engraçada — exclamou ela, logo que pôde, pois tinham encontrado um espaço livre perto da porta principal do templo. Parou e esperou que Dodôte a alcançasse, e assim ficaram uns momentos lado a lado Aguardou que a amiga a interrogasse, qual seria a história que tinha a dizer, mas Dodôte não mostrou sinal algum de curiosidade, e então Maria do Rosário continuou. Falava e ria ao mesmo tempo, e tomava precauções para não ser ouvida pelos que se achavam mais próximos. — A viúva, sabe? Disseram-me que ela nunca foi casada, é uma solteirona tal qual eu ou muitas outras... aquele véu preto na cabeça, como usavam as velhas antigas, parecendo que estão sempre dentro da igreja, as atitudes acabrunhadas, aquele ar de não me toques que estou inconsolável, tudo é mentira, é simplesmente para se fazer interessante!

Dodôte ouviu o que lhe dizia Maria do Rosário, sem que nada em seu rosto demonstrasse atenção, e, em vez de entrar diretamente na igreja, virou-se para o lado em que o adro formava realmente terraço sobre a rua, com balaustrada de pedra. Para lá foi, lentamente, desviando-se das raras pessoas que se tinham conservado ali paradas, pois todos queriam entrar, àquela hora, para conseguir lugar nos longos bancos colocados no corpo do templo.

Agora, com a luz muito branca da manhã, ela viu lá embaixo a rua, que parecia vir ao seu encontro, com suas pedras escuras tumultuosamente juntadas umas às outras, as ervas más em luta para conseguir onde viver entre elas, algumas esmagadas que formavam caminhos, entre as lajes mais lisas, polidas pelo muito passar dos que iam e vinham.

Dodôte ficou vendo os retardatários que chegavam à escada, que daquele lado dava acesso ao adro. Ela os via subir em grandes grupos confusos e irregulares, ou então famílias que se reconheciam pela simetria dos casais atrás e os filhos na frente, ou um e outro isolado, com vergonha de mostrar-se sozinho, e toda aquela gente vinha para a missa de domingo. Todos se dirigiam para a frente da igreja, e deixavam as portas laterais para as beatas de xale, para as tímidas solteironas, todas com sua fita azul no pescoço, que se destacava em ângulo sobre os vestidos antiquados e cheios de rendas.

Quando olhava algumas destas últimas, que tinham ficado encostadas à muralha da matriz, intimidadas pelo povo que passava por elas, Dodôte lembrou-se de um fragmento de frase dito ainda há pouco por Maria do Rosário:

— Uma solteirona, como nós outras...

— Eu própria sou uma solteirona — pensou com indiferença — e talvez Maria do Rosário o tenha adivinhado, se com isso quis referir-se àquelas que não tem qualquer coisa que as prenda realmente à vida... que sejam sozinhas no mundo, sem amor, sem amparo...

Todo o tempo que vivera, depois de seu casamento, em que se vira constantemente ao lado de Urbano, toda a intromissão que se dera em seu íntimo, de alguém que não conseguisse decifrar, tinha passado sobre ela como um vento mau. Espezinhara e ferira todos os seus sentimentos, mesmo os mais ocultos e até mesmo aqueles que nunca tinham vindo ao seu coração, pois ele ficara intato, solitário, virgem ainda, e agora podia fazer essa confidência a si mesma.

No meio de toda aquela gente que se agitava, que falava alegremente, que trocava saudações animadas, ditas de longe, em altas vozes, no meio de todo aquele calor de vida, que tornava o adro tão rumoroso, ela sentiu em seu corpo o frio devorador da saudade daqueles que repelira, que afastara de si com violência, louca que era! quando surgiam diante dela, e tentavam violar o segredo de sua alma que ardia em amor sem aplicação. Com que medo, com que horror ela tornara impossível qualquer aproximação nova, que mortal emoção a fazia intratável, e não podia nunca aceitar que aquele, que tentava entrar em sua vida, devesse ser o amado...

Quantos daqueles que agora ela via de seu posto, e que subiam a ladeira com esforço, e procuravam todavia disfarçar o cansaço, o arquejar em que os deixava a marcha, com fingida segurança, para ostentar uma mocidade que já se fora, quantos tinham tentado tirar, perturbar, a sua serenidade interior, conquistada com a destruição de sua felicidade... quantos tinham, angustiadamente, suplicado que se abrissem os seus braços cruzados sobre o peito, fechados sem remédio pelo sacrifício e pela incompreensão de si mesma, e que de seus lábios partissem outras palavras que não fossem de consolo fictício, de raciocínios inteiramente despidos de serosidade e de altruísmo?

— Que dissera ela, todo esse tempo, desde que ficaram noivos, durante o casamento, a esse homem que devia vir ao seu encontro, e que ela não sabia ainda se viria mesmo, se poderia sequer vestir-se sozinho? Que ouvira dele, na convivência do dia e da noite?

Olhava agora na direção da botica, mas a rua fazia um ângulo, e dali não podia ver a humilde fachada, encostada ao prédio de cima, e ajudada pelo de baixo, muito familiar, como se fosse um grupo de pessoas ligadas pela maior intimidade.

A rua continuava movimentada, e todos tinham nas roupas e nos rostos a alegria um pouco forçada dos dias de festa religiosa. Mas Dodôte via em cada um daqueles que por ela passavam o espião implacável, a curiosa sem piedade, que guardaria cuidadosamente qualquer dos seus gestos, por mais insignificante e modesto que fosse.

Estava diante do grande tribunal que devia colher testemunhos e provas contra ela, e de nada valia a pompa, o ouro carregador que o sol derramava. As pedras, feridas aqui e ali, faiscavam e davam a impressão de caminho de conto de fadas, coberto de diamantes, por onde deveria passar o cortejo da rainha, com a enorme cauda do vestido tecido por mil mãos, tinto com o sangue de mil virgens de cabelos dourados...

Lá embaixo, oculto pelas paredes, Urbano devia ter desanimado, e decerto estava agora deitado, cora os olhos perdidos no teto, sem poder ligar as ideias confusas.

Dodôte sentiu que sua vista se tornava escura, e procurou apoiar-se no muro, sem dar, entretanto, aos que a olhavam, a impressão da terrível fraqueza que a vencia agora. Era preciso erguer a cabeça e olhar com naturalidade, apesar da louca angústia que a fazia tremer, apesar da vontade quase irresistível que a dominava de correr para casa.

Queria saber o que lá se passava, e assim fugir das reflexões que a assaltavam sobre os deveres que não cumprira, da bondade que não tivera, da injustiça de suas decisões, muitas vezes filhas do orgulho e do egoísmo.

Não poderia, entretanto, traçar novos planos, porque sentia que seriam inúteis, tão inúteis quanto toda a estéril agitação que a fizera caminhar até ali, levada por sentimentos que não devia analisar, pois seria mais uma derrota.

Olhou de novo, para ver se vinha alguém...

Urbano devia surgir da esquina que fazia um grande sobrado, cujas janelas altas abriam-se logo depois do largo beiral, ainda na mancha da sombra por ele projetada e tinham um ar de carrancudo mistério. Mas a sua figura triste não aparecera ainda.

— Ele não pode me compreender... — pensou ela e deixou cair os ombros — nem mesmo ele me compreenderia, porque...

Interrompeu-se, pois teve que fugir um pouco da multidão, que agora vinha toda para o lado onde estava. A grande massa azul da igreja projetava um enorme triângulo de sombra roxa sobre o adro, e todos queriam se abrigar do ardor do sol, agora muito forte, com a aproximação das onze horas. A meia luz colorida e aquecida pelo mormaço vindo das pedras oferecia um refúgio agradável.

Dodôte saiu da borda do terraço e caminhou para a entrada da pequena praça fechada, para os degraus que a ligavam à rua. Tornou a ficar só, tendo perdido de vista Maria do Rosário que, naturalmente, encontrara alguns conhecidos e esquecera da amiga. Enquanto andava, Dodôte tentou ainda uma vez avistar na curva das casas o vulto de seu marido, mas de lá vinham apenas figuras indiferentes, sem pressa, pois sabiam que ainda faltavam muitos minutos para o início do serviço religioso. Sentia atrás de si muitos olhos que a observavam, pois sabia que se tornara objeto de curiosidade, com a sua prolongada ausência, depois de seu casamento que fora comentado em todas as casas da cidade, muitas vezes de forma severa. Sua família contava agora mais inimigos que amigos, dispersada e empobrecida como estava.

Parou junto do pilar de granito que marcava a entrada do adro, e voltou-se para ver se havia alguém junto dela. Percebeu que estava sozinha, tendo muito próximo um numeroso grupo, que se compunha de pessoas que a conheciam, e que decerto tinham desviado o olhar, quando deram sentido de seu movimento. Mais uma vez teve a sensação de que estava representando e desta vez tinha um público real que a contemplava, disposto a assistir à cena de sua espera e da decepção que teria, quando se convencesse de que Urbano não viria...

Colheu então as mangas soltas e as abas do casaco, fechou-se nele, com um gesto instintivo de pudor, e dele as costas a todos aqueles curiosos. Mas, nesse instante viu Urbano, parado diante dos primeiros degraus da breve escadaria que vinha dar ao lugar onde ela se achava.

Hesitante, com os olhos perturbados fixos nela, ele nem sequer tentava galgar o ressalto que tinha diante de si, e que lhe parecia agora uma verdadeira montanha inacessível. Não sabia ainda bem como viera até ali, como se vestira e atravessara toda a cidade, sem responder às saudações dos que passavam adiante dele, sem parar para acompanhá-lo, assustados com o ar severo que suas feições tinham tomado, sem que ele próprio disso se apercebesse.

Deu-se então a cena que Dodôte quisera evitar, e que todos esperavam, com certeza, segundo ela pensava com irritação e com dor. Sabia que todos aqueles olhos que a contemplavam iam agora mudar de expressão, e passar da simples curiosidade para um enternecimento convencional.

Urbano continuava imóvel, sem saber como erguer os pés para alcançar o largo degrau de pedra que tinha diante de si, ali colocado para facilitar a subida ao adro. A escada restante era composta de mais dois escalões, que iam diminuindo com a diferença de nível formado pelo encontro da ladeira que vinha do Bongue com a rua principal. Ele agitava os braços, nervosamente. Procurava um invisível ponto de apoio, pois estava muito longe das duas toscas colunas que marcavam a passagem, e concertava as roupas, como se estivesse ali parado apenas para se recompor, para dar uma última demão ao arranjo de vestuário, como se não se julgasse ainda bem preparado para entrar no templo.

Dodôte, com simplicidade, desceu ao seu encontro. Já na calçada da rua, abaixou-se, em um gesto muito ágil e rápido, que fez estufar a sua pobre saia negra, sem um só enfeite e transformou-a por um segundo, em suntuoso balão. Segurou o pé direito do marido, colocou-o sobre o primeiro degrau, depois, ergueu-se, e tomou o seu braço, com a naturalidade de quem nada tinha feito de estranho, da esposa que caminha ao lado do esposo. Os dois alcançaram o patamar e dirigiram-se para o templo, de onde já vinham os primeiros sons do órgão, que anunciavam, com o repicar dos sinos, o início da missa dominical.

Junto ao grande e austero para-vento, de madeira pintada de azul e vidros foscos, eles pararam, de mãos entrelaçadas. Formaram um fugitivo quadro de felicidade, muito simples e íntima, e depois se orientaram na penumbra morna e odorante de incensos do corpo da igreja, já repleta de fiéis.

LIV

Os dias se passaram, muito calmos, e a monotonia viera tomar lugar na botica, conto um hóspede antigo, que encontra de novo, com tranquilo egoísmo, as comodidades que perdera. Dodôte tinha voltado para sua casa sentindo o cansaço de sua vitória sobre si mesma, e agora parecia-lhe que rompera um compromisso de miséria, e de tristeza, e podia enfim viver sem dor, sem pensar, na espera passiva das horas. Não era mais uma proscrita que afrontava o mundo e necessitava justificar até as últimas razões de sua existência, de fazer perdoar o lugar que ocupava, por mais desprezado que fosse.

Um orgulho novo sustentava o seu coração; olhava agora com pupilas bem lúcidas para aqueles que a interrogavam e tinha forças para cumprir todos os atos que esperavam dela.

Era o mesmo rosto que trazia, pensava agora, mas iluminado por uma luz diferente, e tinha a certeza, não sabia bem baseada em quê, de ter conseguido reajustar em seu íntimo uma personalidade mais exata. Lembrava-se das lições rudimentares de música que recebera, quando a religiosa que as ministrava lhe dissera que devia empostar sua voz, e, diante de seus olhos muito abertos de menina sertaneja, explicara a significação da palavra que ouvia pela primeira vez. Agora tentava, com o exercício cotidiano de sua vida orientada pela nova vontade, empostar-lhe a verdadeira essência, a sua unidade. E vivia momentos de esquecida paz, de vivacidade sem pensamentos, que lhe davam uma grande energia para se afirmar.

O terror que a espreitara atrás de todas as portas, os fantasmas sem linhas definidas que impediam os seus passos, as vozes que vinham do vazio, tudo se desvanecera e fugira. Agora ela não sentia mais o muro sem dimensões que a separava da cidade, isolando-a de tudo e de todos, e as semanas seguiam o seu curso, muito iguais, sem que voltasse os olhos para dentro de si mesma, pois eles estavam presos às pequenas realidades que a cercavam, e pediam o calor de sua presença.

Prendera-se ao ritmo de vida da botica, e deixara-se levar pela pobre engrenagem, sem resistir à sua força muito humilde, mas possante, e não voltara à Ponte, como era sua intenção de todos os dias. Receava sempre ver de novo a velha casa, e ter diante de si o vulto de Dona Rita, que decerto a interrogaria, e ela não tinha certeza se as perguntas perspicazes que lhe faria não poriam em debandada as confusas defesas que formavam agora a sua força.

Foi, pois, com mãos trêmulas que recebeu um bilhete da avó, trazido por Chica, que todas as manhãs ia ver sua antiga ama, e leu o recado, escrito com a letra muito firme, bem desenhada e anacrônica da velha senhora.

Era indispensável irem as duas na data marcada ao Jirau. Deviam ser feitas, com toda a brevidade, as arrumações necessárias para a mudança do que ficara na fazenda, pois a sua venda, cujas negociações se tinham arrastado desde a morte do avô, agora se tornava iminente.

Dizia Dona Rita que deviam sair da cidade de madrugada, pois desejava aproveitar as horas melhores da manhã, não só para a viagem, como para o trabalho que deviam ter. Assim voltariam no mesmo dia, sem que fosse necessário passar a noite na casa já sem mobília, as três mulheres sozinhas, pois Chica iria também.

Dodôte respondeu por escrito que iria, que estava pronta para tudo, mesmo para aceitar a ideia da fazenda passar para mãos estranhas. Foi com lágrimas que escreveu para dizer que concordava com tudo, mas, por momentos, sentiu a revolta fazer estremecer o seu coração, e seus lábios se tornaram lívidos, ao conterem a onda amarga de censura que até eles subia.

Não pudera nunca explicar a resolução da avó de abandonar para sempre o Jirau, mas agora, sem refletir, sem pensar no que tudo aqui representava, ela compreendia o verdadeiro motivo dessa medida... lágrimas correram de novo, mas agora como um bálsamo que lhe refrescava o rosto e o peito, com infinita e desesperada doçura, pois era uma preparação prudente e silenciosa para o fim que se anunciava, sem muitos amanhãs, para a sua raça...

Na véspera da viagem, Dodôte, que sabia que não lhe seria possível dormir, pois de nada adiantaria poisar cabeça nos travesseiros, tão cheia de recordações e de amargos pensamentos estava ela, resolveu ficar de pé.

Urbano já se deitara, e fechara os olhos muito tranquilo, sem lhe dizer uma só palavra sobre a viagem, nem sobre o negócio que se ia realizar. Mas, o rosto ansioso, o olhar turbado que tivera durante os dois dias de espera, diziam bem como ele sentia a dor do sacrifício que iam fazer.

Dodôte foi para a farmácia e perdeu-se em cálculos e consultas de papéis que guardara durante muitos anos, pois tinha a certeza de que a venda do Jirau, que fora resolvida sem que ela soubesse, teria consequências desastrosas para a avó, mesmo que vivesse muito pouco tempo. Se para ela e para Urbano isso representava uma verdadeira mutilação, o que não seria para a pobre senhora... e Dodôte afastou de si, muito trêmula, a visão de sua avó, inteiramente sozinha na Ponte, com seus velhos olhos banhados de lágrimas sem consolo.

Urbano, que não adormecera, vira Dodôte chegar até perto dele, bem junto da barra da cama, sentira a sua impaciência, compreendera como devia estar pálida e teve a sensação de seu olhar queimando-o, como o fogo sombrio que neles devia haver, e suportou sem pestanejar o demorado exame.

Julgara que ela ia dizer-lhe alguma coisa, perguntar-lhe o que seria possível ainda fazer-se para impedir que se consumasse a loucura da avó, pedir-lhe um conselho ou um conforto para a sua ansiedade insuportável. Mas Dodôte nada dissera, e depois de o examinar durante algum tempo, enquanto ele fazia grandes esforços para deter o tremor de suas pálpebras, saiu do quarto, na ponta dos pés. Mas, antes de bater à porta com um golpe seco, disse com voz cortante que não viria dormir.

Urbano esperava esse momento com dolorosa delícia, como uma criança, ainda com a garganta cheia de soluços incontidos, que recebe a promessa da satisfação de um capricho. Foi em queda suave que ele mergulhou em suas longas horas subitamente vazias de presença estrangeira, e elas eram tantas, tantas, tantas que tinha para passar em seu leito agora de novo solitário... a solidão efêmera que reconquistara, e cuja extensão não queria medir, não podia medir, parecia-lhe um bálsamo colocado muito de leve, por mãos sobrenaturais, sobre suas velhas feridas, que estavam sempre em carne viva, sangrando...

Seria agora uma repetição dos domingos, mas sem a inquietação, que era nesses dias uma ameaça constante para ele, o saber que Dodôte não ia cumprir o seu dever religioso da missa. Passava a manhã a ler velhos livros de medicina, ia para o quarto de dormir, onde se fechava, e ficava quase todo o dia assim, a contemplar com indecisa curiosidade a vida dormente do morro que se avistava da janela do seu lado.

O sangue parecia então achar tudo longe em seu corpo, custava a chegar às mãos e aos pés, que ficavam frios. Circulava preguiçoso e imperceptível, como a seiva de um tronco meio morto, caído lá em cima, bem na linha do horizonte, cujo desenho ele acompanhava vagarosamente com a vista. Seu coração parecia dormir, livre de esforços, sem nada que perturbasse a sua marcha implacável, mas agora amenizada pela paz absoluta, quase inconsciente, do abandono em que se achava, e que era uma volúpia a mais.

Seus pensamentos opacos, cor de cinza, acompanhavam os movimentos de uma cabra, pequena e muito viva, tão viva que de longe parecia ver-lhe os olhos buliçosos e cheios de malícia, que pastava sempre, esses dias, a relva do morro. Subia e descia a encosta, coberta de raízes negras de antigas queimadas, e de arbustos retorcidos, como se ainda guardassem em seus galhos espavoridos o terror do fogo. A crença na vida vinha então visitá-lo, muito de mansinho, com infinita doçura, a crença ingênua e profunda das criaturas que sentem demasiado, e era com surpresa que ele a reconhecia, que se convencia de que era uma simples volta, vagarosa e boa, essa visita ao seu coração cansado, tão cansado que parecia bocejar.

Era preciso então apertar o peito com ambas as mãos, para ampará-lo, para que ele não se abrisse, e deixasse escapar o seu prisioneiro adormentado, mas não vencido..

A sensação constante, persistente, de uma presença estranha em seu quarto, de olhos invisíveis que o percorriam, que o observavam com incansável atenção, de dedos que o tocavam de leve e afloravam apenas a sua pele, aumentava ainda mais o morno apaziguamento de todo o seu corpo, que se entregava inteiramente àquela mórbida inação, e parecia desfazer-se no ar, antecipar a morte.

Lá fora estendia-se o mundo, oculto e amordaçado pelas paredes e pelas portas trancadas por dentro, e ainda havia as pedras e as árvores, os muros do quintal lá adiante... Todas as armadilhas, quer fossem ruidosas e cheias de brilho, quer silenciosas, rastejantes, estavam afastadas para longe, e não o alcançariam agora.

Agora? Então estavam lá, ferozes e hostis, à espera de seu tardio despertar, para assaltá-lo e derribá-lo com suas furiosas tenazes, cortar a sua carne e despedaçar-lhe o espírito.

O horror surdo que o invadia... o lembrar-se de que a verdade evolui e cresce, não com a dureza, a retidão inflexível da maldade, e sim como uma simples aparência, ondulante, sinuosa, querendo voltar atrás muitas vezes, sempre ingrata, perplexa, sempre pronta a castigar os seus fiéis... mas hoje tudo ficará suspenso, pois a casa será só dele, e todo o espaço que ela representa será um reino absoluto e cegamente obediente.

Logo pela manhã ele levantará a cabeça e ouvirá apenas o silêncio, pois Dodôte já terá partido, e Chica vai acompanhá-la. As outras criadas foram já dispensadas por ele!

É com ansiosa impaciência que espera as horas, os sons que chegam de longe, em pancadas surdas, vindas da torre da matriz, e dos outros relógios da botica e das casas do alto da rua que anunciavam a proximidade cada vez maior do instante em que ficaria inteiramente só, em sua casa. Todos dela iam retirar-se, e ouvia ainda o ruído dos preparativos da partida, que chegavam até o seu quarto em ecos ensurdecidos. Percebia de tempos a tempos o bater de portas, o puxar de gavetas e o gemido dos armários. Todos tinham deixado a casa como um lugar de inútil tristeza, e assim era com toda a necessária coragem que ele aceitava o seu abandono, e a ideia de que era sozinho que enfrentaria os seus últimos momentos.

Com os olhos negros e sem fundo, a boca entreaberta por um sorriso injustificável, a força de viver de todo aniquilada, ele tentou deixar-se afundar em meio sono, que lhe desse a previsão da morte, no entorpecimento sinistro do abandono total...

Toda a vida se concentrava na cabeça de Urbano, e ele a sentia pejada de sangue latejante e vagaroso, que fazia com que seus ouvidos ressoassem como se uma corredeira vertiginosa passasse ao seu lado, sem cessar, cada vez mais tumultuosa e cachoante, ameaçando tudo carregar cone sua furiosa violência.

Ele sabia que de novo ia perder-se em si mesmo, que a confusão dos pequenos remorsos, das fraquezas miúdas, das vergonhas muito gastas, das maldades embotadas e do orgulho pisado aos pés, formariam um miserável mar revolto e desencadeado, onde naufragaria cada uma de suas resoluções, que desapareceriam devoradas para sempre, sem deixar vestígios. Com a mortal sucessão das horas, a decomposição iminente de seu corpo se adiantaria, e o seu espírito sobreviveria a toda a miséria que tentava prendê-lo à terra...

Seu quarto era uma sepultura sagrada, inviolável... sem saída e sem entradas, sem caminhos, sem limites, e a cama em que se deitava era o centro do mundo, mas de um mundo incolor, sem forma, que se desvanecia no silêncio.

Voltou-se para o lado onde um ruído se produzira, e o despertara momentaneamente de sua inconsciência. Distinguiu um vulto que caminhava para ele, iluminado pelo sol muito branco e morno que agora entrava sorrateiramente pela janela entreaberta. O vulto inclinou-se sobre ele, murmurou algumas palavras confusas, e suas mãos tentaram tirar as cobertas que fizera subir até os lábios.

Um pássaro, persistente e misterioso, como nos contos de fadas, bate nas vidraças que devem refulgir lá para fora, como se trouxesse uma mensagem para entregar a Urbano. Não pode ouvir bem os batidos, que parecem vir de muito longe, mas sabe que vêm da janela, porque alguém está ali junto dele e o perturba com sua presença odiosa. Ele não quer ouvir essa mensagem, mas também não quer sentir o contato repulsivo daquela sombra que se debruça sobre ele.

Sabe que se tornou supérfluo, que apenas sobrevive a si mesmo, sem nenhum sentido, sem nenhuma esperança, e, com um movimento de ódio imperioso, repele o rosto que se aproxima dele e murmura, com a voz branca de cólera:

— Sai, sai daqui, eu te odeio...

Tornou a volver-se para o outro lado, e ficou imóvel por muito tempo, mas já não podia ficar tranquilo. Todos os seus nervos se agitavam e o coração voltava a bater precipitadamente. Tentou levantar-se em supremo esforço, conseguiu reunir os membros, que pareciam esparsos longe de seu corpo, como se tivessem morrido antes dele, e pousou os pés no soalho. Pensos que era pó, por que pois deixar-se invadir por aquele horrível tormento, que lhe parecia pior que as chamas altas de uma fogueira? Ao dar o primeiro passo, teve a sensação de flutuar, e voltou a sentar-se. Agarrou-se ao espaldar, mas, ao erguer a cabeça, para uma segunda tentativa, viu fixos nos seus os olhos de vidro de uma imagem tosca que o fitavam, de cima da sua mesa da cabeceira.

Sentiu que se acalmava, que a lucidez lhe voltava, chamada pelo brilho daquele olhar, e pensou que estava naquela expressão parada e malfeita, no terrível significado que tinha, a solução de seus problemas, que apenas entrevira uma só vez em toda a vida.

Refletiu que em si e de per si nada valia, nada representava, senão o reflexo daqueles pequenos focos laminosos que o banhavam com seus raios, e o tornavam alguém, pelo amor que deles irradiava...

Suas mãos muito pálidas e incertas, agora inocentes, alcançaram a mesa de trabalho, de pinho branco, que pusera perto da cama, do seu lado, para terminar mais depressa a pesquisa que estava fazendo, e que representava talvez tudo para ele. Conseguiu alcançar a cadeira e sentou-se. Mas suas forças estavam esgotadas, e não pôde sustentar o busto que caiu pesadamente sobre as retortas e os provetes que tinha diante de si. Ouviu ainda o tilintar dos vidros que se partiam sob o impulso de seu rosto transfigurado, e o som dos cristais longos e escuros que se espalhavam e caíam no pavimento.

Com um movimento muito doce, cheio de ternura, pousou a cabeça sobre a tábua, onde corria o sangue vermelho de suas feridas. Estava tão cansado, e agora ia fechar os olhos e repousar, para sempre, na paz sem fim... mas suas pálpebras se reabriram, e as pupilas, se bem que mergulhadas em trevas viscosas, tinham agora um olhar enigmático, insustentável...

LV

Na manhã do mesmo dia, Dodôte, em caminho para o Jirau respondia, sem prestar atenção, às perguntas insistentes de Dona Rita e de Chica sobre a saúde de Urbano, e verificava com surpresa que muito pouco podia informar. Mesmo tentando reunir tudo que sabia e tudo que observara, nada podia dizer com clareza. A avó persistia em suas interrogações, como se quisesse vencê-la pelo cansaço, e forçá-la a abandonar uma suposta discrição. De certo momento em diante Dona Rita cessou de lhe dirigir a palavra, e passou a conversar em voz baixa com a ama. A princípio, ela se tinha tornado uma sua aliada, com as frases interrogativas, mas que sempre ladeavam a questão principal, e agora eram duas pobres velhas que murmuravam entre si coisas também velhas.

Dodôte todo o tempo estivera preocupada com as últimas palavras que ouvira de Urbano, quando fora despedir-se dele, em seu catre. Estaria mesmo dormindo? Perguntou ela muitas vezes a si própria, durante o dia inteiro, e interrompeu em numerosas ocasiões o serviço pesado e desagradável que fora fazer à fazenda, para refletir melhor. Uma palavra, que não sabia se fora mesmo pronunciada por Urbano ficara gravada em sua mente, e tornara-se independente. Vivia dentro dela, resistia a todos os seus esforços para apagá-la. Quando quisera beijá-lo, ouvira algumas frases confusas, tartamudeadas por ele, mas sabia que, quando despertado de súbito, demorava um pouco a voltar à lucidez, e dizia coisas sem nexo, e não prestara atenção a elas. Mas quando já estava na porta, pareceu-lhe que Urbano dizia, com inconfundível expressão de ódio, apesar do meio tom em que foi pronunciada, uma só palavra: monstro...

No primeiro momento nada sentira, e correra escadas abaixo, ao encontro do empregado que lhe trouxera o cavalo, mas, já montada, o seu coração parara de repente, e ouvira de novo, como um rebate ameaçador, aquela palavra. Tocara o animal com aflição, e o "camarada" que a seguia espantou-se da pressa da senhora, pois via que tinham muito tempo ainda, e a fazenda não era muito longe.

Na Ponte ela não quisera descer, e esperou montada. Puxava as rédeas, em um gesto nervoso, que irritava o animal, o fazia soprar com força, muito assustado, com as pernas trêmulas, e tirava, chispas de fogo das pedras, com as patas inquietas.

— Monstro...

Foi através de uma névoa que ela viu a avó e Chica descerem as escadas, muito sérias, um pouco assustadas com a viagem sozinhas com o pajem, atrapalhadas com as longas saias de merinó preto, de montaria, e subirem para os silhões de grade que as esperavam, tendo sido preparado para elas um banco próprio para montar a cavalo. Nunca tinha pensado em si mesmo com a crueza que a fazia agora compreender os motivos secretos de seus mais insignificantes atos. Abria uma janela sobre o seu passado como se fosse sobre um báratro sem fim, horrendo pela sua pequenez numerosa, pela inumerável miséria de suas covardias e das pequenas mentiras. Acima de tudo pairava o monstro, sem forma, invasor, sufocante...

Todo o percurso até o Jirau ela o fez como se fosse carregada, sem conseguir orientar o animal, que espumava, nem orientar a si própria, não tendo chegado a uma conclusão sobre o que devia fazer, na sua volta...

E, na volta, quando regressava da cansativa viagem sem compreender como dona Rita e Chica se mantinham eretas em suas montadas, talvez desfiando silenciosamente seus rosários, o da avó de ouro, com uma grande cruz com relíquias, e o da ama de contas feitas de lágrimas-de-nossa-senhora, que fazia tilintar a todo momento as incontáveis medalhinhas de vários santos, Dodôte ouviu o grito solitário de um pássaro. Vinha da mata entorpecida e sonolenta, depois do dia de sol, e ficou imóvel, mas aquele som repercutiu em seu coração como um aviso sinistro.

As árvores baixas abraçavam-se umas às outras, fechavam a estrada, como se quisessem impedir qualquer invasão em seu seio incoerente e negro, e escondiam o fundo do céu. O pio muito alto, em uma só nota, que se elevou na imensidão e tombou subitamente, fez com que tudo se calasse em roda, para escutá-lo, na esperada agoniante do que ia acontecer depois.

Dodôte sofreou o animal, por um instante, e olhou para trás, no desejo de que a socorressem, de que a livrassem da ideia de morte que lhe viera, como uma frechada envenenada, partida do cerrado hostil. Mas viu apenas as duas velhas mulheres, e o mulato que as acompanhava a certa distância, sonolentos e vagarosos, sem o menor sinal de vida e de interesse pelo que se passava ao lado deles, empenhados maquinalmente em chegar à cidade, antes do anoitecer completo. Mais atrás vinham duas bestas de carga, que faziam balançar violentamente os dois enormes jacás que cada uma trazia presos de um lado e de outro, cobertos com couros cheios de pontas, e neles vinham o que tinham ido buscar ao Jirau.

Pobres documentos que já não deviam ter valor, e que no entanto tinham desencadeado verdadeiras guerras de família. Pobres livros com dedicatórias mal escritas com tintas amareladas pelo tempo, mais velhas e mais erradas que os seus textos, tristes pratas amassadas e escurecidas, cobiçadas por tantos que já não mais as teriam, colhidos pela morte...

Quando as duas viajantes a alcançaram, Dodôte viu que ainda rezavam os terços, que mantinham nas mãos, sem que cuidassem das rédeas, pois os animais sabiam que voltavam e caminhavam sozinhos, também ansiosos pela chegada.

Já era tarde e estavam longe... não se avistava ainda a cidade, escondida pelas montanhas que entravam umas nas outras, e o céu, muito lívido, cobria-se de manchas longas de sangue que anunciavam a morte do dia. As grandes samambaias esgalhadas, da margem da estrada, agitavam-se febrilmente, tocadas por uma brisa que não chegava até ela, e segredavam umas às outras, muito baixinho, coisas que ela não compreendia... era uma música inacessível, misteriosa, fora de tudo, e Dodôte sentiu que devia ir ao encontro dela, e fugir daqueles que a prendiam ao mundo estreito, à estrada que corria à sua frente, vencedora e livre...

Apeou-se, de um salto lesto, como o fazia em menina, quando todos os cavalos da fazenda a conheciam e obedeciam à sua voz. Andou a pé, de ombros erguidos, a cabeça levantada e respirou em grandes sorvos o perfume acre do mato, que se preparava para adormecer. Lembrou-se da figura da primeira dona do Jirau, da sua verdadeira criadora, que ia e vinha por seu pé, apesar de ter já oitenta anos, despreocupada do bom e do mau tempo.

Sabia agora que era o verdadeiro amor à terra que a fazia agir assim, apesar das censuras e dos ásperos conselhos que ouvia com indiferença. Sentia-se, como então acontecia com ela, bem ligada ao chão pouco fértil, muito avaro de seus tesouros. Punha os pés com força na areia onde devia haver ouro, e corria em compridas faixas brancas salpicadas de pontos brilhantes.

A embriaguez que sentia agora, que lhe dava uma sensação de força e de pujança, que a fazia esquecer que aquela estrada não mais ligava o Jirau à sua casa da cidade, pois decerto nunca mais voltaria por ela, agora que as terras tinham passado para mãos estranhas, devia ser a mesma que fazia a velha senhora sonhar, muito pequena e dura, em seu vestido também muito liso e negro, naquela imensidão, esquecida de sua idade e das desgraças que se multiplicavam em torno dela.

Dona Rita, Chica e o pajem tinham passado ao seu lado, e obedeceram ao gesto que fizera, indicando-lhes que fossem adiante, que andassem, porque ela os acompanharia, sempre desmontada, e o seu cavalo seguira o grupo, rinchando muito alegre. Ficou parada, por algum tempo, e olhou em torno de si. De um lado e de outro abriam-se vales profundos, já mergulhados nas trevas e ocultavam cautelosamente o segredo pungente de seus brejos, cobertos de lírios envenenados, cujo encanto maléfico chegava até suas narinas em ondas carregadas de estonteante odor.

Mas, no alto, o céu fugia velozmente, e já estrelas se acendiam, muito desmaiadas ainda, malseguras, quase a desprenderem-se de seus engastes em fundo cinzento. Longe, até os horizontes perdidos em névoa, ela via a sucessão em tumulto de picos e de cabeços de formas pressagas, sempre novas, sempre sinistras, implacáveis em sua repetição infinita.

— Como tudo é grande, como tudo é longe... — murmurou ela. Andava sempre, percorria o caminho com seus passos pesados, e seus braços se cruzaram sobre o peito, na atitude recolhida e grave dos peregrinos que se dirigem para o santuário, agora próximo, depois de longa viagem, por países inóspitos e inteiramente desconhecidos.

A vaga e confusa afirmação, que de novo se formava nela, vinda de antigas tentações, de que, se saísse daqueles que amava e estendesse seu amor àqueles que lhe davam sempre compaixão, e àqueles que para ela representavam apenas uma fonte inexaurível de inquietação, não estaria mais sozinha... essa pobre compreensão de seus males, que se reuniam em um só, e venciam sua alma dolente, penetrava-lhe no espírito, e tirava de tudo que a cercava a aparência de realidade.

— Deus não está comigo — queixou-se ela — está com todos...

Caminhou sempre para a frente, com o rosto fustigado pelos golpes de ar que vinham das abertas da mata, agora mais frequentes. Ainda percorria um pequeno planalto, suspenso na cumeada da serra, e depois seria a descida, do outro lado daquele espinhaço.

Andava lentamente, com passo seguro, esquecida de que viera com a avó e com Chica, perdida na nova possibilidade de viver que se abria à sua frente, por tortuosos caminhos, livres das esperas sombrias da loucura, que tantas vezes se tinham ocultado à sua passagem, sempre prontas a saltarem sobre seus ombros, sempre renovadas e transformadas, mas sempre presentes.

Quando os vapores do vale, que tinham caído para o fundo das grotas, levados pelo próprio peso, começaram a subir, trazidos pela ausência do sol, e a envolveram toda, sua silhueta diluiu-se em um halo cinzento. Uma grande arrepio percorreu-lhe o corpo todo, e a fez despertar, e então sentiu a tristeza exterior, a tristeza soberana daquela noite que se iniciava no descampado.

Já a cidade, ainda oculta pelo véu espesso, pela cinza impalpável da névoa, chegava até ela, trazida pelos seus lentos ruídos, ensurdecidos pela distância, pelo respirar de sua vida preguiçosa, de sono desalentado e de melancolia, e Dodôte compreendeu que era necessário apressar-se, porque lá na botica a esperava uma angústia nova. Chegou até o grupo escuro de seus companheiros de viagem e viu que o cavalo em que viera montada estava sendo puxado pela rédea por seu pajem, e fê-lo parar, para esperá-la.

Montou e chicoteou o animal, que partiu em meio galope. Chegaram até ela os gritos discordantes da Dona Rita e de Chica, que lhe pediam que esperasse, mas não quis ouvi-los, pois sentia um grande alívio, um estremecimento de vida em seus membros, agora agitados, sacudidos pelo trote rápido.

Tinha urgência em chegar, e ansiava por encontrar Urbano, ver a sua figura fugidia, ouvir a sua voz distante, fechar-se por muito tempo em sua casa, rodeada pelos móveis que a protegiam e ajudavam a viver, iluminamos pela luz das lâmpadas mortiças, que lhe davam um tom fantástico, em sua austera singeleza.

Mas teve que parar na Ponte, descer, para fazer apear Dona Rita, que vinha toda anquilosada, com dores causadas pela longa imobilidade, presa ao silhão como viera, e entregá-la às criadas, que decerto já tinham preparado cozimentos de ervas conhecidas só delas. Quando quis de novo montar, para continuar o caminho, agora breve, ouviu Dona Rita ordenar a um preto velho, que as viera receber à porta, e ficara segurando os animais, que recolhesse a besta carregada de papéis e de objetos que vinham do Jirau. Dodôte sorriu no escuro e sentiu que o peito se apertava, pois via que ainda estava bem longe da confiança da velha senhora, que não aceitava ainda a sua ingerência nos negócios da família, senão como uma sua auxiliar sem iniciativa.

Mas ia enfim chegar à sua casa! Deveria mais uma vez procurar desvendar a verdade que se ocultava em detalhes, e destruir com essa busca muitos dos pequenos carinhos que a vida lhe oferecia tão parcamente? Subia o beco que conduzia à rua principal, e tudo parecia extraordinariamente triste e deserto, apesar de não ser tão tarde. Os cavalos, muito cansados e também ansiosos por chegar, tropeçavam com frequência, e Dodôte via o vulto de Chica dobrar-se violentamente, cada vez que a besta que a trazia afocinhava, para depois se levantar com dificuldade sempre crescente.

Chegaram enfim em frente da botica, e Dodôte ficou um pouco atordoada, pois cessara, de repente, o tropel que a sua pobre caravana fazia, e o silêncio se tornou absoluto. Tudo estava silencioso naquele trecho da rua, mergulhado em meia escuridão, e a botica tinha todas as portas e janelas fechadas. Havia uma calma de sono profundo, que fazia da rua uma grande alcova.

Dodôte desceu muito devagar, e ficou alguns momentos parada, para despachar o homem que as conduzira. Depois, tomou o braço de Chica, e as duas subiram os poucos degraus que levavam à porta da casa. Abriu-a com estranha facilidade. Parecia que alguém ajudava, e a puxava para dentro.

    O corredor estava às escuras e as duas mulheres entraram por ele, muito unidas uma à outra, até a sala de jantar, e caminhavam em silêncio, sem ânimo de chamar, com medo de perturbar aquela paz profunda e um pouco assustadora que as cercava. Já na sala, encostaram-se à mesa e tomaram coragem, e nesse momento Dodôte viu que, por baixo da porta de seu quarto de dormir, passava uma réstia de luz muito pálida, bruxuleante, e sentiu-se pacificada por aquele sinal de tranquilo repouso. Com certeza Urbano dormia sossegadamente e esquecera-se de apagar a luz, ou deixara acesa uma lamparina, por estar só.

    Chica foi para dentro e pouco tempo se demorou. Trouxe leite e biscoitos, e ficou de pé, junto da mesa onde a sua sinhazinha se sentara, para assistir à refeição noturna, muito calada, de olhos fechados e encostada à parede. O silêncio se fez ouvir melhor em torno delas, e tomou uma profundidade que as fez olhar para os lados, como se estivessem em lugar desconhecido e abandonado.

    Dodôte sentia o peso das pálpebras descaídas, que pareciam petrificadas pelas lágrimas que vertera sem que disso se apercebesse, durante a viagem. Agora seus olhos ardiam e se umedeciam e fitava com dificuldade a vela acesa, que lhe tinham posto ao lado.

    Parecia-lhe inquietante, ameaçadora, a calma que a rodeava, e levantou-se e foi para o quarto, sem dizer uma só palavra à ama, a quem dirigiu um simples adeus com a mão.

    Fechou-se por dentro, cuidadosamente, e Chica, que a acompanhara com os olhos, suspirou, e foi para a cozinha levar a simples bandeja de madeira em que pusera a tigela de leite, o açucareiro e os biscoitos. Ao sair da sala escutou ainda o som hesitante dos passos de Dodôte dentro do aposento, mas logo, transida, fulminada de terror no lugar onde estava, ouviu um grande grito, que estrugiu de repente, sobre-humano, em duas notas, uma aguda e outra grave.

    Chica ficou como uma estátua no meio do corredor, e mantinha nas mãos imóveis tudo que trazia. Depois de um momento, moveu-se e levou a bandeja que tinha nas mãos para a cozinha, pousou-a sobre a pia, abriu a torneira, lavou as vasilhas lentamente, enxugou-as e guardou-as no grande armário aberto na espessura da parede. Só depois de tudo feito com meticuloso cuidado é que, como uma sonâmbula, veio até a sala de jantar, e chegou perto da porta do quarto onde vira sua menina entrar, e escutou, com o coração muito calmo. Suas batidas eram lentas e surdas, e, por isso, poderia distinguir qualquer ruído que viesse de lá de dentro, mas nada ouviu nem sentiu.

Foi então que a maçaneta girou e a porta abriu-se devagarinho, diante dela, e seus olhos tornaram-se brancos, suas pernas se dobraram, depois o corpo, e aos poucos, lentamente, estendeu-se no chão, e apertava as unhas de encontro às palmas das mãos...

LVI

Dodôte, que surgira à porta, muito branca e com os olhos fixos, assistiu ao verdadeiro desabar da pobre negra, que não pudera resistir ao terror da espera do que se passava. Ajoelhou-se, sem que se alterasse o seu rosto, diante do corpo da mucama, e, com gestos cautelosos, levantou-lhe a cabeça, que caíra desamparada no chão, e abriu-lhe as pálpebras, ainda inertes. Depois, colocou-a de novo no soalho, com secura, e levantou-se, para ir até o recanto da sala onde estava a grande talha de barro escuro: tirou um copo do aparador, encheu-o d'água, e veio de novo para junto da Chica, que continuava sem se mover. Então, com um movimento rápido, sem se curvar, atirou o líquido sobre as faces da velha preta, e ficou ao seu lado, em pé, muito hirta, com os braços caídos ao longo das saias, à espera de que ela voltasse a si e se refizesse do ataque que sofrera.

Chica estremeceu, ao receber em cheio o golpe de água muito fria, levou as mãos tateantes à boca, e, de repente sentou-se de encontro à parede, onde ficou encostada um instante, sem abrir os olhos. Encolheu-se depois, e pôde levantar-se, não se apoiando ao longo do muro, com a presteza de uma criança, e, sem dizer palavra, sem olhar para Dodôte, foi para a cozinha, onde não acendeu a vela, auxiliada apenas pelos seus olhos noturnos, e retornou a tarefa que ainda estava por fazer.

Dodôte seguiu-a até lá, e esperou que ela parasse um instante, para bater-lhe no ombro. Chica voltou-se, sempre de olhos baixos, com a boca estreitamente fechada, e, encostada à pia, ficou à espera do que a sinhazinha ia dizer.

— Você vai já à Ponte, chamar minha avó, e depois vai à casa do médico e à do senhor vigário, e diga a todos que eu mandei dizer que venham aqui imediatamente.

Falava com voz um pouco rouca, mas muito calma, com o rosto impassível, e a negra escutou as suas ordens como se viessem de uma pessoa inteiramente estranha.

Sacudia a cabeça, com brusquidão, foi ao quarto dela, em silêncio, apanhou o xale de xadrezinho preto e branco que achou sobre a cama, e saiu, com muita pressa, sem olhar para trás.

Dodôte sentou-se na cadeira que sentira perto, e deixou-se ficar no escuro, sem se mover, sem sequer levantar para o regaço os braços que caíam inertes, e parecia que seus sentidos se tinham embotado. A casa, em torno dela, voltou ao silêncio pesado em que estava mergulhada, e tudo morreu nas trevas. Seus olhos escureceram e apagaram-se aos poucos, e naquele canto tudo era sombra, pois também ele era apenas uma sombra entre as outras...

Mas, no fundo de seu cérebro anuviado, vivia e latejava o medo, como único princípio de vida, na sala morta, na grande massa sombria da casa, na cidade toda negra, e lá fora.

LVII

Tinha procurado no amor daquele homem, pensava ela, imóvel no seu canto, como um animal nocivo e perseguido, tinha procurado no amor daquele homem o amor dos homens. Para ele se dirigira com as mãos estendidas, os olhos cegos, mas houve um dia em que, a um gesto seu, diante de palavras que dissera, e que não sabia se realmente fora ela mesma que as pronunciara, pois tudo se passara sob um estranho signo, e parecia que anjos diabólicos teciam a trama desses instantes sem nome, um gesto que ela não recordava se de ameaça, de partida ou desamparo, vira, de repente, erguer-se de seu lado um homem diferente. Que amargura a fizera proceder como procedera? Não podia explicar a si mesma porque deixara abrir-se a brecha, praticar-se a cesura, que se tornou incompreensível e logo sem limites. Tinha agora junto de si um homem, que caminhava pela vida como um estrangeiro, que conhecia toda a sua carne, e não sabia quem ela era.

Não tentara fazer-se conhecer, desvendar o seu coração diante daquele ser que enchia os seus dias e suas noites como um fantasma devorador, e velara os segredos que nela se escondiam. Suas frases cobriram-se com o véu de um falso pudor, e todas as suas palavras não eram compreendidas, e não podia mesmo ser entendidas, pois tinham todas sido esvaziadas de sentido e de amor.

— Monstro...

Parecia-lhe vir do silêncio sufocante do quarto, cuja porta se desenhava esquálida e fantástica no fundo da sala, iluminada pela lamparina que ameaçava extinguir-se, parecia-lhe vir aquela palavra que a acompanhara o dia inteiro. Fechada no silêncio e no medo, ela compreendia agora a sua infinita covardia, e como tinham sido rígidas as leis da maldade que a guiaram...

O verdadeiro fantasma era ela própria, pensava, e suas mãos agora crispadas rasgaram os seus vestidos, e a cadeira isolada onde se deixara ficar transformou-se em sinistro tribunal, onde não via salvação possível. Seria preciso tudo destruir, tudo matar e reduzir a cinzas!

Sua alma voltaria, lavada em sangue, para o ponto de partida, de onde se encaminhara para horizontes túrbidos, com os olhos sempre presos a si mesma, e trilharia outras estradas, inteiramente diversas das que seguira. Não sabia se tinha forças para tamanhos trabalhos, e morreria perdida de tristeza e desalento sem remédio.

Começou, então, fugindo de si mesma, uma dolorosa e hesitante recapitulação de todos que a tinham amado. Via surgir diante de si, nas sombras vacilantes, vindas do esquecimento e da incompreensão, máscaras sucessivas que passaram em seu pensamento dolorido, todas de olhos vagos, obscuros, insensatos, que a fitavam sem vê-la, sem que houvesse um raio de entendimento neles, sem que ela pudesse ver sua imagem neles reproduzida.

Não olhavam para ela mesma, e sim para alguém que não podia reconhecer, que vivera e se interpusera entre ela e cada uma daquelas aparências. Agora assistia, apavorada, aquela sequência de aparições fanadas e sem relevo, e as via desaparecerem para sempre. Nada divisava, atrás delas e não decifrava a linguagem que agitava suas bocas mortas, nem entendia a expressão que modificava o conjunto de seus traços, decompondo-os.

Como vivera só, presa em si mesma, na agitarão intensa, enorme, de palavras e gestos que tinham enchido sua vida, em uma procissão ruidosa e dançante! Nela tivera tempo apenas para entrever algumas lacunas, abertas com a morte de um ou outro que desaparecia sem lágrimas, ou então fugiam de suas mãos e tinham recusado seus braços. Passaram, indiferentes e vazios, ruidosos e inúteis, e deles ficara unicamente uma fugidia marca, um gosto indefinível em sua boca, que logo adiante se abria, esquecida, para novos risos, sem alegria, comum, mas com os mesmos lábios que tinham servido para sustentar com eles longas conversações e diálogos de ilusória aproximação.

Entregara-se à vida, mergulhara em sua corrente sombria, fora por ela arrastada sem resistência possível, sem saber nunca o que seria o dia de amanhã, e agora via-se atirada à margem, por um remoinho das águas que continuavam a correr, para o destino desconhecido. Parecia-lhe, deixada ali naquele recanto, que morrera há muito tempo, e era apenas uma sobrevivente de si mesma, uma simples projeção de sua alma que se encolhia na cadeira, rodeada de trevas.

Os amigos tinham ficado para trás, cansados e perdidos na agitação estéril que havia longe dela, as verdades tinham envelhecido, gastas pelas pequenas amarguras e pelos desenganos medíocres, e seus dias despiram-se de mistério, desvendados todos por ela mesma, que nada tinha para pôr em seu lugar. Sentia a sensação muito humilde de que os outros a conheciam melhor do que ela mesma a si própria, e tinham todos mil razões de queixa e justos motivos de desprezo, que ignorava sempre, em sua inocência paupérrima.

A vida fugira, e adivinhava, com pavor indeciso, que voltava ao nada, que sua personalidade se dissolvia, que a sua criação se perdera em atalhos numerosos e sem nome. Agora, já não era possível o esforço poderoso, lento e contínuo que seria necessário para fazer dela uma criatura real, que pudesse chegar até o fim.

Há já milhares de anos que se sentara naquela cadeira, de onde não mais se levantaria, e ninguém viria libertá-la daquele pesadelo espesso e denso, que a enlouquecia, queimava os seus olhos sem uma lágrima, e pesava em seu peito sem um soluço. Era um desespero morno, vagaroso, que a invadia em marcha quase imperceptível, aniquilando uma a uma as suas energias...

Mas, finalmente, chegou o médico, antes de todos, e ainda pôde ouvir que ela murmurava, no escuro da sala onde foi encontrá-la:

— Não sei se alcançarei minha morte...

LVIII

Dodôte, quando reconheceu o médico, e viu que se tinha quebrado com sua presença ruidosa o encantamento que a prendera na sombra, ergueu-se como um autômato e levou-o para o quarto de dormir, onde estava Urbano, e ficou encostada na porta, sem ânimo de dar um passo mais. Logo depois, porém, ouviu-se na escada o raspar dos sapatos ferrados do vigário, que se dirigiu para onde eles estavam. Então, ajudado pelo médico, conseguiram tirar o corpo de Urbano, que estava debruçado sobre a mesa, como se dormisse, e o transportaram para a cama, que encontraram feita, preparada com uma grande colcha branca.

Foi então que perceberam que Dona Rita tinha chegado e, ajudada por Chica, tinha arrumado silenciosamente o quarto. Sobre a cômoda fora estendida uma toalha de linho toda aberta em crivo, que tinha servido para a apresentação de Urbano no dia de seu batizado, e que sabia onde se guardava, desde os tempos da mãe dele. No meio puseram um alto crucifixo, de madeira negra e encarnado, aos lados os candelabros de prata com grandes velas de cera que sempre estavam perto dele, no quarto dos santos, e junto da base da cruz o copo de cristal lavrado, com água-benta e um ramo de alecrim.

Depois de tudo arrumado é que as duas derme por falta de Dodôte, e a foram buscar, de junto do alizar onde se encostara, e a conduziram, cada uma segura a um braço, até junto do corpo de Urbano, agora estendido na cama, sobre as cobertas. Dodôte caminhava de cabeça baixa, e, ao chegar aos pés do catre, ajoelhou-se muita calma, com os nervos entorpecidos.

Parecia-lhe que se tinham acabado as dúvidas, e que agora encontrara enfim o papel certo para representar, que estava dentro de suas forças. Não tinha certeza completa dos detalhes e das minúcias que seria preciso respeitar, e tornava necessária uma atenção vigilante de todos os momentos, uma prudência calculada e muito sensata para fazê-los vivos e compreensíveis.

Por medo de faltar às obrigações que impunham a sua figura naquele momento, ela cruzara as mãos sobre o peito, e abaixara o rosto lívido, sem encontrar alívio algum. Pensava, no fundo de si mesma, e sentia triste vergonha por ter esses pensamentos, que devia chorar, e talvez até desmaiar, como vira outras viúvas fazerem... mas seu espírito estava terrivelmente lúcido. Nem, de leve, sentia suas mãos tremerem, e os lábios estavam apenas secos, sem mais nada.

Ouvira as frases graves e comovidas que lhe tinha dito o médico, e depois o vigário, quando foi feito o exame no corpo deitado no catre, e verificaram que nada mais podia a ciência dos homens. Ouvira tudo e compreendera muito bem o que tinham dito, e foi com dificuldade que conteve um gesto de impaciência ao perceber que eles a olhavam espantados e penalizados, como se tivessem receio de estar se dirigindo a uma louca. Mas, apesar do esforço que fez para dominar a estranha paralisia que a impedia de mover os lábios com facilidade, não soube bem o que lhes dizia em resposta. Muito tempo depois ainda se lembrava apenas de ter murmurado qualquer coisa ininteligível.

O doutor Guerra e o Padre Olímpio a tinham encarado com desconfiada admiração, porque, apesar de sua simplicidade e franqueza, tinham sido sensíveis ao desencontro que havia entre os olhos cintilantes de aguda inteligência de Dodôte, e o arrastar de sua voz, incapaz de articular qualquer coisa, além da mortal palidez de seu rosto, cheio de pequenas sombras roxas.

Ela mesma sentira o divórcio entre o que diziam e os seus pensamentos. Eles não coincidiam com o que se passava em torno dela, e resolveu esconder o rosto entre as mãos, pois que uma grande confusão ameaçava dominá-la.

Assim, quando o velho médico se inclinou para ela, e disse-lhe que se retirava, chamado por doentes que o esperavam, Dodôte apenas entreabriu os dedos e espreitou entre eles. Olhando furtivamente para o rosto enrugado que se achava perto do seu, fechou os olhos e nada disse.

À luz pobre das velas, colocadas sobre a cômoda, julgara ver naqueles traços uma piedade insultante, o respeito mais triste do que a pior das zombarias.

Sou a repudiada... pensou. Sua loucura, suspeitada por muitos, e agora confirmada pela representação indigente que fizera diante daquele homem, seria agora uma certeza, a verdade de todos, e não saberia nunca fazer tudo voltar à normalidade, pois estava sozinha contra os que viriam vê-la, para o velório. Descobriria, invariavelmente, o medo nos olhares que lhe dirigiriam, e perceberia, nos gestos provocados por sua presença, a tristeza e a compaixão, de mistura com o ódio.

Ódio? Ódio sim! E desafiaria os acusadores covardes que a fixassem, os pretensos juízes que se pusessem à sua frente, as mulheres que ririam dela. Desafiaria a todos com seus olhos fulgurantes, e puxaria os cabelos para trás, com violência, para que o mundo visse bem a sua fronte muito alta e lisa, sem um só vinco de preocupação e de remorso.

Pisaria firmemente, batendo os saltos com secura, e subiria e desceria as ladeiras intermináveis da cidade, com suas casas pejadas de curiosos, sem o menor sinal de cansaço, sem a mais leve hesitação em sua marcha orgulhosa. Passaria inteiriçada, de cabeça lançada para trás, os olhos livres e brilhantes, diante das janelas misteriosamente cerradas, que ela saberia cheias de olhos inquisidores e zombeteiros, daqueles que desprezava pela sua miséria, apesar da riqueza que ostentavam.

Apoiara-se agora na guarda da cama, e sentia no rosto a ponta da colcha, que era áspera e muito forte, decerto escolhida pela avó entre as novas, que não tinham sido usadas ainda.

Com o descanso que representou para ela esse apoio; perdeu-se de novo em suas reflexões, que se tornaram, dentro em pouco, verdadeiras cenas que se construíam em sua mente, em sucessão rápida, e se destruíam umas às outras. O sacristão da matriz recusa a sua entrada na sacristia, e enquanto lhe diz as razões para essa exclusão disfarçada, torce as mãos muito peludas, manchadas de nicotina, e sua voz gorda perde-se em explicações. Os lábios roxos se apertam, os olhos empapuçados se arregalam, tudo na expectativa de uma explosão de raiva, sempre possível, dada a sua loucura latente.

Mas, nada diria. Abaixaria a cabeça, muito tranquila, sem que um estremecimento sequer em seus lábios deixasse transparecer a menor emoção, e se voltaria lentamente, para retirar-se, fechada em si mesma, muito distante, sempre envolta em vestes lutuosas, que fariam dela uma sombra, toda de silêncio e de resignação humilde.

Algumas pessoas, advertidas por Chica, ou por terem visto o médico e o vigário se dirigirem para a botica, onde logo se soube que havia um morto, tinham chegado, e organizou-se o velório, com luzes acesas e orações ditas em cantilena, que deviam se prolongar pela noite toda.

Subvenite, Sancti Dei...

LIX

Era muito pesado o papel a representar, e Dodôte sentia que todo o seu corpo queimava, dolorido e alquebrado. Levantou-se, quando viu que o quarto estava cheio, e foi para a porta, onde ficou, em pé na soleira, toda a noite, sem querer aceitar as palavras de consolo que lhe dirigiam os que chegavam e os que saíam.

Recusou-se a formar grupo com as senhoras, que se reuniram a um canto, sentadas nas cadeiras que tinham sido postas enfileiradas junto à parede, e que a olhavam de soslaio, entre suspiros, e abanavam a cabeça, com expressão de tímida e amarga censura nos olhos.

Viu passar, um a um, os que procuravam Urbano na farmácia, e que ela não poderia chamar seus amigos. Vinham, à medida que eram informados, cumprir com o dever de ajudar no velório, mas reuniam-se junto do corpo do dono da botica, como o faziam quando ele estava vivo. Talvez, em caminho, tivessem continuado o que diziam em sua conversa habitual, interrompida na véspera, quando a farmácia se fechara pela última vez, sem que o soubessem.

Guiados pela voz rouca e ciciante do padre, chegavam até ela, em ondas irregulares, os sons tão conhecidos das ladainhas e das rezas dos mortos, cantadas em surdina pelas mulheres que estavam ajoelhadas, algumas com o rosto quase encostado no chão, e outras de lenço puxado sobre os olhos. Vinham de envolta com o perfume do incenso e o calor das velas, com eles formando um pesado conjunto, que sufocava Dodôte.

Alguns dos que a ela se dirigiam tinham o rosto banhado de lágrimas, e muitas das senhoras apoiavam a face em seu ombro, e soluçavam durante algum tempo. Dodôte murmurava algumas palavras, mas eram notas ásperas que saíam de sua garganta muito seca, e depois que a pessoa a quem as tinha dito se retirava, as analisava com indizível severidade, mergulhada na sombra que fazia dela um vulto indistinto.

Suas mãos intranquilas se agitavam, de quando em quando, e concertavam febrilmente as dobras da mantilha negra que a avó lhe lançara sobre os cabelos. Retirava-se para dentro do corredor, deixando passar algumas pessoas, enquanto dominava a revolta que a perturbava, pois reconhecia que tinha mentido, que dissera mais do que sentia, ou mais do que era necessário ter dito.

Ficava fechada em suas ideias, tão sombrias quanto o seu véu rendado de viúva, e o rosto muito exangue, os olhos pávidos, não combinavam com a luta seca e estéril que se travava em seu íntimo. As queixas que deixava escapar, quando ainda mantinha nos braços uma amiga soluçante, ela as examinava logo depois de saídas de sua boca, e as julgava calculadas e egoístas.

Monstro... era só em si que pensava, era unicamente sobre si mesma que chorava, e parecia-lhe que bebia suas lágrimas, que abafava os soluços para não perder suas energias, para não gastar sua resistência, reservando tudo para viver ainda. Tinha vergonha de ouvir o que diziam em torno dela, e sentia que os olhares de comiseração que a fixavam tinham um poder maléfico. Perseguida por essas sensações contraditórias, achava que se esquecia, a todo o momento, do verdadeiro "motivo" de tudo, que lá estava estendido sobre a cama, branco de cera, com um leve e divino sorriso nos lábios. Por entre as pálpebras, deixava escapar, quando nele batia o clarão das velas, um brilho metálico, sem oriente, que se apagava repentinamente, e dava uma estranha vida à sua fisionomia.

— Ninguém gosta de mim... — repete em seu íntimo, como um interminável refrão, ensinado por desconhecido demônio — ninguém quer olhar para dentro de mim, saber o que se passa realmente em meu coração... todos veem apenas a minha aparência, e vão passando...

Um ruído surdo, como o bater regular e profundo de um coração muito sereno, desde que ela se encostara ao alizar, e fora dele se afastando insensivelmente, acompanhara o seu pensamento. No princípio julgara que era o seu próprio coração que martelava, com implacável isocronismo, mas à medida que recuava, o som foi se fazendo cada vez mais forte, e agora era um gigantesco metrônomo que marcava o compasso das frases de desespero que se formavam em sua cabeça.

— Terei que caminhar para sempre entre estranhos. Terei que caminhar para sempre na estrada sem destino que se abre diante de mim. Terei que caminhar para sempre ladeada por altos muros que se afastarão à minha passagem.

Até onde irei, nesse caminhar cego e interminável?

Alguma coisa fê-la parar em seu recuo. Na parede, onde se encostava, e que roçava com o ombro, cada passo que dava para trás, surgira um obstáculo, que reconheceu pelo tato, antes de compreender que era dali que vinha a voz que a acompanhara naquelas horas todas.

O grande relógio de armário, muito alto, muito velho, em sua madeira negra e já carcomida, marcava os minutos com suas batidas calmas, e o trino estridente das horas e meias horas vinha, a espaços certos, como um grito de pássaro noturno, interromper a sua marcha. Mas agora, que sabia bem o que era, parecia-lhe ouvir os passos de Urbano, quando passeava de um lado para outro, com a dor impenetrável que o envelhecera em poucos meses, ou então, não vinha de seu peito aquele rumor monótono, mas sim do corpo que lá estava estendido...

Para fugir das ideias que se atropelavam, e que ultrapassavam já as forças quase esgotadas, Dodôte contou os minutos. Quando perdia a contagem ansiosa deles, recomeçava com diligente afinco, mas vinham as batidas das horas, e eram sempre uma dolorosa surpresa. Queria saber quantas eram, e, ao mesmo tempo, não podia perder a seriação de números que surgiam, com regularidade absorvente, e precisava saber quantas ainda faltavam para a libertação definitiva, para o sossego radiante que devia chegar...

Uma vitória! E Dodôte passou as mãos pelo rosto, avidamente, e nele sentia que se formara, pouco a pouco, malgrado seu, uma expressão desvairada, muito crua, sem nenhum disfarce.

Tentou apagá-la, escondido das pessoas que a rodeavam, e que, decerto, tinham visto esse seu momento de denúncia. E conseguiu-o, como por encanto, mas sua boca contraiu-se em um horrível sorriso, e foi como se despertasse repentinamente. Sentiu em sua alma a agitação da madrugada, de alguma luz que brotava, e que devia iluminar por dentro a palidez transparente de sua face.

Só então pôde separar-se da parede que não a deixava cair no chão, sem amparo; pôde sair, andar pelo corredor, e alcançou a porta da rua, e desceu silenciosamente os degraus que nela havia.

Horas depois, o padre levantou-se da cadeira onde dormitara um pouco, e resolveu voltar para a casa paroquial, onde descansaria, e, depois de cumprir suas obrigações, voltaria para o enterro e para a encomendação do corpo. Tinha os velhos olhos nublados de sono, e era com dificuldade que os mantinha abertos, pois a penumbra do quarto, a luz vacilante dos círios, as orações cantadas, tinham feito com que ficasse entorpecido e esgotado.

Na porta da rua, ele parou um pouco, para fixar-se nos degraus da escada de pedra, e arrastou os pés, para reconhecê-los, pois não os enxergava através das pálpebras irritadas. Foi então que mais pressentiu do que viu um vulto nas trevas. A iluminação pública já fora apagada, e reparou bem nele, para se convencer de que era Dodôte, que ali estava, encostada à parede da fachada da casa, mais acima, tal como estivera no quarto, onde velavam o corpo do marido.

O padre dirigiu-se a ela, e julgava que viera ter aquele lugar para poder chorar sozinha, livre dos importunos que se renovavam lá dentro, apesar de ser já alta madrugada. Ao aproximar-se, viu que ela continuava imóvel, e talvez não tivesse sentido a sua presença, pois estava com o rosto oculto pelos cabelos, soltos, de cabeça muito baixa, caída sobre o peito.

Perguntou-lhe ansiosamente o que tinha, e aconselhou-a, paternalmente, que se recolhesse e fosse deitar um pouco, para repousar para o dia seguinte, e sua voz enrouquecida tinha tons de máscula bondade.

Ouviu então um riso baixinho, muito límpido e sereno, que parecia o gorjear de um pássaro escondida em seu ninho, e foi essa a única resposta que conseguiu obter. Era como se uma pequena fonte cristalina surgisse ali, na sombra, por entre as pedras duras e negras da calçada, onde crescia o mato áspero da terra de ferro e, de repente corresse, liberta por mão invisível de sua prisão, com alegria sinistra e indomável, desafiando a sombra e a confusão com sua pequenina e secreta realidade.

O vigário sentiu que lhe fugia o sono, e que o soluço que lhe subira à garganta parara, e o sufocava. Sua cabeça estava inteiramente livre e desanuviada, a sua lucidez voltara, integralmente, mas ele não compreendia... e era com horror que ouvia, sem ver, pois não tinha mais ânimo de procurar distinguir a expressão daquela boca que ria.

Recolheu as mãos consoladoras que estendera, e fechou-as, afastando-as de Dodôte, como se não quisesse tocar em uma leprosa. Tomou o caminho pela ladeira acima, na direção de sua moradia, e segurava com os dedos convulsos o breviário e a maleta que trouxera. A criada antiga, que o servia há muitos anos, ao vê-lo chegar, assustou-se com o ar envelhecido que trazia, e julgou que estivesse doente, quando o viu sentar-se sem dizer palavra, tão cansado, com os olhos queimados de lágrimas.

Encarou-o, por momentos, com estranheza, como se não reconhecesse o velho amo que acompanhara de cidade em cidade, o presbítero pobre que vira chegar a monsenhor, cujas tristezas conhecera, e que muitos julgavam fosse seu filho, tão integrado estava em sua vida de velha sem família. Depois, silenciosamente, abaixou a luz do lampião de querosene, que incidia diretamente naqueles olhos vermelhos e sem fundo, e foi para o quarto, onde se fechou, e nem sequer ouviu quando o vigário, por sua vez, se recolheu.

Ela não sabia que, naquele momento, vira, pela primeira vez, o verdadeiro rosto de seu filho de adoção...

LX

Depois do enterro, que Dodôte não acompanhou, Chica e a avó resolveram levá-la imediatamente para a Ponte, e a casa da botica ficaria fechada, à espera da terminação do inventário e das formalidades necessárias.

Dodôte caminhou entre a avó e a ama como se fosse uma doente, que se tivesse erguido do leito naquele instante, ainda com a febre a queimar-lhe o sangue, e saísse à procura de salvação em outro clima, sustentada apenas pela força de vontade.

O dia estava muito claro, e toda aquela luz que a ofuscava parecia-lhe uma cruel humilhação a mais; era para ela a exposição no pelourinho, o castigo que sofriam as mulheres dos tempos coloniais. Mas, pensava, as outras conheciam o crime pelo qual tinham sido condenadas, e ela não conhecia toda a extensão do seu...

Não compreendeu como pudera fazer todo aquele percurso, e Dona Rita quis seguir o caminho mais longo, pois achava que não devia dar a ninguém a impressão de que fugiam da botica. Estava entontecida pela vergonha de surgir nas ruas, à vista de todos que a encontrassem, e temia que suas forças a traíssem naquela representação forçada, em que era a primeira a julgar-se com implacável severidade.

De tudo que ocorrera naquele caminhar sem fim, em que cada passo lhe parecia uma vitória sobre o desconhecido, ela guardou unicamente a sensação do olhar de um homem que a fitara. Examinou o seu rosto, os ombros, o corpo todo, e, depois que já tinha passado, sentiu que fixava a vista em sua nuca, quase coberta pelo enorme nó dos cabelos, e esse exame quase insultante ficara como uma mácula, que não podia esquecer. Todas as vezes que lhe vinham à memória os instantes de intenso opróbrio que vivera, sentia que a mais alta incompreensão fechava a sua alma, e voltava a esboçar os mesmos gestos rígidos, automáticos, que a tinham sustentado então.

Quando avistaram lá em baixo a casa da Ponte, as suas duas alas em ângulo, o telhado em águas muito inclinadas, escura e carrancuda, apesar do branco caiado das paredes, Dona Rita e Chica sentiram que diminuía o peso que lhes fazia doer os braços, e olharam para Dodôte, e viram que agora ela avançava sozinha. Também elas andaram mais depressa, e logo chegaram.

Dodôte já em seu antigo quarto, que ficara como estava quando saíra para a botica, não tivera ânimo de tocar qualquer dos móveis e dos objetos familiares que se apresentavam à sua vista, e que se ofereciam docilmente para dar-lhe a ilusão de que tudo voltara ao lugar de sempre. Foi para a janela que dava para o pátio, e de onde, por sobre o muro baixo do quintal, podia avistar o vale e, no fundo, a montanha toda de ferro que se erguia, ameaçadora. Era como um grande para-raios protetor, e tentava atrair todas as faíscas que caíam do céu, mas muitas vezes elas não obedeciam ao seu possante chamado, e destruíam árvores e casas cá de baixo.

Estava sozinha de novo, e para lá da porta, de novo Dona Rita e Chica se combinavam, sem trocar uma só palavra, e reatavam a vida em comum, que não poderia nunca compreender, nem nela tomar parte. O medo, que esquecera com as preocupações do caminho, veio de mansinho ao seu encontro, e dentro em pouco corria eras suas veias, gelando o sangue preguiçoso.

A pesada cortina da noite cerrou-se à sua frente, e todo o vale foi esmagado pela massa enorme de trevas e de nuvens pejadas de tempestade, que o Pico não deixara passar. Via-se apenas uma grande nesga do céu, cor de ferrugem, cortada, de momento a momento, por relâmpagos de ouro muito pálido, silenciosos e sinistros.

De toda a parte chegavam outras nuvens, negras e disformes, como grandes máquinas de guerra, que se concentravam para dar assalto ao gigantesco castelo do Cauê. Vinham dos contrafortes solitários das montanhas, de lugares longínquos e desertos onde havia somente pedra e ervas más, e moviam-se com amedrontadora majestade.

Desfraldavam altos estandartes rubros e luminosos, e lançavam rápidas fagulhas, que revelavam o fogo destruidor trazido em seus seios. Mas agora, havia um tumulto, e devia realizar-se temeroso conselho entre elas, pois, após surdos trovões, hesitaram, voltaram sobre si mesmas, e vieram ao assalto da cidade, calada e encolhida de pavor, lá em cima, na presciência de que seria ferida até os alicerces.

Dodôte deixou-se também dominar por sentimentos pressagos de destruição e de aniquilamento, apesar de conhecer que a Ponte era sólida, construída pesadamente sobre pedra, com o madeiramento todo de lei, de pau candeia e de cabiúna. Resistiria por muitos anos à usura do tempo, dos temporais e das convulsões daquelas terras magnéticas, em duradouro desafio aos céus carregados de eletricidade.

Mas a suspeita vaga e ansiosa de que havia um fim, a morte sem perdão, naqueles exércitos de vapores espessos e sombrios, que subiam cada vez mais alto, em espantosas espirais e volutas, numa fantasmagoria lívida, fazia com que ela esperasse muito trêmula a sua passagem tremenda por sobre a casa da Ponte.

Olhava com medo, quieta, passiva, e viu então longe, perto da cumeada do Pico, que rasgava agora o oceano que o envolvia, uma aberta, um pedaço de céu muito límpido, cor de ouro, como se a cortina enorme de luto e de fogo que cobriam toda a abóbada celeste ali se rompesse. Era uma promessa de paz, de dias luminosos por vir, ou um resto da manhã deslumbrante, que se ocultaria sob o terrível manto de trevas.

Uma embriaguez má tolhia todos os movimentos de Dodôte, que permaneceu por muito tempo junto da janela aberta, e não teve forças para abandonar a vista daquele espetáculo desmedido. Até mesmo a vidraça de guilhotina deixou aberta, sem sentir os grossos pingos de chuva que chegavam até ela, como sinais precursores do dilúvio que se anunciava, e que se desataria em bátegas furiosas dentro em pouco.

Devia decerto obedecer a uma predestinação, e não podia recuar, abrigar-se do perigo mortal que se preparava ostentosamente, com aquela pompa real, diante de seus olhos.

Atrás dela, toda a casa guardava silêncio, e parecia desabitada, apesar da sua tranquilidade confidencial. Recolhida, humilde, estava à espera de Alguém, maior do que o tumulto que vinha sobre ela...

LXI

O vento, morno, violento e indeciso, carregado de poeira e de odores amargos, como se tivesse varrido estradas e percorrido as superfícies mortas de brejos imensos, bateu em seguida bofetadas no rosto de Dodôte, modelando-o como aspereza brutal. Quando ela abriu os olhos, que fechara sob a impressão de repentina agressão, viu as árvores do pomar que, por cima do muro que as separava do pátio, sacudiam desesperadamente os galhos, como longos braços em pedidos de socorro, no pavor de perderem seu laborioso equilíbrio e precipitarem-se no rio, agora torvo e caudaloso.

De repente ouviu-se e cresceu vertiginosamente o tropel martelado de milhões de cavalos de guerra, carregados como cavaleiros cobertos de esmagadoras armaduras. Gritos confusos, apelos, lamentos e risos encheram o ar, logo dominados por um ronco profundo, prolongado, que reboou pelas encostas e fez tremer as entranhas de ferro de todo o vale.

E veio a água, pesada, sufocante, impenetrável.

A casa da Ponte ficou dentro em breve inteiramente isolada, cercada por águas lamacentas, correntezas que se entrechocavam, agitadas por remoinhos provocados por obstáculos invisíveis, ondas escuras que lambiam as paredes, e quase ultrapassavam a cinta, de pedra que formava a sua base. Tudo em volta era um mar de lama latejante e cujos limites não se podia ver das janelas.

No quarto de Dodôte reinava agora grande paz, todo fechado, em meio da agitação exterior, e nele o silêncio se fazia ouvir melhor. Deitara-se, mesmo vestida como estava, pois ainda não conseguira convencer-se de que se achava definitivamente em sua casa, de onde nunca mais sairia. Pensava sempre que alguma coisa, que alguém viria dizer-lhe que se levantasse, para seguir para um outro destino, para qualquer lugar diferente, onde tudo seria esquecido.

E, apoiando a cabeça nas mãos, estendida em seu leito, deixava-se dominar por sonho consolador, onde tudo era passageiro, mas terrivelmente triste.

Repentinamente um ruído rápido, vibrante, muito vivo, como uma agressão praticada de surpresa, veio assustá-la. Não pôde compreender logo de que se tratava, pois vinha de um dos cantos do quarto, que era espaçoso. Levantou-se com precipitação e verificou imediatamente que um grande jato d'água caía do forro, cujas tábuas se entreabriam de leve naquele lugar.

O seu retiro, o esconderijo que a abrigara, onde julgou poder refugiar-se e ficar sozinha quanto tempo quisesse, era agora invadido, bruscamente, e devia fugir, pedir socorro. Mas não teve ânimo de chamar alguém que viesse consertar o desastre. Gelada, da cabeça aos pés, com o vestido respingado, andou pela sala de jantar e pela de visitas, completamente vazias. Voltou ao quarto e tentou afastar o leito, até onde chegava a goteira, e recebeu em cheio, em suas saias, a água que agora caía em torrentes.

Tornou a vagar pelos quartos vizinhos, sem se lembrar de tirar do corpo aquelas roupas pesadas de umidade, que deixavam escorrer grandes gotas pelo chão, e faziam longas manchas escuras, marcando o seu rasto como se fossem de sangue, pela casa toda.

Mas, em toda a parte encontrava o deserto, o silêncio e o vazio, no meio do ruído confuso e ensurdecedor lá de fora.

Parecia-lhe viver em um mundo à parte, em uma jaula solta no ar, que percorria a sua órbita solitária e excêntrica dentro do universo desencadeado. Tudo estava abandonado e hostil em torno dela, e as paredes muito grossas, o telhado monstruoso, encharcado, o soalho de tábuas largas, com grandes veios negros, as portas e janelas muito altas, tudo ressoava, vibrado pelos trovões e pela chuva que batia furiosa.

Em um e outro lugar caíam grandes pingos, vindos dos tetos, e nos muros já se estendiam manchas cinzentas, que aumentavam assustadoramente. Voltou de novo para o quarto e tentou recostar-se outra vez em sua cama, agora afastada da goteira que se abrira junto dela, mas que cessara de cair, e, na beirada do catre, com suas colunas de jacarandá, muito rudes, por um instante julgou-se segura. Mas viu descer pela parede, retorcendo-se, um grande fio de cristal reluzente, que ameaçou o oratório, e depois desviou-se, indo perder-se entre o rodapé e o pavimento. Vinha de alguma calha entupida e transbordante, e achara um escoadouro na fresta, que devia abrir-se no quarto embaixo, onde eram guardados os arreios e pertences do carro de bois.

O abrigo que a recebera, o refúgio, que o fora de tantos homens e mulheres de seu sangue parecia desfazer-se, ameaçava desabar... e Dodôte, aterrorizada, desatou a correr de uma sala para outra, como se quisesse fugir da enorme ameaça que sentia sobre sua cabeça. Tendo chegado sem saber como ao tope da escada que descia para o saguão de entrada, desceu precipitadamente por ela, e conseguiu refugiar-se na alcova formada no centro do andar térreo, pelas paredes que sustentavam o corredor de cima.

Era um compartimento sem janelas, com o piso de pedra, e abria-se por uma única porta para a entrada da casa, e essa porta tinha batentes de pesada madeira de lei. Formava um grande cofre, onde nada se guardava, a não ser alguns objetos esquecidos, que traziam ainda a marca dos tempos em que as grandes monções percorriam o sertão em busca de ouro.

Quando Dodôte fechou a porta, e com ela abafou um pouco o estrondo da tempestade, soltou um grande suspiro de alívio e sentou-se ao lado da arca que há alguns anos fora colocada naquele recanto. Sobre ela apoiou primeiro os braços e depois o rosto, apesar da camada muito leve de pó que a tornava aveludada, e seu bafo quente descobriu a madeira negra e lisa de que era feita. Lembrou-se do caixão em que Urbano tinha sido carregado, para ser enterrado bem perto da porta lateral da igreja velha do Rosário.

Reviu o pequeno e antigo cemitério, invadido por plantas silvestres vigorosas, já meio abandonado depois que abriram o novo, no alto do morro, e pensou com um arrepio nas grandes gotas d'água que o fustigavam, e que, como lágrimas impetuosas, batiam nas sepulturas, abrindo pequenos regos na terra fofa.

Fixou-se no sepulcro de mármore branco, muito simples, onde o esquife fora depositado, e cuja lembrança tinha bem viva na memória, pois muitas vezes o visitara, quando ainda guardava apenas o corpo de sua mãe. E refletiu que talvez, com as águas que o lavavam agora, a pedra que o fechava, recolocada ainda aquela manhã, malsegura nas junturas, talvez tivesse tombado para um lado, e o morto podia ter saído, assim libertado...

E Urbano, tiritando de frio, com as vestes escorrendo em longos fios de líquido esverdeado, as carnes desfazendo-se e desprendendo-se dos ossos, que surgiam aqui e ali muito brancos, reluzentes de umidade, surgiria lá do fundo, e quem sabe subia, nesse instante, as escadas da Ponte.

Viria até ali, abriria com as mãos esquálidas o trinco da porta, e chegaria até ela, para suplicar-lhe que o não deixasse sozinho lá longe, que o abrigasse também.

Foi então que Dodôte sentiu que havia perto, realmente, uma presença estranha, e chegaram aos seus ouvidos, a princípio, sons abafados de voz humana, que não pôde decifrar o que diziam, mas logo compreendeu que era o seu nome que pronunciavam, a medo, muito baixinho, mas com insistência e firmeza.

Depois alguém pousou a mão sabre sua cabeça e a obrigou a erguê-la. Reconheceu Dona Rita, que, acompanhada de Chica, tinham deixado suas ocupações e vinham também refugiar-se no lugar mais escondido da casa, onde só chegavam ensurdecidos os ecos dos raios e dos trovões, que já não eram tão frequentes.

— Você não deve descuidar-se assim, minha filha – disse Dona Rita com desusada doçura — foi nossa culpa, pois deixamos você sozinha, no seu estado...

LXII

Alguns dias depois, Dodôte, que repousara o tempo todo, sempre fechada em seu quarto e deitada na cama, viu Dona Rita entrar e dirigir-se a ela com a fisionomia preocupada corrigida por um sorriso.

— O doutor veio ver a você — disse com afabilidade, e ajeitou os travesseiros e pôs em ordem o vestido da neta, que estava todo enrugado — diz ele que veio sem ser chamado porque não acha que você esteja bem, e precisa ter cuidado consigo.

Ter cuidado... nesse estado, completou Dodôte em pensamento, lembrando-se do que ouvira no dia da tempestade. Mas nada respondeu, e a senhora julgou que o silêncio era um consentimento, e foi logo buscar o médico.

Enquanto o doutor a fitava, com os olhos claros, em cujo fundo parecia guardar, sempre pronto a explodir, o furor pérfido dos anões e dos corcundas, e percorria com as mãos muito grandes, mas mornas e leves, em desacordo com a pequena estatura, o seu corpo todo dolorido, Dodôte parecia ausente, adormecida. Mas, na realidade, toda ela vibrava como um violino tocado por artista, e, como aqueles, que recebem a brusca promessa de felicidade inesperada e muito complexa, ficam sufocados, tolhidos, mas alerta e com vontade desesperada de fugir para longe, para esconder sua alegria e gozá-la sozinhos.

Esperava ansiosa que o médico terminasse a longa cerimônia de exame, nada mais perguntasse, e ela poderia enfim levantar e fugir para respirar lá fora o ar lavado pelos temporais daqueles dias, e receber a bênção imperial do sol que se erguera por cima das montanhas quase transparentes de tão azuis. As nuvens tinham desaparecido, tocadas pelos ventos e dispersadas em todos os horizontes sem fim.

Abriam-se agora, pensava, e as palavras do médico faziam aos seus pensamentos um acompanhamento em surdina, abriam-se agora, diante dela, meses longos e sem barreiras. Não seria mais necessário pensar, lutar e sofrer, não mais teria que ligar os dias com o fio inquebrável de remorsos e escrúpulos, em uma série infindável, que a nada conduzia, que tudo esterilizava, sem nem sequer dar a esperança de uma solução, de um ponto de chegada.

Iria ela toda se concentrar na vida que se anunciava, na espera palpitante de realização, de criação, de fogo divino, que sabia agora processar-se em seu ventre, e que, para o futuro, desdobraria a sua alma em uma projeção de infinita doçura. Com o olhar perdido, deixou-se levar pelas grandes ondas de sonho, pelas asas enormes e silenciosas do anjo anunciador, e tudo era mocidade, fecundidade, vida e crescimento diante dela, desdobrando-se em um fresco suntuoso, cintilante de cores e grandioso em suas linhas.

Contemplava as mãos que trançara em atitude de prece, junto do rosto, e respondia com simples reação orgânica, maquinalmente, às perguntas do médico, que, com cautelosos rodeios e extremadas precauções de tato, a interrogava, entroncando de conselhos sutis as perguntas.

Como um navio que se afasta do cais onde estivera amarrado muito tempo, carregado de vidas e de destinos tão diversos uns dos outros, o pensamento dela fugia, e deixou-a só carne e sangue.

Mas todo o seu corpo fermentava, latejante, irrigado pelo sangue como se fosse terra fértil, agora carregada de seara, sedenta e faminta de tudo para a messe. Sabia agora, com orgulho, que não era mais na vida uma figurante apenas, de rosto belo e gestos inúteis, que, acabado o espetáculo, desapareceria em silêncio, sem nada deixar atrás de si.

Era agora um elo da cadeia imensa que se formara nos séculos, e passaria adiante o lume da vida, que, decerto, continuaria seu curso anos e anos em fora, carregado e transmitido por mãos de seu sangue... e cânticos de triunfo ecoavam em seu coração, erguiam-se para o céu, como rolos de incenso, que levavam consigo, desvanecendo-as, as nuvens de tristeza que toldavam a sua imaginação.

Depois de muitas e minuciosas indagações, feitas com habilidade sempre desarmada pela simpleza ausente com que Dodôte a tudo respondia, o doutor levantou-se da cadeira junto da cama, onde estivera tanto tempo, e disse:

— Vou conversar agora, longamente, com Dona Rita, e estou certo de que poderemos organizar tudo de forma a não haver novidades nem sobressaltos. A preta velha também poderá ser de grande auxílio — e finalizou com um sorriso paternal, que suavizou sua fisionomia, impenetrável até então — felizmente está cercada de gente muito boa...

Dodôte esperou imóvel que ele se retirasse, ouviu-lhe os passos que se afastavam, e levantou-se prestamente. Recompôs os vestidos e saiu do quarto, para ir finalmente até o pomar, onde a esperavam as pobres flores que cultivava, ainda mal saídas do estado selvagem em que viviam, deixadas em esquecimento por duas gerações dos que habitavam a Ponte.

Tinha que atravessar a sala de jantar, e depois tomar a varanda aberta que conduzia à cozinha, e então descer a escada que dava para o pátio interno, onde se abria uma portinha para a parte do fundo, que era o quintal, com árvores frutíferas, cada uma plantada por pessoas da família, já falecidas em sua maioria.

Ao atravessar o avarandado, para o qual dava a porta do quarto de Dona Rita, ela ouviu a voz da viúva, que dizia uma frase, cujo sentido entendeu imediatamente, e a fez parar, quando segurava já o corrimão para descer os degraus que a levariam ao seu destino.

Seu coração deu um salto, e ficou quieta, como se juntasse forças para continuar, como medo de rolar até lá embaixo.

— Parece-me o filho de um fantasma — dizia a voz, com horror afetado, que a fazia sibilar — estou até... envergonhada de ouvir contar isso!

Dodôte virou-se lentamente, para olhar pela porta entreaberta, e divisou os dois vultos sentados na arca que havia encostada a uma das paredes. Era a avó que contava à senhora, em confidência, as suas desconfianças, a sua incredulidade do princípio, e agora a certeza, confirmada pelo médico, que viera atender ao seu chamado.

— Meu Deus! Meu Deus! E agora como vai ser? — perguntou a visitante, e punha nessa interrogação toda a gama de ansiedade, de terrores que o acontecimento devia sugerir.

Mas Dodôte não quis ouvir a resposta de Dona Rita, e também não desejava que soubessem que tinha surpreendido a conversação entre elas. Criou ânimo novo o desceu a escada precipitadamente, e, já no pátio, esqueceu-se de que saíra para ir ao pomar. Refugiou-se atrás de um pequeno grupo de laranjeiras, plantadas por seu avó, que abrigavam um velho banco formado de pedras superpostas, e nele sentou-se. Continha em seus lábios, duramente fechados, um grito de medo.

Ao lado, quase a seus pés, a água do rio, ainda engrossada pelas chuvas, violenta e sonora, escondida na penumbra dos galhos e das touceiras de framboesa, cantava e corria para o seu destino longínquo.

Mas Dodôte ouvia apenas a intensa lamentação interior que nela se erguia, independentemente de sua compreensão, quase demente.

Envolveu-se no xale que trouxera, pois estava gelada, apesar do dia quente e úmido, e quis olhar para tudo que a cercava, com atenta admiração, para ver bem o mundo pequenino e humilde que vivia escondido sob as folhagens, e esquecer da monstruosa sensação de crime, de suspeita que sobre ela pesava, que a acompanhara até ali.

— Devo desejar unicamente ser o que sou — disse, como se falasse a alguém, e tinha os olhos baços, sem nenhuma vida neles — e não ter medo...

Mas sentia que dentro dela se passava qualquer coisa de enorme, desmedido, inteiramente fora de seu entendimento. Um mistério hostil, perigoso, nascera e crescia, sem que nada pudesse impedir a sua formação implacável, e invadiria toda a sua vida. Tudo seria modificado, e seu sangue não poderia suportar a presença devoradora daquele ser que a destruiria em febre lenta...

— Filho de fantasma... — repetiu ela, como um eco de ruínas, e sentia que a alegria que a fizera erguer-se fugia, mas fugia para diante, indo dissolver-se no futuro, de novo indecifrável.

O chamado contínuo e murmurante do rio atraiu-a, e ela andou alguns passos, aproximando-se da margem, de areia branca represada por um pequeno muro arruinado, de pedras soltas. Ficou algum tempo em pé, e contemplou, profundamente abstraída do que a rodeava, a trama dourada que dançava sobre as águas pressurosas e escuras.

A corrente era pouco profunda naquele lugar, mesmo com o crescimento, com a enchente que vinha dos grotões lá do alto, onde as rochas negras pareciam transpirar ao sol abafado. O seu leito era semeado de grandes pedregulhos, muito lisos, polidos pela passagem de antigas inundações, quando as florestas ainda estavam intatas, e formavam as suas nascentes. Tinham a cor de cinza, quando à flor da correnteza, mas ficavam logo negras com veios esverdeados ou ferrugentos, quando cobertas pelas águas e, às vezes, soltavam longos fios de musgo e de limo, estendidos e balouçantes, que pareciam os cabelos da mãe de água, da princesa de olhos cor de rosa e cabelos verdes das absurdas histórias de Chica.

Teve vontade de sentar e debruçar-se sobre o rio, talvez para ver a sua imagem deformada pelos buliçosos arrepios que os obstáculos faziam correr sobre a superfície, e afastou uma das lousas que formavam a cimeira do arremedo de cais onde se achava. Pretendia colocar uma sobre outra, para fazer assim um pequeno banco.

Mas, teve um instintivo movimento de recuo, e estremeceu fortemente. Sob a pedra chata, no lugar úmido e escuro que deixara a descoberto, viu dois escorpiões que, surpreendidos pela luz, fugiram, eriçados, muito grandes e ruivos.

Foi então um medo todo de sensações orgânicas que a fez afastar-se, como um animal ameaçado, e subiu para o pátio, de onde se dirigiu para a porta do pomar, onde queria ir, levada pelo desejo de ficar bem longe da casa, separada dela por muros e pela porta que fecharia com o trinco de ferro. Mas, ainda não a abrira quando sentiu que pronunciavam o seu nome, e parou para olhar.

Viu a viúva que acabava de descer a escada que dava para o sobrado, e agora vinha ao seu encontro, com os olhos baixos, o caminhar cauteloso e solene ao mesmo tempo, e com as mãos abertas, com as palmas voltadas para ela, como se estivessem prontas para fechar-se sobre o seu corpo, agarrando-a.

Dodôte, com esforço, apagou a angústia mental, que voltara a entristecê-la, e deixou-se beijar pela senhora, cujas pupilas se dilatavam, e faziam desaparecer a íris cor de folha seca, e luziam lavadas por lágrimas recentes. Não as enxugara, para que Dodôte as visse...

— Minha pobre Maria das Dores — disse ela sufocando um soluço — como compreendo a sua inquietação e tristeza...

— Muito obrigada — respondeu Dodôte, que desviou o olhar e curvou a cabeça, para ocultar a cólera que lhe subia ao rosto, em ondas ácidas, de sangue mau, e a custo pôde dominar a repulsa que lhe avassalava os nervos — muito obrigada, eu, realmente, não me sinto bem e vou para o meu quarto.

A viúva devia ter visto que Dodôte se dirigia para o pomar, e tinha ainda um pé sobre o ressalto que a soleira da porta fazia, e sua mão descansava sobre a barra de ferro que a fechava, mas apressou-se em dizer, com todas as graduações de doçura na voz:

— Vamos — e segurou delicadamente no braço de Dodôte — vou levá-la até lá, porque uma queda seria perigosíssima agora. Sei muito bem o que isso é...

Dodôte sentiu que aquela mão a aprisionava, e não poderia tirar o braço da tenaz. Deixou-se conduzir, e as precauções tomadas foram infinitas, os cuidados com a subida, a atenção em afastar-se das pontas dos móveis e das quinas das paredes, o abrir e fechar de portas com solenidade, para a passagem de uma rainha, tudo ela suportou e a tudo prestou-se, tendo apenas um leve rubor nas faces.

Quando chegaram diante da entrada do quarto, Dodôte estendeu a mão com rapidez e segurou a maçaneta com força. Fechou a passagem com o corpo, e articulou com firmeza, sem contudo conseguir fitá-la, que não era mais necessário o seu auxílio, pois ia deitar-se. A senhora disse algumas palavras que ela não ouviu, e acabou por segurar a mão que Dodôte lhe estendia, tendo a outra presa ao fecho, e despediu-se, com ar ofendido e espantado.

Sem poder conter as lágrimas que brotavam abundantes, fáceis, aliviadoras, Dodôte conseguiu entrar e ficar só...

LXIII

Ficou só.

Os meses correram uns atrás dos outros, e passavam sem deixar vestígios, em sucessão rápida e silenciosa. Dodôte deixou-se afundar no entorpecimento e na sonolência da cidade agonizante, e as duas vidas eram iguais em obscura fermentação, em esquecimento e em agitação interior.

Abandonou-se na indolência, fechou os ouvidos e os olhos, e andava pela casa sem coragem, com as mãos inertes. Passava horas sem dizer uma só palavra, como uma sombra, perdida na obscuridade que se abatera sobre ela.

Era arrastada molemente pela correnteza, pela atração secular de loucura que vinha das serras sem fim e das florestas ameaçadas, e o silêncio grandioso da meninice no sertão retomou o lugar que perdera junto dela. Vivia como se estivesse ainda na fazenda, no meio dos grandes espaços abandonados, onde ainda havia sinais agora quase incompreensíveis de mineração, entre homens taciturnos, vindas de longe para o trabalho sinistro do ferro, e mulheres sombrias, de lenço branco e xales negros.

Muitas vezes, enquanto percorria a casa toda fechada, e subia e descia as escadas sob o olhar reprovador e pressago de Chica e de Dona Rita, ela sentia ferver em seca coração o incompreensível furor do deserto, que sabia viver ali muito perto, a poucos passos das janelas e das portas da Ponte, sempre à espera de qualquer momento favorável para interromper de surpresa e assaltá-la.

Eram as minas de ouro, as jazidas de ferro, dos vales e das montanhas, as areias fabulosas dos rios, que se estendiam em sucessão interminável em torno da cidade pobre, perdida dos homens, mas presente e enlouquecedora de promessas.

Vozes indistintas, figuras sem contorno as acompanhavam, em procissão sombria, e chegavam até bem perto da borda de seu leito, quando se deitava cansada das peregrinações que a angústia a forçava a fazer, mas Dodôte não fixava os olhos nem os ouvidos, com a atenção presa dentro de si mesma, em sua carne, onde sentia crescer e pesar alguma coisa, a princípio indefinida, e depois cada vez mais real e exigente.

Era um outro corpo dentro do seu corpo, e havia entre eles um entendimento secreto, muito sutil, distante, longe de sua inteligência e de suas sensações.

Repetiam-se na mais profunda intimidade de seu ser os ecos obscuros dos tempos passados, sem que ela pudesse ter sobre eles qualquer ação, pois vinham amortecidos pelos soturnos avisos que recebera, e que nunca pudera ouvir, pelas advertências estrangeiras, que desprezara.

Os dias imóveis seguiam-se, e a mantinham em estado intermediário entre o sonho e a lucidez. Passava muitas horas deitada, de olhos cerrados, sem mover sequer um dedo, mas todas as suas fibras vibravam, em uma luta surda, sem tréguas, generalizada por todo o seu corpo. Sentia que até seus cabelos sofriam, e quando volvia a cabeça nos travesseiros, a dor de mil pontas de fogo a supliciavam sem remédio possível.

O cansaço, velho de muitos anos, de séculos desconhecidos, prendia os seus membros na mesma posição, dias intermináveis, e tinha a impressão de que eles viviam porque ela o consentia, porque ainda havia, no coração que lhe batia no peito a energia agonizante mas suficiente para retê-los. A natureza desinteressada e turbulenta que a cercava, que via através das vidraças, com os mesmos olhos de um peixe preso no aquário, também devia existir por efeito de seu consentimento, por sua vontade, como se sua sombra nela se prolongasse e se dissolvesse indefinidamente.

Mas tudo era uma ilusão trépida, muito longa, muito atual, na tristeza do transitório e do fugaz. Dodôte espantava-se de não ser sensível para ela a deformação das coisas e das pessoas, que nos previne da realização e da existência dos sonhos.

E não queria sair desse estado, tinha medo quando parecia que a razão despertava do sono em que se perdera. Então fechava os olhos, acovardada, e fazia tudo para não ouvir o que se passava e o que dizia em torno de si.

Transpunha com medrosa prudência os farrapos de vida quente e penosa que chegavam até ela, para a quimera que se formara em sua mente, e que vivia independente dos fatos. Era com admiração e desconfiança que surpreendia pontas de contato entre a sua seriação sempre nova, e o fundo imutável que jazia dentro de si mesma.

Assim, tudo que chegava até ela vinha transformada pela meia loucura que a mantinha, que sustentava suas forças, com as fantasmagorias que se erguiam e caíam em seu espírito.

A pequena carruagem que passava, altas horas da noite, quando velava, sozinha e perdida em seu quarto, e fazia cantar os guizos do pescoço do cavalo, para pedir que abrissem caminho, apesar da rua inteiramente deserta, era para Dodôte motivo de terror. Ouvia vir de longe, lá do alto, a sua música confusa e alegre, em estranho contraste com o silêncio enorme da cidade, como se fosse o aviso de malefícios mais fortes do que todos os exorcismos, e, quando surgiam no teto do quarto as grandes listas, as faixas recortadas pelas janelas na luz das da lanternas, e dançavam percorrendo-as em sentido contrário ao seguido pelo carro, cobria a cabeça para não acompanhar com a vista a sua marcha.

Quase todas as noites era esse o sinal de partida, para ela, para a grande viagem, para regiões remotas e cruéis, para lugares de onde não se volta reais, e cujos caminhos são cobertos de lama negra, e o odor acre que delas se exala faz esquecer o mundo...

Sentia-se arrebatada, sem saber como se levantara, como fora posta por mãos invisíveis sobre as almofadas idealmente macias. Depois de percorrer muitas léguas a galope, embalada pelo rodar suave e veloz, distinguia gradualmente, a seu lado, a figura luminosa e de vagos contornos do anjo que a acompanhava fielmente.

Mas extinguia-se, na curva que o Beco do Caixão fazia lá adiante, ao separar-se do ribeirão, o guizalhar agudo; e a respiração de toda a cidade parecia erguer-se e absorvê-lo em seu ritmo surdo e portentoso, que formava então uma só e poderosa prece...

De muito acima, de suas recordações mais antigas, quando ainda menina e dominada pela personalidade tão complexa em sua primitividade, tão singular pelo estreito consórcio de bom senso e mentira que caracterizava a sua velha mãe preta, vinha o desmentido de sua ilusão, da viagem e do rapto. Ela sabia que aquela carruagem noturna e solitária, que percorria as ruas soturnas e desertadas da cidade, não a vinha buscar, e dentro dela não vinha o anjo companheiro... não poderia partir nele, porque já trazia o corpo da senhora assassinada pelas escravas, e aquele corpo devia ser conduzido assim, eternamente, sem dilações. A morta devia estar ainda com o longo vestido branco, com três ordens de babados nas saias de tarlatana, presos com laços de seda alvíssima, mas todo manchado de sangue vivo e palpitante, que não devia secar nunca, enquanto não se cumprisse a maldição que as negras em revolta tinham lançado sobre ela. Devia ser assim arrastada, todas as noites, pelo mundo afora, em busca do noivo desaparecido. Mas o noivo não saíra da cidade, onde seu corpo devia estar escondido em algum desvão, e por isso a carruagem passava sempre em frente da Ponte... e todas as janelas e portas se fechavam à sua passagem.

Um dia ouviu contar, e as palavras chegavam aos seus ouvidos como se fossem ditas em língua estranha, que, na botica fechada e abandonada, as sanguessugas tinham fugido do bocal onde estavam guardadas, e não tinham sido encontradas, apesar das buscas que fizeram.

Dodôte acompanhou minuto a minuto o trajeto das bichas em fuga, e as via avançar, com um arrepio de gelo e de repulsa horrível. Pensava que elas percorreriam todo o espaço entre a botica e a Ponte, e chegariam famintas ao seu quarto, onde acertariam logo com sua cama! Atravessariam as ruas, subiriam as escadas, esgueirando-se pelos corredores... e agora ali estavam. Não as via, não sabia como se ocultavam, mas ficariam à espera de quando fechasse os olhos, exausta de sono e de pavor, para então morderem a sua pele. Sugariam todo o sangue, o pobre sangue que circulava com tamanho cansaço em suas veias.

Dona Rita e Chica entravam e saíam do quarto sem que tivessem coragem de dizer qualquer coisa a Dodôte. Ou dormia de forma tal, que não se escutava a respiração que nem sequer lhe agitava o peito, ou então, com os olhos abertos, sem direção, os traços cinzelados com minúcia pela magreza e acentuados pela ausência, ela as assustava, e saíam na ponta dos pés. Muitas vezes tentaram reanimá-la, e traziam até junto de sua cama as amigas que vinham visitá-la, mas todas retiravam-se desanimadas, diante da completa indiferença da doente, que as olhava como se fossem fantasmas, e não se apercebia das mãos que procuravam as suas, sempre soltas sobre as cobertas.

O médico todos os dias a examinava, em silêncio, e dava novas ordens, que as duas velhas mulheres cumpriam sem murmurar. O respeito que sentiam diante daquela pobre alma em retiro aumentava, mas sentiam-se estranhas, expulsas daquele drama sem palavras, que se prolongava, que se estendia pelos meses de inquietação e perplexidade.

Tudo era escuridão e dúvidas diante delas. Parecia-lhes que um castigo pesava sobre a casa da Ponte, e não se atreviam a perguntar uma à outra qual a razão, qual o crime ou os crimes que deviam ser expiados...

LXIV

Maria do Rosário, Siá Nalda, a viúva, e outras senhoras reuniam-se na sala de visitas, em torno de Dona Rita. Comentavam a meia-voz a doença de Dodôte, o mal que lhe devia fazer a completa inércia em que vivia, o apartamento das coisas do mundo que mantinha como inalterável rigor, e a impressão estranha que tudo isso produzia na cidade, onde se murmurava que havia ali influência do Diabo.

E não estavam elas longe de acreditar no que se dizia em segredo, pois Dodôte passara a ser, de repente, para todas, uma sombra esquiva, que apenas conseguiam avistar de relance, muito raramente, pois a maior parte das vezes a avô vinha dizer-lhes, quando se apresentavam na Ponte, que a neta estava deitada, e não podia falar-lhes, pois o médico o proibira. O doutor, quando interrogado, não respondia com clareza às perguntas, e limitava-se, o mais das vezes, a resmungar palavras vagas, que não formavam sentido, com ar muito enfadado.

Um dia Maria do Rosário falou em segredo com Chica e Dona Rita, e, de acordo com as duas velhas, entrou no quarto de Dodôte. Sentou-se perto do leito, e, deliberadamente, pôs-se a tagarelar, sem prestar atenção ao cansaço doloroso, ao sofrimento que fazia cair os cantos da boca da doente em um desenho de completo abatimento de ânimo, nem ver as pequenas gotas de suor que umedeceram as suas fontes, na previsão de suportar a sua presença.

Dizia a amiga tudo que lhe vinha à cabeça, em desordem, com a maior vivacidade, na intenção de desertar o interesse que julgava apenas adormecido pelo que se passava na cidade. Suas frases entremeavam-se de risos, onde um ouvido atento poderia descobrir uma nota de nervosismo e talvez mesmo de medo escondido.

— A viúva, a Dona Maria Gonçalves — sussurrou, e fingindo transmitir um segredo, chegou os lábios junto ouvido de Dodôte — a viúva está fazendo um enxoval de criança para você.

Julgou, a princípio, que Dodôte não prestara atenção ao que dissera, mas leve rubor coloriu suas faces pálidas, e desviou o olhar, simplesmente, sem que transparecesse o menor desagrado em sua expressão cansada. Mas, mesmo assim, Maria do Rosário compreendeu que não era inútil o seu palrar, e, para maior segurança, pôs a mão no ombro da amiga, sacudida de risos irresistíveis, e prosseguiu:

— Está tudo muito bonito, feito com capricho e um cuidado! Ela me mostrou ainda ontem tudo, e pediu que não contasse nada a você, pois era uma surpresa, mas acho que você vai ficar surpreendida demais!...

Deitou o corpo para trás, e saboreou a risada que tinha na boca. Mas Dodôte não a olhou, nem fez o menor gesto que indicasse curiosidade, e então, cessado o riso, ela disse apressadamente, talvez já arrependida e receosa de ter levado muito longe a liberdade que conseguira à força:

— O enxoval está completo. Até nele figuram dois palitinhos pretos e duas mantas roxas... naturalmente para o luto aliviado!

Dodôte, que a olhava com atenção, e vira decerto em seus olhos o desapontamento crescente, a insegurança que a tornava inquieta, e fazia com que não mais encontrasse posição para manter diante do olhar que a fixava, riu-se, de mansinho.

E ela própria ouviu o som de seu riso, há tanto tempo perdido, que já o esquecera... e sentiu-se absolutamente isolada, só, separada no refúgio onde se abrigara, e para o qual viera perseguida e acossada por mil mãos mortas, e tivera que abandonar durante a fuga todos os amigos que a serviam. Mas nesse momento pensou com surpresa que talvez fosse ela a abandonada, e o seu destino era inteiramente alheio aos dos outros.

Os outros! Ela própria confinara e diluíra em um nevoeiro espesso e surdo, sem cor e sem dimensões, todos os seres humanos, mas agora devia fazê-los viver, e queria também viver. Precisava, pois, ir ao encontro deles, dar-lhes forma e calor, e fazer com que se levantassem em torno dela homens e mulheres, que povoassem o seu mundo ressurgido.

— Maria do Rosário — disse ela, e sua voz ergueu-se cristalina e firme, muito nova – Não tenha medo... quero os meus vestidos.

– Para que, Dodôte?! — exclamou Maria do Rosário, que se levantou da cadeira, onde estivera sentada, e fitou-a com os olhos muito abertos. — Você vai levantar-se? Espere um pouco, que vou depressa chamar sua avó e Chica, elas devem estar perto.

– Não chame. Eu vou sozinha.

E Dodôte levantou-se e caminhou pelo quarto. Dentro em pouco, sem o auxílio de ninguém, andava pela casa, envolta em suas roupas negras, diante de Dona Rita e de Chica, que a contemplavam em silêncio. A negra, no instante em que viu que não era observada, persignou-se rapidamente, como a mão trêmula.

LXV

Dodôte voltou à vida que levara antes de casar-se, e semanas correram como se nada se tivesse passado, e poder-se-ia julgar que tudo tinha sido uma ilusão, uma mentira. Urbano não viera de longe, não se casara e não morrera... e as três mulheres retomaram o ritmo habitual, as humildes ocupações que enchiam o seu tempo, e faziam da Ponte um retiro de paz e de aparente felicidade.

Todas as noites, uma vez terminados os trabalhos e a atividade normal do dia, Dona Rita retirava-se para o seu quarto e rezava até que chegasse a hora de se recolher ao leito. Chica ficava com Dodôte, sentada em uma banquinha de costura, junto da cadeira onde ela costurava, ou lia, e assim ficavam até tarde, conversando, ou caladas, cada uma absorvida no que tinha a fazer.

Mas, naquela noite, Chica foi para a cozinha, e lá ficou, pois tinha uma enorme tachada de sabão de cinza a terminar, e devia mexer o caldo escuro e de acre aroma, que fervia sobre a trempe, instalada a um canto no atijolado. Dodôte deixara no quarto a renda que tecia, e agora não tinha coragem de ir buscá-la, nem encontrava outra coisa a fazer.

Olhou para o alto relógio, que dominava a sala, e parecia uma torre azul destacando-se da muralha branca, e viu que eram sete horas. Devia deitar-se às nove, como resolvera, pois ninguém viria à Ponte aquele dia.

Mas, como chegar até essa hora?

Fez-se um imenso e súbito vazio em seu coração, e pareceu-lhe que o ar lhe faltava. Era como se tivesse sido arrebatado, de repente, para uma grande altura, onde a existência fosse quase impossível, onde as criaturas humanas não encontrassem elementos para viver, e a permanência naquele lugar se transformasse em longa e incomportável agonia.

Não pôde suportar a vista das paredes nuas que a cercavam, e que refletiam a luz bruxuleante do lampião que pendia do teto. Tudo estava imóvel e silencioso dentro da Ponte, e as coisas pareciam recolhidas, arredias, sob a iluminação espectral. Andou então pela casa, em passos largos e nervosos, e o vestido negro, roçagante, que a cobria com suas linhas simples, prendia-lhe as pernas. Sentia o repuxar para trás que a dificultava na marcha inquieta, e parecia que era uma condenada aos trabalhos forçados, que arrastava preso aos tornozelos o pesado grilhão.

A ideia fixa de fuga, com sua sinistra atração, a visitou novamente. Era preciso fugir, fugir, fugir... mas devia arrancar primeiro de si mesma, de sua alma, das profundezas de seu ser, aquele corpo desconhecido e doloroso, cujo peso arrastava de um lado para outro, como um fardo torturante, inevitável.

Abria sucessivamente as portas e as janelas que encontrava em seu caminho, e tentava respirar o vento livre que devia vir das montanhas. Mas tudo estava parado, e a noite espessa, de negror impenetrável, cercava a Ponte com suas muralhas.

A luz trêmula e crepitante da vela que trazia na mão suscitava fantasmas em todos os cantos e os fazia dançar um bailado fantástico de morcegos e aves noturnas, cujas asas se abriam e fechavam rapidamente, em movimentos insensatos.

Algumas vezes a sombra, escondida atrás da porta que abria, tomava vulto e avançava para ela, e a chama quase morria na torcida sem espevitar, antes que Dodôte a abrigasse com os dedos. E continuava a fuga precipitada, como se mil fantasmas silentes a assaltassem.

Um mau companheiro devia segui-la pelas salas e pelos quartos, e, levada pelo instinto de defesa, ela olhava para os lados, mas não conseguia surpreendê-lo, e prosseguia, com os braços muito junto do corpo, a cabeça levantada.

— Quem é você? — perguntou com voz amarga e gelada à sua própria aparência, que sentia separar-se de seu corpo, e lágrimas de fogo, grandes soluços lhe vinham à garganta e aos olhos — quem é você para esperá-lo?

Chegara agora ao longo corredor aberto que conduzia aos fundos da casa, e percorreu-o, roçando a parede com os dedos da mão esquerda, como se quisesse impedir que ela se movesse, e a empurrasse de encontro ao balaústre, para precipitá-la no pátio mergulhado em trevas. Encontrou uma porta fechada à chave. Atrás dela, decerto, estava Chica, de tocaia, pensou com feroz ironia. Deu uma volta rápida, e veio até a sala de visitas, cuja porta abriu com tal violência que o batente foi de encontro à parede, com ruído seco.

Entrou e foi direito sentar-se no sofá, onde ficou, de olhos fitos, à espera de alguém.

Esse alguém, que ela não sabia quem era, nem onde estava, devia vir libertá-la, e a chamaria à vida, à realidade interminável e monótona que a cercava, que ela sabia que existia ao seu lado, mas que não podia nunca penetrar, que não era possível deixar-se prender em sua engrenagem, sem a ajuda misericordiosa desse alguém.

Por algum tempo ficou muito quieta, e colocara a vela sobre a mesa, ao lado do antigo álbum de fotografias da família. Toda a sua atitude era de espera, e o silêncio que logo se fechou em torno daquela figura sombria tornava pungente a sua inutilidade insana, e dava a tudo a significação de irremediável derrota.

Mas a impressão de que alguém a olhava, na sombra, de que dois olhos a fixavam, implacável, fizeram com que Dodôte erguesse os seus, imobilizada no sofá, e deu com o retrato que pendia da parede, bem em frente, que a fixava.

Tinha o olhar duro dos velhos patriarcas autoritários, formados pela aventura áspera da mineração. As sobrancelhas muito brancas faziam sobressair as sombras das pálpebras e das olheiras, e o pintor soubera dar o poder penetrante que deviam ter tido as pupilas insondáveis do morto.

Viera de Portugal, há cem anos, e deixara sem espírito de retorno toda a família, a quinta com a enorme pedra d'armas encimando o portão, a pátria e tudo que o prendera ali, e nunca mais saíra da pequena cidade, do então lugarejo colonial, onde se casou muito tarde. Não chegara a conhecer a enorme descendência que deixou, mas suas palavras e seus atos estavam sempre presentes, duros como rocha, e como elas eternos.

O casarão que construíra, e seguira a traça da mansão, do casal longínquo, que não pudera esquecer, era agora a Santa Casa, e muitos dos que vinham de seu sangue nela se acolhiam como indigentes. Muitos deles morriam em camas de caridade onde ele morrera fidalgo e senhor de termos...

Dodôte não pôde deixar de refletir um momento no misterioso destino de sua família, que se afundava em um triste naufrágio, sem luta e sem desespero, e tudo desaparecia na miséria e na obscuridade, vencidos os homens por irremediável inaptidão para a vida, e as mulheres pela paixão do sacrifício e da resignação que as aniquilava. Estava encerrada a sua missão de fornecer homens de grande altura moral e mulheres de extraordinário caráter.

Reconheceu com álgida submissão que ela também chegara ao extremo limite, que nada mais podia levantá-la, e de seu ventre viria o último degrau de toda a monstruosa decadência.

Abriu o álbum escuro, de grandes folhas muito grossas, que davam a ideia de velho alfarrábio dos alquimistas, que estava sobre a mesa, diante dela, e, à luz do castiçal que pousara ao lado, contemplou fotografias empalidecidas que surgiam, enfileiradas. Mas não pôde encontrar o fio que as ligava, nada compreendeu da austera lição que delas se desprendia, não conseguiu recordar-se das palavras que seu avô dizia, como uma prece, ao voltar àquelas mesmas páginas com calculada lentidão, para que a menina atenta tudo visse muito bem.

Foi com um estremecimento que viu o rosto de Urbano surgir de repente, na volta da lauda, muito jovem, e sorrir para ela.

Só então Dodôte reconheceu como ele estava demudado quando viera para a botica.

Não era possível identificar com aqueles olhos límpidos, transparentes, o olhar torvo, indecifrável, que se pousara sobre ela, tantas vezes, e cujo peso ainda sentia. Como as linhas da boca, que formavam um desenho tão puro, com os lábios túrgidos e sorridentes, e subiam um pouco nos cantos, em curvas inimitáveis, se tinham tornado rígidas e esquálidas...

Que pensaria ele no instante em que o fotógrafo, coberto com o grande pano preto, o surpreendera, tão feliz e tranquilo?

Que sonhos formaria? Que esperanças se abrigariam debaixo daqueles cabelos fartos e longos, negligentemente atirados para trás?

Muitos anos adiante, uma criança abriria aquele álbum, e a interrogaria...

Dodôte levantou-se de galope, sem uma gota de sangue no rosto, e foi para a sala de jantar.

LXVI

Já por muitas vezes Dodôte tinha passado pela sala de jantar e nada vira, pois a única lâmpada de azeite, posta em uma das pontas da mesa, não dava luz bastante para desvanecer as sombras que se formavam no lado oposto, onde havia um parapeito que se abria para o pátio, e a escuridão lá de fora entrava livremente. Mas agora, o véu de abstração que turbava os seus olhos tinha-se rompido, e logo que entrou, percebeu que, no lugar da mesa menos iluminado, na cabeceira que ficava em quase trevas, estava sentada Dona Rita, muito encolhida no xale de Tonquim preto já cor de ameixa, que a envolvia toda.

Sentiu que ela falava, que um murmúrio muito baixinho e um pouco cantado vinha de lá, e, prestando mais atenção, viu que havia alguém, junto dela, com quem a senhora conversava. Chica estava sentada no soalho, em uma esteira, e o diálogo continuou, apesar de sua entrada, que decerto não fora pressentida por elas. Era um colóquio grave, lento, em voz quase inaudível, e as frases deviam ser ditas depois da reflexão, e eram ouvidas com respeitosa atenção por Chica e com sisuda bondade por Dona Rita, cada uma esperava que a outra terminasse, para responder.

Dodôte parou e ficou à escuta, mas muito pouco podia distinguir, e agora a conversa era cortada de silêncios e de profundos suspiros. Não conseguia ver os rostos das duas velhas, em parte ocultos pelos xales, em parte mergulhados na sombra. Isso tornava ainda mais íntimo e secreto o cochichado, ao qual davam maior impressão de mistério os gestos muito rápidos, logo reprimidos, que faziam as mãos brancas da avó, imediatamente reproduzidos pelas mãos escuras da ama. Pareciam pássaros diferentes que se ajeitavam no mesmo ninho.

Com precaução Dodôte recuou até a porta, apoiou-se ao silhar, de onde poderia ver e tentar ouvir, sem ser vista logo, e assim ficou muito tempo, sem se mover. Sofria um suplício lento e dosado com infinita sabedoria, que o tornava mil vezes pior que a violência, que todas as recriminações que lhe pudessem fazer.

Não tinham mesmo percebido que eram observadas, pois continuavam a murmurar e faziam os mesmos gestos...

E Dodôte, muito atenta, com o espírito muito lúcido, pois tinham se desfeito todas as vacilações de sua alma, vivia agora intensamente aquela cena, cuja significação compreendera aos poucos, mais por adivinhar que por ouvir, e seguia, finalmente, palavra por palavra, a dolorosa revelação que representava, sem poder mover-se.

Seu coração desfalecia de vergonha, e sentia-se morrer, agarrada ao portal a que se encostara.

Falavam dela, as duas míseras velhas, e choravam...

Como um longo e antigo pergaminho que se desenrolasse diante de seu rosto, passavam por seus olhos visões apagadas, truncadas, que se juntavam como pedaços de um jogo, e adquiriam forma e composição. O texto que explicava as iluminuras, já de si tão claras, era sussurrado aos seus ouvidos por vozes velhas de algumas dezenas de anos, que contavam histórias cruéis, porque não tinham fim, de inexorável duração, de inelutável fugacidade.

Tinha sido amada por aquelas duas mulheres, e disso estava certa, pois sempre sentira, ao seu lado, o calor inexplicável do carinho, da assistência de amor, sem demasiados gestos e sem palavras de ternura, mas contínuo, muito igual, inalterável. Representara para elas uma finalidade imediata, absoluta, de todas as horas, e tudo recebera sem avaliar o esforço despendido, sem ver o sacrifício que aceitava despreocupadamente, sem dar nada em troca, sem sequer abrir os olhos pelas dores que surpreendera muitas vezes, como agora.

Vivera tantos anos aferrolhada pela sua incompreensão, a sua vida correra velozmente, fechada e secreta. Nunca pudera desprender-se de si mesma, qualquer de suas tentativas fazia irromper, invencível, o sangue que aquecia o coração, e era uma agonizante que se aproximava da avó e de Chica, gelada de cuidados e tristezas.

Como poderia agora dizer que, enfim, suspeitara a verdade, entrevira a realidade que palpitava ao seu lado, que talvez ainda pudesse pagar a dívida monstruosa que representava toda a sua vida...

Quis andar, correr até junto das duas pobres velhas e fazer secar as lágrimas que ainda via nas faces enrugadas e trêmulas, lágrimas de velhice e de desamparo, e não pôde.

Todo o seu corpo recusou obedecer-lhe. Sentiu-se ferida pela ideia de que talvez fosse ainda mais doloroso para elas o saberem que nunca tinham sido compreendidas, que não era ingrata, mas sim uma...

Uma dor fulgurante caiu sobre ela, feroz, absorvente. O ruído que fez, ao tombar desamparada no chão, pois empurrara com as mãos trêmulas as cadeiras que tinha à sua frente, como se não quisesse encontrar apoio algum, assustou Dona Rita e Chica, que se ergueram sobressaltadas, e, depois de um minuto de hesitação e de terror, correram para junto dela. Ajoelharam-se, e, transidas de receio, quiseram levantá-la, sem saber se pediam socorro, na horrível aflição de que tivesse matado a criança que estava para vir ao mundo.

LXVII

Quando o médico chegou, já Dodôte tinha sido levada para o quarto e deitada na cama, onde voltara a si, chamada pelos socorros simples empregados pela avó, que enviara Chica, à toda pressa, à casa do clínico. Ele viera preparado para um acidente grave, pois a velha negra nada lhe pudera dizer, entre as lágrimas que não podia conter, e, durante o caminho, calara-se, absorvido por suas previsões tristes. Mas, logo que entrou no aposento, viu Dodôte soerguida sobre travesseiros, muito calma, com os braços cruzados, muito branca e com os lábios pálidos. Entretanto, o sorriso que os entreabria era firme, e a expressão dos olhos, abertos e fixos na porta, nada indicava de grave.

Ela conseguira vencer a luta que se travara em seu peito, desde que recuperara os sentidos, e podia encarar com serenidade Dona Rita, e agora Chica, que entrava no quarto, atrás do médico.

Encostou a cabeça no espaldar da cama e seguiu com o olhar a negra, que veio até bem próximo, e parou, à espera de ordens. Parecia ignorar a presença do médico e só se interessar pelas duas velhas, cujos movimentos acompanhou com um secreto espanto no fundo dos olhos. Dona Rita, que saudara o doutor com breves palavras, pôs-se a dar um pouco de ordem ao quarto, e o tremor que a agitava fazia com que se tornasse difícil e lenta a arrumação, apesar de Chica imediatamente oferecer-lhe auxílio.

Tinham de novo a mesma aparência que sempre lhes vira, desde menina, quando muito ocupadas em proteger e tecer os seus dias felizes, esquecidas de tudo que lhes dissesse respeito, lembradas apenas dos caprichos e dos desejos contraditórios da neta e da filha de criação. Mas agora Dodôte sabia o que pensavam, avaliava as dores que as fazia curvarem-se cada vez mais para a terra, e todos os seus gestos adquiriam um significado recôndito, de dolorosa humildade e desprendimento. Podia adivinhar o terror que as afligia, pois tinham a certeza que os dias de uma e de outra estavam contados, e a deixariam sozinha no mundo.

Sozinha? E o ser que esperavam ansiosamente? Mas talvez essa espera fosse mais uma razão de medo sem remédio, pois quem sabe não veriam o seu nascimento, e partiriam para não mais voltar, com o pesar acerbo de não recebê-lo em seus velhos braços... e a morte deixaria de ser uma recompensa, como esperavam em suas orações de tantos anos seguidos.

Dodôte as olhava e parecia que eram outras figuras que via, iluminadas por luz diferente, e cenas e visões renovadas de sonhos maus passavam em seu espírito, inteiramente diversas na interpretação que lhes dava. Eram as mesmas palavras, os mesmos gestos, mas tudo agora a fazia sofrer dores torturantes.

Aqueles olhos, envelhecidos, nublados, quase mortos, aquelas bocas murchas, vincadas, que em vez de riso tinham apenas um ricto para alegrá-las, haviam olhado para ela, tinham falado com ela, em um contínuo, reiterado apelo de companhia, e de socorro, sem que distinguisse a angústia que encerravam, e seguira o caminho que elas abriam diante de seus passos, sem as ver e sem as ouvir.

Essa revelação que a deslumbrara com sua clareza sinistra viera tarde. Fechou os olhos e tentou afastar as reflexões lancinantes que voltavam, e viu surgir, em sua mente, o caminho que em menina seguia da fazenda de seus avós para a da tia, falecida há tanto tempo. Eram muito próximas uma da outra as propriedades, e ela passava sempre por um pequeno vale, fechado como um escrínio de pelúcia verde, que tinha no meio uma colina, em cujo tope se erguia um quadrado de muros gretados, que cercava as árvores crescidas dentro dele, muito grandes e copadas, as únicas naqueles pastos.

Sempre que o via surgir, na volta do caminho que descia para o fundo, até acompanhar o pequeno riacho, e aparecia como um quadro preparado para fazer surpresa, ela parava para o ver de longe. Era ao mesmo tempo grandiosa e suave a tranquilidade que ali reinava, e Dodôte acreditava que aquele cercado lá no alto era o jardim misterioso e escondido da princesa, da menina de cabelos de ouro puro e de olhos cor do céu dos contos de Chica.

Uma tarde elas tinham ido até o vale, e a preta não lhe dissera o que iam fazer lá, e Dodôte esperou, no fundo de seu coração, que Chica fosse mostrar a dona do jardim, que decerto apareceria, ao chamado da voz conhecida. Mas Chica, logo que chegaram ao ponto da estrada de onde se avistava o portão desmantelado que fechava uma das entradas para o recinto murado, ajoelhara-se na terra, e rezara por muito tempo, com o rosto escondido na cesta cheia de plantas destinadas a remédios caseiros, que viera colhendo pelo caminho.

Dodôte, que nunca a virar assim proceder, e não sabia por que o fazia, ficou parada, em pé junto dela, espantada, sem compreender. Por fim, chorou muito, e as lágrimas fugiam rápidas por entre os dedos, com os quais tentava retê-las. Quando a negra levantou-se, e continuaram a andar, nada disse, mas todos os sonhos lindos que habitavam lá em cima tinham fugido para sempre.

Nunca perguntara nada a ninguém, mas, uma palavra dita por sua avó a fizera compreender que se tratava do cemitério dos escravos, mandado fazer pelo primeiro senhor daquelas terras. Chica devia ter, nele enterrados, os seus pais africanos, e muitos outros de sua raça, mas até hoje não sabia se isso era certo.

Devia perguntar-lhe agora, depois de tantos anos?

Chica, como se tivesse ouvido a pergunta, que lhe era feita mentalmente, ergueu-se e olhou para Dodôte, com o rosto cheio de sombras, em silêncio, envolta no xale de cor indefinida. Tinha a boca fechada, para que não escapasse o segredo de tristeza e revolta que guardava.

Era uma morta que a olhava... (e a dor, que estava à espreita, lampejou de novo, bruscamente, em todo o seu corpo, que se cobriu de suor frio).

Dodôte virou-se, de repente, como se fugisse de alguma coisa, e conseguiu vencer o medo insensato que sentira, diante da figura vingadora de Chica. Agora tinha diante dos olhos a parede branca e irregular junto à qual sua cama estava encostada. Podia seguir de perto as linhas e desenhos que nela se formavam, acentuados pela poeira negra que se prendia às menores saliências e asperezas, em caprichosos e fantásticos arabescos.

Parecia uma estrada que subia, serpenteando, montanha acima, em curvas e ângulos sobre o abismo, sem parapeito, sem proteção contra as quedas. E lembrou-se de uma viagem de trem que fizera... a locomotiva avançava, e rolos de fumaça negra e amarela subiam furiosamente para o céu. Era um dragão que punha fumo e fogo, que a levava prisioneira em sua cauda, e, de quando em quando, soltava gritos muito agudos, repetidos pelos ecos das quebradas em fora. Mas, sabia que podia fugir, que estava em sua vontade, na primeira parada, quando o monstro tivesse sede, saltar e desaparecer por entre aqueles rochedos calcinados de sol que via da janela junto à qual estava sentada.

Sentia crescer em seu peito, com a sensação de fuga veloz, o cântico de liberdade sem medidas, de quebra absoluta das grilhetas que formavam a escravidão humilde de sua alma.

Quando ela erguia-se em um grande voo sem asas, balançada suavemente por mãos divinas que a sustentavam nos ares, e através das pálpebras fechadas via o infinito que se abria para recebê-la, um choque brusco, um pequeno estampido de pancada vertiginosa, no vidro que a abrigava das rajadas selvagens que vinham das alturas, fê-la estremecer e procurar ver o que se tinha passado.

Na vidraça um borrifo violento de sangue, partindo do corpo que o esguichava em todas as direções, formou uma grande estrela irregular, repentina, rubra e trêmula, que se quebrou logo em mil pedaços, e mil gotas, que fugiram, rapidíssimas, levadas em turbilhão pelo vento, e se perderam no ar.

Mas no vidro ficara uma cicatriz, um sinal vermelho de perigo, de parada e de morte, e de tudo, que se tinha passado em poucos segundos, guardara a impressão de que fora a mão ensanguentada do destino que batera brutalmente na janela, para preveni-la, para dar-lhe um fúnebre aviso, e desaparecera instantaneamente.

O trem continuou a sua marcha, e agora descia outro flanco da montanha, em rampa muito forte. Parecia uma queda em pleno abismo, e toda a composição tremia, como se tivesse medo, ao lançar-se assim, em grande velocidade, no despenhadeiro.

Mas o egoísmo surdo e cego, os outros egoísmos que a tinham cercado, a fatalidade de sua presença indiferente entre outras presenças também indiferentes, tinham retomado o lugar que haviam abandonado, e os seus fantasmas lívidos sentaram-se de novo ao seu lado. Lembrava-se ainda das explicações longas e minuciosas que lhe tinham dado, do pássaro fascinado, em pleno voo, pelo brilho insustentável da reverberação do sol baixo nas vidraças, da ausência absoluta de meios para evitar o desastre... era preciso apenas lavar a mancha que ficara nos vidros e tudo seria esquecido, bem depressa.

Mas nunca pudera esquecer-se da impressão que tivera, da tristeza sufocante que a oprimira, e um dia, quando tudo contou a Urbano, ouvira com profunda revolta o riso que o sacudira, diante de suas lágrimas... ouvia agora, de novo, o eco desse rir baixinho, e sentia também, novamente, a fascinação do brilho dos olhos e dos dentes, subitamente muito jovens, que a tinham acalmado.

(A dor vinha subindo, agora surda, e lenta, e espraiava-se pelo corpo, ora sonolenta e vagarosa, ora em salto repentino, como a enchente de um rio de águas turvas.)

Dodôte percebeu então que alguém lhe segurava o ombro, e a fazia voltar-se suavemente. Apesar de sentir se toda envolvida em um sudário de dores, foi para ela grande alívio mover-se, mesmo obrigada por mão estranha. Estranha? Via agora que tinha diante de si o médico, que estivera todo o tempo conversando com Dona Rita, a meia-voz, no canto mais afastado do quarto.

— Que foi isso, Dona Maria das Dores? — perguntou ele, e tinha qualquer coisa de ansioso no tom rouco, extraordinariamente masculino, muito cheio, com que se dirigia à doente — já me contaram o susto que a senhora fez Dona Rita e a nossa boa Chica passar...

E Dodôte teve que submeter-se de novo ao suplício de suas interrogações, exames e conselhos, através da névoa de cansaço, da exaustão enorme que a fazia responder e mover-se no leito como se estivesse muito longe dali, e aquele corpo martirizado não fosse o seu.

Quando, enfim, o doutor segurou-lhe as mãos, muito tranquilo, com um sorriso sem alegria a franzir-lhe os lábios queimados de fumo, e disse-lhe que se ia embora, nada mais tendo que fazer perto dela, Dodôte respondeu-lhe com um leve tom de vingança e de desafio na voz quebrada:

— Mas, doutor, eu não tenho razão alguma para viver, ou melhor nenhuma "desculpa" para continuar vivendo...

O sorriso que fizera vir aos lábios, para corresponder ao que lhe dirigia o clínico, fixou-se, de repente, em um ricto de espanto.

Acabava de sentir o primeiro movimento da criança que estava para nascer...

LXVIII

Devia descansar sempre, não se erguer da cama, não se preocupar com coisa alguma... recomendações do médico, pensava ela, sem poder mover-se, e via a manhã leitosa levantar-se, lenta e perturbada. As paredes do quarto tornavam-se brancas de leite, iluminadas pela luz baça, que vinha em lufadas, como se fosse tocada pela brisa, muito fria, que soprava através das janelas entreabertas.

Agora que desejava dedicar-se, que precisava sacrificar-se para redimir a longa cegueira, a invencível surdez que fora a sua vida, devia permanecer imóvel por semanas. Era obrigada a esquecer-se de tudo que se passava em torno dela, para salvar a criatura que se formava em seu ventre, que absorvia toda a seiva de sua carne, e devorava todos os problemas doridos de sua consciência.

Conhecia a verdade, sabia toda a falta que cometera, tinha plena ciência do egoísmo avassalador que fizera dela uma miserável, e agora era seu dever não abandonar aquelas duas pobres mulheres, que tinham surgido aos seus olhos tão sem socorro. Devia voltar-se toda para o futuro, que já não lhes pertencia, na longa espera de salvação ou de condenação, mas sempre fechada dentro dos limites pungentes de sua própria personalidade.

Lá fora, a chuva, em milhões de traços finos, quase imperceptíveis, mas longos e persistentes, riscava o céu de chumbo. Chegava até o catre em que jazia o bafo úmido das ruas desertas e alagadas, das plantas derreadas ao peso insuportável de suas folhas carregadas de gotas d'água. Ouvia o mugido incessante do rio que corria com as águas pejadas de lama e de detritos sem nome, e lavava as pedras e tudo carregava à sua passagem.

O mundo todo esvaia-se em prantos, em lágrimas impetuosas, em cinza e fumo, e a esquisita nebulosidade que tudo tornava indeciso, vago e macio, acalmava o seu espírito e o adormentava, com a surdina dos meios-tons, com a morna placidez da manhã interminável.

Dodôte percorria o aposento com os olhos vidrados, e via que ela se alongava, que se perdia na penumbra sem linhas definidas, e tudo confundia-se no halo formado pelas janelas. Os vultos que nela se moviam não se fixavam em figuras reais, eram apenas esboços esfumados, e o som das vozes chegavam aos ouvidos como um murmúrio longínquo, sem que pudesse distinguir as palavras que o formavam, sem que adivinhasse o sentido das frases que deviam compor, como se fossem pronunciadas em uma língua estranha e ciciante.

E o quarto não era sempre o mesmo... Muitas vezes, quando olhava, era um outro aposento, outra casa, outro tempo, outra vida que surgia. Agora, via na sombra muito calma, diante do sofá que abria os braços enormes, encostado à parede lisa e decrépita, via Urbano passar de um lado para outro, e distinguia os seus braços erguidos, as mãos agarradas à cabeça, em gesto inteiramente inocente de qualquer intenção teatral, mas de intenso e surdo efeito dramático.

Ele morrera aturdido por uma dor desvairada, sobre-humana, ela o sabia, como se a tivesse sentido ela própria. Uma dor que despedaçava todos os pensamentos, que o tornara um monstro de sofrimento secreto, sem nenhuma esperança, que lhe tinham sido arrancadas uma a uma, rancorosamente, pela vida sem piedade, implacável, que lhe fugia sempre, impossível de ser detida.

O quarto era agora um palco misterioso, onde se moviam apenas sombras, mas todas elas sabiam o papel que lhe cabia, e representavam com segurança. O drama que dava sentido aos gestos que faziam era obscuro e sinistro, sem nenhuma realidade. Dodôte não podia tirar os olhos dela, não podia voltar-se, porque o fantasma, com suas passadas inaudíveis, de um canto para outro, isolado de tudo, sem saber que havia alguém, ainda mais quimérico do que ele, que o vigiava atentamente, oculto nas trevas, a mantinha sob a fascinação que dele emanava.

Entretanto, bem perto, dentro da penumbra que tudo envolvia, estavam, além dela, duas criaturas humanas, quentes de carne e de sangue, mas sua presença real em nada perturbava a fantasmagoria que se desenrolava ao seu lado.

Interrogações turbulentas, que se precipitavam umas sobre as outras, em furioso galope, e se repetiam em desordem, faziam dentro dela o acompanhamento, em extravagantes melodias, do lento bailado que prosseguia sempre diante de seus olhos.

Por que morrera ele? Por que estava ainda viva? Por que alguém se movia? Que se passaria naquele coração nascente? Que esperava? Quem seria aquele ser, bem no fundo de si mesma? Por que falavam elas, cuja presença sentia ao seu lado, por que repetiam palavras sempre ditas do mesmo modo, coisas fugidias, coleantes, frases cuja significação duravam apenas segundos, pensamentos que se dissipavam no ar, levados pela morte de todos os momentos?

Com doloroso prazer entregava-se ao torpor de secura e de nada lhe produzia a contemplação, a que não podia escapar, do que continuava sem cessar a desenrolar-se na sala. Nele mergulhava, sem defesa, como o soldado sem máscara na nuvem rastejante lançada pelo inimigo. Mas, que inimigo seria esse, que insistia em levá-la dali e deixava para trás apenas o seu corpo, disforme, tão pesado, tão cansado, enlanguescido por dores preguiçosas, que percorriam os seus membros sem vontade de chegar ao fim, com medo, decerto, de serem obrigadas a fugir pelos dedos, que deixara pendentes para o chão?

Tudo aquilo é mentira, pensava. Tudo é apenas uma tentação que sofro, inexplicável para mim, mas bem clara para os anjos do mal que a maquinaram, que a traçaram em linhas acima da compreensão de minha pobre cabeça toda de dor... Onde está a mentira, pergunto agora?

Naquela sombra que não se detém na sua marcha incansável, naquelas bocas que segredam tristes confidências aos seus ouvidos, ou naquele ser que se agita, que reclama vida?

Teve um estremecimento de pavor ao lembrar-se de que perdia pé, de que a loucura a cercava, e tentou firmar-se em alguma coisa que vira realmente, em fato reais que a salvassem da alucinação de tantos minutos, e procurou reconstituir a mesa, que fora preparada para receber o esquife. Reviu o corpo que nele estendiam, muito pálido, como um boneco de cera, que não era mais Urbano, mas a sua representação, e fechou os olhos, pois assim o fizera naquele momento, deslumbrada pela luz dos candelabros que se levantavam dos quatro lados do caixão.

Devia distinguir ainda os rostos de todos que então a cercavam, e cujos soluços ouvira, sem que pudesse chorar com eles, sem que tudo e todos pudessem responder ao seu desesperado apelo de simpatia, ao anseio de amizade, e de amparo que tornara sua alma incapaz de viver. Mas a sala continuava a ser o palco sinistro e vazio de sempre... vazio, vazio, pois a sombra que o enchia e se agitava, em movimentos compassados e silenciosos e a outra, que a espreitava, faziam parte daquela ausência de sobrenatural que a afligia, da verdade simples que ela ainda não pudera aceitar...

Quando Dona Rita e Chica, que se tinham mantido muito quietas, à espera de qualquer chamado, qualquer sinal de que Dodôte precisava delas, quando as duas levantaram-se da arca onde estavam sentadas, a enferma teve vontade de gritar, de fazer com que parassem, não se movessem do lugar onde estavam, pois se atravessassem o quarto, iriam cortar o caminho da sombra. Mas, nada disse, porque compreendeu logo que nada podia fazer.

Tudo se desvanecera, e o espelho da cômoda, que até esse instante parecia coberto de crepe, brilhava agora, com luz tranquila. Refletia, com nitidez, a cama, e nela o seu corpo disforme, muito grande, erguido no centro, coberto com os lençóis alvos, como se fosse uma montanha com suas geleiras eternas...

Foi, pois, com um meio sorriso nos lábios sem sangue que ela viu Dona Rita e Chica dirigirem-se para o seu leito, e para isso atravessaram o quarto desde a janela, por onde entrava o dia triste. A avó pôs logo a mão enrugada e áspera na testa de Dodôte, e disse-lhe com bondade, enquanto concertava as cobertas que estavam revolvidas e pendiam quase até o soalho, onde estava estendida a pele de uma onça, que mostrava ainda os furos produzidos pelos tiros que a tinham matado.

— O médico vem já. Deve estar chegando... Você teve um pouco de febre agora, mas está melhor, e é preciso que veja você de novo.

Dodôte tirou as velhas mãos que a acariciavam, segurou-as como força, e fez com que a senhora chegasse o rosto perto do seu. Abraçou-a com violência, e beijou-lhe a pele fanada e surpreendentemente macia.

— Minha mãezinha... Minha mãezinha... — murmurou, com inefável ternura, e ficou algum tempo assim, estreitamente abraçada. Mas sentiu que

lágrimas abundantes e rápidas caíam sobre seus braços e sobre o colo, e Dona Rita erguia-se, desprendendo-se dela, toda trêmula. Ouviu-a segredar para Chica, com a voz demudada e tremente
— Ela ainda está com febre, ainda delira, e me toma por sua mãe...

LXIX

Siá Nalda deixara, pouco a pouco, de procurar Dona Rita e Dodôte, e há muito tempo que não ia à Ponte, nem passava por suas proximidades. Quando suas amigas pronunciavam os nomes das moradoras da velha casa diante dela, os olhos da senhora desviavam-se velozmente de quem os enunciava, e a fisionomia robusta e alegre se nublava, tornava-se bruscamente fechada e má.

Nada dizia, e deixava propositadamente cair a conversa para falar em outros assuntos muito diferentes. Não dissera a ninguém por que se zangara como as antigas amigas, não se queixara delas a pessoa alguma, e, por isso, também ninguém fez conjeturas sobre a ruptura, as razões que tivera para se afastar tão completamente delas, e esse mesmo silêncio parecia tornar cada vez mais irremediável a desavença.

Entretanto, quando soube das repetidas crises de moléstia que tinham abatido aquela que ostensivamente chamara "sua protegida", e cujo casamento tinha proclamado obra sua, a pobre senhora resolveu esquecer tudo e ir até a Ponte, para saber exatamente o que se passava.

Julgou-se uma heroína de bondade quando chegou à porta da casa que tão bem conhecia, e não foi sem uma pequena lágrima de comiseração por si mesma que subiu as escadas e bateu palmas, admirada de ver como levava longe a caridade.

Ao encontrar-se com Dona Rita, que a recebeu sem o menor sinal de aborrecimento, observou com solenidade os traços de doença, de velhice e de preocupação que sulcavam fundo a fisionomia da senhora, como um campo lavrado pela charrua do tempo e da desgraça, e exclamou com a voz rica e cheia que empregava nas ocasiões mais importantes:
— A nossa menina! A nossa menina, Dona Rita!

Tirou laboriosamente da bolsa, que ao se abrir deixou ver grande quantidade de objetos heterogêneos, um lenço de cores fortes, muito amarrotado, e com ele enxugou os olhos e o nariz, enquanto caminhavam para a sala de visitas.

Quando entraram e sentaram-se, Siá Nalda, de frente para a amiga, lançou-lhe um olhar furtivo, mas penetrante, e verificou que Dona Rita não mudara de expressão, não partilhara a sua emoção ruidosa, e continuava serenamente a fixá-la, sem curiosidade. Mudou imediatamente de atitude, e guardou o lenço, pois já não necessitava mais dele. Fechou a bolsa com breve estalido, e com a voz muito clara, sem vestígios de tremor, perguntou secamente:

— Onde está ela? Não poderei vê-la?

— Minha neta está de cama, como a senhora sabe — respondeu Dona Rita, tranquilamente, e prosseguiu, com naturalidade — creio que o estado dela não é bom, pois está muito abatida, muito nervosa, qualquer coisa a aflige e impressiona. Ainda ontem teve um desmaio, e o nosso bom doutor acha que deve ficar deitada e muito quieta. Diz ele que tudo passará breve, mas...

Um soluço, rápido, irresistível, cortou a voz de Dona Rita, que, por alguns minutos, lutou com a angústia que a dominava. Sentiu-se fundamente infeliz diante de Siá Nalda, que a contemplava sem dizer uma só palavra. Com penoso esforço sobre si mesma, conseguiu fazer voltar ao semblante a calma que até ali conseguira manter, e continuou, em tom mais baixo:

— Mas, não tenho muita esperança...

— Meu Deus! — exclamou Siá Nalda, que subitamente ficou agitada e fez gestos despropositados, mas sua voz não indicava emoção alguma — isso seria uma desgraça grande demais para a senhora! Imagine, o seu único bisneto, que seria uma consolação para a senhora, que ficaria tão sozinha!

— Estou no fim de minha vida — disse Dona Rita simplesmente, e levantou-se com indizível dignidade em seus movimentos tão humildes. Dirigiu-se para a porta de dentro, ao mesmo tempo que explicava: — Vou ver se Dodôte está acordada, e assim talvez possa vê-la.

Talvez poderei vê-la! pensou Siá Nalda, que arregalou os olhos e franziu fortemente as sobrancelhas. Sempre julgara que naquela casa pudesse entrar e sair em todos os quartos, sem necessitar licença de ninguém, ainda mais no aposento de sua protegida, como a chamava, e sempre o fizera quando ela era solteira. Via que continuava a vontade de fazer cessar aquela intimidade, que notara desde o dia seguinte ao do casamento.

Mas agora iam precisar de sua presença, tornava se útil de novo, e sorriu amargamente, pois era a melhor parteira da cidade... não sabia por que todas aquelas precauções, pois, quando a visse, poderia dizer exatamente o que havia de real em todas aquelas murmurações, debaixo de todo aquele mistério. E poderia explicar a si mesma tudo que a tinha preocupado tanto até ali, e tanto aguçara a sua curiosidade.

Já estava de pé no meio da sala, quando Dona Rita voltou e veio ao seu encontro, sempre serena, e lhe disse que Dodôte dormia, e o médico recomendara que nunca a despertassem...

Siá Nalda dirigiu-se para a porta de saída, com passo firme e sem nada dizer, como se estivesse mesmo para sair, mas em seu rosto muito gordo e luzente o vermelho passara a roxo, e seus olhos tinham-se tornado negros e ardentes. Foi com voz sacudida que exclamou, ao chegar ao tope da escada, e estendeu a mão muito fechada a Dona Rita:

— Adeus, senhora Dona Rita, não sei se poderei voltar tão cedo aqui, mas, se precisar de meus serviços, é só chamar!

Desceu as escadas com grande ruído de saias engomadas, e marcava cada degrau com a batida seca do salto dos sapatos. Já na rua voltou-se e distinguiu o vulto apagado de Dona Rita, lá no alto, e repetiu bem fortemente, de forma que todos ouvissem, mesmo os ouvidos escondidos atrás das janelas fechadas:

— Quando precisar de mim, pode mandar chamar!

LXX

Primeiro a música surda de águas velozes, que corressem sobre o tapete de algas verde-negro, e agitassem os pequeninos seixos rolados de quartzo branco, em brando sussurro, depois um canto muito límpido, desatando-se em trinados cristalinos, que lembravam a frescura e a alegria de um túnel de folhagens e lianas, ainda virgem de pés humanos, em toda a pureza e inocência da mata. Para Dodôte, era como se fosse chamada de muito longe, para entrar em um mundo inteiramente novo, e vinha também redimida e branca em sua alma e no corpo... o despertar dos instintos elementares, sensações vagas que lhe vinham das pontas dos dedos das mãos, adelgaçados pela febre, dos pés, que pareciam muito longe, autônomos em sua insensibilidade, o renascimento do coração, que batia precipitadamente, tudo fez com que Dodôte abrisse preguiçosamente os olhos.

Já o médico a fixava, com atenção, examinava, minuciosamente, as reações de sua fisionomia sem defesa. Dona Rita e Chica, debruçadas sobre os ombros dele, também esperavam que ela acordasse de todo. Mas Dodôte deixou cair as pálpebras quase transparentes sobre os olhos, e o rosto, miraculosamente sereno, retornou a expressão de sonho e de grande ausência, que tanto amedrontava os que a cercavam.

Mas percebia agora que eram duas as vozes masculinas que se dirigiam uma à outra, em pequenas frases incisivas, e sentiu que lhe tocavam, com infinito cuidado. O médico que a assistia trouxera consigo um velho facultativo da cidade, muito respeitado, mas que já não clinicava, e tivera com ele uma longa conferência, e ambos a tinham examinado detidamente, minuciosamente. Julgaram, a princípio, que estivesse adormecida, mas depois viram que era um modo tímido de salvaguardar o seu pudor, e aceitaram aquela forma passiva de defesa.

Dodôte, entretanto, não compreendeu o sentido das palavras de ânimo que lhe dirigiram, e nem sequer percebeu quando se retiraram para a sala.

Chegaram à conclusão de que nada mais havia de útil a fazer... e Dona Rita, em pé diante deles, sem pensar em mandá-los sentar, ouvia com a boca trêmula, mas os olhos muito firmes, as explicações que lhe dava o doutor. Ela o conhecera menino, e depois o vira chegar já formado em medicina, muito moço, muito risonho como a boca fresca enfeitada por pequeno bigode. Agora o via envelhecido, com as fontes grisalhas, a expressão atormentada, os lábios contraídos em rugas, e voz de timbre quebrado, rouca, que lhe dizia coisas cruéis, com emoção contida. O velho médico conservava-se calado, de cabeça baixa, e sacudia com mãos trêmulas a corrente do relógio.

Com grande custo, tendo enfim reunido todas as suas forças, a avó pôde entender o que lhe diziam. As palavras que pronunciavam diante dela vinham apenas dar forma ao que lhe revelara o coração, que se estorcia em seu velho peito, cortado de dor.

Dodôte estava condenada pela medicina dos homens, e com ela o filho que estava para nascer. Era preciso aceitar a sentença, devia resignar-se, habituar-se, não sabia como, à solidão total, e veria sair da casa da família que era agora quase uma ruína, mais aquele corpo, onde cessaria de correr o seu sangue, para sempre, pois teria nas veias apenas lágrimas...

Ia ficar sozinha, ia ficar sozinha, e já ultrapassara os limites da vida. Seria então apenas a sombria espera da paralisia, da cegueira sem remédio ou da dor incomparável...

Que faria depois da morte de Dodôte? Esperar, até que também a levassem, mas seria uma espera monstruosa, desumana! E as mãos tão velhas, muito trêmulas, encontraram o longo terço que lhe pendia da cintura que ela usava como as freiras, e pôde enfim sentar-se, enxugar os olhos, e refletir um pouco.

Chamou alguém. Que fossem buscar o senhor vigário, e que ele viesse preparado já para a sua missão.

Mas o médico não saíra ainda, despedira-se do velho facultativo, voltara para junto de Dona Rita, e ficara ao seu lado, com um braço passado sobre os ombros da senhora. Esquecera-se dos outros clientes, absorvido por aquela dor terrível e confusa dos muito velhos, cuja marcha destruidora acompanhava no rosto da avó da doente.

— Creio que pode ainda esperar até amanhã, Dona Rita — disse ele, como se falasse a uma criança — amanhã cedo poderá Dona Maria das Dores confessar-se e receber a extrema-unção. Eu mesmo vou à casa do senhor vigário e tudo combinarei com ele.

Dona Rita nada respondeu. Seus lábios, muito brancos, moviam-se rapidamente e as contas passavam por entre os dedos engelhados com regularidade. Nada mais via nem ouvia, mergulhada na prece, e, nas suas espáduas curvas, na cabeça oscilante, em toda ela, sentia o doutor que descia a paz de incomensurável paciência.

O mundo todo desfazia-se em pó, aniquilava-se em torno daquele vulto de dor aceita e sagrada...

Pela porta aberta, ele podia ver Dodôte, que dormia tranquila, imperceptivelmente, guardada pelo silêncio e pelas sombras que se tornavam cada vez mais espessas.

A cidade toda adormecia lá fora, lá para cima, e parecia que todos falavam em segredo. As badaladas do relógio da matriz, ao marcar as horas, chegavam até eles ensurdecidas, com medo de perturbar a paz daquelas duas dores fora do tempo e fora do mundo...

LXXI

No dia seguinte, pela manhã, corria pelas ruas um vento morno, vindo não se sabia de onde, e não conseguia dissipar a névoa que descera durante a noite sobre a cidade. A luz vinha devagar, do nascente, e rastejava pelas montanhas, talvez porque não conseguisse vencer a grande massa branca, impalpável e espessa, que tudo tornava indeciso e vago, diluído em meias tintas, em reflexos de opala. No largo irregular, em frente à velha igreja do Rosário, não se conseguia ver de um lado para outro, e o silencio era pesado, compacto.

De súbito, os sinos repicaram, argentinos. Primeiro um toque vibrante e claro, seguido logo depois por badaladas mais graves, em escala decrescente, que soaram como um convite à luz, às horas iluminadas do dia que tardava a romper. Passados alguns minutos, repetiu-se o sinal sonoro, e a praça, em triângulo, movimentou-se. Algumas janelas estalaram e abriram-se, e nas portas de algumas das casas surgiram vultos escuros, que se dirigiram apressadamente para o templo com gestos desconcertados, pois terminavam em caminho os preparativos e o ajuste das roupas que vestiam.

Acudiam ao "toque a viático", para o qual estavam preparados desde a véspera, pois a notícia de que Dodôte estava muito mal e ia receber a extrema-unção tinha se espalhado, à noite, por toda a cidade.

Os homens reuniram-se na porta da sacristia, que encontraram apenas cerrada, e entraram em grupo, silenciosos. Poucos minutos depois, a porta principal da igreja, que era muito alta e em arco de volta redonda, foi aberta com grande ruído. Logo surgiu o pálio branco, forrado de vermelho, que oscilou, quase fechado, e depois desdobrou-se, em sua pompa real e simples, carregado pelos homens que tinham revestido as opas de seda escarlate.

Sob ele o vigário apareceu envolto no "véu de ombro", que ocultava as suas mãos, e trazia, à altura do peito, bem junto dele, a âmbula dourada. O pequeno cortejo saiu e dirigiu-se para a ladeira que levava à Ponte, e logo adiante, duas mulheres de xale à cabeça, vieram ao seu encontro, e ajoelharam-se na dura pedra do calçamento da rua, onde ficaram até tudo passar. Fizeram o sinal da cruz e curvaram-se até o chão, quando o sacerdote chegou perto delas, e rezaram em voz alta uma oração.

A rua íngreme mergulhava ainda na névoa, e o grupo, com a sua missão sagrada, nela esbateu-se, formando suas figuras um desenho indeciso, como se tivessem entrado nas nuvens.

Logo ouviu-se o canto grave e abafado, que todos entoavam, e das casas vizinhas vieram outras pessoas, que se juntaram ao séquito. Formavam um coro plangente, muito triste, que se erguia e abaixava, na toada melancólica e antiga.

— Bendito e louvado seja o Santíssimo Sacramento, o Santíssimo Sacramento da Eucaristia...

Caminhavam com lentidão, na irregularidade do pavimento, e agitavam as varas do pálio, que parecia batido por forte tempestade. As velas, abrigadas nas mãos em concha dos homens, mal prendiam as chamas, que dançavam e tentavam fugir a todo instante desse abrigo.

Logo chegaram à calçada fronteira à casa da Ponte, e lá pisaram sobre folhas e flores que as mulheres das moradias vizinhas tinham colhido e espalhado sobre o solo, e formavam alas, todas de joelhos, com a cabeça coberta. Nas janelas, a luz imprecisa daquela hora iluminava as colchas bordadas que estremeciam de leve, tocadas pela brisa matutina, e dava às casas pobres, aos sombrios sobrados, um vago ar de palácios de lenda. A Ponte, com a fachada em ângulo sobre a rua, erguia-se sobre os degraus de cantaria escura, que formavam a sua base, e tinha as janelas fechadas, num recolhimento de prece e de expectativa da morte.

Dona Rita, Maria do Rosário, a viúva, Siá Nalda e outras pessoas vieram à porta para receber o Santíssimo, e todos puseram o joelho em terra à sua entrada, para depois acompanhá-lo escadas acima, atrás do vigário que subia sozinho.

O padre dirigiu-se imediatamente para o quarto de Dodôte, e todas as portas estavam abertas diante dele. Sobre a cômoda tinha já sido preparado o altar. A toalha de crivo, muito rica, fora estendida, e sobre ela colocada a alta cruz de pau-santo, da qual pendia um grande Cristo trágico, com o rosto oculto pelos cabelos humanos caídos em desordem.

Tinham sido nele colocados por uma das senhoras antigas da família, cuja lembrança se perdera, mas todas sabiam que ela isso fizera em terríveis circunstâncias.

Os cabelos eram demasiado longos e formavam um espesso véu negro diante do rosto da escultura, e desciam até abaixo dos joelhos abertos em chagas sanguinolentas.

Dois castiçais de prata, vindos de Portugal, com altas velas de cera, ardiam de cada lado, e seu desenho elegante e severo, de estilo, formava estranho contraste com a rudeza do crucifixo, barbaramente trabalhado e encarnado com violência impressionante.

As flores eram pobres e raras, pois não se encontrava um só jardim naquelas casas, habitações inumanas, tão austeras em suas muralhas brancas, que se amontoavam pela encosta da serra acima, cercadas de lousas e de rochedos quebrados em ângulos pontiagudos, como pequenos conventos abandonados pelos monges.

Em toscos vasos de barro, em equilíbrio nas alturas, brotavam às vezes tristes flores singelas, que vinham a medo, agarradas aos galhos raquíticos, no pavor de cair e serem esmagadas lá embaixo.

Alguém tinha posto em um copo raminhos de alecrim, e esse era o ornamento da mesa do Senhor, além das duas grandes jarras brancas.

O vigário parou um momento à porta do quarto, e ergueu bem alto a âmbula, ao distinguir o vulto imóvel de Dodôte, que fora vestida toda de branco, e que, assim, prolongava a impressão de irreal, de sonho cinéreo, muito distante e abafado, quase sufocante de calma angustiosa.

— Paz nesta casa e a todos que nela habitam! — exclamou com voz forte, que ressoou de modo estranho pelo sobrado todo em silêncio.

Foi então até o altar, onde, de joelhos, colocou a âmbula e, depois, tirou o véu do ombro que o envolvia, e, só de sobrepeliz e estola, com um ramo de alecrim nas mãos, aspergiu todo o quarto.

E todos se retiraram, deixando-o a sós com Dodôte, para a confissão.

LXXII

Dodôte, com as mãos cruzadas sobre o peito, continuava o seu sonho.

Toda a noite passara de olhos fechados, e ninguém ouvira de seus lábios uma só palavra ou gemido. O médico dissera que devia estar sofrendo grandes dores, mas nada tinha feito para as mitigar, porque a doente afastara o copo que continha o remédio que ele preparara com suas mãos, e no rosto mostrara uma tal angústia, que a tinham deixado em paz. Sofrera todos os preparativos para a cerimônia como se estivesse sem sentidos, e deixara que a vestissem e penteassem tal como fariam com o seu cadáver. Dona Rita e Chica choravam o tempo todo, e rezavam sem cessar, pois não tiveram ânimo de pôr as mãos na doente, que fora entregue à viúva e a Siá Nalda.

Quando tudo cessou, e ficaram todos em silêncio, de ouvido atento ao ruído dos passos do cortejo, Dodôte pôde enfim entregar-se, abandonar-se ao sonho que a levava para muito longe.

Lá fora de seu corpo a luz exterior apagara-se... já não tinha mais forças para irradiar, para iluminar o que a cercava, como uma lâmpada alimentada pelo sangue que lhe corria nas veias. Dessa luz, que dela emanava, vinha a extinção e a morte, e tudo perdera a realidade e a vida. Agora era um resumo do mundo, e nela só havia vibração e calor.

Tudo era silêncio e treva. O mundo emudecera e cegara...

Em seu coração, sozinho, perdido no vazio, batia, larga e dolorosa, a espera da vida total. Era uma sensação sem limites de plenitude, de paz e de ausência, mas de ausência repleta de dons e de maravilhas, em um crescendo poderoso e indefinido, de entrega sem restrições, de escravidão absoluta, de pureza intangível, eterna... ouvia já que se aproximavam os passos sonoros, sobrenaturais, que faziam estremecer a eternidade...

Fez-se luz maior dentro dela, e essa luz era tão intensa, seus raios tão desmedidos que o seu corpo já não podia contê-los e fazer um mundo à parte, em segredo. Todo ele se dissolvia na grande onda e se integrava em sua expansão irresistível; desfaziam-se subitamente todos os limites, todas as prisões, toda a ligação com a dor e com a terra, e flutuava cercada por uma aura de paz e de fragrância imarcescível.

Entretanto, podia falar, dizia toda a sua vida de tristeza e de miséria, o orgulho que a tivera presa em suas garras, que a tornara insensível ao que a cercava. As palavras saíam da boca sem esforço, guiadas por uma energia livre de todas as peias humanas, sem a menor exteriorização de sensibilidade, com a limpidez das águas-vivas, porque assim devia ser, e não porque era de sua vontade.

Nunca se pôde dizer quanto tempo tinha passado sozinha no quarto, com o sacerdote curvado sobre ela, os ouvidos bem perto do rosto, para poder ouvir aquele murmúrio contínuo, sempre no mesmo tom, muito igual, mas tão terrivelmente diferente na marcha inexorável que seguia, para o real e para a morte.

Quando enfim se calou, as portas do quarto foram abertas e todos entraram, mas Dodôte, de olhos cerrados, percebeu apenas que alguém soerguia o seu busto, enquanto outra pessoa lhe chegava junto do queixo uma toalha. Por entre as pálpebras, que pôde entreabrir, através do véu de lágrimas e de fraqueza que lhe tornava impossível ver o que se passava diante de sua vista, mais sentiu do que viu as mãos consagradas que se estendiam para ela, com a hóstia...

Compreendeu que era a despedida, e as forças lhe voltaram com doçura, seu corpo aqueceu-se de leve, e o coração acalmou-se, em um ritmo largo e simples. Tudo serenara dentro dela, e parecia que nascera uma outra criatura da antiga, só com o que havia de puro e de justo. Nos olhos foi feita a cruz, e ouviu, vindo de longe, a voz do padre que dizia: *Per istam Sanctam Unctionem et suam piissimam misericordiam indulgeat tibi Dominus quidquid per visum deliquisti.*

Depois repetiu-se, e o vigário acentuava duramente cada sílaba que pronunciava, a mesma imposição dos santos óleos nos ouvidos, nas narinas, na boca, sobre as mãos e sobre os pés.

E ela, que ouvia distintamente todas as palavras do ritual, quando sentiu a cruz que lhe faziam nos pés, pensou nos passos que dera, nos grandes caminhos do pecado, com os olhos fechados, os ouvidos fechados, a boca fechada, os vestidos fechados, para não ver, não ouvir, não sentir, não falar, não ser tocada pela miséria dos que vinham até ela, para detê-la em sua marcha sem justiça e sem piedade...

Sentia que o corpo se elevava, para tomar o grande impulso que o levaria para o alto, e decerto grandes anjos a seguravam, com as asas frementes, para a viagem eterna...

Mas, qualquer coisa pesava em seu seio, e não a deixava partir. Ia abandonar para sempre aquelas que fizera sofrer, e deviam estar ao seu lado, agora, ajoelhadas e oprimidas por uma angústia sem remédio, a avó e a ama, arruinadas pela desgraça, pelo desamparo em que ficavam. Com singular nitidez, sem imagens, unicamente pelos sentimentos que agora se ordenavam em seu espírito, que vinham juntar-se uns aos outros, chamados para a hora suprema, sentiu a dor das duas velhas mulheres, sozinhas para sempre.

Para ela foi uma provação nova, torturante, a prisão que representavam aqueles pobres seres em sua miséria. Quis salvar-se ainda, pelo pensamento que surgiu, como um socorro de piedade, que devia oferecer o sofrimento a Deus.

Mas, que sofrimento seria esse? O padre já voltara para a igreja, lá em cima, envolta na névoa, todas as portas tinham se fechado, e as ruas estavam silenciosas. No quarto só poucos vultos restavam, e permaneciam em silêncio, à espera... e sentia apenas torpor, um apaziguamento estranho, total, de todas as fibras. Alguém preparara a cama, colocara a cabeça dolorida nos travesseiros, e trançara as mãos em cruz, e talvez tivessem colocado um crucifixo entre seus dedos insensíveis. Agora podia ver o corpo que se estendia, imóvel, pesado e alheio, longe dos pensamentos que se entrecruzavam em sua mente.

Tudo adormecera nele, em um sono profundo, e a dor fugira...

Tornou a rever toda a vida que passara, incoerente, contraditória, sem fim e sem princípio. Novos quadros pungentes de amargura, que se tinham já dissolvido no esquecimento, minuciosas desilusões, transformadas em hábito, mentiras e traições desdobradas por meses e anos, surgiram e perpassaram em seu espírito, com cruel lentidão, para que o reverso ainda mais odioso do que a comédia cheia de fel que representavam se patenteasse com maior evidência.

Descobriu, em uma encruzilhada a que chegou subitamente, pelos atalhos que se formavam entre as reflexões que apareciam e se esvaiam, descobriu uma verdade elementar: não tinha sofrido, não fora o verdadeiro sofrimento que a levara à desesperarão, apenas debatera-se cegamente de encontro a muros sem ecoa, como um animal enjaulado.

Então o fogo latente, que se conservara em suas artérias, de novo a fez estremecer até o mais íntimo de seu ser, e, na exaltação de mau augúrio que a dominou, murmurava palavras destituídas de sentido, que pouco a pouco tornaram-se mais claras, e dizia:

"Sofrerei todos os males que sobre mim hão de cair, a dor e o espanto recuarão seus limites para que ele possa nascer. Tremerei por ele a todos os instantes... mas serei a primeira a ver em seus olhos o despertar da alma que habitou em mim, serei a primeira a ser conhecida e chamada por ele!..."

Por instantes o rosto de Dodôte tornou-se radiante, e os olhos abriram-se em êxtase sobre-humano, mas logo caiu sobre a almofada, de onde se erguera, e o palor e a tristeza voltaram a cobri-lo com o véu denso que se rasgara antes.

No quarto só estavam agora Dona Rita, Chica e Maria do Rosário, que continuavam a repassar os terços, em silêncio, ainda à espera. Ouviram então a voz da doente, que murmurava, como se viesse da distância:

— Perdão...

Todas as três ergueram-se e aproximaram-se do leito, um pouco trêmulas e espantadas, desfeitas pela noite passada em claro, pela vigília e pela expectação do desenlace, e ficaram paradas, na contemplação do semblante da enferma, que julgavam na agonia.

Mas viram que os olhos de Dodôte se abriam muito grandes, negros e cintilantes, e se fixavam, imóveis, em alguma coisa que os iluminava, e que elas não podiam distinguir, pois estava talvez atrás delas.

As mãos muito descoradas, com as veias salientes e enegrecidas, os dedos em garra, agitaram-se, freneticamente, sobre as cobertas, como se quisessem lançá-las de si.

— Eu não mereço, eu não mereço — disse, e as três mulheres compreenderam que ela não delirava, que não tinha mais febre.

Olharam com medo para aquela boca, que pronunciava essas palavras com firmeza, sem que a agitasse o menor tremor, e viram que o rosto se tornava vivo, coberto por leve rosado. O sangue voltava àquelas faces, e os traços adelgaçados e cinzelados pela magreza e pela doença adquiriam vida singular. Era uma ressurreição que se processava diante dos olhos cheios de terror de Dona Rita, de Chica e de Maria do Rosário, que não sabiam que fazer, nem sequer ousavam consultar-se com o olhar, pois tinham vontade de fugir, de chamar outra gente que viesse ver, que pudesse acreditar no que viam.

Caíram de joelhos, ofegantes, sem poder deixar de fixar Dodôte, e perceberam confusamente, como se fosse um milagre novo de revivescência, que insuportável vergonha agitava todos os seus membros e a fazia estremecer toda. Viram com espanto que as duas mãos, agora úmidas e quentes, erguiam-se para tapar o rosto, ocultando-o inteiramente.

— Quero ficar sozinha — disse, e elas não souberam discernir se era uma ordem ou um pedido que ouviam.

Levantaram-se e retrocederam, transidas, e, sem dizer uma só palavra, sem esperar um instante que qualquer das outras pensasse de modo diverso, dirigiram-se para a porta e saíram. Fecharam os dois batentes com cautela, como se fossem de uma sepultura.

Maria do Rosário separou-se da avó e da ama, sem despedir-se, sem olhar para as duas, que logo foram para o interior da casa, em silêncio, e desceu as escadas com dificuldade, pois sentia nas pernas um peso enorme, e arrastava os pés sem poder erguê-los da terra.

Estava ofegante, e andava com passos trôpegos. Levou muito tempo para chegar à sua casa, que era tão perto, e carregava a impressão estranha, sinistra, de que tinha assistido a um sacrilégio. Foi com medo que viu pessoas conhecidas se aproximarem dela, no desejo de saber se a enferma morrera, e correu para esconder-se em seu quarto, com receio de que lessem em sua fisionomia o que pensava.

LXXIII

Dias a mais se passaram. A casa da Ponte permaneceu sempre de janelas fechadas e ninguém, a não ser o médico, lá entrava. A rua parecia ter ficado deserta, e talvez todos evitassem passar por ali, na ansiedade de não perturbar o mistério daquele sobradão envelhecido, e que agora parecia apenas uma ruína, um pouco ridícula com as plantas selvagens que nasciam no beiral, e se erguiam em desordem para o céu.

Com tudo cerrado via-se bem o estado de irremediável decrepitude em que se achava, e as manchas vermelhas que escorriam pelas altas paredes, das tintas da cimalha, que sustentava com esforço as pesadas telhas negras, já um pouco em desordem e afundadas, davam um triste aspecto de doença àquele edifício de tão lúgubre aparência, que, no entanto, todos sabiam, abrigava um milagre de vida e de renovação.

A cidade inteira conhecia agora a nova de que Dodôte chegara quase ao termo da agonia, mas conseguira vencer a morte, e ganhava todos os dias, lentamente, novas forças.

O médico nada explicava, e muitas vezes fora interrogado com precaução, pois julgava ver passar em seu rosto uma nuvem de contrariedade, quando se mencionava o nome da neta de Dona Rita. Muitas senhoras desejavam saber se a criança sobrevivera à crise, se era ainda possível que viesse a termo, mas o doutor nada explicava, e, em suas meias-palavras, ditas com parcimônia e com voluntária imprecisão, ninguém podia depreender com segurança, com a clareza desejada, o que se passara.

Em muitas salas, mal iluminadas pelas lâmpadas de querosene ou pelos grandes candeeiros de azeite, tinham falado da doença e da extrema-unção recebida por Dodôte, mas, quando estava presente uma das senhoras que tinham ficado depois da saída do vigário, conversavam sempre em voz baixa, e olhavam a furto para elas. Mas todas respondiam com reservas mentais ao que lhes era perguntado, porque não tinham compreendido o verdadeiro significado da cena que se tinha desenrolado diante delas, e guardavam ainda a sensação de terror que as tinha assustado.

Nenhuma das amigas de Dona Rita ou de Dodôte tinham voltado à Ponte, porque o médico as avisara que a doente não poderia de forma alguma receber visitas, pois continuava difícil e delicada a sua saúde. Havia perigo de vida.

— Perigo de... duas vidas — acrescentou uma vez, quando conversava com algumas das pessoas que tantas vezes encontrara junto do leito de Maria das Dores, e devia ser a primeira vez que fazia alusão à criança que estava por nascer, pois sempre mostrava-se interessado apenas pelo estado da mãe, nunca pelo do filho, que não devia inquietá-lo.

— Duas vidas? Quer dizer que a criança...

O médico devia ter ficado arrependido de ter deixado escapar aquelas palavras.

Fechou os olhos e recolheu-se um pouco, para refletir, antes de dizer mais alguma coisa. Depois, bateu com o lápis que tinha entre os dedos sobre a mesa na qual estava apoiado, e calou-se.

— Será possível que o filho de Urbano esteja vivo, meu Deus? — exclamou Maria do Rosário, que estava presente, e seguira tudo o que se dissera sobre Dodôte com ansiosa curiosidade.

Estendeu as mãos sobre a mesa, junto à qual também estava sentada, como se quisesse segurar as do médico, que se tinha imobilizado, para sacudi-las e obrigá-las a revelar o segredo que guardavam. Não haviam sido elas que tinham examinado o corpo enfermo da amiga? Não eram elas as autoras de todas as receitas destinadas a sustentar aquelas vidas?

A interrogação que se lia em seus olhos era tão aflitiva, tão aguda, que o médico não pôde sustentá-la, e virou o rosto para a janela, de onde se avistava a grande massa sombria da casa da Ponte, toda fechada e silenciosa, como um grande túmulo.

Com fugidia ternura nos lábios velhos, que já se tinham desabituado da inútil piedade, ele disse lentamente:

— A criança nada tem a ver com o que se passou... talvez nasça mais cedo, antes do prazo, e é só o que se tem a temer...

Fez-se silêncio na modesta sala de consultas, que servia para receber as visitas à noite. O pequeno sofá preto, austríaco, rodeado pelas cadeiras incômodas, que recebiam os doentes durante o dia, agora estavam ocupados pelas senhoras e dois amigos do médico, dos que frequentavam a farmácia, e tinham conhecido Urbano bem de perto. A mesa oval, de tampo de mármore branco, no centro, com o lampião aceso, onde o doutor apoiava os braços, estava coberta de papéis próprios para neles serem escritas as receitas e tinham sobre eles o tinteiro de chifre.

A noite corria muito tranquila, e dentro em pouco todos se levantariam de seus lugares, pois breve seria o momento de se despedirem, para a volta às casas. Mas, nesse instante soprou a viração da noite, e todas aquelas folhas de papel moveram-se com leve ruído, e palpitaram animadas como se fossem pássaros que ali tivessem pousado por um momento.

Pareciam ansiosas, impacientes do desejo de receberem as letras de alívio e de cura, e poderem correr em socorro dos doentes que estavam à sua espera...

LXXIV

A vida organizou-se na casa da Ponte segundo o que fora determinado pelo doutor, e tudo passou a ser feito em silêncio, com cautelas escrupulosas, para que nada perturbasse a marcha inexorável dos dias, que deviam passar sem surpresas. Todas as janelas continuaram sempre fechadas, a não ser as do quarto de Dodôte, e quem passava nas ruas sabia que esse era o sinal de que ali continuavam a palpitar as duas vidas, conjugadas em um só corpo, ambas ameaçadas e muito perto da destruição. Olhavam maquinalmente, todas as manhãs, para verem se as duas guilhotinas continuavam abertas na parte de cima, como deviam estar, se continuasse a haver alento atrás delas.

Chica vinha até a porta de entrada, para falar com os que procuravam saber notícias, e também para receber os mantimentos e mais coisas enviadas pelos fornecedores, e todos falavam com ela em voz baixa, com respeito e receio de perturbar o ambiente que se formara dentro da casa e atingia até os que, do exterior, dela se aproximavam.

Dodôte, no sobrado, tendo entre ela e a rua muitas portas sempre fechadas com cuidado, sentia correr os dias e as semanas, dentro do quarto de dormir, e não via mais ninguém, a não ser a preta e a avó. A solidão muito longa, a monotonia das horas davam-lhe uma paz surda, onde vivia latente leve angústia, diluída e espalhada por todos os segundos. Era muito tênue, muita sutil essa ansiedade, mas formava uma teia de fios bem trançados, que não a libertavam nem mesmo quando dormia e sonhava sonhos que faziam seu coração palpitar, inquieto.

Sabia que, adiante, no futuro, se acumulavam nuvens ameaçadoras de incertezas e de doloroso trabalho, mas vivia como se estivesse no fundo de um navio, e para lá da frágil construção de madeira rugia o oceano em convulsões, em altas ondas cegas, mas tudo que a rodeava tinha a aparência tranquila e sonolenta.

Dona Rita e Chica se alternavam ao seu lado, e quando uma se levantava, depois de ter velado em silêncio à cabeceira do leito, e ia para o interior da casa, logo depois vinha a outra, que apenas entreabria a porta para fazer passar o vulto magro e encolhido. Dodôte muitas vezes nem sequer se apercebia desse manejo invariável, quase fantástico, quando se erguiam e passavam por ela sem fazer sentir ao menos um sopro de vida.

As semanas se fizeram meses, e de certo dia em diante, Dona Rita deixou de vir para o seu posto de guarda infinitamente discreta. Chica também passou a vir só nos momentos indispensáveis, e Dodôte levava horas esquecidas sozinha, e não tinha vontade de transpor os umbrais do quarto, e chegar até a pequena capela. Seus momentos mais tranquilos eram aqueles que corriam enquanto ficava de joelhos aos pés da cômoda onde colocara os santos, e quase sempre continuava sentada na esteira que a avó estendera nesse lugar.

Costurava com lentidão, bordava e fazia trabalhos para o enxoval, mas ninguém via as peças que ficavam prontas, pois as guardava imediatamente na caixa de madeira que reservara para isso, e que vivia junto dela. Quando o médico, nos dias de visita, entrava no quarto, sempre a encontrava de pé, junto à janela, à espera, vestida de negro, como se estivesse para sair à rua naquele momento.

Chica continuou a vir sozinha, e nada dizia. Apenas perguntava à doente o que desejava e como tinha passado, sem abrir mais a boca, cujos lábios grossos agora tinham um tom lívido. Sua pele negra perdera o luzidio, tomava cada vez mais uma cor esbranquiçada e baça, de pano sujo e velho, e curvava-se para o chão, com a cabeça muito trêmula.

Qualquer esforço devia custar-lhe um sacrifício muito grande, e os seus olhos estavam sempre raiados de vermelho. Entretanto, servia à filha de criação com a mesma eficiência serena, e atendia a todos os desejos que ela manifestava como se tudo fosse fácil e já estivesse preparado.

O médico, quando vinha, sentava-se na cadeira habitual, que tinha sido posta perto da cama para que ele pudesse conversar com Dodôte, mas agora não dizia mais senão o indispensável, e retirava-se logo que obtinha as respostas que julgava necessárias. Mostrava-se cada dia mais preocupado e a expressão de seu rosto envelhecido e cansado era sempre fechada, ansiosa, com a evidente intenção de ocultar alguma coisa.

Um dia, a manhã já ia adiantada, e Dodôte adormecera. Deixara-se levar pelo sono, que viera de mansinho, e, embalada pelos sinos da Igreja do Rosário, que batiam lentamente, em duas notas graves, desde cedo, repetindo até à alucinação o lamento que formavam. Dentro em pouco, dominada pelo sopro inquieto em que se transformara a sonolência, ela respirava com dificuldade, e os braços agitavam-se, com gestos incompletos, que pareciam afastar alguém ou alguma coisa horrível e ameaçadora.

Mas, dentro de poucos instantes foi despertada por um ruído contínuo, singular, que, já de olhos bem abertos e sentada no catre, não podia explicar. Toda a casa ressoava, com passos cautelosos, e as grandes tábuas do soalho estalavam no meio silêncio, muito forçado, que se fizera. Deviam elas suportar um grande peso, pois, apesar de tornar-se sensível o cuidado com que colocavam os pés no pavimento, a vibração era grande, e tudo parecia animado de uma vida estranha, misteriosa, escondida...

Dodôte ficou à escuta, e estava sozinha no quarto tão grande, e o contraste entre a calma visível que nele havia, e os sussurros e toques abafados lá de fora, fizeram com que o medo a invadisse. Olhava para todos os lados, em busca de socorro, sem coragem de soltar o grito agudo que lhe subira à garganta, e que a sufocava.

Distinguia vozes, que cochichavam, portas que se abriam e fechavam, e tapou a boca com as mãos. Talvez fosse o longo e espesso pesadelo que a sopitara tantos dias e semanas que agora se transpunha para a realidade. Estava afastada de tudo, e só era capaz de ouvir o rumor da vida, não podia entrar na agitação que pressentia além dos muros.

Com a atenção que prestava, procurando adivinhar o significado do que se passava na Ponte, seus sentidos despertaram completamente, mas agora toda a bulha cessara, e ouvia uma ou outra porta que se fechava devagar.

Quando viu Chica entrar, mais enregelhada, mais corcunda ainda que nos outros dias, teve ímpetos de levantar-se e ir ao seu encontro para perguntar-lhe o que se passava na Ponte.

Mas Chica veio rapidamente sentar-se na cadeira do médico. Atravessou o espaço que a separou dela como se caísse, inteiramente quebrada de forças, e procurasse um lugar onde pudesse atirar-se desamparada.

Dodôte viu muitas lágrimas que brotavam dos pobres olhos queimados da preta velha, ouviu os soluços que inutilmente tentava conter no peito magro, e desviou o xale que ela procurava passar pelo rosto, para enxugá-lo e para esconder a pranto invencível. Ficou parada, e olhava para Chica, sem procurar compreender, como se quisesse adiar por mais alguns momentos o instante em que ficaria sabendo a verdade.

– Que é, Chica? – perguntou.

A ama balbuciou algumas palavras, que se atropelaram em sua boca, sem formar sentido, e deixou cair o busto para a frente, aniquilada.

Dodôte não teve forças para destacar de suas mãos aqueles dedos escuros, secos e gelados que as tinham agarrado, e sentiu na pele que as unhas, tão gastas pelo trabalho rude, que fora toda a razão de sua existência, nela se enterravam.

Sentou-se na borda da cama, com as mãos ainda presas, os dedos entrelaçados, e entregou-se ao morno desespero que sentira rondar em torno dela, desde a manhã. Sabia então que não era possível Chica contar-lhe o que acabava de se passar na casa enorme e agora deserta...

Dona Rita não viria mais vê-la. Sofrera a longa agonia, gemera baixinho e vira chegar a morte a alguns passos de seu quarto, sem que suspeitasse sequer do motivo da ausência da avó. Ela não quisera que lhe dissessem nada de sua doença, e deixara a Ponte em segredo, para não perturbar a saúde da neta e do filho, e Dodôte nunca perguntara por que deixara de vir ao quarto, há tantos dias...

Os sinos reboaram em seus ouvidos, encheram o quarto com ecos enormes e trêmulos trazidos pelos ventos que iniciavam agora o seu cântico, e Dodôte sentiu que seu coração se confundia com as pancadas sonoras.

Não poderia mais resgatar o passado de abandono e tristeza que agora se revelava tão cruelmente ao seu espírito iluminado pela luz da consciência. Via muito claro o seu vulto, com o rosto e as mãos muito pálidas, andar pelas salas, tendo sempre nos olhos uma inquietação misteriosa, que não pudera nunca explicar, e que lhe parecia agora provir da insatisfação, da necessidade devoradora que devia ter de um companheiro de viagem, de alguém que fizesse sentir a sua presença, apenas pelo calor e pela irradiação do sentimento.

Acompanhou passo a passo o enterro, que devia colear pelas ruas em subida, e decerto não chegara ao cemitério, onde uma paz secreta velava. Um a um iam todos para lá, para sempre, e a casa da Ponte ficava agora só com ela, e, dos servidores antigos, Chica, mas a ama ali estava, como uma ruína, inteiramente destroçada.

Dentro em pouco seria também chamada, e daquele corpo negro, devorado pela terra, nada mais restaria, e os pobres apelos que lhe tinha dirigido ficariam como uma lembrança inútil...

Tomada de grande aflição, de uma agonia sem nome, que parecia despedaçar fibra por fibra a sua carne, com a respiração cortada pelo peso prodigioso que lhe esmagava o peito, Dodôte levantou-se impetuosamente da cama, arrancou as mãos que Chica ainda segurava, e deu dois passos pelo quarto.

A vida fugia-lhe toda para os olhos que exorbitavam das órbitas, e incendiaram-se com um grande fogo interior. O nariz tornou-se muito branco, e se afinou até se tornarem visíveis as cartilagens das ventas, que batiam ansiosamente, na ânsia de colher a ar. Com um grande gemido deixou-se cair de joelhos, para depois deitar-se no chão, os braços estendidos em cruz.

Chica, que levantara a cabeça com dificuldade, muito trêmula, quando sentiu que Dodôte se arrancava de seus dedos ainda tolhidos pelos nervos exasperados, acompanhou com os olhos os gestos da enferma, sem compreender por que assim procedia, e sem poder esboçar qualquer movimento para socorrê-la na queda desamparada.

Afinal ergueu-se e, de joelhos, debruçada sobre Dodôte, os olhos das duas se cruzaram, e depois, com as cabeças muito junto uma da outra, contemplaram ambas, aterrorizadas, aquele corpo que tremia e se agitava em convulsões, diante delas, como um ser estranho, fora do seu conhecimento possível e de sua vontade.

Era como se as duas se tivessem integrado uma na outra, mas só pelas cabeças, que ficaram alheias à dor e ao sofrimento do resto da carne, e assistiam ao espetáculo que se desenrolava, sem que pudessem nele tomar parte.

Assim permaneceram longos instantes, minutos intermináveis de espanto e de terror, até que a porta se abriu, e os que tinham ido acompanhar o enterro, e agora chegavam, com a intenção de ver Dodôte em rápida visita, entraram no quarto. Ouviu-se uma exclamação abafada, logo seguida de muitas vozes em clamor, e passos precipitados pelos corredores afora.

A viúva e Siá Nalda entraram e correram em auxílio de Dodôte, que foi logo transportada para o leito, enquanto Maria do Rosário saía à procura do médico e de mais pessoas que ajudassem na conjuntura.

Naquela mesma tarde nascia um menino, que parecia morto, e levou muito tempo para chorar. Foi recebido por Siá Nalda, que não deixou a viúva ficar no quarto, onde só puderam entrar o médico e a outra empregada. Chica reanimara-se ao ver pessoas estranhas na cabeceira de sua filha, e reuniu todas as forças para conseguir fazer alguma coisa.

E ficou todo o tempo ao lado do médico, que tentava por todos os meios fazer Dodôte voltar a si dos longos e sucessivos desmaios que a acometiam, e a deixavam extenuada.

Siá Nalda parou alguns momentos com a criança nos braços, sem saber o que fazer dela, e nada disse quando viu a viúva entrar e tomá-la de suas mãos, com autoridade. Olhavam ambas espantadas para o menino, como se estivesse morto, e, só depois de ouvirem os gritos estridentes que soltou, voltaram a si da inexplicável surpresa que lhes tirava a iniciativa, e as fazia pensar que sonhavam um sonho mau.

Tinham falado, haviam comentado nos mínimos detalhes a história lamentável da amiga, conheciam o estado em que se achava, sabiam bem que estavam à espera da vinda ao mundo daquele ser ainda malseguro de seus dias que tinham nos braços, mas não acreditavam em seus próprios olhos nem em seus próprios ouvidos...

Mas as outras pessoas, lá dentro, arrumaram a casa e fizeram desaparecer os últimos vestígios do enterro que tinha saído horas antes. Uma ou outra flor que ficara esquecida nos vasos ou sobre as mesas, parecia saudar aquela pequenina vida que surgia...

E tudo foi feito como se tivesse nascido uma criança entre a alegria dos pais e a feliz ansiedade dos avós. Estava já preparada uma bacia com água morna, e, logo depois, lavado e enfaixado o menino, as duas senhoras ficaram paradas a observar os movimentos que fazia, a posição em que conservava as pernas, e não tiveram coragem de erguer a cabeça, com receio de ler no olhar da outra o que pensava cada uma delas. Estavam muito caladas, como se refletissem profundamente, enquanto a criança chorava baixinho em fracos gemidos, dolorosos de se ouvir.

Depois, Siá Nalda, de olhos baixos e os lábios contraídos, disse em segredo, como se falasse a si própria:

— Eu nunca vi isso, nem sei como se faz agora...

A viúva também murmurou, e as palavras vinham um pouco atropeladas e gaguejantes, que parecia um castigo, e, depois de se consultarem longamente, sem que ousassem mais tocar na criança, que ficou abandonada no berço improvisado com duas cadeiras de braço, pois não tinham tido tempo ainda de fazer vir do quarto escuro a caminha que pertencera a todos os que nasceram na Ponte, dirigiram-se ao médico, com ar intimidado. Esperaram que ele se voltasse para elas, e Siá Nalda tomou então a dianteira, e segredou-lhe qualquer coisa, com agitação, e fazia gestos com as mãos, que o doutor não via, pois escutava atentamente, sem deixar de fixar Dodôte, já um pouco mais calma.

Houve um leve relâmpago de surpresa triste em seus olhos, e foi logo examinar a criança, segurando-a pelos joelhos, e Siá Nalda o ajudava, agora com firmeza, com inteira liberdade de ação. Com cuidados de velho, como se fossem de cristal, ele tentou separar as pernas tão frágeis e delicadas do menino, e não pôde. Deixou-as sobre a coberta, e verificou como se dobravam, endurecidas, em uma posição esquisita...

Voltou-se, ao fim de algum tempo em que permaneceu alheio às palavras das duas mulheres que o interrogavam inutilmente, e olhou para Dodôte, cujo rosto muito branco mal pôde distinguir na penumbra que tinham feito no quarto. Parecia que dele vinha uma singular atração, um mudo chamamento, e o doutor chegou-se ao leito dela, com o andar hesitante, envelhecido e cansado, de repente.

— Diga-me a verdade, meu bom, amigo — disse Dodôte, com voz fraca mas muito calma, e o seu olhar ergueu-se para o médico, que ficara em pé, ao seu lado, com as mãos pendentes — o... meu filho é aleijado?

E aguardou a resposta sem se mover, com os olhos muito límpidos fixos nos do velho clínico, que parecia prestes a cair no chão, pois tinha as pernas trêmulas.

— Não... não é — respondeu enfim, e suas palavras, apenas murmuradas, tinham uma estranha intensidade. Não era uma afirmação que fazia, nem uma confidência que aliviasse a preocupação pesada que tornava sua cabeça oca, latejante; ele tentava desembaraçar-se dos maus pensamentos, da tristeza que o vencia, e, por isso prosseguiu, com voz branda: — mas, mas... tenho receio... ou por outra, tenho a certeza de que...

Dodôte já não ouviu as frases que ele gaguejou, indeciso, com medo. A palavra "tabes" pronunciada entre outras, repetida, repelida, e finalmente murmurada com sentimento de raiva interior, nada lhe disse, porque já sabia, bem no fundo de seu ser, tudo que poderia ser explicado com as pobres expressões da linguagem humana... Era agora uma queda brusca no insondável que precipitava o seu coração, que o fazia bater com toques enormes, compassados como os de um gigante.

Tudo se reduzira a pó, tudo caíra por terra à sua volta, destituído de importância e de razão de ser... Nada havia no passado! O porvir fechara atrás dela uma porta de ferro, e teria agora, diante de si, os longos anos de humilhação, extremada, de dor inútil, inexplicável, injustificada, torturante até a loucura...

Com os olhos vazios, afastada de tudo e de todos, deixava passar um grande sonho interior, em que ela, com vergonha da força de seu corpo, contemplaria o filho, morrendo minuto por minuto, ameaçado de trevas, ameaçado da imobilidade definitiva, ameaçado de tudo, mas vivo, vivo sempre!...

Uma vida roubada, miserável, em sinistra caricatura dos outros, sem que ela pudesse fazer nenhum bem, sem que pudesse dar-lhe nenhum alívio! E fitou a imagem que tinha posto na mesa de cabeceira, ao seu lado.

Havia qualquer coisa de puro e de essencial naqueles olhos de vidro, qualquer coisa de paradoxal e humilde, que a fazia ver tudo agora sob uma luz nova, radiante, vinda do alto, que rompia em mil raios coruscantes, imensos, em uma explosão cegadora, que ultrapassava e se reconstituía além da tosca imagem, e enchia, através de tudo, o horizonte, e, para lá, todo o universo.

— A senhora nada sofrerá — continuou o médico, e não interrompera o que dizia nem uma vez, pois via que o rosto de Dodôte, apesar das pálpebras abaixadas, estava sempre sereno, iluminado por dentro, por uma luz suave e tranquila. — Mas o menino... viverá muito tempo!

— Não sofrerei... não sofrerei — disse Dodôte, muito baixinho, com infinita doçura — meu filho será o meu repouso!

Editor responsável | Rodrigo de Faria e Silva
Coordenação editorial | Monalisa Neves
Edição de texto | Denise Morgado
Levantamento de documentos e pesquisa editorial | Cláudio Giordano
Revisão | Adriane Piscitelli e Tereza Gouveia
Capa e projeto gráfico | Raquel Matsushita
Diagramação | Entrelinha Design

© 2020 Faria e Silva Editora

Dados Internacionais de Catalogação na Publicação (CIP)

C412a   Penna, Cornélio;
Repouso / Cornélio Penna, – São Paulo: Faria e Silva
Editora, 2021.
248 p.

ISBN 978-65-81275-01-3

1. Romance Brasileiro

CDD B869.3

A Faria e Silva Editora empenhou-se em localizar e contatar todos os detentores dos direitos autorais de Cornélio Penna. Se futuramente forem localizados outros representantes além daqueles que já foram contatados e acordados, a editora se dispõe a efetuar os possíveis acertos.

Nesta edição foram feitas atualizações de grafia e respeitou-se o novo Acordo Ortográfico da Língua Portuguesa.

Este livro foi composto no Estúdio Entrelinha Design com as tipografias Sabon e Berber, impresso em papel pólen bold 90 g/m², em janeiro de 2021.

FARIAESILVA
www.fariaesilva.com.br